IMAGINA QUE NO HAY CIELO

GRANTRAVESÍA

Antonio Malpica

IMAGINA QUE NO HAY CIELO

GRANtravesía

IMAGINA QUE NO HAY CIELO

© 2019, Antonio Malpica

Diseño de portada: Leonel Sagahón / Estudio Sagahón

D.R. © 2019, Editorial Océano de México, S.A. de C.V.
Homero 1500 - 402, Col. Polanco
Miguel Hidalgo, 11560, Ciudad de México
www.oceano.mx
www.grantravesia.com

Primera edición: 2019

ISBN: 978-607-557-065-5

IMPRESO EN MÉXICO / PRINTED IN MEXICO

Para mis hermanos. Los que me tocaron y los que escogí.

Para mi mamá (que es muy buena persona).

Y para mi papá (que también).

Blanco resplandor

Si años después, cuando los hermanos Oroprieto Laguna se reencontraron en el funeral de Mamá Oralia, algún hipotético entrevistador le hubiera preguntado a Neto el porqué llamó al timbre exterior del edificio en el que vivía su hermano Jocoque aquel viernes aciago del 95, éste habría aducido, seguramente, la razón primordial: la crisis en el país. Pero la verdad es que, al menos para su hija Leslie y uno que otro implicado en los sucesos de aquel diciembre, habría sido mejor argumentar una razón, por así decirlo, más destinal. Porque a todos constaba que, aun en el catafalco y aun con el maquillaje y aun con el velo de simpatía que siempre empaña la vista de los vivos cuando miran a los muertos, aun con todo eso, Mamá Oralia parecía plenamente satisfecha tendida en la caja, como si hubiese vivido únicamente para esos últimos años. Como si hubiese vivido setenta y cinco años únicamente para morir feliz a los ochenta. Leslie habría arrebatado el micrófono a su padre y habría enfrentado al entrevistador diciendo: "Todo estaba predestinado a ser así, señor reportero. Si no, ¿qué chiste?". Pero la verdad es que, después de la decepción de aquella tarde de viernes de 1995, fue la curiosidad la que llevó a Neto a conducir su Golf con problemas de enfriamiento hasta esa calle en la colonia Portales donde, por lo regular, nunca había dónde estacionarse. La curiosidad y, tal vez, una inherente necesidad de despabilarse, por no decir que estaba evitando volver a su casa a enfrentarse al "¿Cómo te fue?" de Macarena, que acabaría por desmoronarlo por completo. Nuestro hipotético entrevistador diría algo así como: "¿En verdad no se da cuenta de que, de haberse dirigido de la 'cita de negocios' directamente a su casa, nada de lo ocurrido en la finca de su madre habría, ejem, ocurrido?", a lo que Neto contestaría, con toda seguridad: "Carajo, claro que me doy cuenta. Pero no tenía opción, la chingada crisis, ¿usted qué hubiera hecho?". Lo cierto es que, cuando milagrosamente acomodó el auto en un espacio libre y se apeó y llamó al timbre con un 301 pintado con pluma sobre *masking tape*, estaba pensando que, en una de ésas y su hermano Jocoque al fin había conseguido algo bueno en la vida y valía la pena estar ahí para presenciarlo. El diálogo al teléfono, horas antes, había sido exactamente así:

—Neto, tienes que venir ya. Ahora. En este momento.

—No puedo prestarte dinero, güey. No otra vez.

—No es para pedirte prestado, cabrón. Como si sólo te hablara para eso.

—...

—Esta vez no es para eso.

—Tengo una cita de negocios, güey. No puedo ir de todas maneras.

—Esto es muchísimo mejor que cualquier cita de negocios. Nos va a resolver la bronca monetaria para siempre.

—¿Es otra de tus pinches ideas geniales para salir de pobre? Paso.

Y luego una pausa. Una especie de deliberación. Un momento de titubeo de esos que Jocoque nunca, pero nunca, tenía.

—Te puedo dejar fuera, cabrón. Tal vez lo haga.

Fue como si la curiosidad se hubiese materializado en la forma de un escorpión y lo hubiera aguijoneado en el cuello. Neto se sorprendió sobándose, de hecho, la nuca. Deliberando. Titubeando.

—Okey. Voy a verte en cuanto salga de mi cita de negocios.

—Chingón. Salúdame a Maca y a las niñas.

Y la mentada "cita de negocios" resultó, como solía ocurrir en esos años, un jodido engaño. Un amigo de cuando trabajaba en la aseguradora lo había buscado para invitarlo a participar en "la oportunidad de su vida". Y él había aceptado ir porque, bueno, últimamente, todas las citas de trabajo habían devenido en espantosos fracasos. Una cita de negocios, al menos a la distancia, adquiría otro cariz. Pero igual resultó un jodido engaño. "La idea es que compras el paquete de perfumes *Ninfa azul* por tan sólo ciento cuarenta y nueve nuevos pesos. Y el veinte por ciento de lo que vendas, cuando lo vendas, es para mí, que soy tu *supervisor junior*. Pero lo mejor es que automáticamente tú te vuelves *supervisor junior*; claro que antes tienes que reclutar a diez ejecutivos *fuerza de ventas*; automáticamente yo subo a *supervisor senior* y recibo también el diez por ciento de cada uno de tus ejecutivos *fuerza de ventas*; así hasta llegar a la punta de la pirámide, donde, al convertirte en *líder platino*, agárrate, puedes ganar hasta veinticinco mil nuevos pesos mensuales sin mover un pinche dedo."

Neto se salió de la mentada entrevista sin proferir palabra alguna. En ese momento no traía en el bolsillo ni cinco nuevos pesos para comer. Y el descarado ese le estaba pidiendo ciento cincuenta como si el expresidente Salinas no estuviese prófugo en el extranjero por haber puesto a pedir limosna hasta a su abuelita. Se subió a su Golf. Se pasó un par de altos. Llegó a la colonia Portales picado por la crisis, por la curiosidad y por el miedo a tener que responder el "¿Cómo te fue?" de Macarena en presencia de las niñas.

Pero en cuanto llamó al 301 con la vista puesta en la ventana del tercer piso, porque de sobra sabía que el interfón no lo ayudaría a entablar ningún diálogo, se dijo: "puta madre, ¿qué chingados hago aquí?".

Estaba pensando en al menos tres de las múltiples veces en que Jocoque le había salido con la recurrente promesa de "ahora sí salimos de pobres, como que me llamo José Jorge Oroprieto Laguna" y todo había terminado en rotundos, espantosos y estrepitosos fracasos.

Se dijo que, si se apresuraba, todavía podría treparse al auto y salir pitando de ahí, antes de que se asomara su hermano por la ventana. A su mente volvió el recuerdo de 1) el Centro de Adiestramiento Integral de Felinos ("Piénsalo, güey, ¿quién no quisiera que su gato lo siguiera por la calle como hacen los perros?") y la indemnización que tuvo que pagar Jocoque a los dueños por haber perdido a sus mascotas, ya ni hablar de las mentadas de madre que se llevó y la viejita que le partió una escoba en la cabeza.

Ya estaba dando marcha de nuevo al carro cuando apareció, como el asesino con motosierra de alguna película clase B, su hermano Jocoque. Al lado de la portezuela. Golpeando la ventana con encono.

—No mames. Lo sabía. Qué bueno que fui por cocas a la tienda.

Neto bajó la ventanilla. Suspiró. Se acordó enseguida de 2) el Servicio de Rompimiento de Relaciones Sentimentales

12

por Mensajería ("Piénsalo, güey, ¿a poco no te gustaría pagarle a alguien para que rompa con tu chava por ti"?) y el consecuente tiro que se llevó Jocoque en una pierna, que justo le sirvió para comprender por qué alguien preferiría pagar para romper con su chava en vez de hacerlo por sí mismo.

Neto prefirió no voltear a ver a su hermano. Sabía que con sólo mirarlo sentiría la necesidad de encender el auto de nueva cuenta y tal vez atropellarlo en la escapada. Tendría, seguramente, el pelo demasiado engominado, una camisa de algún color chillón abierta hasta el tercer o cuarto botón, cadenas de oro de fantasía al cuello y lentes oscuros. Y en momentos de desesperación económica como ése, Neto pensó que no tendría el estómago para mirarlo sin querer agarrarse de los pelos con él como cuando eran niños.

—No va a resultar, Jocoque. Quítate de ahí para que pueda sacar el coche.

—¿No va a resultar, qué, pinche Neto? Si ni siquiera has visto nada.

—No importa. Lo que sea. No va a resultar.

Ernesto se vio pagando las consecuencias de haberse involucrado en la 3) Agencia de Vigilancia Discrecional de Familiares ("Piénsalo, güey, ¿qué padre no quisiera hacer vigilar a sus hijos o a su esposa sin que éstos lo sepan?").

—Esta vez sí va a resultar.

—Ya una vez pasaste dos días en chirona, cabrón. Por seguir a una escuincla de dieciséis años un día entero.

—Era una buena idea. Y yo no sabía que el papá se iba a hacer pendejo con la policía.

—Yo te tuve que sacar del tambo.

—Sí, pero te pienso pagar algún día.

—Quítate, pinche Jocoque. Déjame pasar.

—Esta vez es distinto. Te lo juro. Por nuestra madrecita.

—...

—Está bien. No por nuestra madrecita. Pero sí por alguien que quieras mucho.

Igual Neto habría metido el *clutch*, puesto primera, sacado el auto y hasta habría terminado sintiéndose mejor al pasar por encima de su hermano, librando así al mundo de sus geniales ocurrencias. Pero entonces fue que se decidió a girar el cuello y obsequiarle una mirada. Se dio cuenta enseguida de que el menor de los Oroprieto Laguna no las tenía todas consigo. Si hubiera tenido que adivinar, Neto habría afirmado que su hermano llevaba tres meses sin ir al peluquero y dos semanas sin rasurarse ni cortarse las uñas. Y tal vez dos días sin dormir. El aroma de la ropa deportiva que llevaba puesta tal vez sólo delatara unos tres días de llevarla encima, pero era evidente que hasta le servía de pijama.

—Chale —resopló Neto apagando de nuevo el carro—. De todos modos tengo que pasar al baño.

Se bajó y azotó tres veces la portezuela, porque no siempre agarraba a la primera. Recordó el momento en el que, en 1990, compró la Golf como si fuese el primero de los veinte carros que habría de tener a lo largo de su vida. ¿Por qué en cinco años se había convertido en una miserable carcacha? ¿Por qué, en menos, el país se había convertido en otra miserable carcacha?

—No te vas a arrepentir. O que me cargue el demonio.

—Mejor deja al demonio fuera de esto, cabrón. Echo una meada y me largo.

Entraron al edificio de paredes despellejadas y grafitis indecentes al que, de todos modos, echaban llave de doble vuelta los vecinos: no fuera a ser que, aparte de fregados por

14

el gobierno, fregados por las ratas del rumbo. Jocoque cerró la pesada puerta de metal y luego marcó el rumbo, subiendo por las escaleras que conducían al pasillo del primer piso.

—¿Ya no estás vendiendo tiempos compartidos? —le preguntó Ernesto.

—...

—Que si ya no estás vendiendo tiempos compartidos.

—...

—Contéstame, güey.

Se hizo evidente no sólo que Jocoque guardaba silencio sino que se cubría con el cuerpo de su hermano al pasar frente a los departamentos.

—¿Qué te pasa, cabrón?

—Es que ya debo cuatro meses de renta —respondió en un susurro—. Y ya ves que la del 101 lleva la administración.

—O sea que ya no estás vendiendo tiempos compartidos, supongo. Ni tampoco Avon. Ni suscripciones a revistas ni el cuerpo ni nada.

—Tú también has de estar rascándote las bolas en tu casa y yo no te estoy chingando.

Ernesto se detuvo en el inicio de las escaleras para ir al segundo piso. Lo miró con un principio de encono. De ojos rasgados, nadie habría podido jamás adivinar que era hermano de Jocoque, moreno como la noche. Alguna vez, antes de salir de San Pedrito, habían deducido que los padres de uno seguramente habían sido coreanos. O tal vez japoneses, para lo que importaba. Y, del otro, en cambio, indios. De la India. Porque, a pesar de ser moreno como la noche, tenía los ojos enormes y el cabello encrespado. Y no sería ni la primera ni la última vez que se dieran de moquetes en el principio de una escalera, de ser necesario.

—No te metas conmigo, cabrón. Cada uno hace lo que puede.

—Pues eso.

—Pues eso.

Siguieron andando y de nuevo fue evidente que Jocoque se ocultaba de alguna posible mirada furtiva que surgiera de las puertas de ese segundo piso.

—¿Y ahora qué?

—¿Te acuerdas de Lulú, la del 202, con la que andaba?

—No. Y no quiero saber.

—Me cachó con su hermana.

Llegaron al fin al tercer piso. Al 301. Y ahí fue donde Jocoque volvió a ese estado de ánimo que lo había llevado a llamar a su hermano unas tres horas antes para pedirle que fuera a su casa enseguida y asegurarle que esta vez iba en serio. Neto detectó, al instante, esa chispa con la que, desde que era niño, conseguía el maldito salirse siempre con la suya. Excepto con Mamá Oralia, claro.

—Me vas a amar después de esto —dijo Jocoque al extraer de la bolsa del *pants* un llavero con un baloncito de futbol y una sola e insignificante llave para una chapa igual de insignificante. El más novato de los cerrajeros habría dictaminado que tal cerradura servía, apenas, para detener el aire.

—Me prestas el baño y me largo. A eso subí, ni te hagas ilusiones.

—Cállate, Neto Patineto, me vas a amar. Ya te dije. Nada más me aguantas tantito.

Y dicho esto, abrió, se escurrió hacia dentro sin permitirle a Ernesto ningún movimiento, cerró la puerta de un trancazo.

—¡Oye! ¿Qué pedo contigo? —gritó el hermano mayor, repentinamente solo en el pasillo. Pero ya estaba la maquinaria andando.

—¡Aguántame tantito! Tengo que preparar un par de cosas antes.

A Ernesto volvieron los pensamientos ominosos. Con la vista en la naturaleza muerta (un palo dentro de una maceta terregosa) que adornaba el piso, el foco que colgaba con cables pelados del techo, la herrería oxidada y la vista de los tinacos del edificio de enfrente, volvió a pensar, *puta madre, ¿qué chingados hago aquí?*

Creyó recordar, mientras se sentaba en la opaca losa del pasillo, que también en las otras ocasiones su hermano había utilizado la misma artillería entusiasta. "Me vas a amar. Tal vez te deje fuera. Esta vez sí es la buena."

Se dijo que, si se apresuraba en verdad, podría estar haciendo chillar las llantas de la Golf antes de que su hermanito se diera cuenta de nada. En realidad ni siquiera lo detuvo la curiosidad o la pereza de tener que bajar corriendo, sino el no tener con qué enfrentar a Macarena y su terrorífica lista de pagos pendientes. Extrañó el tiempo en el que fumaba.

Sin querer se miró en el reflejo de una vitrina con una enorme manguera enrollada que mostraba, con letras desgastadas sobre el vidrio: "Rómpase en caso de incendio". No habían pasado ni dos años de cuando estaba haciendo planes con Maca y las niñas para irse de viaje a Disney World. *Y ahora mírate, cabrón, tirado en el suelo del edificio más culero del mundo.* Era una referencia ruin, desde luego. Pero le parecía que el simple hecho de estar ahí —de nuevo— era como volver a tocar fondo. Porque él había estudiado hasta donde pudo. Y trabajado desde el primer semestre de la carrera. Y en cambio Jocoque ni una ni otra. Y ahora eran tan equiparables como si en verdad se merecieran idénticos futuros. Y no era justo. Y pinche vida de mierda.

Y jodida crisis.

—¿Qué tanto haces allí dentro, güey?

Hacía dos años que contemplaba Paseo de la Reforma desde el piso diecinueve de su oficina, traje y corbata y vacaciones de veinte días por año. Y ahora… como una caricatura, llevaba el mismo traje y la misma corbata pero tenía vacaciones de por vida, sin goce de sueldo. Y estaba tirado en el cochino piso del edificio más culero del mundo.

Okey, sí, pero…

¿Y qué tal que, en verdad, esta vez Jocoque…?

No. Era absolutamente imposible. Por eso se puso en pie y se dijo que podía llegar fácilmente al auto en menos de dos minutos.

Cuando Jocoque abrió la puerta, lo sorprendió dando la vuelta a la escalera.

—Chingada madre, qué poca confianza, cabrón.

—Ya, ya… —dijo Ernesto, volviendo sobre sus pasos—. También te tardas un montón.

Jocoque bloqueaba la entrada con su cuerpo. En sus ojos, esa maldita chispa.

—¿Por qué tanto pinche misterio? —soltó Ernesto, sintiendo que el alacrán de la curiosidad ahora sí que le sacaba una roncha mortal en el cuello.

—Porque vale la pena. Y porque me vas a amar. Hasta me vas a perdonar todas las que te he hecho.

—La de Leti Covarrubias jamás.

—Éramos unos escuincles. Además, ya te he dicho un millón de veces que ella fue la que me invitó al cine. Y una cosa llevó a la otra. Y ni besaba tan rico.

—Ya, quítate.

Lo empujó para poder entrar. Y tuvo que admitir, en un parpadeo, que la espera había valido la pena. Y mucho. Aunque es verdad que no entendió, en principio, ni medio carajo.

Entre el mugrero particular de alguien como Jocoque, que había vivido solo desde los diecisiete años, entre ropa sucia, discos de vinil y casetes, tres sofás llenos de lamparones, pósteres de Samantha Fox y conciertos de Kiss, una tele minúscula prendida en el canal Cinco y una jaula que alguna vez (probablemente en los años ochenta) había ocupado un perico, se encontraba, como si estuviera a punto de dar la bendición *urbi et orbi* desde su balcón en Roma, nada más y nada menos que...

El papa.

Ahí. Sin más. Con los brazos levantados de palmas hacia arriba, invitando a la oración. En su atuendo blanco tan particular, portando el solideo blanco en su cabeza llena de cabellos blancos. Tan blanco él como el blanco resplandor que produjo en el interior de Ernesto y que lo dejó ciego de blancura por un instante. El sumo pontífice. El obispo de Roma. El mero mero. El jefe de jefes. El no va más de la iglesia católica. Su santidad.

El papa.

Fueron entre cinco y diez segundos en que todos los trenes de pensamiento saturaron la red ferroviaria neuronal de Ernesto. ¿Era una figura de cera? ¿O el verdadero papa? ¿Y qué hacía ahí, en el edificio más culero del mundo? ¿Lo habrían secuestrado Jocoque y su banda internacional de plagiarios? ¿Eso es lo que les habría de resolver para siempre los problemas monetarios? ¿Y exactamente de qué manera? ¿Qué carajos estaba pasando? ¿Despertaría en ese momento de tan bizarro sueño o esperaría a que irrumpieran la Pantera Rosa y María Félix?

De pronto, a una seña de Jocoque, aun en el quicio de la puerta, el mismísimo santo padre abrió la boca, sin dejar su incómoda postura de efigie, para decir:

—"México, siempre fiel."

Dicho esto, bajó los brazos y, sin agregar más, se dirigió a la cocina. Abrió el refrigerador. Sacó una de las cocas frías que recién había traído Jocoque. La destapó y se bebió la mitad antes de ir a uno de los sofás para sentarse a ver la tele.

—Bueno. Todavía hay que trabajar un poco en la voz —dijo Jocoque apartándose de la puerta, cerrándola y yendo también por otra Coca-Cola, misma que destapó y alargó a Ernesto, aun tratando de sacar conclusiones. Jocoque abrió su propio refresco y se sentó en una de las sillas plegables de eso que él llamaba comedor, recargando las manos en la media mesa de ping-pong que le servía para tomar sus alimentos.

—Okey. Tengo que admitirlo. Estoy impresionado. Pero sigo sin entender un pito —confesó Neto sentándose en cámara lenta en otra silla plegable que, por cierto, al igual que las otras cuatro sillas, no hacía juego con el resto.

—Lo conocí en el pesero. Se llama Pancho Kurtz y aunque tiene el genio un poco atravesado es buen tipo. ¿Verdad, don Pancho?

—Ya me debes treinta nuevos pesos, bebé —gruñó el señor, quien ya se había despojado del solideo, que en realidad era un pañuelo recortado en círculo y del resto de la investidura papal, que en realidad era una sábana que Jocoque se había robado del tendedero de la del 403. Con todo, la impresión de estar viendo a Juan Pablo II frente a la tele y tomándose una coca seguía siendo exacta.

—De veras —soltó Jocoque—. Le prometí treinta pesos por el numerito que te acabo de montar. ¿Me prestas?

—Es impresionante. Es igualito. ¿En serio andaba en el pesero así, como si nada?

—Sólo que con bigote y el cabello hasta acá —respondió Jocoque—. Ya ves que hay dos cosas a las que nadie me gana. A tragón y fisonomista. Así que le propuse el negocito y aceptó.

—¿Y usted ya sabía que es el doble del papa, señor Kurtz?

—¿Yo? Nunca —respondió el abuelo sin quitar la vista de un comercial de cerveza Superior en la tele—. Si ayer era el doble de Pedro Infante, pero quién sabe qué pasó hoy que amanecí con esta cara. A ver si mañana no me toca ser Bill Clinton.

—Te dije que tenía el genio medio atravesado —intervino Jocoque.

—¿Por qué crees que he usado bigote o barba o los dos prácticamente desde el 80? —insistió el abuelo—. Pero es cierto que necesito el dinero. Así que… decídanse porque tengo cosas que hacer.

Ernesto notó que flotaba en el ambiente una cierta tensión. ¿Cómo se podía hacer dinero con el papa en tu poder? Dio un largo, largo trago a la coca fría. Como si supiera que era lo único bueno que sacaría de ese día lleno de absurdas contrariedades.

El sucesor de la silla de san Pedro apóstol soltó un eructo contenido. Seguramente, a su edad, sería víctima de potentes agruras y otros endemoniados malestares estomacales.

Ernesto detectó al instante el momento exacto en el que, de acuerdo con el guion habitual, Jocoque diría: "Piénsalo, güey…".

Negociazo

Neto conducía por el Eje Central en dirección a su casa con la cabeza a punto de estallar. No era común que lo asaltara un malestar de esa naturaleza si no estaba trabajando y sometido a una presión laboral considerable. Pero es cierto que, el abrigar la mínima esperanza de que la ocurrencia de Jocoque en verdad le resolviera la vida, para terminar saliendo de su casa como si lo fueran persiguiendo (de hecho, sí iba su hermano en pos de él, primero suplicando y luego mentándole la madre hasta que Ernesto se subió al coche, lo encendió y trató incluso de pasar por encima de su perseguidor), lo llevó a un desinflón tal que hasta sintió que se le bajaba el azúcar. Y le estallaba la cabeza. Con todo y la Coca-Cola que recién se había echado entre pecho y espalda.

"Yo tengo la culpa", se dijo. "Por creído y por pendejo."

También se dijo que tal vez no sería mala idea mudarse de ciudad para no tener que volver a soportar a Jocoque y sus geniales ocurrencias. Así como había dejado de ver a Cande y a Lupo. Aunque por distintas circunstancias.

Se preguntó si todos los hermanos del mundo serían así de disfuncionales o sólo los que fueron juntados a la fuerza como rescatados de un naufragio. Para lo que importaba. Buscó un 7 Eleven, estacionó el coche sobre el Eje con las intermitentes encendidas, se bajó a comprarse algo, lo que fuera, nomás por despabilarse o, como había rumiado durante todo el día, evitar volver a casa. Trataba de decidir entre un mazapán o unas galletas o unas papas o de plano nada cuando un par de sujetos de traje y corbata en la fila para pagar, se atrevieron a hablar de él como si no estuviera presente. Hacía mucho que no le pasaba.

—Estos cuates orientales, quién sabe cómo funcionen las cosas en su país que creen que pueden dejar el coche ahí estorbando como si nada. A ver si no lo choca el trolebús.

Ernesto decidió que ni mazapán ni galletas. Serían unas papas grandes. Ese mínimo desahogo ya le bastaba para despabilarse. O al menos para agarrar valor y poder volver a casa.

—*Excusame*, señor… *¿can you tell me* cuánto pesos por este *candy?* —le preguntó al que se había quejado en voz alta, como haría cualquier "cuate oriental" que hubiese olvidado cómo se leen los dígitos numéricos sólo porque está de visita en Chilangolandia.

—Uno cincuenta —dijo el oficinista mirando las papas—. *One fifty*.

—Oh. Mucho gracias.

—*Your welcome*.

—*And by the way*… En mi país, que es éste mismo, las cosas funcionan tan de la verga que la bronca no es dejar estorbando el coche, sino que el estacionamiento de los clientes esté ocupado por dos puestos de tortas a los que ni modo de decirles algo porque todos nos estamos muriendo de hambre y no hay derecho en jodernos entre nosotros si ya nos jode lo suficiente la chingada economía.

Hasta el despachador se apenó. Pero siguió cobrando.

—Uta. Perdón. Yo creí que…

—Pues no andes creyendo, maestro. Mejor invítame las papas, que no tengo trabajo desde junio. Ándale.

—Bueno.

Volvió al auto, al tráfico de viernes y a la engañosa sensación de que algún día las cosas podrían en verdad componerse. En la radio despotricaban en contra del ejército zapatista, Zedillo y la subida del dólar, probablemente con la idea de hacer sentir a los radioescuchas que cualquier bronca era más bronca que la bronca que ellos estuvieran padeciendo. Pero ni las papas gratis le ayudaron a sentirse mejor; apenas se comió un par. Cuando llegó al estacionamiento del departamento por el que repentinamente desde hacía casi un año estaba debiendo una hipoteca impagable, después de azotar tres veces la portezuela del coche hasta que al fin agarró, el malestar ya se había largado. Total, la "cita de negocios" había sido una porquería. ¿Y? De todos modos nadie estaba mejor que nadie. Y todas las broncas competían entre sí para ver cuál tenía los colmillos más afilados.

Un par de años atrás ese departamento en ese edificio en esa colonia todavía tenía visos de promesa. Pero ahora hasta tomar el elevador le sabía mal porque le recordaba que la cuota de mantenimiento era altísima justo por detalles yupis como ése. Incluso había propuesto a los otros condóminos que lo usaran menos para pagar menos. Pero resultaba que de todos los propietarios, él era el único que se había quedado sin chamba. Igual redobló la artillería porque, como fuese, la inflación les estaba pegando con tubo a todos. Y nadie dio su brazo a torcer. Y ni modo.

Fue del estacionamiento al vestíbulo y al polémico ascensor arrastrando los pies.

—Buenas tardes, don Ernesto.

—Qué hay, poli.

Saludó sin voltear a ver al vigilante. Todavía le causaba escozor el haber propuesto —también— que prescindieran de sus servicios. Nunca supo si el poli se había enterado pero, por si las dudas, no lo miraba a los ojos desde aquel día.

Cuando el ascensor lo escupió en el cuarto piso y sacó las llaves para entrar a su casa no reparó en que todavía llevaba la bolsa de papas en la mano. Tal vez se había preparado para el "¿Cómo te fue?" pero no para el:

—Mira nada más. Supongo que te fue superbién porque hasta andas gastando en unas méndigas papas cuando yo hasta para comprar frijoles me la pienso dos veces.

Macarena ni siquiera levantó la vista del periódico en el que circulaba ofertas de trabajo. Para ella. También había perdido el trabajo. Pero ella desde que Leslie tenía cinco años y las gemelas dos meses. Porque el supuesto plan era: "yo pongo la lana, Maca, y tú la educación". Y les había funcionado hasta el día en que el licenciado Cerrón, el gerente de cobranza de la aseguradora, había llamado a su despacho a su subalterno, el licenciado Oroprieto, para darle una triste pero irrevocable noticia.

—Me las regalaron —soltó Neto a sabiendas de que apestaría a mentira.

—¿Ah, sí? ¿En la cita de negocios estaban regalando botana en bolsa?

—Algo así.

Se sentó en la sala pensando que tendría que idear rápidamente cuál era el plan "D" porque al plan "C" (pongamos un negocio con lo que le pueda sacar a las tarjetas) ya se lo había cargado el demonio ese mismo día. El plan "A" (pido trabajo) y el "B" (me autoempleo) ya ni siquiera figuraban en el mapa. Desde donde se había sentado pudo ver a Leslie, su hija en quinto grado de primaria, en su computadora jugando *"Where in the World Is Carmen San Diego?"*, últimamente su mayor pasatiempo. Las gemelas peleaban por algún juguete como ruido de fondo.

—Bueno. ¿Me vas a decir cómo te fue o mejor me entero cuando tu empresa empiece a cotizar en la Bolsa?

No lo pudo evitar. Siguió comiendo papas a la espera de que sonara el teléfono o llamaran a la puerta o un meteorito golpeara a la Tierra justo en la colonia del Valle. "Me va a ir bien, tengo el presentimiento" fue lo último que dijo antes de salir por la puerta, justo cuando Macarena había amenazado con empezar a buscar trabajo para ella, dado que él nomás no le metía dinero a la casa y las tarjetas de crédito ya parecían la boa que se comió al elefante de las primeras páginas de *El principito*.

Aunque… ya que hurgaba en su memoria, en realidad lo último que dijo, antes de cruzar por la puerta fue un: "Vas a ver que me va a ir muy bien y cuando vuelva hasta te vas a sentir mal por dudar" como respuesta al "con presentimientos no compras ni un mugroso litro de leche, Ernesto" de Macarena.

—Sí, lo sabía —soltó ella después de una pausa en la que Dios dejó claro que ningún meteorito visitaría el mundo. No ese día.

—¿Lo sabías? ¿Sabías qué?

—Pues eso. Que te fue del nabo. Pero no importa. Éste es el plan a partir de mañana. Te quedas a cuidar a las niñas. Yo consigo trabajo aunque sea de mesera de fonda. Evitamos la extinción de la especie. Fin.

—¡Mamá! ¡Romina me pegó con el coche de Barbie en la cabeza!

—¡Ay, qué llorona! ¡Pues porque no me lo prestas!

Las dos niñas de seis años de edad aparecieron con sendas quejas. En un tris se trabaron de los cabellos en una lucha feroz sobre la alfombra. Y Ernesto tuvo una reminiscencia familiar que lo obligó a comer más papas de la bolsa, aunque en ésta ya no había más que migajas saladas. Se sorprendió chupándose los dedos con fruición. Macarena ya había repartido nalgadas a sus dos hijas menores. Equitativamente. Luego, las mandó a bañar sin miramientos. En cuanto volvió a la sala, la ducha ya era el nuevo ruido de fondo. Neto había dado vuelta a la bolsa de papas y la lamía como si el alimento en el planeta se fuera a acabar en las próximas horas y ésa fuera su última oportunidad de llevarse algo al estómago.

—Porque además hay que pagar un montón de cosas —arremetió Macarena—. El tanque del calentador ya se picó y está goteando. Los lentes nuevos de Leslie. El dentista de las gemelas. El ventilador del coche. ¿Te volvió a dejar tirado?

Neto sabía que todavía podía seguirle sacando a la tarjeta de Banamex para pagar la de Bancomer y viceversa. Así hasta que el mundo se colapsara. Sabía que su mujer podía buscar trabajo. O que podían huir todos con el circo. Pero algo le decía que sólo una salida era viable.

—¿Me estás escuchando, Ernesto?

—¿Mande?

—Que si el coche te volvió a dejar tirado.

—¿Qué?

—¡Que si el coche se volvió a calentar y te dejó tirado! ¿Estás sordo?

Ernesto se volvió a chupar las puntas de los dedos, aunque en realidad ya era la reminiscencia de un tic nervioso muy lejano. Como cuando Mamá Oralia lo mandaba llamar y él comenzaba a tirarse del labio inferior.

—Es que no sé cómo decírtelo.

—¿Qué? No me jodas. ¿Y ahora qué? Chocaste el carro. Me carga la fregada.

—No. Para nada. Y no, no me dejó tirado.

—¿Entonces qué?

—El negocio que fui a ver.

—¿Qué pasa con él?

En un microsegundo todo cambió. Vio a su esposa como cuando se enamoró de ella, tres meses antes de que se embarazara de Leslie. De repente estaban ambos en aquella fiesta de la facultad, sentados en la alfombra, riéndose de puras estupideces. La cerveza y el Bacardí los llevaron a un clic instantáneo que no se fue al día siguiente. Ni al siguiente. Ni al siguiente. Ernesto, para el cuarto día, besando a su novia en los jardines de Ciudad Universitaria, se sentía el tipo más afortunado del Universo. Rubia como el sol y con un cuerpo que le quitaba el sueño (siempre le gustaron llenitas), se dijo que moriría antes que dejarla ir. Que haría siempre lo que hubiera que hacer por ella. Que la amaría y cuidaría por siempre. A los tres meses ella le avisaba que había perdido la regla y todo fue, a partir de ahí, como firmar un contrato con la vida. Se casaron a pesar de estar apenas en segundo semestre, trabajaron y estudiaron ambos hasta que nacieron las gemelas, año en que Maca dejó la chamba y terminó como pudo la carrera. Se ilusionaron con un viaje a Disney World que jamás llegaría como en cambio sí llegó el día en que discutirían por todo, una bolsa de papas, el dentista de las gemelas, los nuevos lentes de

Leslie. Pero Neto no había dejado de quererla. Como ella a él. Con todo, la falta de dinero puede ser peor que tener dos suegras metidas en tu casa.

—Ni te imaginas.

—¿Qué, carajo?

Ernesto pensó que todo era culpa de la jodida crisis. Si otros estaban asaltando en los microbuses, él, por su familia, también podía, simplemente…

—¡Es un negociazo! ¡Lo mejor que nos podría pasar! ¡La solución a todos nuestros problemas monetarios, Macarena!

Una pausa en la que ella volvió a tener dieciocho años, se reía de los chistes más tontos y se le formaban esos hoyuelos en las mejillas que la hacían ver linda y vulnerable y con capacidad de soñar con el futuro.

—¿En serio?

—Te lo juro.

—No me mientas, Neto, por favor.

—¿Por qué habría de mentirte?

Otra pausa que duró hasta que ella se puso a preparar unas quesadillas, las gemelas salieron del baño y se fueron a sentar a la cocina con sendas batas idénticas. Y Leslie fue obligada a apagar la computadora porque su padre descolgó el teléfono de su habitación y cortó la comunicación con —el cada vez más difícil de pagar— internet.

—¡Papá! ¿Por qué no me preguntas si estoy conectada? ¡Assshhhh!

—Ya. Igual es hora de merendar. Ve a la cocina y deja de quejarte.

Una pausa en la que Macarena apenas decía lo indispensable mientras atendía a sus hijas. Ella también sabía que podía trabajar, que Ernesto podía encargarse de las labores de la casa, que nada había de malo en un *switch* que tal vez hasta estaba necesitando. Pero también le daba miedo terminar como muchos, obligada por la crisis a aceptar cualquier cosa por hambre, a empezar a ser miserable de nueve a cinco cuando en realidad casi siempre había sido feliz siete por veinticuatro. Al menos hasta el junio pasado. Y siguió acumulando quesadillas hasta que Leslie le preguntó si las estaba engordando para un concurso porque la palabra "negociazo" puede hacer eso por cualquier persona, sacarla de sí y ponerla a flotar en nubes de algodón. Una pausa que no terminaría hasta que, media hora después, escuchara algo a la distancia, una palabra que amenazara con devolverla a la horrenda posibilidad de empezar a hacer llamadas preguntando sueldo y condiciones laborales.

Ernesto insistió al teléfono hasta que, al fin, dejó de estar ocupado el número al que ya había marcado diecisiete veces.

—Okey, estoy dentro —dijo, asegurándose de que Macarena siguiera en la cocina con sus hijas.

—¿Quién habla?

—Soy yo, Jocoque. No me jodas. Ya te dije. Estoy dentro.

—¿Estás dentro? ¿De dónde o qué?

El diálogo le resultaba tan familiar a Neto que tuvo que contar del uno al diez para no arrancarse con los vituperios usuales hacia su hermano. Pero ésta no era, en lo absoluto, una situación usual. Y había que tratar el asunto con pinzas, con pincitas, al menos mientras no viera su nombre en un cheque de cinco cifras o algo así.

—No chingues. ¿Cómo que de dónde? Te estoy hablando para decirte que le entro al negocio. Mi única petición es que me dejes a mí organizarlo todo.

—¿El negocio? ¿Qué negocio?

—Ya, pinche Jocoque.

—¿El mismo por el que hace rato saliste corriendo de mi casa como si se hubiera desatado la puta guerra mundial?

Ernesto se sentó sobre la cama. Pensaba descalzarse pero mejor no lo hizo. Tal vez tuviera que salir de emergencia a casa de su hermano para persuadirlo como cuando eran niños, aplicándole alguna buena llave de lucha libre. Luego recordó lo de las pincitas y contó hasta el diez. De ida y vuelta.

—Okey, me ofusqué. Entré en pánico, lo admito. Pero ya estando acá, me di cuenta de que tiene potencial.

—O tal vez viste tu cuenta bancaria y te acordaste de que no tienes ni para chicles. En fin. Como sea. El pinche negocio se fue a la mierda. Fue cancelado.

Ernesto comprendió que tendría que cerrar la puerta de la habitación. Y echar seguro. Porque seguramente tendría que decir algo así como:

—¿QUÉEEE? ¿Cancelado? ¿Cómo que cancelado?

Y no podría dejar el volumen de voz a un nivel decente. De plática formal de "negocios", por ejemplo.

—Tú tienes la culpa, cabrón. El viejito me mandó a la verga en cuanto te fuiste. Y además se llevó mis discos de Neil Diamond como pago por haberlo hecho perder el tiempo.

—¿Cómo que cancelado?

—Deja de repetir lo mismo como pinche loco, Marioneto. Cancelado. Sí. Muerto. *Kaput*. No se hizo. Ya. A otra cosa.

—Pero debe haberte dejado algo. Un teléfono o algo. Búscalo y ya.

—"Búscalo y ya." Ajá. Pues no, no me dejó nada. Ni las gracias por la coca que le regalé. Igual que otro cuyo nombre no quiero mencionar.

—Pero…

—Ya, güey. A otra cosa. Y deja de quitarme el tiempo, que tengo una cita con una chava a las diez. Y me debes cinco discos, pendejo.

Jocoque colgó justo en el momento en el que, del otro lado de la puerta de la recámara, una mujer con cabellos como el sol y el sobrepeso exacto para todavía volver loco a su marido, una tira de queso Oaxaca en una mano y una tortilla doblada en la otra, se atreviera a decir, tímidamente:

—Neto… ¿todo bien?

Porque le había parecido escuchar la palabra "cancelado" desde la cocina y la obnubilación maravillosa en la que estaba felizmente flotando se había terminado de tajo, como cuando en una fiesta de patio algún vecino desgraciado baja el *switch* de la luz sin decir ni agua va.

Neto agradeció que su esposa no pudiera ver su rostro porque seguro algo habría adivinado en éste. Se sentó a la cama. Se echó de espaldas. Se cubrió la cara.

—Neto… ¿todo bien?

Arrojó un cerillo al laberinto de posibilidades para que su pensamiento, como ratoncito asustado, se viera obligado a encontrar una salida de manera urgente, antes de que las llamas lo consumieran todo, incluyendo su situación familiar, su poca dignidad restante, su aún más escasa autoestima. Porque en opinión de Jocoque, Mamá Oralia tenía más de doce millones en el banco, de acuerdo con sus fuentes. Y eso llevaba la aritmética a poco más de dos para cada uno, contando al viejito, si tasaban el asunto en un millón de dólares, tipo de cambio actual. Y ninguna salida de la crisis era tan potente como ésa. No cuando se desea huir a toda costa de verse vendiendo perfumes en un sistema piramidal.

Abrió la puerta de golpe.

—Perdón. ¿Decías?

—Eh… que si todo bien.

—Claro que todo bien, mujer. ¿Por qué la duda?

—No. Nada más. ¿Quieres quesadillas? Sobraron varias.

—Sí, gracias. ¿Hiciste salsita?

—No, pero ahorita hago. ¿Verde o roja?

—Verde.

Un beso en los labios. Y el ratoncito como un bólido girando entre las esquinas, golpeándose contra las paredes, corriendo como alma que lleva el diablo para no acabar, como muchos en tales crisis, muerto, cancelado, rostizado.

Tic nervioso

José Ernesto, José Jorge y María Candelaria a la orilla del camino. Es ella la que levanta la mano con el pulgar hacia arriba. Es ella la que los ha urgido a dejar la casa. Un poco más allá, José Guadalupe, aunque éste, apartado de sus hermanos, como siempre, entre los árboles, masticando una varita, los codos sobre las rodillas, receloso.

—¿Y adónde se supone que vamos a ir, Candelaria? —rompe el silencio José Ernesto, sentado sobre la orilla de la cuneta, los zapatos sucios de tierra, la mirada puesta en la nada.

—No sé. A cualquier lugar lejos de aquí.

—Baja la mano, mensa, si ni viene ningún coche.

Ese último, José Jorge, es el más abatido. Igual y es a él a quien pusieron a dar más vueltas a la finca. Diecisiete carreras alrededor de la casa, yendo hacia el establo y pasando por los chiqueros y el pozo o no habría merienda. Los otros, cinco vueltas nomás.

—Cállate, que se oye que viene un coche.

Es la primera vez que intentan dejar San Pedrito. Y no será la última. Pero las que vendrían con los años ya no implicarían, por fuerza, irse todos juntos, como en esta primera.

En los alrededores sólo hay bosque. Y la temporada de lluvias está lejos, por lo que ni siquiera tienen el consuelo que ofrece a veces el verdor de la naturaleza. Y el único camino transitable que lleva al pueblo es ése, de terracería. Y no se escucha más que el sordo rumor de las cigarras. Y están cansados y hambrientos. Pero los cuatro están seguros de que estarán mejor en cualquier otro lado. O al menos los tres que siempre se comunican entre sí. José Guadalupe sólo se encoge de hombros para todo. José Ernesto tiene nueve años, María Candelaria y José Guadalupe ocho. Y José Jorge siete. José Ernesto tiene los ojos rasgados y el cabello lacio. María Candelaria los ojos azules y el cabello rojo encendido. José Guadalupe los ojos castaños y la piel morena clara. José Jorge los ojos negros y la piel morena oscura. José Ernesto es el único alto. José Jorge el único chaparro. Todos, complexión normal, ninguno más gordo o más flaco. Todos, alumnos de la primaria 21 de marzo. Todos, hijos de la mujer más rica del pueblo. Todos, más parecidos de lo que quisieran admitir, a pesar de que juntos parecen uno de los anuncios de "Los colores unidos de Benetton" que se pondrían tan de moda veinte años después.

Se acerca un automóvil, en efecto. Una *pickup* cargada de costales. Se detiene brevemente. El hombre tras el volante los observa. Los identifica. Sigue su camino.

—Qué poca —dice Candelaria.

Ningún automovilista los llevaría a ningún lado porque ningún automovilista de la región ignoraría quiénes son, con esas apariencias tan peculiares y a sabiendas de que llegaron uno por uno al pueblo llevados en brazos por la seño Oralia cuando aún vivía don Raúl Oroprieto. Al menos tres de ellos. Bebé tras bebé sin dar explicación alguna de dónde los sacaba. Desde luego que nadie les daría un aventón a ningún lado porque nadie le haría eso a la seño Oralia. Nadie, al menos, que en verdad valorara su vida o su posición en el pueblo.

Ya adulto, varios años después, y justo cuando se acercaba el sexto pesero al sitio en el que se encontraba parado, Ernesto recordó ese momento de su niñez cuando quisieron fugarse por primera vez él y sus hermanos de las garras de su madre. Y no pudo evitar sentir una similar desazón.

Subió al microbús y, en vez de pagar, echó una rápida ojeada entre los pasajeros.

—Es que estoy buscando a alguien.

El chofer se impacientó. Mientras el primero "buscaba a alguien", el segundo permanecía con un pie en el pavimento y el otro en el estribo, obligando al vehículo a no avanzar.

—¿Cómo que está buscando a alguien? —gruñó el hombre tras el volante.

—Ya, ya. Igual no está.

Neto se apeó y el chofer aceleró, negando con la cabeza. Ambos hermanos se refugiaron en la sombra del puesto de periódicos de esa esquina del eje 7. Jocoque con la misma ropa del día anterior, Ernesto con un traje similar al del día anterior, uno que cualquier licenciado utilizaría para ir bien presentado a una buena "cita de negocios". Macarena misma le había escogido el atuendo y le había planchado la mejor de sus corbatas.

—Ya, güey —gruñó Jocoque—. No vamos a dar con el pinche viejo. Mejor sigamos con nuestras vidas como si no lo hubiéramos conocido. Haz de cuenta que volviéramos en el tiempo a ayer, a esta hora, cuando ni yo me lo había topado ni tú te imaginabas que te iba a hablar.

—No puedo —torció la boca Neto—. Macarena cree que estoy en el negocio de nuestras vidas.

36

—La gran cagada.

Jocoque sacó de la bolsa de su chamarra un termo con café al que le había echado su último chorrito de ron antes de salir de su casa. Le dio un trago. En verdad esperaba que su hermano desistiera. De todos modos ya no le parecía tan buena idea. Quién sabe por qué ahora resultaba que sí era el negociazo.

—Mejor nos esperamos al lunes. Qué tal que ayer que me lo topé iba a trabajar.

—¿A trabajar? ¿Un señor de esa edad? No mames.

Jocoque sacó ahora el localizador que llevaba siempre en el bolsillo para ver la hora. Lo usaba para farolear en sus citas, aunque en realidad no tenía conexión con ningún servicio. Había aprendido a hacerlo sonar metiendo la mano al bolsillo y apretando un par de botones. Así, fingía que había recibido un mensaje importantísimo, la mejor excusa para hacerse el don importante o para salir corriendo si la situación lo ameritaba. También tenía un celular sin línea que usaba con los mismos fines, para apantallar a quien tuviera enfrente, aunque ése lo llevaba sólo cuando no se le olvidaba cargarle la pila.

—Ya es tarde. Mejor vámonos. Igual y pienso otro negocio.

—No es otro negocio. Es éste o ninguno.

Se acercaba otro pesero y Ernesto se dispuso a la misma operación del anterior. Hacerle la parada, subir, escudriñar con la vista, abordar al viejo o bajar decepcionado.

Las luces del único auto que da trazas de detenerse hace saltar de júbilo a los tres chicos a la orilla del camino; el cuarto sólo se pone en pie. Se tardan en reconocer el coche de su madre. De todos modos ya es tarde y están más cansados y más hambrientos que dos horas antes, cuando quisieron escapar.

Ernesto adulto escuchaba perfectamente la voz de su madre y veía perfectamente las luces del auto y sentía perfectamente el frío en la piel aunque ya hubiesen pasado casi dos décadas.

—No hagan dramas y súbanse —dice Mamá Oralia al volante y al recuerdo. Es un LTD negro al que nunca permitía que se subieran excepto si iban vestidos como para una primera comunión. A saber si la señora, en ese entonces de cincuenta y tantos años, consideraba una ocasión especial el tener que recoger a sus hijos del camino por rebeldes.

Los cuatro suben. A regañadientes.

—Tres rosarios cada uno —es lo único que dice ella—. Excepto José Jorge, a quien le tocan cinco.

—Ay, no mames —refunfuña el más afectado.

—Seis.

—¿Pero por qué, Mamá Oralia?

—Siete entonces.

Jocoque niño prefiere dejarlo ahí y quedarse callado. Pero desde luego que considera una injusticia dar diecisiete vueltas a la finca por haberse ido de pinta de la escuela. O rezar siete rosarios. Sus tres hermanos solamente lo habían solapado; dos por convicción, el tercero porque sólo hablaba si su vida peligraba de muerte. Y de eso a que Candelaria explotara —porque su madre se negó a servirles de comer hasta que no cumplieran su castigo— y sugiriera la escapatoria fue cosa de nada.

Lo cierto es que, al volver a la finca, rezaron hasta que se quedaron dormidos en las letanías del segundo rosario, pero Mamá Oralia no se los perdonó porque al otro día rezaron todo lo que le quedaron debiendo. Y sólo así aceptó servirles de desayunar. Jorge no salió de la casa, una vez que volvió de la escuela, hasta que cubrió los siete. Y sólo así aceptó su madre servirle de comer. Aunque habría que decir a favor de Jocoque niño que, una vez que terminó el postre, inició un nuevo rosario que hizo sentir a Mamá Oralia que había tocado el alma insensible de ese niño que era como el demonio, cuando en realidad el escuincle estaba pagando penitencia adelantada para poder decir, una vez que terminó: "Hubiera aceptado dar las pinches vueltas pendejas, chingada madre".

Ernesto bajó del séptimo pesero recordando que ese mínimo acto de rebeldía de los cuatro hermanos Oroprieto Laguna fue, en su momento, como el primer vaso de agua fresca que un náufrago se lleva a la boca. Y se sorprendió sonriendo para luego agregar: *Un náufrago que, a los dos días de ser rescatado, vuelve a ser echado al mar pero ahora sin bote salvavidas para que se le quite al cabrón*, se dijo mentalmente. Porque es cierto que, a partir de esa primera vez, Mamá Oralia redobló sus penitencias y castigos.

—No me digas. Tampoco en ese pesero iba el santo padre —dijo Jocoque al volver al refugio de sombra del puesto de periódicos.

—Pues te equivocas. Sí iba pero también iba Cristo en persona y preferí hacer tratos con él. Al rato nos llama.

Pero igual un acto de rebeldía es un acto de rebeldía. Como decidir que uno no se va a morir de hambre con la chingada crisis. Y qué mejor que, en vez de buscar trabajo de dependiente de un videoclub, llevar a cabo un negocio de un millón de dólares. *O una estafa*, corrigió una voz interior a la que prefirió no hacerle caso.

Al décimo segundo pesero, Jocoque convenció a Neto que siguieran la búsqueda el lunes, que de todos modos Macarena no le creería que en pleno sábado tenía que arreglar los aspectos financieros del "negociazo". Y se despidieron. Apenas para que Neto recordara que lo único que los unía, a él y a sus hermanos, cuando eran chicos, era la complicidad en contra de Mamá Oralia, porque el resto del tiempo siempre se la pasaban de la greña.

Cuando volvió a casa, con la Golf empeñada en echar humo porque el ventilador volvió a zafarse, se encontró con que su mujer y sus hijas se habían arreglado como si fueran a comer en la calle.

—Decidí que vayamos a comer a la calle —dijo Macarena—. Nos lo merecemos.

—Pero… —trató de atenuar Neto—. Falta todavía para que empiece a ver dinero.

—Sí, ya sé —insistió su mujer, en gran medida deslumbrante—. Pero podemos usar la tarjeta de Bancomer, que es la que tiene menos saldo. Ándale. Nos lo merecemos.

—Pero el coche se volvió a calentar.

—Tomamos un taxi. Nos lo…

—… merecemos, sí.

Ernesto se dejó besar, sonrió un poco forzado, se metió al baño a lavarse las manos, sucias de la grasa que siempre le quedaba cuando hacía funcionar el ventilador a golpe de puño, se miró al espejo, diciéndose que no podía hacerle eso a su familia. Luego, fue a su recámara a echarse loción y cambiarse la camisa y peinarse y preguntarse si no terminaría, en el futuro, en algún juzgado de lo familiar por engañar a su mujer de la peor manera. Ni siquiera una amante le parecía, en ese momento, tan grave como el engaño de "todo está perfecto, querida, pide un taxi al restaurante más caro que se te ocurra, por favor, nos lo merecemos".

—No hay tal negocio, ¿verdad?

Sintió un escalofrío. Uno en serio. Pero se trataba de Leslie. A su lado, resolviendo un cubo Rubik casi sin mirarlo. Llevaba puestos vestido, zapatos, calcetas largas, moño. Y unos anteojos púrpuras nuevos. Seguramente ya adquiridos con cargo a la tarjeta de Bancomer, la que menos saldo tenía.

—No sé de qué me hablas. Bonitos lentes, por cierto.

—Te conozco, pa.

Y sí. Era la que más se parecía a él. Física y mentalmente. Aunque de cabello rubio, como la madre, tenía los ojos rasgados, como el padre. Y también, a sus diez años, tenía esa propensión a las matemáticas que a él lo llevó a estudiar actuaría para terminar trabajando en una aseguradora (sí, en el área de cuentas por cobrar, pero nadie es perfecto).

—Te da un como tic debajo de la aleta izquierda de la nariz cuando estás preocupado.

—¿Un como tic?

—Sí. Pero no es tan frecuente. O sea, te da y luego ya no y luego te vuelve a dar. Ahí. Mira. Ahí está. A lo mejor porque lo invoqué.

Neto se empezó a anudar la corbata sobre la camisa limpia, mirándose al espejo. Qué tic ni que nada. Era un engaño, desde luego. Pero había que reconocerle a la niña su alta perspicacia. Resopló un segundo. Se aseguró de que su mujer siguiera hablando al teléfono con su comadre.

—O sea… —se animó a confesar en voz muy baja—. No es que no haya tal negocio. Pero todavía no se concreta por completo.

—¿Y si no se concreta?

—Se va a concretar.

—¿Pero y si no se concreta?

—Vendo a alguna de mis hijas a los gitanos.

41

Siguió arreglándose. Estaba seguro de que tendría pesadillas de sí mismo subiendo a un número infinito de microbuses en pos de un abuelo idéntico al papa. Se imaginaba ya soñando que encontraba a Laurence Olivier, a Santa Claus, a Darth Vader, a Chabelo, pero nunca a quien necesitaba para concretar el "negocio".

—¿De qué es el negocio, pues? A lo mejor puedo ayudarte —dijo Leslie, una vez que puso el cubo resuelto sobre el edredón de la cama de sus padres.

—Es... un negocio. Un buen negocio. Es todo lo que puedo contarte por ahora.

—Sí, fue lo que dijo mi mamá que le dijiste a ella. Pero no es ilegal, ¿verdad?

—Debería dejarte sin domingos por dudar de tu padre.

—Deberías volver a darme domingos para podérmelos quitar.

Fueron, en efecto, al restaurante más caro que se les ocurrió. Y lo peor fue tener que seguirle el juego a Macarena con su "nos lo merecemos", porque hasta las niñas pidieron un corte de carne que no se habrían terminado ni en dos semanas. Los postres fueron como de coma diabético. Y la botella de vino, como para festejar la nominación a un Oscar. Cuando firmó el *voucher*, Ernesto sintió que en verdad empezaba a desarrollar un tic debajo de la aleta izquierda de la nariz.

Luego, ver ropa en Plaza Universidad. Afortunadamente, sólo compraron calcetines para todos. Y sendos heladotes.

Igual de afortunado fue el tener un chorrito de whisky en casa porque, de no ser así, no habría podido Ernesto cumplir con el corolario que Macarena le estaba reservando desde el principio y que él se olfateó desde que mandó a dormir a las niñas temprano. No bien salió de lavarse los dientes y ella ya estaba en la cama, cubierta solamente por la tenue luz de la vela aromática que siempre prendía cuando se trataba de… esos menesteres. De no ser por ese chorrito de whisky que anticipó Ernesto, la angustia de saber que el doble de Juan Pablo II andaba perdido por la ciudad y arruinándole la única oportunidad de ser rico, le habría impedido la mínima funcionalidad en los ya mencionados menesteres.

Pero de las pesadillas no se libraría, desde luego. No cuando Macarena, después de rendirse satisfecha sobre la almohada, le había salido con que:

—¿Sabes qué es lo mejor de todo? Que vamos a poder comprar regalos buenos de Navidad para todos. Porque ya estaba viendo la carota con la que nos iba a salir Georgina de "uta, pinches muertos de hambre" cuando cayéramos sin nada a la cena.

Dicho esto, se quedó dormida. Y Ernesto sintió que era su obligación soñar consigo mismo entrando a un pesero tras otro mientras Chabelo, Laurence Olivier y demás bola de advenedizos, todos pasajeros incidentales, se burlaban de él por su mala, malísima, malisisísima suerte.

Un toro en la escuela primaria

Hubiera rezado, honestamente. Pero él y sus hermanos habían convenido que serían ateos hasta el último día de su existencia. Con todo, hubiera rezado si de veras hubiese creído que sirviera de algo. Porque ya eran las tres de la tarde de ese lunes en que él estaba arreglando los pormenores del negociazo ("¿de qué me dijiste que es el negocio, gordo?", "no te he dicho, gorda", "Okey, gordo, nada más es para poder contarle a mis amigas, porque no dejan de preguntar", "ya te diré cuando se haga, gorda", "¿pero se va a hacer, gordo?", "claro que se va a hacer, gorda") a los ojos de Macarena cuando en realidad estaba subiendo y bajando de microbuses como jodido vendedor ambulante sin mercancía.

Y no se veía ninguna luz al final del túnel. De hecho, metafóricamente hablando, el mismo túnel ya se había derrumbado sobre él y Jocoque cuando uno de los microbuses decidió no detenerse frente a ellos porque los reconoció como el par de payasos del sábado anterior. Neto presintió entonces que, lo que seguía, era que los reportaran con la policía y terminaran aplicándoles una multa que no podrían pagar más que poniendo un riñón en venta.

Se sentó al lado de su hermano en la banqueta, sudando como si hubiesen hecho la mudanza de un piano por varios pisos cuando en realidad sólo habían estado subiendo y bajando escaleritas. Sudando. Copiosamente. Y eso que el invierno ya comenzaba a anunciarse. El cielo era tan gris como la urbe y el único destello de color lo ponían los santacloses que adornaban el puesto de periódicos, la cantina de la esquina, los anuncios espectaculares y el mundo entero. Jocoque, al menos, ya se había cambiado los pantalones, aunque la camisa y la chaqueta eran los mismos de la semana pasada. Neto, en cambio, seguía con la misma pinta de vendedor de enciclopedias, traje impecable pero con hoyos en los bolsillos (en los calcetines ya no porque eran nuevos).

—Ni hablar, güey. Ya mejor pensamos otra cosa. De todos modos ni era tan buena idea —dijo Jocoque mientras jugaba a apretar teclas en su celular sin línea.

—Ajá. Y terminar poniendo un circo de pulgas vestidas. No mames. Era una buena idea. La única buena idea que has tenido en tu vida.

—Ya déjalo, Patineto. Ni modo. A otra cosa.

Ernesto resopló. Si en verdad se decidían a cambiar de idea tendría que ser algo tan bueno que les representara un negociazo de un millón de dólares. No tarugadas de andar siguiendo escuinclas por la calle o paseando gatos sin correa.

Reparó en el pantalón que se había cambiado Jocoque. Era el mismo que llevaba cuando le habían metido un tiro por andar tronando chavas por persona interpuesta. En cierto modo lo admiró. No sólo ya no cojeaba, y eso que el incidente había ocurrido apenas cuatro meses atrás, sino que hasta había conservado el pantalón y se lo ponía.

—No puedo, güey. No sabes cómo están las cosas con mi vieja. Ya hasta me dice "gordo" otra vez.

—La gran cagada.

Como una repetición del mismo diálogo del sábado anterior. Jocoque incluso extrajo el mismo termo y le dio un sorbo, hermano gemelo de aquel del sábado. La crisis había hecho eso y más en la gente. Había conseguido que un actuario y un bueno para nada se aliaran en la necesidad de salir adelante, por ejemplo. Sentarse en una banqueta y tratar de decidir cómo hacer para recuperar un estúpido sueño que había durado apenas unas cuantas horas. Porque hay de sueños a sueños. Sueños, por decir algo, de un monto tan exorbitante que, aunque son como querer retener un puñado de niebla, valen la pena cualquier esfuerzo. Mentirle a la familia, por ejemplo.

—Se me había ocurrido algo —dijo Jocoque, repentinamente—. Pero a lo mejor es una jalada.

—Mientras no sea un circo de pulgas…

—No te vayas a reír.

—Ja. ¿Yo?

—No te vayas a reír, pinche Neto.

El moreno sacó de una bolsa de su chaqueta un trapo anaranjado. O al menos eso le pareció a Neto cuando lo detuvo entre sus manos, hecho bola.

—Se me ocurrió conseguir un sabueso y darle a oler el chaleco del viejito.

—¿"El chaleco del viejito"?

—Sí. Éste. Se le olvidó el viernes. ¿No te dije?

Ernesto tomó el pedazo de tela anaranjado. En efecto, un chaleco de lo más cutre.

—Se lo damos a un sabueso y a lo mejor da con él —remató Jocoque—. Creo que hay sabuesos con el olfato acá, bien cabrón. Ya sé que es una ciudad enorme y la madre. Pero una vez vi un documental que…

Neto lo extendió por cinco segundos. Al sexto ya estaba golpeando a su hermano en la cara con el pedazo de tela, como si quisiera espantarle un millón de moscas.

—¡Cálmate, idiota! Mejor te hubieras reído.

Tal vez fue porque aquel ratoncito asustado, que necesitaba urgentemente salir disparado fuera del laberinto, había dado, al fin, con una salida real y no el engaño efímero del viernes anterior que sólo lo devolvió, maniatado, a la casilla cero, al mismísimo centro de su espantoso encierro.

—"¿No te dije? ¿No te dije?" —imitó Ernesto a su hermano. Se puso en pie y fue a la carrera hacia el coche, que había dejado estacionado a media calle. A Jocoque no le quedó más remedio que seguirlo también a toda prisa.

—¿Qué pasó, pinche Neto? ¿Qué mosco te picó?

Ni siquiera Neto lo sabía. Pero el ratoncito de sus pensamientos estaba tan furioso y tan desesperado y tan urgido de no morir devorado por las llamas que no necesitó más que de cinco segundos para reparar en algo muy parecido a una solución. Ernesto pensó por unos instantes dejar ahí a su hermano pero, finalmente, él había sido el de la idea original. Y, en cierto modo, también le había ofrecido esa última posible salida; tarde, sí, pero era mucho mejor que estar entrando y saliendo de transportes públicos hasta el fin de los tiempos. Después de tirar de la puerta por cuatro veces hasta que al fin cerró, se estiró sobre el asiento del copiloto y levantó el seguro. Jocoque subió enseguida. En el trayecto, el único diálogo fue:

—¿Desde cuándo no te bañas, cabrón?

—Qué te importa. No tengo gas en la casa.

—Báñate con agua fría.

—"Ay, no sabía que no tenías gas, hermano. Si quieres puedes bañarte en mi casa."

—Báñate con agua fría.

En algo muy parecido a un santiamén llegaron al lugar en el que, de acuerdo con las revitalizadas esperanzas de Neto, podría estar su salvación.

—¿A qué vinimos al súper?

—¿Tú, a qué crees?

—No sé, güey. ¿A comprar mayonesa?

Por respuesta, Ernesto se apeó y, como si fuese el presagio que necesitaba para no salir del súper con una botella de dos litros de ron marca libre para tomársela en la banqueta, la puerta cerró a la primera. Ernesto se sorprendió diciendo "Por favor, por favor, por favor" en algo que cualquier otro hubiera confundido con una plegaria. Para acallar su consciencia se dijo que estaba hablando con el destino, con la suerte, con sus zapatos. Jocoque simplemente caminó en pos de él. Como fuese, le parecía mejor idea ir de compras que estar sentados en la calle esperando a que pasara el Magical Mystery Microbús que los llevaría al nirvana de un millón de dólares.

En cuanto dejaron atrás el estacionamiento e ingresaron a la Comercial Mexicana de Pilares que ya se les antojaba el templo del Santo Grial, fue evidente, incluso para Jocoque —quien probablemente no hubiese despertado aun del todo— el porqué su hermano había elegido ese sitio como siguiente estación de la búsqueda: todos los empacadores de las cajas registradoras portaban el mismo chaleco color naranja. Todos eran hombres de la tercera edad.

—"¿A trabajar? ¿Un señor de esa edad? No mames" —dijo Jocoque, citando palabra por palabra a su hermano.

48

Neto pensó en mil maneras de responder pero prefirió no utilizar una. En realidad nada tenían resuelto todavía.

Caminaron frente a las cajas de cobro, que iban de la uno a la veintinueve. Sólo estaba en servicio la mitad pero en cada una de ellas había un señor de pelo cano introduciendo las compras de alguna señora rica en bolsas de plástico con el logo del supermercado.

Ernesto seguía diciendo "por favor por favor por favor" cuando en la caja número cuatro le llamó la atención un señor con anteojos de espejo y sombrero fedora. Hubiera dicho "gracias gracias gracias" instantáneamente pero se acordó de que en realidad estaba hablando con sus zapatos. El célebre empacador metía en ese momento una caja jumbo de Zucaritas en una bolsa, al lado de una promoción de champú Vanart al 3 x 2.

—¿Cómo el cereal al lado de los champús, don? —intervino Jocoque.

Ernesto pensó que no podía haber peor aproximación. Como en muchas otras ocasiones en su vida al lado de Jocoque, le dieron ganas de que esa situación estuviera ocurriendo a la orilla de un barranco para poder empujar a su hermano al vacío y poder fingir, con el interpelado, que aquella voz incordiosa había sido producto de su imaginación.

Detrás de los anteojos de espejo de Pancho Kurtz seguramente había una mirada fulminante.

—¿Qué hacen aquí?

Ernesto hizo un ademán a Jocoque para que lo dejara hablar y no saboteara el asunto. Un ademán que dejaba en claro que bastaría una palabra para que lo asesinara ahí mismo, enterrándole un bolígrafo en el cuello.

—Buenas tardes, señor Kurtz. Disculpe que...

—¿Cómo dieron conmigo?

Por respuesta Ernesto mostró el chalequito, que llevaba en una de las bolsas interiores de su saco.

—Me deben quince nuevos pesos que me costó el repuesto. ¿Qué quieren? —gruñó arrebatando el pedazo de tela.

—¿Podemos hablar? —insistió Ernesto.

Ya la cajera y la señora cuya mercancía estaba siendo empacada miraban la singular escena con suspicacia. Un alto oriental con facha de empresario y un morenísimo y bajo sujeto vestido como si fuese a arreglar la plomería de alguien, abordando al señor empacador como hacen los espías en las películas. O los detectives antes de arrestar a alguien.

En circunstancias distintas, el señor Kurtz se hubiera negado, por supuesto. Llevaba años padeciendo a aquellos que, orgullosos de su hallazgo, pese al bigote o la barba o ambos, o la greña o el sombrero o los lentes sin aumento o lo que fuera que llevara encima, buscaban la ocasión para aproximarse y decirle: "Oiga, señor… ¿nunca le han dicho que se parece mucho a…?". Llevaba tantos años en ese ejercicio que en verdad se hubiera negado. Al igual que hubiese podido hacerlo en el pesero el viernes, cuando ese muchacho de mirada penetrante se sentó a su lado y simplemente se puso a tararear aquella empalagosa canción de Roberto Carlos. Pero en dos segundos, tanto el viernes como ahora, decidió que era la primera vez que le proponían hacer dinero, buen dinero, con su apariencia. Y en verdad necesitaba mejorar su situación financiera.

—Nada más termino de empacarle a la señora.

—No se preocupe, señor. Si necesita irse, vaya —reaccionó la señora, metiendo un tarro de mermelada en la misma bolsa que el detergente.

Pancho Kurtz sonrió a la fuerza y caminó a lo largo del pasillo a paso veloz, seguido por los dos recién llegados, como harían dos perritos falderos. O dos gatos bien entrenados.

Salieron al estacionamiento, donde el señor Kurtz extrajo un cigarro y lo encendió enseguida.

—Si no es indiscreción, ¿cuántos años tiene, señor Kurtz? —preguntó Neto con un tono de voz bastante sosegado. Ahora sí que el ratoncito se encontraba a salvo, bañándose en champán, tomándose fotos con sus admiradoras, firmando contratos con varias marcas patrocinadoras de queso Camembert.

—Sí, sí es indiscreción. ¿A qué vinieron?

José Ernesto y José Jorge, de once y nueve, respectivamente, frente al director de la escuela primaria 21 de marzo.

—¿Quién de ustedes fue? No crean que por ser hijos de la seño Oralia no puedo castigarlos. Ya lo he hecho antes y puedo hacerlo ahora.

José Ernesto se tira del labio inferior. José Jorge no le despega la vista al anciano director. Un novillo ya con los pitones en punta había aparecido al interior de la escuela. Alguien lo había llevado para allá en la noche. Nadie se animaba a cruzar la puerta. Pero el animal tenía la marca de la finca de la señora Oralia y no fue difícil deducir quién era el culpable. Alguno de los Oroprieto Laguna.

José Ernesto sabe que no fue él. Que no podría haber sido María Candelaria porque está enferma de sarampión en casa. José Guadalupe es caso perdido. Así que sólo queda una posibilidad: el único, además, que duerme en los establos cuando se pelea con todo mundo. Pero Neto no quiere delatarlo, le parece sumamente...

—¡Fue él, maestro Piña, José Ernesto!

51

… desleal.

—¿Qué dices, cabrón? ¡Fuiste tú!

—¡Fuiste tú!

—¡A mí ni me quiere ese pinche toro!

—¡A mí menos!

—Castigados los dos.

Neto no pudo evitar ese recuerdo justo en el momento en el que el señor Kurtz, que seguramente tendría los mismos años que el director de la escuela en ese entonces y que también sintió la necesidad de sacar un cigarro para sosegarse porque todavía tenía que sacar un toro de la escuela, reprender dos escuincles y dar el reporte a la seño Oralia y ni las ocho y media de la mañana eran. No pudo evitar el recuerdo porque se le antojó que nada de eso tendría que estar pasando. Que todo ese asunto era como meter un toro al patio de la escuela. Ya se veía cargando leña, dando vueltas a la finca, acarreando agua, rezando un millón de rosarios con todo y letanía.

No pudo evitar ese recuerdo porque fue cuando comprendió que con Mamá Oralia nadie se metía sin pagarla con intereses. Sintió un escalofrío. Pero un millón de dólares bien valía la pena el riesgo.

—Quiero el doble —dijo Pancho Kurtz entre una frase y otra. Entre una bocanada de humo y otra. Entre un segundo y otro de los dos que apenas duró el recuerdo del incidente del toro en la mente de Neto.

—¿Qué? —repeló éste.

—Como oyeron. O no le entro.

—Oiga… es cierto que lo necesitamos, pero…

—Ya me di cuenta de que no tienen ni maldita idea de en lo que se están metiendo. Así que quiero el doble para amortiguar las mil tonterías que seguro pasarán.

El papa se quitó los lentes. Se cruzó de brazos. Jocoque seguía en silencio. A sabiendas de que le convenía más que su hermano se ahorcara él mismo a que le volviera a echar en cara que lo había arruinado todo por completo, prefirió seguir haciendo como si no estuviera presente.

—Oiga, don, no hay que ser. Todos nos vamos a llevar lo mismo.

—Y ni le sigan porque pido el triple. No sé por qué me da la impresión de que en su vida han hecho una sola cosa útil.

Jocoque sacó del interior de la bolsa de su pantalón la caja de gelatina Jello que se robó de la bolsa mal empacada de Pancho Kurtz. Abrió la bolsa y comenzó a comerse el polvo como si fuera chamoy. El cielo amenazaba lluvia. Y el frío empezaba a calar. Pero acaso estuvieran haciendo ahí, en el estacionamiento de un súper, el negociazo que les habría de resolver para siempre la bronca monetaria.

—No se vale, don. Está calculado.

—Tal vez quieran buscarse otro que medio se parezca.

Y sin considerar lo bizarro que era estar ahí viendo a su hermano discutir con un señor al que sólo había visto en la tele y siempre echando la bendición a la grey entusiasmada. Pero estaba rica la gelatina. Y no había comido nada desde la mañana.

Ojalá no hubiese estado distraído cuando don Pancho dijo, sin más:

—Quiero sesenta mil o no le entro.

—¿Cómo dijo?

—Sesenta mil. Y ni le busquen porque le subo a setenta.

Porque en ese momento la máquina mental de Ernesto hizo la deducción lógica. Jocoque y él habían hablado de dinero el viernes cuando el viejito se encontraba en el baño. Y Jocoque repartió el millón de dólares en tres partes iguales.

O casi iguales. Trescientos treinta y cuatro mil dólares para él "por ser el de la idea". La deducción lógica de Ernesto fue que en realidad su hermano le estaba haciendo creer que el viejito se llevaría una tercera parte cuando en realidad le iba a pasar cualquier bicoca, para que "el de la ideas" se quedara con casi dos terceras partes.

—La gran cagada —dijo Jocoque al darse cuenta de que jamás debió dejar que platicaran esos dos si a uno le había dicho que era un negocio de casi cien mil dólares y al otro de un millón.

—Eres un hijo de la gran puta —soltó Ernesto, ignorando el autogol por tratarse de su hermano.

Y dejando el protocolo de las pincitas para después, lo tomó de las solapas de la chaqueta y, después de zarandearlo con fuerza, lo azotó contra un poste de luz que estaba ahí cerca. Claro que Jocoque, para entonces, ya lo había pescado de los cabellos y estaba intentando arrojarlo por tierra. Estaban trabados a media lucha cuando soltó el santísimo padre:

—Esto es peor de lo que me imaginé. Me largo.

Al instante ambos hermanos se soltaron.

—¡No, señor Kurtz! —dijo Jocoque—. Estamos jugando. Así nos llevamos. ¿Verdad, Neto?

Ernesto despeinado, furioso, incapaz de creerlo, tuvo que asentir.

—Así nos llevamos.

—Será —insistió el señor Kurtz poniéndose los anteojos—, pero cada vez me convenzo más de que lo mejor será que ustedes y yo no tengamos absolutamente nada que ver en el futuro.

Y aquí no estaría de más imaginar, de nueva cuenta, a nuestro hipotético reportero, entrevistando a todos en el funeral de Mamá Oralia. Porque bien habría podido, como en cualquier *reality* de los que llegaron años después, preguntarle a Pancho Kurtz qué clase de vida habría llevado, de los setenta y cuatro en adelante, si en verdad se hubiera cortado para siempre. Pues ni siquiera había terminado de decir "absolutamente nada" cuando ya había comenzado a caminar hacia la calle, como quien va a intentar parar un taxi, un autobús, un pesero, lo que sea, con tal de perderse para siempre de la trama argumental. Ernesto empujó a Jocoque y fue tras él.

—¿Ni por trescientos treinta y cuatro mil dólares? —exclamó Neto como quien grita "¡Auxilio!".

Y lo consiguió. Claro. Esa buena alma de Dios se sintió tocada en lo más profundo de su corazón. O al menos así pareció porque se detuvo. Giró el cuello. Se despojó de los lentes y les permitió ver, de nuevo, esas dos ventanas azules que bien podían conducir al cielo.

—¿Cómo dijiste?

—Este hijo de la chingada —dijo Ernesto jalando el aire como si hubiera corrido diez kilómetros, señalando a su hermano— le hizo creer que el negocio era por menos. Pero vamos a pedir un millón. Y la tercera parte es para usted. De hecho. Un poco más, mil dólares más, porque... bueno, sin usted no hay negocio.

A Jocoque, quien ya se había desarrugado la chaqueta, no pareció importarle. De hecho, ya había vuelto a la gelatina. Estaba buena.

Whisky de malta y habanos cubanos

D os veces voló en el tiempo la mente de Ernesto cuando ya estaban listos para hacer la primera toma fotográfica. Porque le empezaron a doler los huesos y con toda seguridad se debía a lo que había tenido que hacer las treinta y seis horas anteriores.

En primer lugar, de entre la andanada de recuerdos, surgió la voz de Leslie:

—Me espantaste. ¿Qué quieres?

—Perdón por entrar sin tocar.

Leslie intentó hacer la conmutación entre tareas que el Windows 3.11 ya le permitía, pero la pantalla en donde un demonio daba la vuelta a la esquina de una gruta macabra se quedó algunos segundos congelada, al igual que su rifle a punto de disparar. Intentó cubrir la pantalla con el cuerpo, sin éxito.

—No te preocupes. Sé desde hace mucho que en vez de jugar Carmen San Diego juegas Doom.

—No le digas a mi mamá, por favor.

Eran las once de la noche del lunes 11. Y la niña había dicho que necesitaba desvelarse para terminar una tarea. Ya todos estaban dormidos, excepto ella y su papá, quien se había colado al interior sin llamar a la puerta para que la conversación fuera todo lo secreta posible.

—¿Eres buena?

—Más o menos.

Esa IBM 486 había sido parte de su liquidación, en junio. Y de hecho no le había querido desinstalar nada de lo que tenía desde que la ocupaba en la oficina. El Doom 1.666, por ejemplo, que él mismo utilizaba para despabilarse cuando tenía broncas fuertes en la aseguradora.

—Necesito un favor enorme, enorme, enorme. Piensa lo más grande que hayas hecho por ser humano alguno y multiplícalo por diez.

Leslie lo miró a través de los anteojos un par de segundos apenas.

—Si vendes la computadora me corto el cuello frente a mis hermanas. Y luego me aviento a la calle.

—Cálmate —dijo Neto, pidiéndole con un ademán que bajara el volumen de voz, repentinamente incrementado—. No es eso. Aunque debo admitir que más de una vez lo he pensado, no es eso.

—¿Entonces?

—Sí tiene que ver con la computadora. Con lo buena que eres en la computadora.

Y en segundo lugar, con la obnubilación consecuente de quien va a rendirse al sueño como si fuese un desmayo, la voz de un Jocoque en verdad alarmado surgió de su memoria:

—¿Estás seguro de que no nos van a meter al bote, pinche Neto?

—Claro que no estoy seguro. De hecho, el cabrón de mi suegro estaría feliz de verme tras las rejas, pero no debe haber problema si nadie nos ve.

Como arrastrado por un vendaval, Ernesto regresó a ese respingo codificado en el ADN de todos los homínidos, reminiscencia de cuando dormíamos en las ramas de los árboles y sólo gracias a ese sobresalto no caíamos al vacío. Incluso tiró una patada al aire.

Ya estaba en posición para la primera toma fotográfica. Que en realidad no era otra posición que la de firmes, con los brazos cruzados, recargado contra una pared del piso en ruinas que consiguió Jocoque, simplemente esperando a que todo terminara. Pero le empezaron a doler los huesos y decidió sentarse en el suelo. A decir verdad tenía casi un día entero sin pegar el ojo. Y por eso pegó los dos en cuanto su cuerpo se sintió mínimamente cómodo desde aquel momento en el que Leslie le dijo, casi treinta y seis horas antes:

—¿Qué necesitas?

—Trucar unas fotos.

La chamaca perdió interés en el juego que había dejado pausado. Sabía que su padre estaba en algo y ése sería su momento de dejar atrás a su madre y a sus hermanas siendo la única conocedora de la verdad.

—¿Exactamente de qué es el "negociazo" en el que estás metido, pa?

Él supo que no podría rehuir la pregunta. Si la involucraba tenía que ser por completo. Porque los dos infelices diseñadores que trabajaban en la aseguradora, a los que había buscado, le quisieron cobrar como si se hubieran enterado del tamaño del pastel.

Ése fue el primer momento en que ella pensó que, con suerte, eso se volvería una historia que valiera la pena de ser contada. Y, con suerte, ella jugaría un papel primordial.

—Pero no le puedes contar a tu mamá o vendo la computadora y le cuento que te besaste en la boca con Santiago —escupió Neto.

—¡Cómo sabes lo de Santiago!

—No lo sabía. Pero ahora sí que lo sé.

Leslie torció la boca. Levantó la mano derecha. Se empujó los lentes con el dedo índice.

—Juro no contar nada. ¿En qué andas metido?

Y entonces Neto contó cada uno de los pormenores, desde la llamada del tío Jocoque del viernes hasta el momento en que, horas antes, Pancho Kurtz había sellado el pacto con un apretón de manos y un gruñido muy poco beatífico.

—No juegues, papá. ¿El papa papa, en serio?

—No lo creerás cuando lo veas. Es igualitito.

Leslie se sostuvo la barbilla. Lo pensó un rato. Abrió el Buscaminas y se puso a jugar distraídamente.

—Si mi mamá se entera que estás en esto con mi tío Jocoque no necesitaré contarle nada. Solita se va a imaginar que es un chanchullo horrible.

—Lo sé.

Leslie detonó una mina a propósito. Giró la cabeza. Con la luz fría del monitor que daba al rostro de su padre, éste adquiría una estampa fantasmal, un espectro abatido sentado en su cama con edredón de *El rey león*, la única película que había pedido ir a ver al cine tres veces, en tiempos en los que todavía podían darse esos lujos… y fue su padre el que le consintió tal capricho. Tal pensamiento consiguió que la invadiera una potente ternura por su padre. Quizá se tratara de un chanchullo horrible, pero lo estaba haciendo por su familia. Y ella de todos modos ni conocía a su abuela que, según decía la leyenda, era toda una bruja de cuento.

—Está bien pero necesitamos cosas. *Hardware* y *software*. Con lo que tengo no basta.

—¿Qué necesitas?

—¿Además de la cámara? Ahí te va. Una tarjeta de video buena, además de algún *software* de a de veras, porque con el que trae el Windows no la hago. Habría que conseguir pirata el Corel 5, pero hay que checar si con la memoria que tiene la compu la hago o tenemos que meterle más. Luego hay que conseguir también un escáner de cama plana y dónde imprimir las fotos. Ah, y para la sesión, un set donde podamos echar buena iluminación.

Ernesto había hecho el amago de escribir pero se dio cuenta de que no tendría forma de conseguir todo eso ni a patadas.

—Te estás burlando de mí, ¿verdad? Todo eso debe costar una millonada.

—Sí.

—¿O sea que es una forma de decirme que mejor ni me haga ilusiones?

—Yo no dije eso.

Leslie apagó la computadora y luego extrajo de su mochila un cuaderno. Se puso a contestar unas preguntas de la materia de Español a un lado de donde descansaba el *mouse* de la computadora. Neto prefirió no incordiarla. La conocía. Sabía que estaba haciendo girar todos los engranes de su analítica mente, concretando la estrategia, definiendo su próxima jugada, igual que hacía cuando la enfrentaba al ajedrez y terminaba perdiendo inevitablemente. Al fin, a media pregunta en torno al objeto directo de una oración, la niña levantó la cabeza.

—Hay una forma de hacernos de todo ese equipo gratis.

Ernesto sintió deseos de besarla. Y ya lo iba a hacer cuando ella se echó para atrás.

—Espera. Aún no has oído quién lo tiene.

—¿Quién?

—Mi abuelo.

Agua helada sobre la cabeza de Ernesto.

—¿Qué? ¿Es otra forma de decirme que no me haga ilusiones? ¿Qué manera de jugar conmigo es ésa, Leslie?

—Tiene una Power Macintosh con un *software* nuevo que se llama Photoshop con el que te puedo hacer lo que quieras. Tiene cámara. Tiene escáner. Tiene impresora. A color y blanco y negro.

—Sí sabes que me odia, ¿no?

—No te odia. Sólo piensa que eres un bueno para nada.

Leslie volvió a pensar que su papá no tenía la culpa de que la familia de su esposa tuviera mucho dinero. O que su propia mamá, en algún pueblo potosino, fuera una bruja de cuento, también con dinero además. Era un buen tipo y hacía lo que podía.

—Pues no es por poncharte el globo, hija, pero no creo que ni siquiera a ti, que al menos te deja entrar a su casa, te preste ese equipo.

—No. Ya lo sé. Pero no sé si sabes que mi mamá tiene llaves. Y que yo me sé la clave de la alarma. Y que mis abuelos están de vacaciones en Miami.

Desde luego, Neto no durmió en toda esa noche, porque la petición de Leslie era sacar el equipo, no meterse a trabajar ahí dentro. Según ella, retocar las fotos llevaría su tiempo y no estaba dispuesta a permanecer por más de media hora en la oficina de su abuelo ni loca.

Por la mañana, después de siete horas de estudiar la textura del techo de su cuarto, Neto se encontró a Leslie lavándose los dientes lista para ser llevada a la escuela por su madre.

—Si quieres yo te acompaño el viernes —dijo la niña con la boca llena de pasta—. Inventamos que me llevas a una fiesta. Digo, para sacar las cosas de noche, que es más conveniente. Y más emocionante —guiñó un ojo a su padre.

Pero Ernesto ya lo tenía todo decidido. Había tenido toda la noche para pensarlo.

—No, chaparra. Tiene que ser ya. Entre más rápido hagamos esto, mejor. Tu mamá ayer llegó con zapatos nuevos. Nos va a llevar a la quiebra. Bueno... a una quiebra más quiebra que la quiebra que ya tenemos encima.

En todo caso, la niña tenía un punto. No valía la pena hacer el movimiento de día porque cualquier vecino que los viera, sospecharía. Así que se vistió como si todos los días tuviera citas importantísimas con los dueños de la firma internacional (ya había llegado al punto de inventar que se trataba de un grupo de inversionistas canadienses que le pagarían por la pura asesoría financiera). Y así, de traje y corbata, se fue a sentar durante todo el día a una banca del parque de los Venados para luego llamar a las diez de la noche a su casa desde un teléfono público y avisar que la junta se había extendido, pasar por Jocoque y enfilar hacia Polanco. Las llaves de la casa de sus suegros ya las llevaba, desde la mañana, en la bolsa del pantalón.

Estuvieron él y su hermano a dos calles de la casa de cantera rosa, gran portón de madera, herrería negra en las ventanas, dos pisos y equipo carísimo al interior, por su buena media hora sin animarse a hacer nada.

—¿Estás seguro de que no nos van a meter al bote, pinche Neto?

—Ya deja de fregar con eso, cabrón. Al mal paso darle prisa.

Y afortunadamente la niña tendría razón porque, en cuanto acercó el coche, primero mandó a Jocoque a llamar a la puerta con insistencia. Y sólo hasta que fue evidente que no había nadie, entraron. Y sólo hasta que estuvo dentro y desactivó la alarma y constató que había lugar en la cochera para meter el auto, fue que descansó su alma. Porque de todos modos prefirió que Jocoque no cargara nada al Golf, temeroso de que éste fuese a dejar caer la computadora o algo por el estilo y entonces sí. Así que mientras Ernesto desconectaba y cargaba el equipo al carro, el hermano menor se la pasó tocando en el piano los changuitos, prendiendo y apagando la tele, probándose las chaquetas del viejo, haciendo movimientos de *swing* con los palos de golf, estudiando poses de anuncio comercial con el whisky de malta y los habanos cubanos del abuelo.

La operación, pues, fue tersa y sin problema. Pero igual Ernesto no había dormido casi nada cuando al fin estuvo todo dispuesto el miércoles a las 4 pm, en el momento en el que Leslie, aún de uniforme escolar, tomaba control de la situación para iniciar la sesión de fotografía. Justo una hora después de que...

Aleluya... de Haendel

. . . **S**e ofreciera a llevar a su hija a un "trabajo de equipo", que al fin le quedaba "de paso" en dirección a "las oficinas de los socios canadienses", en la Anzures. En realidad el set que había conseguido Jocoque era el tercer piso de un edificio en obra negra de la Escandón y pertenecía a un puestero de la Lagunilla, amigo de juergas; ni para qué mencionar que el espacio estaba lleno de costales de cemento tiesos, de esos que se vuelven piedra porque a algún genio se le pasó meterlos bajo techo a la hora de la lluvia. Más allá de eso, el recinto funcionaba. Eran trescientos metros cuadrados, sin vidrios en las ventanas, sin mobiliario y apenas con doce columnas bien distribuidas a lo largo del lugar. Ellos necesitaban luz que pegara del poniente, dado que no habían conseguido ningún tipo de iluminación. Y que el encuadre pudiera ser amplio. Todo eso, al menos, cumplía razonablemente.

Cuando llegaron Leslie y Ernesto, la lona ya había sido pintada uniformemente de color verde pistache y montada por mecates de tendedero como telón de fondo. Jocoque se había encargado de esto durante la mañana, tanto de conseguir la lona (que por el reverso decía "Fiestas patrias 1994, Departamento del Distrito Federal") como de pintarla y colgarla. Por su parte, Pancho Kurtz sólo tenía una misión más allá de poner cara de buena gente: hacerse del disfraz completo; y —oh, milagro de milagros—, en verdad lo había conseguido.

Al atravesar la puerta, Leslie tuvo un golpe de inspiración. Sintió que podía dedicarse a eso toda su vida. El escenario estaba listo. La cámara de su abuelo sobre un tripié. El sol pegando de lleno. Y al centro, atándose una mantilla roja que se había echado sobre los hombros, el mismísimo…

Casi pudo escuchar el "Aleluya" de Haendel entonado por los niños cantores de Viena.

Aunque en realidad desde la calle sólo la alcanzaron los bocinazos de un taxista mentando madres.

El sol, seguramente, consiguió ese efecto. Porque bañado en luz el hombre de la túnica era toda una visión mística. Leslie siempre había sido atea. Al igual que su papá, mamá, hermanas y el pez beta que hacía las veces de mascota. Pero en ese momento sintió que, de haber sido creyente, se habría arrodillado y le habría besado la mano al viejito que ahora se colgaba un crucifijo al pecho. Funcionaría. Claro que funcionaría. Se sintió parte de algo importante. Pensó que podría dedicarse a eso toda su vida.

—¡Hey, mugre de las uñas! —gritó Jocoque desde la escalera en la que aun estiraba la lona.

—¡Hey, mugre de las alcantarillas! —respondió la niña sin siquiera mirarlo. Tenía la vista puesta en el señor Kurtz, a quien se aproximó con timidez, como si estuviese en verdad frente al mismísimo…

—Buenas tardes.

El señor Kurtz le sonrió como no había sonreído antes a ninguno de los otros involucrados. Por un par de segundos en efecto pareció el mismísimo prelado de prelados.

—Hola. ¿Cómo te llamas?

—Leslie.

—Yo soy Francisco, pero puedes decirme Pancho.

—Mucho gusto, señor. De veras que…

—Sí. Lo sé. Siento mucho que tu papá te embarre en esto.

—No se apure. Está bien.

—Me puedes hablar de tú, si quieres.

—Gracias.

—Gracias —añadió Jocoque mientras bajaba de la escalera.

—Ustedes no —gruñó don Pancho—. No se lo han ganado.

—¿Y esta escuincla pedorra por qué sí? —insistió Jocoque.

Ernesto ya se había recargado contra una de las paredes del vacío local. Ya se había convencido de que ese dolor de huesos tenía que ver con el frenesí de las últimas treinta y seis horas. Ya se había sumido en un sopor que lo tenía puesto frente a Mamá Oralia. "Pon la mano, José Ernesto. Si robaste tienes que pagar", y él sufriendo un reglazo por tres galletas que de todos modos ni estaban tan buenas. Con todo, ni eso lo sacó de esa tibia oscuridad que le prometía que algún día, si no se equivocaba, podría volver a soñar con Disney World, París, la Luna.

Jocoque ya había llegado a donde estaban Pancho y Leslie.

—Qué desgracia que estés aquí, mugre de las orejas.

—Lo mismo digo, mugre del escusado.

Se sonrieron y se abrazaron. Jocoque incluso la levantó, aunque sólo era un poco más alto que ella.

—No tienes idea del disgusto que me causa verte aquí, mugrosa. Me dan ganas de vomitar, te lo juro.

—Yo ya vomité tres veces antes de venir.

A las tres vueltas al fin la puso en el suelo. La miró fijamente.

—Sigues creciendo. Qué mal pedo.

—¿Desde cuándo no te bañas, apestoso?

—No me cambies la conversación.

—¿Ya tienes lo que te vas a poner para las fotos?

Jocoque se apartó de ella entusiasmado. Tomó un gancho que estaba colgado de la manija de una ventana y le mostró a su sobrina. Un traje amarillo deslavado que, aunque superaba cualquier etiqueta que en su vida se hubiera puesto, no dejaba de parecer lo que usaría un gestor de trámites afuera de cualquier oficina de gobierno.

—Me lleva el carajo —dijo el santo padre, para luego añadir—. Perdón.

—Es justo lo que yo iba a decir —anunció la directora de cámaras.

—¿Por qué? ¿Qué tiene?

—Tenía que ser negro, tío Jocoque —volvió a mover la cabeza Leslie—. ¡Es una audiencia con el papa, no juegues!

Jocoque, por reacción, miró hacia donde estaba su hermano. Afortunadamente ya se había rendido sobre el polvoso suelo de la bodega. En ese momento robaba más galletas.

—¿Y la corbata? —contraatacó Leslie.

—¿Cuál corbata?

Leslie y el obispo de Roma se miraron.

—¡Oye! ¡En algo tenía que fallar! ¡Yo conseguí el set de grabación y la lona! ¡Además ayudé a robar el equipo! ¡De hecho lo hice prácticamente solo, tu papá ni un cable cargó!

Leslie lo pensó. Asintió como haría un director cinematográfico que sabe que tiene que cambiar el guion porque, si

67

no, pierde un día completo de filmación. Jocoque corrió al baño, que en realidad era un cuartito con un tubo que salía de la pared, soldado en punta para que algún día se montara un lavabo ahí y dos hoyos para el drenaje que apestaban peor que él.

—Dime algo, Leslie… —dijo el Mismísimo, después de unos instantes, una vez que sacó su cajetilla de cigarros Kent del interior de su ropa doblada sobre un banquito. Echó una mirada al supuesto baño y alcanzó a ver a Jocoque sacándose la camisa porque se la había puesto al revés; otra mirada al hombre en el suelo, quien ya se había hecho un ovillo—. De pronto me doy cuenta de que eres la persona más cuerda de esta asociación —exhaló el humo del cigarro cuidando de no soplar sobre la niña—. ¿Todo esto… va a terminar bien?

Leslie suspiró. Le simpatizaba el hombre de la divina estampa. No le nació ser deshonesta con él.

—Casi seguro que no.

Jocoque salió del baño caminando sobre los zapatos *beige* de cocodrilo sintético (también prestados) con el talón de fuera porque le habían quedado chicos.

—Ya, no me hagan jeta. Todo el *outfit* me lo prestó un chavo de trece años. Y "prestó" es un decir porque tiene mis *Playboy* en calidad de rehenes.

Les quedaban pocas horas de luz por ser invierno. Había que actuar de una vez. Pero Leslie se dio cuenta de que la mínima conversación con don Pancho le había calado porque ya no tenía en los ojos esa chispa de santidad que tanto la había impresionado al llegar.

—¿Quieres hacerme creer que no tienes ni un par de zapatos reales, tío? —preguntó la niña mientras hacía ya algunos disparos de prueba con la cámara.

—Pues la verdad es que por la crisis ya casi vendí toda mi ropa, pero ¿qué pero le pones a estos zapatos? Venían con el casimir. Y ya ves que hacen juego.

Pancho Kurtz parecía resuelto a salir corriendo. Nuevamente. Acaso ya se preguntaba si no se repetirían estas apremiantes ganas de mandarlo todo al demonio cada vez que se juntara con esos payasos. Tal vez lo mejor sería cortarlo por lo sano de una vez y abandonar antes de que alguien saliera lastimado.

—¿Por qué no despertamos a tu papá y que él salga en la foto?

—No —lamentó Leslie—. Según él tiene que ser mi tío. Tendrá más efectividad a la hora de negociar, dijo.

—Pues carajo —soltó don Pancho—. Y pues perdón.

—Tío Jocoque, ponte tus tenis. Ya veré cómo lo resuelvo yo con el Photoshop.

—¿Con el qué? —preguntó el tío bajándose de las miniaturas de zapatos.

—¡PONTE LOS MALDITOS TENIS!

La sesión arrancó con toda la mala fortuna encima. La sombra de Leslie se alargaba a cada minuto hacia sus objetivos y ella tuvo que apartarse o hacer tomas de lado. Además, era evidente que el santo padre se las estaba pasando del demonio. En todas las tomas salía con cara de agrura. No que en una audiencia con el papa éste tuviera que estar sonriendo todo el tiempo, pero tampoco con cara de que algo le había caído mal al estómago y con ganas de salir corriendo a evacuar el intestino. Naturalmente, la directora hizo mil señalamientos al jefe de la iglesia católica para que sonriera. Pero el resultado fue como si el sumo pontífice quisiera escapar a atender inaplazables urgencias del cuerpo. Jocoque besándole el anillo, o a discreta distancia mirando hacia la cámara, o charlando. En todas el santo padre salía como si quisiera llamar al Santo Oficio.

—Perdón, pero mi papá me encargó que pareciera que ustedes dos fueran buenos amigos.

Don Pancho frunció aún más la cara, si tal cosa era posible.

—¿Amigos? ¿El papa y... bueno, el papa y cualquier persona común y corriente?

—Sí. Me dijo que tiene que dar la idea de que se tienen confianza o algo así.

—La gran cagada —dijo Jocoque.

—Podemos seguir así otra media hora, en lo que tenemos luz todavía. Pero si no nos sale bien, agarren la onda que yo no seré culpable. Y ya nada más tengo otro rollo de treinta y seis.

Don Pancho suspiró. Miró al cielo como si en verdad necesitara de auxilio divino. O como si estuviera haciendo una jaculatoria anticipada.

—Es mi culpa —consintió—. Cuando algo no me checa es como tener una piedra filosa en el zapato. No lo puedo dejar atrás. A menos...

Se encendió una tímida llama de esperanza al interior de Leslie y su tío.

—¿A menos que qué?

—A menos que consigamos un traguito de whisky. Tequila. Ron. Lo que sea que tenga alcohol.

—O sea... ¿se quiere empedar, santo padre? —exclamó genuinamente Jocoque.

Don Pancho echó los ojos al cielo. Nuevamente.

—Es una especie de intoxicación. Se me sube enseguida y me desinhibe como por arte de magia. Sólo saldré con más rubor en las mejillas. Pero la sonrisa será auténtica, se los prometo.

Jocoque no lo pensó dos veces. Corrió a la puerta de la supuesta bodega y bajó los tres pisos que lo separaban de la planta baja. No se podía decir que no fuera un hombre de recursos porque en menos de que el papa se terminara el siguiente cigarro, ya había vuelto con una botella de Bacardí blanco a la mitad. Misma que puso en las manos del abuelo y que éste, mirándolos a ambos, se llevó a los labios apenas para dar un trago. Se limpió el resto del ron con la manga del hábito coral y aguardaron.

No mucho.

—Ay... qué pinche alivio —dijo de pronto el jerarca.

Leslie y Jocoque se miraron.

—A eso es a lo que yo llamo desinhibición instantánea.

Don Pancho Kurtz sonreía. Sonrojado como un muñeco de aparador, pero sonreía. Y su sonrisa era perfecta y contagiosa.

—Nos va a ir bien, muchachos —soltó ahora, llenándose de aire los pulmones como quien se siente inspirado, tocado por las musas, bendecido por su creador—. Nos va a ir bien, van a ver. Ustedes necesitan el dinero. Yo también. Y vamos a estar de poca madre para el año que entra.

No había modo de que los otros dos lo supieran pero pensaba en una niña. En dos, de hecho. Una, la madre de la otra, pero él seguía pensando en ambas como niñas. Y el futuro tenía que ser promisorio, lleno de arcoíris y sonrisas, cómo chingados no.

Leslie y Jocoque sonrieron. No había tiempo que perder. Leslie cargó el nuevo rollo de treinta y seis exposiciones en la cámara. Y repitieron las tomas. En todas ellas la sonrisa del sumo pontífice era de verdadera felicidad. Le encantaba recibir feligreses. Era lo mejor del mundo ser anfitrión en la Santa Sede. Lo amaba. Jocoque le besó la mano, lo miró a los ojos, escuchó sus consejos, se dejó bendecir. Y todo, como si en verdad fuese lo mejor del mundo y del Universo para ambos; uno por devoto, el otro porque qué mejor oportunidad de estar con su grey amada. Fueron doce tomas perfectas. Y Leslie convino en que eran suficientes. Pero el rollo era de treinta y seis. Y había que mandarlo revelar de urgencia.

—Ahora de cerquita —sugirió—. Y más sueltitos.

La cosa se desmadró. Su santidad le echó el brazo a los hombros a su visitante como si fueran carnales del alma. Hicieron caras, mostraron las lenguas. Reprodujeron poses graciosas, de cartel de luchas, de salto en *tumbling*, como espías, como pareja de tap. El rollo se acabó con una donde fingían ser Pinky y Cerebro. Jocoque tuvo un ataque de tos al final porque creyó que la risa lo haría vomitar, incluso terminó en el suelo, importándole nada que el traje prestado se llenara de yeso, cemento y basura. Pero nada es para siempre. Y la intoxicación sutil comenzaba a pasarse. El santo padre sintió el bajón y posó su azul mirada en algún punto del infinito, sacó un cigarro y se puso a fumar. De nuevo pensaba en dos niñas. Pero ahora se le ocurría que el asunto iba a terminar mal, horrible, espantoso. Qué sonrisas ni qué arcoíris. Al final de la película habría una explosión atómica y cientos de cuerpos desmembrados. Leslie ya subía a la escalera para desmontar el escenario, golpeada por el ánimo ominoso que de pronto los envolvió.

—¡Pinche ratero cabrón, devuélveme la botella! —dijo un beodo al aparecer por la puerta.

Y todos reaccionaron aguantando la respiración, manteniéndose en vilo, suspendidos entre una exhalación y otra. El sol crepuscular pegaba de frente.

Ni Leslie ni Pancho lo sabían en ese momento pero Jocoque había conseguido el ron en una cantina que estaba en contraesquina del edificio. Ahí, aunque iba decidido a hurtar una cerveza, prefirió "tomar prestada" una botella de ron a un sujeto que llevaba medio alipús en el estómago y media borrachera avanzada. El teporocho en cuestión decidió iniciar su propia cruzada y recuperar el Santo Grial en el edificio al que vio entrar al ratero. Ni Leslie ni Pancho ni Jocoque ni Neto, por supuesto, sabrían nunca que el hombre había vuelto al alcohol después de siete años gracias a una decepción amorosa. Ninguno de ellos lo sabría —pero nosotros sí, licencias autorales que hacen más gozosa la literatura— que a partir de ese día, al contemplar a dos hombres en el suelo de una bodega maloliente, uno inconsciente, el otro con severo ataque de tos como si estuviese poseído, a una niña con uniforme escolar subida en una escalera, sosteniendo una lona esmeralda como lábaro que enmarca nada más ni nada menos que a su santidad Juan Pablo II echando humo por la boca y tirando simultáneamente al suelo el resto de su propio Bacardí, dejaría de tomar —ahora sí definitivamente— desde ese preciso momento y hasta el último minuto que Diosito, la Virgen y todas las huestes celestiales le prestaran de vida.

San Luis bien vale una misa

José Ernesto se despierta al lado de Lobo, un hermoso perro pastor alemán. Sobre las cobijas están los restos de la fiesta de la noche anterior. Palomitas de maíz regadas por todo el cuarto, tres sándwiches a medio terminar sobre las cobijas, una Coca-Cola derramada en el suelo, la televisión encendida en el canal Cuatro, donde emiten, tras una cortina de interferencia, un programa de Telesecundaria respecto a la cría de los bovinos. Lobo aún dormita. Su pecho sube y baja carente de toda preocupación. En el piso, un poco más allá, está María Candelaria, roncando todavía. José Guadalupe no aparece por ningún lado en la estampa mañanera.

José Ernesto tarda en recordar que es sábado y que es 1979 y que está en el cuarto de Mamá Oralia, sobre una colchoneta en el suelo y que ella y José Jorge no se encuentran en el pueblo. ¿La razón? Su santidad visita México y la madre de los cuatro decidió que no podía dejar pasar la oportunidad de ir a verlo. Se llevó al más pequeño porque tenía la esperanza de que se le saliera el diablo con la proximidad del santo varón. No habían pasado ni tres días que lo descubrió toqueteándose en el establo. Y apenas tenía diez años.

Había sido idea de Cande hacer una fiesta porque podrían comer lo que quisieran, ver la tele hasta tarde, decir groserías y tirarse pedos si se les antojaba. Solamente no se atrevieron a dormir en la cama de Mamá Oralia porque sospechaban que sabría de la travesura por alguna arruguita o algún aroma. José Guadalupe vio la película de Boris Karloff con ellos pero no quiso ni tomar coca. Y se fue a dormir a su cuarto en cuanto dieron las doce. Cande y Neto jugaron todavía a la guerra de comida que los llevó a la guerra real y a trabarse de los cabellos hasta quedar exhaustos. Luego, cada uno durmió al lado de uno de los perros, que dejaron entrar a la casa desde temprano. Pero sólo Lobo permaneció entre las cobijas hasta el alba.

De cualquier modo, Mamá Oralia lo sabría. No por alguna arruguita o por algún aroma o por alguna mierda de perro en el pasillo, sino porque interrogó a don René, el caporal y jardinero y único ayudante con el que contaba, so pena de correrlo o demandarlo. El castigo fue ejemplar. Cinco azotes en las nalgas, tres rosarios diarios y dos semanas cada uno en su cuarto, incluido José Guadalupe, único que aceptó su penitencia sin chistar.

Es a mitad de uno de los misterios dolorosos que…

Ernesto se despierta y tarda en recordar que es viernes y que es 1995 y que está en su propio cuarto del departamento que está pagando a duras penas en la colonia del Valle. Macarena se ha parado al baño en la semioscuridad y tal vez por eso Neto ha vuelto del sueño en el que se sentía obligado a no bajarle el ritmo a la penitencia porque sabía que Mamá Oralia estaba escuchando del otro lado de la puerta.

—Ya iba a despertarte para que fueras por Leslie.

Son las diez y media de la noche y Ernesto tiene puesta la ropa y sabe que tiene que ir por Leslie a la posada de fin de año de su escuela. Y que Mamá Oralia está en el horizonte cercano con una vara que ha de azotar en sus nalgas si el asunto no sale bien. La televisión está encendida en el noticiario de Jacobo Zabludovsky, Macarena se encuentra lista para abrir un libro y leer con las noticias sobre la crisis como ruido de fondo.

Neto se paró en cuanto recordó que al día siguiente tenía esa importante cita de negocios que lo definiría todo.

—Últimamente no has dormido nada bien —resolvió Macarena como si tal cosa. Estaba estrenando pijama, por cierto.

—Ya me repondré en cuanto firmemos el contrato.

—Pero vas a firmar, ¿cierto?

—Tan cierto como que el gordo del traje rojo nos va a cobrar sobrepeso este año. Su trineo no va a poder ni levantarse del suelo.

—Las gemelas pidieron bicicletas.

—Bicicletas serán.

Se puso los zapatos, se frotó ambas manos por la cara, tomó una chaqueta y, ya con las llaves del auto en la mano, salió por la puerta del departamento… para dirigirse a la azotea, en vez del estacionamiento.

Y es que no habían encontrado otra solución. Leslie sólo podía trabajar esa tarde, así que se inventaron lo de la posada. El día anterior, jueves 14, cuando ya tuvo las fotos reveladas (de urgencia) en la mano (y que le costaron a su papá un ojo de la cara y el poco sentido del humor que aún le quedaba), tuvo que estar en el ensayo del festival de fin de año hasta tarde. Y ese día, durante la mañana, tuvo que atender el festival de fin de año, naturalmente, donde representó a un muñeco de nieve cantante. Sus hermanas habían sido duendes de Santo Clos que demostraron, en plena función, que en

76

el taller de Santa no todo es paz y concordia porque dos elfos idénticos pueden empezar a empujarse a medio bailable si se les da la gana, para el beneplácito del respetable.

Neto llamó con suavidad a la puerta del cuarto de servicio. Luego, abrió. Leslie tenía en la pantalla de la Mac de su abuelo las siluetas de Jocoque y don Pancho flotando por encima de unas imágenes que consiguió navegando en internet. Sobre cierto salón muy pomposo en algún castillo vienés (como de audiencia con el papa) se movían ambas figuras para ser colocadas encima en la mejor posición.

El padre se sentó al lado de su hija, sobre un bote de pintura viejo volteado de revés.

—¿Cómo vas?

Leslie no dijo nada. Le mostró a su padre las últimas dos impresiones. Aunque la que tenía en pantalla aún tenía que ser retocada porque la incidencia de luz no correspondía al entorno, las que ahora le mostraba podían engañar al ojo más entrenado.

—Eres un genio. Lástima del atuendo del baboso de tu tío porque todo lo demás es perfecto.

Una mostraba a José Jorge Oroprieto Laguna, devoto de alto calibre, besando la mano del santo padre. Otra, a José Jorge Oroprieto Laguna, pecador arrepentido, sonriendo a la cámara con placidez, a una distancia respetuosa de su santidad, quien también miraba a la cámara. Tras ellos, una mesa de madera oscura con candelabros o una chimenea de churrigueresco detalle, cuadros de duques y marqueses, repujados en oro y mucho aire de lujo y distinción.

—Estoy seguro de que con estas dos basta, Leslie.

—Una tercera, papá.

Le revolvió el cabello con cariño.

—Si todo esto sale bien te compro un equipo igualito.

Leslie apenas sonrió y siguió con lo suyo, el monitor reflejándose en sus anteojos, la mirada concentrada del especialista en el detalle.

A las once y cuarto de la noche estaba lista la tercera foto, misma que imprimió y mostró a su padre, en ese momento leyendo un artículo de un periódico de principios del año anterior que aseguraba que con la entrada del país al Tratado del Libre Comercio se conseguirían un montón de empleos y el país adquiriría talla internacional y la riqueza brotaría de las alcantarillas como chorros de oro líquido.

—Es lo único que necesitamos para que esto cuaje, chaparra. Te debo la vida.

Dio un beso a su hija en la frente y esperó a que apagara el equipo para que ambos volvieran de "la posada de la escuela". La niña incluso se arrojó un poco de confeti, que había conseguido con antelación, en el cabello. Al final, todo hubiera sido perfecto de no ser por el tío Jocoque; al menos, de manera indirecta. Porque alguna vez, hacía dos o tres años, el ya mencionado se había metido a trabajar de demostrador de productos en un Gigante. Por cada dos desodorantes Obao que alguien comprara, podía llevarse una carpeta morada de imitación piel, con cierre y todo, que decía en la portada: "¿Puede un desodorante hacer que una se sienta bien?" de un lado y "¿Tú, qué piensas?" del otro. El caso es que Jocoque se quedó como con cincuenta carpetas que terminó vendiendo entre amigos y familiares. Cinco le compró Ernesto por pura caridad. Cinco que tenía sobre una caja llena de *Tele-Guía* y *Selecciones* viejas. Cinco cuya implicación ya se vería al día siguiente.

—¿Cómo te fue, mi amor? —preguntó Macarena desde su cuarto, al oír entrar a su hija y verla caminar por el pasillo hacia su habitación.

—Bien, ma. ¿Puedo jugar un rato con la compu?

—Un rato nada más.

Ernesto se descalzó, se empijamó y se arrojó a la cama con su mujer, dispuesto a mostrarle a Mamá Oralia que no le tenía miedo. Lamentablemente, en cuanto comenzó a soñar y ella le mostró el fuete con el que les daba en las nalgas, él fue incapaz de arrebatárselo y volvió a sentir el ardor de la reprimenda.

De hecho, con esa mala sensación se levantó cuando sus tres hijas y su mujer aún seguían durmiendo. Temprano se puso en pie, porque había quedado con Jocoque que saldrían para San Luis Potosí a las 8 y media de la mañana. Eran las siete y había dormido poco y mal, pero lo que le urgía era poder dar ese paso lo antes posible. Si conseguían el anticipo, estaría volviendo a casa como Cristóbal Colón debía haber vuelto con la Reina Isabel después del primer viaje a América: forrado, sangrón y displicente. "Cóbrate, Chabela. Y ábreme una nueva cuenta revolvente." Y todos sus malestares y problemas para dormir y toda la angustia y toda la ansiedad se irían por la coladera. "Cóbrate Bancomer. Cóbrate Banamex. Y pónganle otro cero a mi límite de crédito."

"París bien vale una misa", se decía una y otra vez mientras se preparaba un café, ya bañado y vestido y dispuesto a cruzar la mar océana.

Tomó su chaqueta, las llaves del coche, se sintió tentado a persignarse por mero reflejo de lo que era obligado a hacer antes de dejar San Pedrito. Subió al cuarto de servicio y, una vez dentro, tomó la carpeta morada que estaba hasta arriba de la pila de carpetas. No la que estaba sobre el escritorio. No. La de hasta arriba de la pila de carpetas. Aunque es cierto que antes corrió el cierre unos centímetros y se asomó al interior, donde se veían algunos papeles tamaño fotografía, así y todo, se llevó ésa. No la que estaba sobre el escritorio. No. La que estaba hasta arriba. Hasta arriba, dijimos. Después afirmaría que ni siquiera la vio, que estaba muy nervioso, que la culpa la tenía Leslie por no haberla dejado donde estaba en un principio, que la culpa era de Jocoque por haber nacido, que la culpa era de Salinas de Gortari por habernos vaciado las carteras o, ya puestos, que la culpa era del meteorito que acabó con los dinosaurios porque, de nunca haber golpeado la Tierra, la evolución de nuestra especie ni siquiera habría iniciado.

Encendió el auto y avanzó por las calles, con toda la intención de ir en dirección al norte, Periférico, Querétaro, San Luis, San Pedrito, diciendo por lo bajo "por favor por favor por favor" más veces que las que cualquier ateo con el mínimo sentido de la vergüenza se habría permitido.

Jocoque estaba a una cuadra de distancia de su casa, cuando Neto lo pasó a recoger. Estuvo un par de minutos dando bocinazos hasta que lo vio, detrás de un poste, sobre la misma banqueta de su edificio, pero varios metros adelante.

—¿Ahora de quién te escondes?

—Es pura precaución. ¿Te acuerdas de...?

—Súbete.

Ninguno de los dos hermanos volvió a hablar sino hasta que tomaron carretera, aunque Jocoque iba comiendo de una bolsa de pistaches que masticaba con demasiado cuidado, tal vez previendo que no almorzaría nada en el camino. Al menos había cumplido con su parte del guion y se había bañado, rasurado y cortado el cabello. La ropa que llevaba era el resultado del último préstamo de Neto. "No puedes volver al pueblo con estampa de mamarracho. Y ni se te ocurra ponerte cadenas de oro chafa o lentes oscuros." A diferencia de Ernesto, que seguía llevando traje con todo y corbata, Jocoque se compró en Suburbia zapatos y ropa *sport* que lo hacían ver, tal vez, demasiado *dandy*. Sólo le faltaba el suéter color pastel anudado sobre los hombros; en vez de eso, lo llevaba hecho bola en el regazo.

—Recuérdame el saldo de Mamá Oralia en el banco y cómo es que lo sabes —dijo Neto.

—Una chava de Bancrecer con la que he salido me lo consiguió. Doce melones. Nomás en ese banco. Pero fácil ha de tener cuentas en otros. O sea que el millón de dólares sí lo paga muerta de la risa.

Con todo, a Neto le parecía excesivo. Un millón de dólares por una misa. Pero se consolaba diciéndose que seguramente para alguien como Mamá Oralia una cosa de esa naturaleza —es decir, justo una misa— bien podía ser lo más importante del mundo.

—Se los juro que lloró —le confiesa José Jorge niño a sus hermanos en el corral de las gallinas. No han pasado ni dos semanas desde que volvió de México con Mamá Oralia. Y sus hermanos no dan crédito. Porque jamás de los jamases han visto llorar a Mamá Oralia. Ni siquiera cuando murió su esposo, ese señor al que no los dejaba llamarle papá.

—Pero ¿cómo? ¿Llorar llorar de a de veras? —pregunta María Candelaria mordiendo una manzana que se ha robado del frutero. Entre el olor a pluma, lodo y heces de gallina, no es lo más apetitoso del mundo, pero ése es de los poquísimos lugares donde pueden platicar sin ser vistos.

—Llorar llorar de a de veras. No poquito. No. Chille y chille como la Llorona. O como en las telenovelas.

—¿Y qué decía?

—Nada. Y eso que fue repoquito. Nomás vimos pasar al papa así *¡fuuuum!*, en chinga sobre el papamóvil. No duró ni tres segundos.

José Ernesto no puede imaginar a la férrea dama del eterno luto llorando por nada. O sonriendo por nada. Siempre ha mantenido esa postura de roble invencible y ese gesto de sargento que peleó en Vietnam.

José Guadalupe tira puñetazos a un gallo sin decir nada.

Neto pensó, mientras trataba de rebasar un tráiler, y sacudirse el recuerdo, que nunca habría otra ocasión, durante toda la estancia de los Oroprieto Laguna en esa finca, que supieran de Mamá Oralia derrumbándose. Ni siquiera cuando perdió una cosecha entera o cuando un ranchero resentido la amenazó de muerte o cuando sus hijos la decepcionaron definitivamente, mostró debilidad alguna. Excepto ésa. Cuando tuvo enfrente, y por tres segundos, al mismísimo Juan Pablo II en persona.

Algo se cimbró en su interior. Esperaba que fuese el hambre.

—Vamos a detenernos a desayunar, Jocoque. Todavía falta mucho camino.

—Esa voz me agrada, Clarineto. Tú pagas.

Rezos y pescozones

La primera vez que Oralia Laguna atravesó la puerta de la finca con un niño en brazos lo hizo por despecho. Augusto no quería tener niños y así lo dejó en claro desde que se casaron. La fortuna que había decidido compartir con Oralia debía terminar con ellos. Cuando murieran, el dinero iría a obras de caridad para San Pedrito y fin de la discusión. Claro que no contaba con el nada despreciable hecho de que se caería de un caballo a los dos años de la boda... y que Oralia terminaría por descubrir que el viejo tenía amoríos (y chilpayates) con al menos tres mujeres en la capital del estado. Augusto tuvo que ver cómo Oralia tomaba las riendas de la finca y sus negocios (y las pensiones que distribuía en diversas casas chicas) poco a poco porque él, totalmente paralizado, literalmente no podía ni decir esta boca es mía. Oralia atravesó aquella primera vez la puerta de la finca con un bebé de ocho meses cuyos padres, a todas luces, eran asiáticos. Lo eligió así para hacer rezongar aún más al viejo terrateniente: de no querer niños, tendría que mantener uno que a todísimas luces no era suyo.

La segunda vez que Oralia Laguna atravesó la puerta con un niño, éste ya andaba por su cuenta. De hecho, era una pequeña niña pelirroja de ojos azulísimos a la que nombró María Candelaria, apenas un año menor que el pequeño José Ernesto. El viejo don Augusto tuvo que sufrir el incordio de que su mujer le sentara con frecuencia a ambos chamacos, que a todisísimas luces no eran de su estirpe, en el regazo. Esa vez Oralia adoptó a la pequeña celebrando que había despachado a la última de las queridas de su marido, pagándole el viaje a Estados Unidos con todo y un vástago (que sí se parecía a su padre), para que nunca más volvieran, previa firma de que renunciaban a todo tipo de estipendio futuro.

La tercera vez, es decir, el tercer niño, José Jorge, llegó cuando los dos nenes de la casa ya tenían cuatro y tres. Y fue porque Mamá Oralia descubrió al fin que la fortuna de Augusto en realidad no era tal. O al menos no era suya. La historia se descubrió cuando, al buscar unos papeles, dio con el contrato que celebraron su esposo y su padre antes de las nupcias, seis años atrás. Resultó que la finca y las milpas y los negocios de Augusto Oroprieto estaban en bancarrota, así que el padre de Oralia vendió su única posesión, una mina en el estado de Guerrero a la que nunca le extrajo una piedra, para rescatar los bienes de su compadre. A cambio, éste sólo debía hacer una sola cosa: cortejar a su hija y ayudarlo a levantar cabeza. A Oralia se le cayó el contrato al suelo junto con el velo ilusorio de aquellos años en los que el hombre más rico del pueblo empezó a fijarse en la mujer más triste del pueblo. No supo qué le dolió más, si el saber que su padre era rico y jamás quiso salir de jodido por voluntad propia, o si el saber que Augusto jamás se habría casado con ella si no le hubiesen pagado o, finalmente, la puñalada trapera de que no es que su esposo no quisiera tener hijos, sino que no quería tener hijos *con ella*, porque hasta eso estaba estipulado en la hoja tamaño oficio con dos firmas al calce. Así que llegó con un tercer niño, moreno como la noche y que para entonces ya tenía dos años, a sentarlo en el regazo de su marido y blandirle el contrato en la cara al tiempo en el que murmuraba a su oído: otra de éstas que me entere y me animo a sepultarte vivo, aunque mi alma se pudra en el infierno.

Cosa que era imposible que ocurriera porque Oralia Laguna Sánchez, antes que nada, era una ferviente católica de misa diaria y rosario mañana tarde y noche. De cualquier modo, el paralítico se despidió sin pirotecnia alguna cuando el mayor de los niños ya tenía seis y el menor cuatro. Un día lo encontraron en la misma posición de siempre, sólo que con los ojos cerrados para siempre. Y al entierro apenas asistió su familia, es decir Mamá Oralia y los tres niños Oroprieto Laguna, porque todas las otras ligas familiares que tenía don Augusto, su esposa se encargó de irlas rompiendo como si cortara mecates que le estorbaran. Esa tarde llovió. Y los dispares niños, el japonés, la noruega y el indio, lloraron sólo porque su mamá parecía —aunque nunca estuvieron seguros a causa de la lluvia— que lloraba en silencio. En realidad Oralia estaba pensando que aunque su papá, el señor Laguna, muerto también hacía un par de años, nunca la había querido en realidad, le había salido el tiro por la culata porque, al final, ninguno de los dos cabrones que hicieron el pacto había sacado nada y ella, en cambio, se había quedado como la mujer más rica y poderosa de San Pedrito Tololoapan, aunque nunca conociera el amor.

Por último, la cuarta vez que cruzó por la puerta con un niño, José Guadalupe, éste ya estaba en edad de asistir a la primaria. Llegó cuando tenía seis años, la misma edad de María Candelaria, y fue un niño callado, taciturno y rebelde desde que fue instalado en su propia habitación. De los cuatro, era el que más pinta tenía de haber sido rescatado de las llamas o la inundación. Y Mamá Oralia lo adoptó, principalmente, porque dejarlo entrar a su casa también tenía un regusto de desquite: era el hijo del peón que más odiaba don Augusto cuando aún regenteaba sus propios negocios. El peón de torva mirada murió sin bien alguno porque don Augusto lo había condenado a ser un paria en su propio pueblo. La tarde siguiente al velorio se presentó el cura en la finca y le propuso a doña Oralia Laguna adoptar al más pequeño de los hijos del trabajador. Ella así lo hizo, pagó en el registro civil por que el muchacho llevara los mismos apellidos que sus hermanos, perdonó a la viuda la deuda que sostenía con la finca y la ayudó a salir adelante en otro pueblo del estado de Veracruz.

Con todo, Oralia Laguna, viuda de Oroprieto, no tardó en darse cuenta de que lo que se siembra por venganza no cosecha buenos frutos. Los cuatro niños que metió a su casa fueron, desde el principio, la mismísima piel de Judas. Peleoneros, berrinchudos, malportados, traviesos, desobedientes y groseros; era como si don Augusto le recriminara desde ultratumba que cualquier hijo hubiese sido mejor que esos cuatro delincuentes en potencia, incluso uno de su simiente. Desde luego que hasta el más negligente pedagogo habría hecho ver a Mamá Oralia que no se educa niños sin prodigarles un solo abrazo o con cara de amargura todo el tiempo, que cualquier tirón que se dé a la cuerda de un niño, éste lo tomará como una clara invitación a tirar hacia el otro lado, que el estar la mitad del tiempo rezando y la otra mitad atendiendo negocios no son la mejor manera de hacerse presente y que los castigos impuestos, así sea con la mejor de las intenciones, no necesariamente crían hombres y mujeres de bien. Lo cierto es que los cuatro niños, a excepción de José Guadalupe, quien se sumaba a las tropelías de sus hermanos sólo por no ser increpado más adelante por ellos mismos, crecían al interior de la enorme finca Oroprieto como si estuvieran en el cerro: silvestres, incorregibles, pendencieros, cimarrones.

El estado natural de la casa era una guerra en la que la única razón de ser de los chamacos era romper todas las reglas posibles intentando quedar impunes. Mamá Oralia jamás pidió ayuda a nadie y todo lo resolvía con rezos, azotes y prohibiciones. Los niños no se dejaban hasta donde podían. Y cuando no podían, se intentaban fugar. Y cuando se fugaban siempre alguien del pueblo, o el hambre o el frío o la noche, los regresaban a la finca. Y así crecieron y se educaron toda la primaria. Y lo mismo la secundaria, que mandó construir Mamá Oralia en San Pedrito para no tener que mandarlos a la cabecera municipal. Y finalmente, la preparatoria, que los obligó a estudiar de forma abierta y simultánea para que, una vez terminada, fueran a alguna universidad que ella les pagaría si cubrían ciertos requisitos incuestionables.

Lo cierto es que, cuando los muchachos estaban a punto de cumplir la mayoría de edad, cuando ya habían terminado la preparatoria los cuatro, ni siquiera hablaban con su madre si no era absolutamente necesario. Se habían vuelto ateos y rebeldes y sólo cumplían con sus obligaciones para no ser echados a la calle, lo que de todos modos ocurrió pues, poco a poco, fueron perdiendo el derecho a la beca. Apenas se fueron de San Pedrito para seguir estudiando, la libertad les escoció tanto que no pudieron controlarla. José Ernesto embarazó a su primera novia mientras estudiaba actuaría en la UNAM; su madre le cortó el suministro al instante. María

Candelaria dejó la carrera de Ingeniero en Sistemas en el Tec del Estado de México para meterse de cantante de un grupo de *rock*; fin automático del recurso. José Jorge ni siquiera se presentó a la primera clase en el ITAM, empezó a vivir de mantenido con sus novias y luego vendiendo lo que pudiera, desde coches usados hasta Tupperware; su madre ni siquiera le depositó la segunda mensualidad de la colegiatura y vivienda. José Guadalupe, en cambio... bueno, él ni siquiera consideró estudiar una carrera. En cuanto los otros se fueron de San Pedrito, robó el mejor caballo de su madre, se largó sin despedirse y nadie volvió a saber nada de él. Aunque tal vez fue lo más decente considerando las despedidas de los otros tres:

—Espero no volverlos a ver nunca en mi vida, bola de pendejos —María Candelaria.

—Lo mejor de largarme va a ser nunca tener que volver a ver sus pinches caras feas —José Ernesto.

—Voy a triunfar y no quiero que vengan a verme cuando sea rico, idiotas, porque ni les voy a abrir la pinche puerta —José Jorge.

En todo caso, Jocoque y Neto vivían en la misma ciudad y eventualmente terminaron encontrándose. Cande jamás se reportó con nadie y al menos a los dos que sí se veían les gustaba imaginarla drogadicta y limosnera en Camboya. A Lupo preferían no imaginárselo; siempre había sido el más críptico, así que seguramente era caníbal en la Huasteca.

A Mamá Oralia no la buscó nadie desde que abandonaron San Pedrito, ni siquiera Jocoque en los tiempos en los que coqueteaba con la idea de volverse narcomenudista antes que regresar con la cola entre las patas a la casa materna. Y en realidad a ninguno le quitaba el sueño no tener ningún tipo de contacto con su madre pues, de ser prisioneros ricos a ser libres en la miseria preferían por mucho lo segundo. Y así habían estado hasta el día en que, efectivamente, al país entero se lo empezó a cargar el carajo y uno de ellos se encontró a Juan Pablo II en el pesero.

A la media hora de pasar por San Luis comenzaron las palpitaciones. Ninguno estaría dispuesto a reconocerlo pero el silencio era tal que parecía una plasta de lodo en los oídos y Jocoque incluso volvió a su antigua costumbre de empezar a bailotear una pierna. Cuando abandonaron la carretera a ambos les sudaban las manos. Ni siquiera se habían detenido por culpa de los problemas de enfriamiento de la Golf. O por gasolina. Las cinco horas que llevaban de camino les parecían, de pronto, como una caída libre. Uno no hace paradas cuando está cayendo.

A la aparición del primer letrero que indicaba "San Pedrito Tololoapan — 4 km" Neto se sintió tentado a dar vuelta en redondo y olvidarse por completo del asunto. Ese camino, que años atrás era de terracería, ahora estaba pavimentado. ¿Qué otras cosas habrían cambiado? Tal vez Mamá Oralia ya hubiera contratado seguridad, tal vez los recibieran un par de guaruras mal encarados que los someterían al instante, esposarían y echarían a algún (nuevo, por supuesto) calabozo interior.

—No va a funcionar —dijo Neto, sudando como si afuera hiciesen más de treinta grados cuando en realidad el cielo estaba nublado y la temperatura hacía los honores al incipiente invierno.

—Tienes razón —gruñó Jocoque—. Mejor vámonos.

La falta de resistencia a abandonar el proyecto, por parte de su hermano, fue lo que hizo que Neto no detuviera el auto. Le sorprendió darse cuenta de que ambos temían por partes iguales enfrentar a la señora que, desde niños, los trató más como si fueran una custodia impuesta por el gobierno, una monserga, una lata, que una decisión propia. Le sorprendió que ambos estaban que perdían el control de los esfínteres con el solo hecho de saber que volverían a ver a esa señora que nunca les ocultó que eran adoptados y que, de pilón, les dijo desde el principio que no podían llamarla mamá porque no lo era. Mamá Oralia, todavía, pero mamá a secas, ni madres.

—Regrésate, pinche Neto. Tienes razón. No va a resultar.

Neto siguió manejando como hipnotizado. A los costados del camino ya se erguía la vegetación y algunas bardas que delimitaban predios. Una casucha que hacía diez años no estaba. Una tienda que anunciaba productos Bimbo con una placa oxidada. De frente se encontraron con un camión lleno de costales de estiércol que, sin reducir la velocidad, simplemente se cargó hacia el acotamiento. Por momentos los árboles dejaban al descubierto las milpas que pertenecían a alguien en San Pedrito, si no es que a su propia madre. Ernesto fue golpeado por el recuerdo de que ese camino lo había hecho muchas veces, ida y vuelta, incluso cuando ya superaba los quince años de edad, varias en algún auto que Jocoque obtenía prestado, ya fuese para ir a la cabecera municipal o a la capital del estado. Todas, con la intención de romper alguna regla, tomar alcohol, asistir a un baile, fumar. Todas, con dolorosas consecuencias. El recuerdo de la mano de Mamá Oralia estrujándole la oreja derecha se volvió real. Tangible.

Doloroso en serio.

—¡Aaaaahhhgg! ¿Qué haces, cabrón?

Jocoque le trituraba la oreja. Con ganas. Neto propinó un puñetazo que su hermano, hábilmente, esquivó.

—Regrésate, güey —insistió Jocoque—. Ésa es una mínima prueba de lo que nos espera si continuamos.

Ernesto detuvo el auto. Giró la llave. Los pájaros cantando, los insectos buscando pareja y el motor del camión que acababan de pasar era lo único que se escuchaba. Sólo dos segundos bastaron para imaginarse a Macarena preguntando si había firmado con los canadienses. Echó a andar de nueva cuenta.

—Ya llegamos bastante lejos con este desmadre —sentenció—. No podemos echarnos para atrás ahora.

Jocoque prefirió ya no decir nada. En los ojos de su hermano se veía esa resolución que también él estaba necesitando para continuar. Después de todo, a él se le había ocurrido el asunto. Y Neto no lo habría apoyado si no consintieran, ambos, aunque fuese la mínima posibilidad de que funcionara.

Al fin el camino desembocó en una calzada más grande. Las pequeñas casas coloridas de tejados idénticos comenzaron a sucederse. Casi podían decir a quién pertenecía cada lugar, a qué se dedicaba el padre, cuántos hijos, hijas, perros. El primer hombre que reconocieron fue un viejo que arrastraba los pies en dirección al centro. Dieron vuelta a una rotonda, accedieron a la calle del acueducto, siguieron a través de una avenida, la primera de dos carriles. Había autos nuevos, viejos y uno que otro caballo o mula al interior de los lotes con jardín, corral o casa. En la alameda el ánimo era más bullicioso, ahí donde estaba la iglesia de un campanario, el kiosko adornado con motivos navideños y un nacimiento con pesebre y Reyes Magos sobre una cama de heno, la cantina, la farmacia, los portales. Reconocieron algunos rostros, otros no. Prefirieron ponerse, ambos, un par de anteojos oscuros, no fuera a ser.

Rodearon la iglesia y continuaron por la avenida más grande, Independencia, hacia la finca Oroprieto, en los lindes del poblado. Poco a poco la distancia entre casas iba aumentando, así como la gente en la calle desapareciendo. Cuando llegaron al final de la avenida, confirmaron lo que ya temían: que todo seguía prácticamente igual. La cruz de piedra al lado de la casa grande seguía manteniéndose incólume, así como el edificio y la barda cubierta de enredadera que daba la vuelta al predio entero, una hectárea y media completa. Ninguna reja que permitiera atisbar al interior. Todo como antes.

Ernesto estacionó el auto pegado al edificio, como hacían los proveedores en tiempos en los que aún vivían ahí. La única puerta lateral, la que hubiese utilizado la servidumbre de haber contado con ella, conducía a una accesoria que llevaba a la bodega y la cocina. La puerta frontal, en cambio, continuaba con un caminito de piedra que llevaba a la cochera, a las caballerizas, a los corrales, al huerto, al aljibe, a la puerta de doble hoja de la enorme casa de dos pisos, sótano, chimenea, golpe de pecho y escapulario. La pregunta era si valía la pena anunciarse por el frente o por el costado, como hijos pródigos o como lo que eran en realidad, vendedores, oportunistas.

Ambos se apearon y miraron con temor la finca. Lo más probable es que Mamá Oralia viviera sola y el solo hecho de imaginársela abriendo, confrontándolos, tal vez cerrándoles la puerta en las narices, los tenía temblando. Ernesto comenzó a tirar de su labio inferior. Abrió la puerta trasera del auto y extrajo la carpeta morada.

—¿Qué carajos haces? —preguntó a Jocoque, pues lo había descubierto bisbiseando por lo bajo—. No me digas que estás rezando.

—Sí, pero a Lucifer. Es el único que puede ayudarnos ahora.

Neto puso la carpeta sobre el toldo del coche. Tomó a su hermano por las solapas y lo jaloneó levemente de ellas.

—Güey… acuérdate de que eres un hombre reformado. Esto no va a funcionar si no te la crees. Y si no haces que Mamá Oralia se la crea. No la vayas a cagar, por favor. Acuérdate del 79. Fuiste al único al que quiso llevar. Por favor, güey.

Un perro ladró al interior. Seguro ya había detectado su presencia. Ernesto devolvió a su hermano a la compostura natural del atuendo que llevaba. Lo desarrugó. Lo sacudió. Suspiró. Se acercó a la puerta de la servidumbre y pulsó el timbre. Al instante se escuchó una chicharra interior. Ahora sí era como estar en la orilla del trampolín de diez metros. Jocoque hizo el amago de salir corriendo. De los cuatro, él era el que más nalgadas, pescozones y cuerazos había recibido, el que más padrenuestros, avemarías y glorias había recitado, el que más veces había sido encerrado o dejado sin comer o…

—No jodas, pinche Jocoque —lo detuvo Neto del brazo.

Una pausa silente en la que, de nuevo, ladró el perro del otro lado de la barda con enredadera.

Nada.

Tal vez no hubiera nadie en casa. Tal vez Mamá Oralia hubiese muerto ya y ellos ni enterados. Tal vez ahí vivieran ahora unos paracaidistas advenedizos. Tal vez…

Ernesto volvió a llamar al timbre. Volvió a retener a Jocoque. Volvió a pensar que eso era un poco como arrojarse del trampolín de diez metros… sólo que en una piscina completamente seca.

Al fin, pasos. Más pasos. Y más pasos. Luego, una voz.

—¿Quién?

Evidentemente no se trataba de…

—Buenas tardes. Estamos buscando a Mamá Oralia.

—¿A quién? —dijo la voz al mismo tiempo que abría la puerta.

El golpe fue contundente. Inmisericorde. Un poco como si todos esos años el asunto entero de separarse no fuera más que una tregua de todos modos predestinada a acabarse a la menor provocación.

—No mames.

—Es lo que yo digo. No mames. ¿Qué no deberías estar pidiendo limosna en Camboya?

Dos kilos de tortillas duras

María Candelaria, hecha toda una Janis Joplin de veintisiete, los miró como si tuviese enfrente a los últimos personajes en el Universo con los que esperaba toparse un sábado cualquiera de diciembre. Si se hubiese tratado de Freddie Mercury y John Lennon vendiendo sus discos de puerta en puerta la sorpresa habría sido menor. Toda una Janis porque hasta los anteojos redondos conformaban el personaje. Llevaba puesto, no obstante, un atuendo como de coordinadora de la materia de "Ética y valores" en un colegio de corte religioso: zapatos ortopédicos, calcetas grises, falda al tobillo, camisa blanca cerrada hasta el cuello y suéter tejido azul de manga larga.

—¿Qué chingados hacen aquí, cabrones? —gruñó al tiempo que tapaba con el cuerpo la entrada a la casa.

—No, ¿tú qué haces aquí, Candidiasis? —reviró Jocoque, ya un poco menos nervioso.

—Aquí estoy viviendo —los miraba alternativamente, como si necesitara no quitarle la vista de encima a ninguno de los dos, so pena de perderlos y que se materializaran dentro o que le robaran el monedero.

—¿Ah, sí, desde cuándo? —gruñó Neto.

—¿Cómo que desde cuándo? Pues desde lo del hospital.

Dos microsegundos después, Cande se dio cuenta de que lo había arruinado todo. Naturalmente, ellos no sabían lo del hospital porque la única persona que les hubiera podido contar era ella misma. Y no se le dio la gana buscarlos. Era preferible contarle el cuento a su madre del par de hijos ingratos que no habían querido ir a verla ni aunque estuviera moribunda.

—¿Qué hospital?

Cande prefirió salir de la casa. Cerró la puerta y se recargó en ella. Los miró apretando los ojos.

—Pongamos una cosa en claro, culeros. La casa es mía. Me la gané.

—¿Te la ganaste? ¿De qué carajos hablas?

Cande aprovechó para sacar una cajetilla de cigarros de una de las bolsas de su suéter. Lo encendió y dio un par de chupadas como si fuesen la mayor de las bendiciones.

—De todos modos estaba muy cabrón dar con ustedes.

—Explica ya, pinche Candela.

—La vieja tiene cáncer —soltó el humo como si con éste pudieran irse todas sus preocupaciones.

—¿Mamá Oralia? ¿Cáncer?

—Ya deja de repetirlo todo, pinche Neto, igualito que cuando éramos niños. Sí. Cáncer. Me buscó cuando le acababan de dar los resultados de la última biopsia. Quería hablar con nosotros.

—¿Cómo dio contigo?

—Tenía mi teléfono. La busqué desde Tijuana una vez para pedirle prestado. Obvio, me mandó a la verga. Pero se quedó con mi número de teléfono. Y me llamó. Creía que podía dar con ustedes. Y pues le dije que sí, que yo los buscaría. Desde luego, los busqué. Y ustedes dijeron que les valía madre, que qué bueno que se muriera —sonrió con sorna—. Pinches ojetes.

—Te pasas, cabrona. No mames —gruñó Neto.

—No hice nada que no hubieran hecho también ustedes. De todos modos me salió el tiro por la culata. Cuando vine a atenderla me dijo que hablaría con los cuatro o con nadie.

—Ándele, cabrona —rio Jocoque.

—Ni hagas panchos, pinche Jocoque —dijo Cande—. De todos modos al Lupo no hay quien lo halle. O sea que, lo que sea que haya querido decirnos, se va a ir a la tumba con la jefa. Lo cual tampoco es que esté tan jodido porque anda de una jeta insufrible desde que le dieron la noticia.

—La jeta que tendría cualquiera que sabe que se va a morir —dijo Neto.

—Y bien muerta —confirmó Cande.

Tal vez no era el mejor momento para volver al cigarro, pero los dos aceptaron los sendos pitillos que su hermana les ofreció.

—¿Cuánto le queda de vida, según esto? —urgió Jocoque.

—Linfoma. Puede felpar en seis meses o puede felpar en cinco años. Ni cómo saberlo. Lo que me lleva al asunto original. ¿Qué chingados hacen aquí, cabrones?

—De veras. ¿Y tú qué chingados haces aquí, cabrona? —reviró también Jocoque.

—La estoy cuidando. Llevo tres meses aguantándola, lo que me da derecho a quedarme con la casa. Cuando menos, porque si no la felpa en un año voy a terminar empujándola al pozo, que ganas nunca me faltaron. Ahora respondan ustedes. Si no sabían lo de su enfermedad, ¿qué horrendos motivos los traen por acá?

Neto y Jocoque se miraron a través de sus propias cortinas de humo. Sería imposible pasar por encima de ella para llegar a Mamá Oralia. O incluso intentar engañarla también. Lo sabían porque los tres estaban cortados con la misma tela, a pesar de tener el ADN muy diferente.

—Cónclave —dijo Jocoque.

—¿Qué? —respondió Neto.

—Que nos reunamos tantito, güey. Se me acaba de ocurrir.

Se apartaron unos metros. Ernesto apagó el cigarro contra el pavimento. Sólo una frase dijo el menor de los Oroprieto Laguna y con eso quedó saldado el asunto.

—Le subimos a un millón trescientos porque yo no pienso ceder ni un centavo de mi parte.

—Va.

Volvieron con su hermana.

—Traemos entre ojos un *bisnes* —dijo Neto—. Pero necesitamos de tu ayuda.

—Ajá. ¿Y cuánto me va a tocar?

—Trescientos mil. Dólares. Americanos —soltó Jocoque pausando las palabras.

—Ja, ja, ja, ja, ja —soltó la carcajada Cande—. No sé de qué *bisnes* se trate pero de una vez les digo que lo olviden. Si cuando éramos chicos no nos daba ni para un méndigo chupirul, menos va a soltar tanto dinero estando en sus cabales por nada. ¿De cuánto es el *bisnes* exactamente?

—Iba a ser de un millón. Pero como te apareciste como la pinche bruja del mago de Oz, un millón trescientos mil. Dólares. Americanos.

—Ja, ja, ja, ja, ja. Jamás de los jamases soltaría tanto dinero por nada. Ni aunque le vendieran el pueblo entero.

—Por lo que le traemos sí pagará. Y gustosa.

—No lo creo. Si ni quiso pagar la quimioterapia…

Ya iba Jocoque a sacar las fotografías cuando Neto lo detuvo.

—Déjanos pasar —dijo Neto—. Si no la convenzo, nos vamos y te quedas con la finca cuando ella estire la pata. Pero si la convenzo, te tocan los trescientos que te estamos ofreciendo nada más. Y te despides de la finca.

—Los trescientos y negociamos la finca.

Se dieron la mano. Cande sonrió ampliamente, como haría un buen jugador de póker que no sabe si el del otro lado de la mesa está faroleando, pero ama incluso ese momento, en el que desconoce si su oponente tiene una quintilla o un par de dos, justo porque todo apunta a que el asunto terminará con ella subiéndose al tapete verde, arrastrando las fichas, haciendo un baile ridículo de victoria, riéndose en las narices de sus hermanos.

Neto y Jocoque al fin pasaron al interior. Atravesaron la bodega y llegaron a la amplia cocina, donde una muchacha indígena movía un caldo espeso puesto sobre la lumbre de la estufa.

—Lola, ellos son mis hermanos. Aunque no lo creas.

La muchacha asintió apenas y siguió en lo suyo.

—¿Al fin contrató servidumbre? —se maravilló Ernesto.

—Tiene dos muchachitas que le ayudan a cocinar y a cuidar la huerta y los animales.

Siguieron hasta el comedor de doce sillas. La sala de tres sofás sin tele. Los óleos en las paredes. El aroma de las flores recién cortadas. El sol entrando por la ventana. La madera en cada mueble y en cada adorno. El ambiente apacible de una casa sin mayor conflicto que el de una anciana que se está muriendo. Los recién llegados miraron hacia la puerta cerrada de la capillita, único cuarto de la planta baja que no concordaba con una casa común y corriente. Luego, miraron hacia las escaleras curvas. Por ellas llegarían al siguiente piso, a las habitaciones de su infancia, a los recuerdos, a la sensación que tiene el soldado que peleó en Irak de volver pero ahora como turista. Ambos se amedrentaron.

—Exactamente... ¿qué ha cambiado? —dijo Ernesto.

—No mucho. Ahora tiene el cabello completamente blanco, pero está perfectamente lúcida. Y no, no está convaleciendo ni nada. Ni siquiera se queja de dolor alguno. Fuera del ganglio inflamado en el cuello, que casi ni se ve, es como si fuera la misma de siempre.

—Eso no es muy alentador.

—A mí me dejó quedarme porque se lo pedí. Para ayudarla a bien morir.

—Eres una pinche santa.

Cande comenzó a subir las escaleras. Sus hermanos detrás, incapaces de ocultar que se cagaban de miedo.

—Ah, bueno. Hay una cosa que sí es nueva.

—No me digas que se volvió atea, por favor —dijo aterrorizado Jocoque.

—No, qué va. Sigue rezando lo mismo y todo. No. Es otra cosa.

—¿Qué cosa?

Ya habían llegado al piso superior. Las mesitas de los pasillos, los espejos, los cuadros, las ventanas, todo era como si el tiempo no hubiera pasado.

—¿Se acuerdan de que antes nos daba con el fuete o nos ponía a rezar de rodillas si nos oía una mala palabra?

—Sí.

—Bueno. Eso es lo que ha cambiado un poco.

Cande abrió la puerta de la habitación de su madre. Una enorme cama de latón con cuatro columnas y dosel, una pequeña estufa de leña, un secreter con silla de madera, un tocador con espejo, dos armarios, la entrada al pequeño baño con tina y escusado de porcelana, el cuadro de don Augusto, el cuadro de la Basílica y de la Virgen de Guadalupe, el gran crucifijo, la Santísima Trinidad, san Pedro con dos veladoras y, por supuesto, el santo padre, su santidad Juan Pablo II sonriente y dando la bendición *urbi et orbi*. Mamá Oralia llenaba un papel con su puño y letra detrás del secreter en el que, además, había una máquina de escribir anterior a la Segunda Guerra Mundial. Llevaba el cabello atado en un chongo hacia atrás, vestido negro de plañidera, zapatos negros con agujetas y gafas atadas por una cadena al cuello, aunque en ese momento montadas sobre sus ojos. Las miradas de Neto y Jocoque se dirigieron al lado de la cama donde depositaba el fuete con el que antaño les pegaba en las nalgas. En vez de eso había ahora un bastón de rústica madera.

—Mamá Oralia, adivine quién vino a cenar —soltó Cande haciéndose a un lado, instando a ambos, con un gesto, a que entraran.

Mamá Oralia levantó los ojos de lo que estaba haciendo. Se quitó los anteojos. Se los volvió a poner. Siguió en lo suyo.

—¿Por qué dejas subir pinches limosneros a mi cuarto?

Los tres hermanos se miraron. Cande no pudo aguantar la sonrisa. Ya se veía subiéndose a la mesa de juego, arrastrando las fichas, bailando conga.

—Mamá Oralia… —dijo Neto, el menos aterrorizado. Jocoque en verdad quería salir corriendo. O arrojarse por la ventana.

—Dales un kilo de tortillas duras a cada uno y que se vayan mucho a la chingada, de donde vinieron.

—Sí, Mamá Oralia —respondió Cande, servicial.

Neto se sintió ridículo. ¿En verdad pensaba que podía venderle una misa de un millón de dólares a esa señora que a todas luces los odiaba? Sintió la necesidad de jalonearse el labio inferior hasta arrancárselo, pero se contuvo. Se imaginó llegando a su casa y diciéndole a Macarena y a las niñas que el negocio se había ido al carajo. No podía. Simplemente no podía. Era intentar salvar los restos del súbito naufragio o tirarse de cabeza a un precipicio.

—Ya oyeron, limosneros —dijo Cande, tomando del brazo a Neto para que abandonara el cuarto. Jocoque se había salido al pasillo desde que su madre dijo "Dales un kilo". De pronto le pareció que, en tales circunstancias, era toda una fortuna salvar el pellejo, ni quién quisiera un jodido millón de dólares.

Neto, no obstante, se resistió.

—Nos enteramos apenas —dijo en un desplante épico de arrojo y valentía—. Se lo juro, Mamá Oralia.

Una mínima pausa en la que el lápiz de Mamá Oralia se detuvo sobre el libro de contabilidad que llenaba. Luego, siguió plasmando el resto de la cifra.

—Pero no es eso lo que nos trae aquí —arguyó Ernesto.

—"Eso…" ¿Qué? —dijo Mamá Oralia, aún sin levantar la vista.

Cande sonreía como si estuviera frente al mejor programa cómico de la televisión. Tendría para carcajearse por varios días. Sólo era cuestión de aguantar, que si se le salía una risa ahí dentro, corría el peligro de convertirse en la tercera limosnera. Neto, por su parte, creía oír el sudor salir de los poros de sus sienes, convertirse en gotas que habían de caer al suelo y producir un ruido ensordecedor. ¿Qué respondería? "Eso…

que se está usted muriendo. Eso… que le quedan a lo mucho cinco años de vida. Eso… que tiene en el cuello y que no tiene muy buen aspecto."

—Eso… el hecho de que nos mandó usted llamar —le salió automático. Incluso hizo un apunte mental de tal vez volver a hacerse creyente si es que alguien allá arriba lo había sacado del atolladero.

Mamá Oralia detuvo el lápiz de nuevo. Volvió a sacarse los anteojos. Miró a Ernesto. Acaso lo vio de doce años, haciéndose en los calzones por culpa de alguna reprimenda fuerte.

—María Candelaria… dales dos kilos a cada uno porque parece que uno no les pareció suficiente.

—Sí, Mamá Oralia. Órale, par de muertosdehambre.

—Es otra cosa —insistió Ernesto, haciéndose el fuerte, resistiéndose al brazo de Cande, arrostrando el destino.

Acaso Mamá Oralia lo vio de doce años pero con una renovada actitud, no orinándose encima, sino sacando el pecho como prácticamente nunca había hecho porque, de los cuatro, él era el más llorón y el más quejica, por eso no dijo nada y por eso no le quitó la vista de encima.

—Venimos a ofrecerle algo —insistió Neto—. Algo por lo que probablemente ha trabajado toda su vida. Se lo digo porque es algo que le cambió la vida a Jocoque, que diga, a José Jorge. Y en verdad que puede ser la respuesta a todas sus oraciones. A todas sus plegarias. A…

Mamá Oralia esbozó una mínima sonrisa. Por un instante sintió que con sólo hacer "bu" conseguiría que el mayor de sus hijos se hiciera en los pantalones y comenzara a llorar. Todo un hombre de casi treinta años y mírenlo, muerto de miedo. Sonrió. Porque era cierto que ella los había mandado llamar. Y era perfectamente posible, si no es que seguro, que María Candelaria le hubiera mentido. Si de los cuatro no hacías uno, de lo marrulleros y mentirosos y trúhanes, era perfectamente posible. Sonrió, sí. Pero tampoco se los pondría tan sencillo.

—María Candelaria, mejor no les des ni madres. Córrelos a patadas antes de que decida llamar a la policía.

El rítmico sonido
de los limpiaparabrisas

—Véanlo por el lado amable —dijo Cande cuando los acompañó al coche.

—¿Ah, sí? ¿Cuál es el lado amable? —gruñó Neto, a punto de abrir la puerta de la Golf.

—Que les voy a regalar estos cigarros —les extendió la cajetilla de Boots—. Fuera de eso, es cierto. No hay lado amable. Gracias por haber participado.

Jocoque aún no salía de la impresión. Simplemente subió al coche y dejó la mirada puesta en el infinito. Neto se subió también. Aventó la cajetilla fuera del coche. Cerró la puerta. O al menos lo intentó. Necesitó siete golpes para darse cuenta de que no cerraría. Con las risas de Cande encendió el auto y se marchó sosteniendo con la mano izquierda la portezuela y haciendo zigzags con la derecha. Sólo quería apartarla de su vista. Dejar atrás el mal trago. Considerar la viabilidad de comprar un seguro de vida con la misma aseguradora que lo echó a la calle y luego planear su propia muerte.

En cuanto el auto se perdió detrás de una gran jacaranda que estorbaba a media calle, Ernesto puso el freno de mano. Dejó que la puerta se abriera por completo. Resopló, cansado.

—Uf. Nos salvamos por los pelos —dijo Jocoque, despertando del letargo.

—¿Nos salvamos por los pelos? No jodas, cabrón. No conseguimos nada. Ni siquiera nos dio chance de decir media palabra. ¿Y, según tú, nos salvamos por los pelos?

Neto esperó a que su hermano respondiera pero, por lo menos en un par de minutos no dijo nada. Luego, Jocoque, incómodo por la mirada de su hermano, simplemente sentenció:

—Tengo hambre.

Ernesto azotó la puerta hasta que se resignó a que no cerraría. Se quitó la corbata y la anudó entre el marco de la ventanilla delantera y la trasera. Hizo andar el coche y condujo hasta el centro del pueblo. Se bajó por la ventana a una tiendita en la que hacía doce años sólo vendían enseres domésticos y ahora funcionaba hasta como videoclub y cabina telefónica. Con los anteojos oscuros puestos, agarró una caja grande de Corn Flakes y dos cocas del refri. Y pidió permiso para hacer una llamada de larga distancia.

—Claro que sí, Netito —dijo la señora de la tienda tras el mostrador—. Dime el número y con gusto te lo marco.

Ernesto se resignó a haber sido reconocido. Se quitó los lentes.

—¿Cómo está, doña Leti?

—Pues a'i... ¿a poco el que está ahí esperándote en el coche es el Jocoque?

—Más o menos.

—Chamacos. Pos qué les hicimos que nunca volvieron.

—Ustedes nada, doña Leti. ¿Le dicto el número?

—A ver...

Cuando le pasó el auricular, Ernesto ya estaba temblando. No quería postergar la noticia. Tal vez sólo quería saber si su mujer estaba en ese momento contratando un *tour* por Europa para poder detenerla a tiempo. Tal vez sólo quería volver a casa sin tener que tolerar por cinco horas la bomba de tiempo que llevaría encima y que habría de detonar en cuanto cruzara la puerta. Tal vez sólo quería escuchar una voz amiga. Para bien o para mal le contestó Leslie.

—Hola, chaparra.

—Hola, pa. ¿Cómo va la operación "Sopa de papa"?

—¿La qué?

—Operación "Sopa de papa". Así bauticé a nuestra misión.

—Pásame a tu mamá.

—¿Cómo te fue?

—Pásame a tu mamá.

—No está.

Un par de segundos en los que fue suficiente no querer romperle el corazón a su hija mayor. ¿Y si todo lo reducían a un robo bien planeado? Seguro que Mamá Oralia no todo lo tenía en cuentas bancarias. Seguro que debajo del colchón de esa enorme cama aún guardaba algo de efectivo, como en los viejos tiempos. O bien podría intentar rematar la vajilla esa de plata que tanto se preciaba de tener porque según había pertenecido a Carlota emperatriz. O bien…

—¿Cómo te fue, pa? —el tono de Leslie reveló el principio de una tormenta que amenazaba con llevárselo todo, casas, coches, gente.

No se atrevió. Simplemente no se atrevió.

—Al rato vuelvo a llamar.

Colgó cuando Jocoque ya estaba platicando con doña Leti. Haciéndola reír con una suerte que no hacía desde niño: tenía levantada la camisa hasta el pecho y hacía ondular el vientre como si fuese una odalisca.

—Vámonos, Jocoque. ¿Cuánto le debo, doña Leti?

—¡Ay, este muchacho! —dijo la tendera con lágrimas en los ojos—. Quince nuevos pesos, Netito.

Pagó y jaló a su hermano hacia la calle. Abrió la caja de Corn Flakes y le metió el puño al tiempo en que se recargaba en el auto. Abrió la coca y se tomó la mitad. Le pasó la caja a su hermano. Así estuvieron, mirando a la nada mientras los transeúntes pasaban por delante de ellos y los conductores (pocos, algunos en auto, otros en mula o caballo) por detrás. A Ernesto ya no le importaba que los reconocieran. De todos modos era mejor pasar desapercibidos así, que con la pinta de "Hermanos Caradura" malhechotes que adquirían con los anteojos oscuros.

—Oye, Netito... ¿Me prestas para hacer una llamada? Quiero ver si de regreso paso a ver una chava.

—Usa tu pinche celular.

—Ja, ja. Ándale, préstame.

—No.

Siguieron viendo a la nada hasta que dieron cuenta del cereal y los refrescos. Luego empezó una lluvia finita.

—La gran cagada —dijo Jocoque.

Y volvieron al auto.

Lo cierto es que si no incurrían en algún acto verdaderamente delincuencial, no tenían escapatoria. Neto se sentó al volante sin atreverse a darle marcha. La lluvia se colaba por la abertura de la puerta mal cerrada y le empapaba el hombro del traje, que comenzó a apestar a falta de tintorería.

José Ernesto, de doce años, vuelve corriendo al interior de la finca. Está hecho una sopa. Al igual que sus hermanos otras veces, ha intentado fugarse por su cuenta. Pero mientras estuvo en la sierra se sintió tan miserable bajo la lluvia y en la oscuridad que se regresó rezando avemarías a la carrera, según él "por adelantar". Se ha saltado la barda y hará el intento de colarse a la casa sin ser notado. Su madre lo espera sentada en una silla de madera, sosteniendo un rosario, al pie de la escalera que conduce al segundo piso. Neto, con tan sólo verla, se suelta a llorar. Mamá Oralia no se conduele, lo deja derramar lágrimas mientras pasa las cuentas y continúa con los misterios dolorosos hasta que el chamaco se calma. Luego, lo conduce al baño del piso superior, lo obliga a desnudarse, le abre el agua caliente y espera afuera a que termine. En cuanto éste sale, con el pijama puesto, lo lleva de una oreja al piso inferior y le pasa el rosario. Ha de terminar tres rezos caminando en torno a la mesa mientras ella revisa unos contratos. José Ernesto llora intermitentemente hasta que lo rinde el sueño, piensa mientras se queda dormido que se fugará al día siguiente. O al siguiente. O al siguiente.

Neto arrancó el coche en el momento en que la lluvia arreció. Le pareció repentinamente que no habría mejor modo de volver a su casa que en medio de tal chubasco. Su figura atravesando la puerta, empapada hasta los huesos, sería la mejor estampa para dar una mala noticia, la peor de ellas.

—Nunca te conté pero una vez vi a un chavo bien parecido a Leonardo DiCaprio mesereando en la Roma —dijo Jocoque—. Si quieres lo busco y veo si lo podemos padrotear.

Ernesto siguió conduciendo hacia la salida del pueblo con el único sonido acompañándoles de los limpiaparabrisas golpeteando rítmicamente y la lluvia golpeándolo todo en el exterior arrítmicamente, convencido de que, una vez que hubiese dejado a su hermano en alguna estación de metro, trataría de olvidarlo para siempre, así como a su hermana Cande y su mamá de mentiras. Mejor hacer como si nunca hubiese sido rescatado del hospicio del que lo sacaron hacía veintiocho años.

Ya estaba buscando el mejor modo de participar de la noticia a su familia cuando, al alcanzar el camino que los regresaba a la carretera a México, justo a unos cuantos metros de dejar atrás para siempre San Pedrito, vio una figura de impermeable negro estorbando en el camino. Un hombre alto se encontraba deliberadamente a media calle.

"Uno de los inversionistas canadienses decidió retirarse, son cosas que no se pueden prever, gorda…"

"La junta de accionistas decidió cambiar mi asesoría por la de un cuate inglés, son cosas que no se pueden prever, gorda…"

"Mi madre es una arpía de peso completo y a mí se me había olvidado, son cosas que no se pueden…"

Alcanzó al sujeto, a media lluvia torrencial, y éste no se movió de su puesto. Hubo que prender las luces altas, detenerse, esperar a que se quitara o esperar a que se manifestara. Ocurrió lo segundo, ante la mirada curiosa de ambos tripulantes de la Golf.

—Neto… soy Raúl Encinas, ¿se acuerda de mí? Vivo aquí en la casa verde —gritó el hombre aproximándose.

Probablemente sí, pero igual no importaba mucho. Neto asintió con desgano a través de la ventana aun cerrada y el hueco que dejaba libre su corbata anudada a la puerta.

—Su hermana Candelaria me llamó hace rato. Que se regresen a la casa.

Neto y Jocoque se miraron.

—¿Por qué razón? ¿Se la dijo? —indagó Neto.

—Que para que no les agarre la lluvia en la carretera.

Neto entornó los ojos y llevó su mano a la palanca de velocidades para avanzar.

—Dígale que no nos haga favores.

Un par de metros y el hombre gritó, detrás de ellos.

—¡Y que la Seño Oralia quiere hablar con ustedes!

Ernesto frenó. Esperó a que el hombre los emparejara.

—¿Por qué no lo dijo antes?

—Porque su hermana me lo indicó. "Les dices nada más lo de la lluvia. Y si ni así se regresan ya les sueltas lo de mi mamá."

—Suena mucho a lo que diría Dulce Candy —admitió Jocoque.

Neto estuvo de acuerdo y, considerando que se había propuesto ponerse a rezar antes de alcanzar la carretera para ver si alguien en algún lado, el cielo o el infierno, les echaba un lazo, uno real, consideró un verdadero milagro el haber podido conservar su ateísmo antes que tener que recurrir a prácticas piadosas a las que había renunciado hacía muchísimo tiempo.

Hizo virar el auto y condujo en dirección a la finca.

Esta vez encontraron el portón principal entornado. Flor, la segunda de las muchachas de servicio, bajo la lluvia, con impermeable y paraguas, los aguardaba para dejarlos pasar al interior de la finca. Neto condujo por el camino de piedra hasta la cochera, que en realidad se trataba de un cobertizo donde había una camioneta *pickup*, un Taurus y un modesto Tsuru del año, al lado de una motocicleta Harley que seguramente pertenecía a Cande. Los recuerdos de los días de ese lado de la barda amenazaron con agolparse en la cabeza de ambos. Al fondo se encontraban las caballerizas, la pequeña casita que ocupaba don René, el antiguo caporal y jardinero; la granja y los corrales; el pozo; el huerto; los jardines. Los cinco amates esparcidos por la casa estaban intactos, desde los tiempos en que don Raúl Oroprieto había construido la casa. Y desde luego el edificio principal, como un castillo, esperándolos, con sus siete habitaciones superiores, la capilla de la planta baja, la estancia principal y los cientos de miles de motivos religiosos sembrados aquí y allá.

En cuanto Neto acomodó la Golf al lado de los otros autos, se apearon y corrieron a la casa. La carpeta bajo el brazo. La frente en alto. El ánimo dispuesto. Esta vez tenía que salir bien o dejaría de llamarse José Ernesto Oroprieto Laguna para siempre. De hecho, ahora que lo pensaba, tal vez era buen momento para decidir si, en efecto, valía la pena cambiarse el nombre y huir del país en caso de que…

Pero no. Prefirió ahuyentar los pensamientos ominosos. Justo al tiempo en que…

Jocoque resbaló al correr por el fango, cayendo de rodillas y ensuciando su recién estrenado traje *sport*.

—La gran cagada —se oyó decir entre la lluvia.

¿Puede un desodorante…?

Cuatro pocillos humeantes de una infusión que sabía a abrojos descansaban sobre la mesa central de la sala, que en realidad era una enorme rebanada de algún árbol milenario que dio su vida para que Mamá Oralia tuviese una mesa de centro milenaria. Alrededor, los cuatro interesados: dos de ellos escurriendo agua hacia los muebles que habían sustituido a los que ellos recordaban de su infancia; el menor con las rodillas marrones de la reciente caída en el lodo. Las dos mujeres que los confrontaban, en silencio: ambas parecían pertenecer a alguna congregación religiosa, aunque se sabía que la menor, la pelirroja, lo hacía por sacar tajada.

Ernesto se sintió como en examen. De hecho, pensó que si fuese en realidad un vendedor de perpetuidades o de viajes turísticos a Chernóbil tendría más las de ganar. Se pasó la manga sobre la cara, aun empapada. Aspiró con fuerza los mocos que amenazaban con salir. Miró con timidez a Mamá Oralia. A diferencia de Jocoque, quien veía cualquier cosa excepto a su madre.

—¿Y… cómo ha estado, Mamá Oralia? —se atrevió a preguntar Neto, según él para romper el hielo.

Mamá Oralia miró a Cande como miraría un director general de alguna empresa a su secretaria por hacerle perder el tiempo con tonterías. Miró a Ernesto con el gesto agrio de siempre, desde que lo cargó en brazos hasta que lo despidió para irse a estudiar la carrera.

—Pues me estoy muriendo. O sea que... ¿cómo chingados quieres que esté?

Ernesto se abrazó a la carpeta. "Mal comienzo", se dijo. Pareció, por un segundo, mirar a...

José Ernesto niño frente a la clase, en la escuela primaria 21 de marzo, olvidando todo lo estudiado, siendo regañado por el profesor, volviendo a su pupitre, odiándose por haberse quedado sin palabras.

Resopló. Pensó qué nombre sería bueno para usar en el extranjero.

—No sé qué le haya dicho Cande, pero ninguno de nosotros terminó de narcotraficante o ratero. Y si no la buscamos es porque sabíamos que no nos necesitaba. Ni nosotros a usted.

—Sí, bueno, me rompes el corazón —dijo Mamá Oralia y dio un trago a su infusión.

—De hecho somos personas de bien.

Mamá Oralia los estudió con la mirada. Jocoque aprovechó para sacar su localizador Motorola de la bolsa de su pantalón, como si eso le diera las suficientes credenciales de gente de bien. Miró de soslayo a Mamá Oralia y se sintió tan imbécil que consideró la posibilidad de tirar la porquería a la basura en cuanto tuviera un cesto a la mano.

—Para serte sincera... —arrastró las palabras Mamá Oralia—, el simple hecho de que ninguno de ustedes esté purgando una jodida condena de varios años en prisión me hace sentir como la pinche madre del siglo.

José Ernesto resolvió que era el momento. Y que Jocoque lo estropearía pese a todo el guion estudiado y todas las indicaciones cientos de veces repasadas. "Me pondré un nombre japonés, claro. Así puedo hacerme el turista en todos lados." Recorrió levemente el *zipper* de la carpeta "Obao".

—No me hubiese animado a venir si no supiera que esto, como ya le dije hace rato en su habitación, será lo mejor que pueda pasarle en la vida.

Algo cambió en la mirada de Mamá Oralia. Una chispa incipiente que murió enseguida, el brillo que delata que alguien espera, en verdad, como si fuese un niño, ser altamente sorprendido. Ernesto continuó.

—El año pasado José Jorge estuvo en Roma. Fue ganador de un viaje que incluía una audiencia con el papa.

La chispa en los ojos de Mamá Oralia volvió y permaneció un poco más. En realidad muy poco. A los pocos segundos la natural suspicacia de la señora acabó por exterminarla.

—Eso le cambió la vida a José Jorge. Gracias a la visita que hizo a su santidad, volvió a creer. Y por ello es ahora un hombre renovado.

Mamá Oralia miró a su hijo menor.

—¿Es cierto?

Jocoque asintió. La miró. Apartó la vista. Asintió de nuevo.

Ernesto sacó las fotos de la carpeta pero las conservó ocultas para lograr el efecto deseado en el momento indicado.

—Lo cierto es que… y aquí viene lo verdaderamente revelador… el santo padre sintió una simpatía muy grande por José Jorge. Tanta, que no pudo resistirse a invitarlo a cenar. Y en la cena le hizo una revelación.

Ahora los ojos de Mamá Oralia se agrandaron en serio. Cande, por su parte, prefirió no mirar pues estaba segura de que en algún momento sería arrebatada por una risa incontrolable. Jocoque asintió. Miró a Mamá Oralia. Volvió a asentir. La pierna derecha le brincaba como si estuviese haciendo "caballito" a un niño invisible.

—El santo padre le confesó a Jocoque, ya ve que habla muy bien español, que el Vaticano ofrece un servicio muy exclusivo sólo a ciertas personas muy cercanas al papa —continuó Ernesto—. Por una suma, el santo padre se traslada a cualquier lugar en el mundo en donde se le solicite… a oficiar una misa. Privada. Particular. Y con la misa, por supuesto, obsequia todas las indulgencias posibles. Lo increíble es que el santo padre se sintió tan en confianza con Jocoque, perdón, con José Jorge, que le ofreció concederle ese mismo servicio en caso de que él lo requiriera.

Lola entró a encender la chimenea. Por un par de minutos en el ambiente se mantuvo en suspenso la reacción de Mamá Oralia, quien miraba alternativamente a Ernesto y a Jocoque, la risa contenida de Cande y el momento en el que empezara a destellar la ramita de ocote a la que Lola aproximó un cerillo. Afortunadamente el fuego encendió antes que la risa de Cande o alguna reacción explosiva por parte de Mamá Oralia.

—Seño Oralia… ¿va a querer algo de cenar?

—No, con el tecito está bien, Lola.

Lola se retiró y dejó a todos colgados del mismo silencio artificial, apenas adornado por el fragor de la lluvia y el tímido crepitar incipiente de la madera.

—¿Es eso cierto, José Jorge? —miró Mamá Oralia a su hijo menor. Luego a Ernesto—. ¿Este muchacho habla?

—¡Habla, Jocoque! Que diga…

—¡Oh, ya deja ese pinche jueguito, José Ernesto! —gruñó Mamá Oralia—. Siempre le dijeron Jocoque. No te quieras hacer el mustio ahora. Dile como siempre le has dicho y ya, carajo.

A Neto le maravilló que, pese a todo, no hubiese cedido él a su propio impulso de gritarle: "Habla, ya, pinche Jocoque, chingada madre. ¿Qué no ves que se nos cae el teatrito?".

—Sí hablo, Mamá Oralia —dijo el aludido como si fuera un niño de siete años. Neto pensó que acaso jamás había dejado de serlo.

—Pues responde —insistió la señora—. Porque no me creo ni media palabra de lo que dice tu hermano.

Jocoque le hizo una seña a Neto, para que recurriera al recurso de las fotos, pero éste sabía que primero tendría su hermano que hacer una defensa, aunque fuese mínima, de lo que él acababa de esbozar tan brevemente. Lo miró con sus mejores ojos de "habla ya, chingada madre" y esperó.

Jocoque al fin advirtió que no tenía escapatoria y, después de limpiarse la cara del exceso de agua de lluvia, se animó a abrir la boca.

—Es cierto, Mamá Oralia. No sé por qué pero el papa y yo nos caímos bien. Ya ve que a veces pasa. Y pues ahí pasó. Y me dijo eso.

Mamá Oralia frunció el ceño. En su opinión era la peor tomadura de pelo de la historia de las tomaduras de pelo. Y no sabía qué le molestaba más. Si que sus hijos creyeran que era lo suficientemente estúpida para tragarse un engaño tan gordo como ése o el hecho de haber criado cretinos de tal calaña, que creyeran que podían hacerla tragar un engaño tan gordo como ése.

—¿Y exactamente qué es lo que me vinieron a ofrecer? —dijo con una rabia tan bien escondida que hasta se le escapó un tono de dulzura.

—Que venga el papa, Mamá Oralia —dijo el mismo Joco-que—. Aquí a San Pedrito. A oficiar una misa. Usted puede pagarlo. Nosotros no.

Mamá Oralia era una olla exprés sin válvula de escape. Pero estaba tan acostumbrada a enfrentar farsantes y estafado-res, que ya le era relativamente fácil ocultar sus pensamientos reales y hasta parecer interesada. Cande había perdido toda capacidad de burla y había empezado a tronarse los dedos, su propio tic nervioso.

—¿Y cuánto cuesta la misa exactamente?

—Un millón de dólares —soltó Jocoque.

—Un millón trescientos mil —corrigió Cande, de pronto viéndose fuera de la jugada, haciendo una pausa, explican-do—. Fue lo que me dijeron al llegar...

Mamá Oralia los miró a todos como si de pronto com-prendiera que en los orfanatos de donde los sacó en realidad le habían entregado reptiles con apariencia de personas. Sin-tió deseos de reventar como hacía antaño. Tomar el bastón y arrearles en las nalgas a todos, ponerlos a hacer trabajos for-zados, rezos forzados, colmarlos de prohibiciones y terminar echándolos para siempre de su casa. Pero...

Pero...

Es cierto que los había mandado llamar. En cuanto supo que tenía cáncer. Y que en ello había un indicio de componer las cosas. De rehacer lo que estaba mal hecho. Fue entonces cuando advirtió que José Ernesto se había puesto pálido. In-creíblemente pálido. Como si hubiese visto un fantasma o se hubiese sentido terriblemente mal del estómago.

Neto, justo en ese momento, pasaba frente a sus ojos las fotografías de la carpeta. "¿Puede un desodorante hacer que una se vea bien?" Su última y única carta para convencer a

Mamá Oralia de pronto se le volvía arena entre las manos. Agua. Ceniza.

—Muéstrale, Patineto —dijo Jocoque—. Para que vea que no mentimos. Que sí tuve audiencia con su santidad. Y que nos caímos bien.

Neto dio la vuelta a la carpeta como si quisiera abrir una ventana a otra dimensión y colarse por ella. "¿Tú, qué piensas?"

Agua, ceniza, lodo, aire… efectivamente Neto se sintió mal del estómago, mal del hígado, de los riñones, del corazón. Y de pronto estuvo tan seguro de que todo saldría mal que terminó por decidir que ya daba lo mismo si salía épica y estrepitosamente mal. Que daba igual perder uno a cero que diecinueve a cero. Tragando saliva pasó las fotografías a Mamá Oralia y se puso a pensar nombres japoneses, llevándose las manos a la cara, deseoso de haber pescado una pulmonía fulminante al correr bajo la lluvia.

Y Mamá Oralia se enfrentó, en la primera foto, a su santidad Juan Pablo Segundo.

Sí.

En primer plano, sí.

Su santidad, el sumo pontífice, Juan Pablo II…

… mostrando la lengua hacia la cámara con Jocoque a su lado. Tras ellos un extraño fondo verde perico. Y no, no escuchó ninguna música coral ni nada.

Neto se echó hacia atrás en el sofá, pensando que seguramente había sido una confusión de carpetas. Y que el culpable tenía que ser por fuerza, Jocoque, no Leslie. Y que lo mataría con sus propias manos en cuanto salieran de ahí.

A la foto del papa y Jocoque mostrando la lengua siguieron otras similares. Haciendo gestos, poses y payasadas. Cande, quien ya se había pasado detrás de su madre para ver las fotos con ella, no cabía en sí de asombro. Miraba a sus hermanos convencida de que ahí ardería Troya, San Pedrito y el Universo. Con todo, había que admitir que…

… que…

… era él. El mismísimo Karol Wojtyla. En la graciosada y la tontería con el sujeto menos indicado. Pero era él.

Él. No otro.

Él.

Mismo pensamiento que había anidado en la mente de Mamá Oralia.

Porque, repentinamente, está en Avenida de los Insurgentes, Ciudad de México, viendo al santo padre pasar sobre el papamóvil. Lleva de la mano a su hijo menor, el más diablo de los diablos. Y es apenas un segundo en que los hermosos ojos azules de su santidad la fulminan. Y se rinde al sentimiento. Y llora como no ha llorado nunca antes. Porque está segura de que él la ha visto directamente. La ha elegido en la multitud. Y eso, para una niña a la que nadie nunca hizo sentir especial y que creció hasta convertirse en una mujer convencida de no ser en lo absoluto especial, es el primer destello de luz en una noche completamente oscura.

Y por eso no pudo evitar sentirse fulminada. Él. En la payasada y la locura, al lado de su hijo José Jorge, ambos montando un teatrito que no tiene nada de audiencia pública y carece por completo de explicación. A menos… probablemente… que…

… que…

Los tres Oroprieto Laguna se miraron entre sí. ¿Era una lágrima eso que parecía querer asomar al ojo izquierdo de su madre? ¿O era un efecto de las llamas de la hoguera en los iris de la vieja? Ernesto, principalmente, sintió que era rescatado de las garras de la muerte por un brillo así de minúsculo, así de insignificante y, a la vez, así de magnífico y así de deslumbrante.

—¿Un millón de dólares por una misa? Ni aunque la oficiara Cristo en persona.

Fue lo que, de cualquier modo, expresó Mamá Oralia antes de ponerse en pie y dirigirse, sin decir ninguna otra cosa, hacia el piso superior.

—Un millón trescientos mil —aclaró Cande, aunque su madre ya había desaparecido subiendo la escalera.

Pero para los tres fue demasiado evidente que algo se había revolucionado al interior de su madre. Por eso ninguno se movió en un buen rato y por eso aceptaron la oferta de Lola de prepararles unas quesadillas y, luego, al fragor de la lluvia, Neto y Jocoque decidieron no marcharse todavía, porque estaban seguros de que el capítulo de esa noche había quedado en "Continuará".

Y es que la principal razón para concordar que el final estaba en vilo fue el detalle en el que Mamá Oralia reparó hasta que estuvo a solas en su cuarto: que se había llevado consigo la foto en la que su santidad y su hijo menor fingían ser un par de espías, posando espalda con espalda y sosteniendo imaginarias pistolas que no eran más que sus propias manos entrelazadas con el índice apuntando hacia arriba. Ya estaba deshaciéndose el chongo frente al espejo cuando se animó a doblar la fotografía para dejar solamente al santo padre mirando hacia ella. Con toda seguridad que ahí había gato encerrado, ni que se chupara el dedo, pero eso que sentía con sólo desviar la vista hacia la imagen no podía ser inventado. El pulso, la agitación, el sentimiento de desamparo. No, no podía ser inventado. Y, después de todo, tenía dinero en el

banco, tenía propiedades, tenía bienes materiales y nadie podía criticarle el uso que les diera a sus setenta y cinco años de
edad.

Ma, cosa dici?

"Díganos...", escupiría nuestro reportero imaginario, aquel que en pleno velorio entrevistaría a todos y cada uno de los deudos, dirigiéndose específicamente a Neto, Cande y Jocoque. "¿Algo en los ojos de su madre les indicó el derrotero que seguirían los acontecimientos? ¿Algo en esa primera reacción les daría una pista de cómo terminaría el asunto de la misa en San Pedrito?" A lo que los tres interpelados, si eran completamente honestos, tendrían que responder, por fuerza, que sí.

Pero eso, mucho tiempo después. Por lo pronto, ese domingo 17 de diciembre de 1995, Neto se tardó en admitir que despertaba en la misma cama que había ocupado durante toda su infancia y juventud. Y que las pesadillas habían sido, de tan obvias, más tranquilizadoras que inquietantes. En todas ellas era el bueno para nada que su mamá le aseguraba terminaría por convertirse. Pero al menos no mojó las sábanas.

Se incorporó dándose cuenta de que había estado cruzando los dedos durante toda la noche, único modo de mostrar superstición sin sentirse mal por ello. Recordó que era domingo. Y que antes de acostarse había llamado a su casa para avisar que el asunto de la revisión de los cultivos de papa en los que estaba asesorando a los inversionistas canadienses se había prolongado, así que no volvería hasta el día siguiente. Recordó que Macarena le notificó que le había ido a comprar un par de trajes nuevos para que no anduviera como pordiosero entre gente tan importante pero al menos ningún *tour* por Europa asomaba —aun— en el horizonte. Recordó también al encerrarse en su cuarto, al advertir que seguía como lo había dejado, con algunos libros edificantes, someros cuadros de paisajes, el Cristo y la Virgen, el escritorio con dibujos horadados, el ropero ya sin ropa y algunos juguetes viejos en un baúl aún más viejo, recordó que cualquier lugar del mundo era mejor que ése en donde todo estaba prohibido y hasta la risa había que escamoteársela a su madre.

Su madre.

Su madre que lo miraba como si deseara estrangularlo a media mañana.

—¡AAAAAAAHHHHH! —no pudo evitar gritar.

Mamá Oralia lo contemplaba desde el dintel de la puerta en su eterno vestido negro y con su eterna cara de funeral.

—Éstas son mis condiciones —expuso la anciana—. Número uno. No será sólo una misa. El santo padre vendrá por toda una semana y se quedará hospedado aquí en la casa.

Neto pensó a toda velocidad: "Se puede arreglar. Claro, el abuelo querrá más lana, pero se puede arreglar".

—Bueno… eh… haremos lo posible por…

—Número dos. Tiene que oficiar la Misa de Gallo en la iglesia del pueblo.

—¿Misa de gallo? ¿Es decir… para Navidad? ¿Y para toda la gente del pueblo? No sé si…

—Y número tres. Se hará sin anticipo.

Ernesto se despabiló por completo. Había dormido en ropa interior y así se salió de la cama, pero no le importó.

—Ehh… ese último punto no creo que lo podamos arreglar, Mamá Oralia. Nos insistieron mucho en que el anticipo es importante.

—Entonces no hay trato. ¿A qué hora se van tú y tu hermano?

Dicho esto, Mamá Oralia dio la vuelta y comenzó a bajar las escaleras apoyándose en el barandal y cargando su bastón. Neto la siguió en calzones.

—Pero… Mamá Oralia…

—De hecho, no sé por qué hablo contigo si el "cuate" del papa es José Jorge.

—Usted sabe cómo es José Jorge. Él no se entiende con estas cosas. Por eso lo estoy ayudando yo.

—¿Cosas? ¿Qué cosas?

—Los trámites y eso.

—¿Qué clase de trámites? ¿No que era un servicio especial? Ni que hubiera que llenar veinte formatos.

La persecución ya había llegado a la cocina. Las dos muchachas de servicio, no obstante, tomaron muy a la ligera el ver a un hombre alto, desmañanado y en calzones. Siguieron separando en cubetas el maíz para las gallinas.

—Pero igual hay que arreglar cosas. Con Roma. Con el Episcopado Mexicano. Con el sindicato de frailes y curas y monjas y eso —al notar su condición de hombre desmañanado y en calzones se ocultó levemente tras el marco de la puerta, pues su madre se puso a preparar café, vieja y arraigada costumbre.

—Bueno. Como sea —dijo ella—. Ésas son mis condiciones.

—Es que de veras nos insistieron mucho.

Mamá Oralia echó cinco cucharadas de café a una jarra de peltre que ya estaba hirviendo. Le apagó a la lumbre. Miró con toda la suspicacia del mundo a José Ernesto. Era evidente que lo que ahí había no era gato encerrado sino todo un tigre dientes de sable. "El sindicato de frailes y curas y monjas y todo eso", repitió en su cabeza, como si el papa tuviese que pagar comisión al gremio por una chamba independiente que le hubiese salido de repente. "Muchachos, me salió un trabajito, a'i les encargo el changarro." El tufo a triquiñuela estaba por todos lados. Lo malo es que ella no sabía dónde estaba el truco pues seguía sintiendo lo mismo que la noche anterior al dormirse contemplando a su santidad en la foto. Y si en algo había confiado toda su vida era en el sosiego que le causaba refugiarse largas horas frente a un Cristo crucificado, una Virgen plácida y sonriente, un sumo pontífice concediéndole, estáticamente, la bendición. El engaño podía residir en cualquier cosa, pero ella ya había tomado la decisión, durante la noche, de que seguiría hasta el final si la dejaban, por última vez en su vida, mirarse en esos beatíficos ojos que la habían desbaratado por completo dieciséis años atrás.

Con todo, tonta no era. Y sabía hasta dónde podía ceder.

—No tengo ningún tipo de garantía. Cualquier depósito sería como echar el dinero al desagüe.

—Eh... de hecho el pago tiene que hacerse en efectivo.

Mamá Oralia tuvo que contenerse para no echar los ojos al cielo. Era como tratar con narcotraficantes o secuestradores. Y la principal razón por la que no tomaba el bastón y echaba a su hijo a la calle justo en ese momento y justo con la poca ropa que traía puesta era porque se sabía parcialmente responsable. "Estos cabrones también son lo que son gracias a mí", no había dejado de pensar durante la noche. Y ella los había llamado. Con el pensamiento y toda su voluntad los había llamado. Y ahí estaban. Seguramente para robarle todo su dinero, sí, pero estaban ahí. Con la excepción de José Guadalupe, quien de todos modos ya asomaría la nariz porque los cuervos se llaman unos a otros, todos estaban ahí. Y ella seguiría hasta el final porque se había propuesto no irse del mundo sin arreglar las cosas.

—Peor tantito, cabrón. Menos.

—En serio, Mamá Oralia. Nos dijeron que sin anticipo no había misa.

—Pues no habrá misa y ya.

Mamá Oralia se puso a desgranar unas vainas de chícharos en una coladera grande. Lola y Flor ya habían abandonado la cocina. El refrigerador se echó a andar. Los dos perros en el jardín ladraron a alguien a caballo que pasaba cerca de la finca. Un hombre alto, desmañanado y en calzones sopesaba sus posibilidades.

—Déjeme ver qué se puede hacer. ¿Me deja hacer una llamada de larga distancia?

—¿Qué tan larga?

—Muy larga. El Vaticano.

—Ahí está el teléfono. Donde siempre.

—Voy por el número.

Neto subió a la carrera por las escaleras. Pasos descalzos de a dos peldaños hasta llegar a la habitación de Jocoque, quien dormía como si pudiera hacerlo por días enteros, de boca abierta y postura despatarrada.

—¡Jocoque! —dijo Ernesto en un murmullo, zarandeándolo—. ¡Despierta, cabrón!

Jocoque abrió un ojo. Vio que se trataba de su hermano. Volvió a cerrar el ojo. Los ronquidos fueron automáticos.

Neto tuvo que sacudirlo como si quisiera sacarle el alma del cuerpo.

—¿Qué te pasa, cabrón? Déjame dormir.

—Güey... estoy en un pedo. Mamá Oralia no quiere soltar anticipo. Y yo dije que iba a llamar al Vaticano para ver si nos podían echar la mano.

Jocoque se incorporó a medias. Volvió a echarse sobre la almohada.

—Sí. Estás en un pedo.

Neto fue a la habitación de Cande, de puerta cerrada. Entró sin llamar. La encontró ejercitándose como si estuviera en la milicia.

—¡Cabrón! ¿Por qué no tocas antes? ¿Qué tal que estoy en calzones! ¡De hecho estoy en calzones!

Dejó las abdominales que la tenían ocupada y se echó encima una sábana al tiempo en que Neto se introducía al interior y cerraba la puerta.

—Pinche Neto, te juro que sé artes marciales. De las cabronas. Las que matan.

—Cálmate, pinche loca. Soy tu hermano, ¿recuerdas? Preferiría morir antes que tocarte. Necesito ayuda —se empezó a tirar el labio. Lo dejó al instante. Suspiró—. Mamá Oralia no quiere dar ningún anticipo. Y yo le dije que iba a llamar al Vaticano para ver qué podía arreglar.

—Pues habla, cabrón, a mí qué me dices.

—Necesito hacerlo verosímil. Y necesito que parezca que se negaron y...

No supo cómo continuar. Eran esos momentos los que le recordaban que antes, hacía mucho tiempo, soltar el llanto, aunque no resolviera nada, al menos le permitía no tener que lidiar con fuerzas incontrolables como si pudiese ganarles.

Pero ahora era un hombre de casi treinta años, con una familia, una carrera y…

—¿Vas a llorar, pinche Neto? —dijo Cande.

Ni él sabía que esa casa tenía ese poder sobre él. Todavía.

—Claro que no, pendeja. No mames.

Ella se cruzó de brazos debajo de la sábana. No pudo evitar sonreír. Negar con la cabeza. Soltar la sábana. Empezar a vestirse.

—A ver… —dijo sin soltar la sonrisota—. No le vas a sacar un anticipo ni aunque le dejaras un pinche brazo tuyo de garantía, cabrón. Así que lo único que se me ocurre… es que le aumentes la cuota.

Neto sintió que, de pronto, no estaba tan desamparado. Y que en algún momento de toda esa aventura podría, en efecto, sacarse para siempre de encima el efecto que tenía esa casa sobre él.

—¿Aumentarle…?

—Sí. Pídele dos millones y medio. Pero quiero la cuarta parte.

—Tienes razón pero… ¿y si se niega?

Cande se enfundaba en su indumentaria de madre superiora sin perder la sonrisa.

—No se va a negar. No te lo sé explicar pero ayer la analicé fríamente. Y algo trae. Y no lo va a dejar ir. Pero tampoco te va a soltar ningún dinero sin ver algo. Lo que sea. Es negociante, cabrón. Antes de que tú y yo llegáramos a esta casa ella ya negociaba con cabrones más hechos y derechos que nosotros.

—Okey.

Ernesto iba a salir ya del cuarto de su hermana, cuando se detuvo.

—¿Y la llamada… cómo…?

—Lo más que puedo hacer por ti es conseguirte un número en Roma. Pero no será para nada el que tiene el papa sobre su escritorio.

—Hazlo y tienes tu cuarta parte.

—Vete a vestir, cabrón —dijo ella mientras sacaba de debajo de su colchón un teléfono celular, un Nokia tamaño ladrillo que en ese momento era como el detalle preciso de una película de conjuras internacionales—. Y te veo en dos minutos.

Neto volvió a su cuarto a toda prisa. Se puso el traje que seguía apestando a lluvia y falta de tintorería. Los zapatos. Se acicaló malamente frente al espejito en el que, desde niño, se daba confianza para enfrentar a su madre y al espantoso mundo exterior. Se sentía orgulloso de no haber llorado y de tener la posibilidad, todavía, de volver a su casa diciendo que el negocio había crecido aunque el primer pago todavía estaba un poco lejos de su alcance.

Cuando salió de su cuarto, Cande, en el pasillo, ya le extendía un número con lada internacional en un papelito. Neto lo tomó y le agradeció dándole un puñetazo en el hombro.

—Gracias, torpe.

—De nada, idiota.

Bajó a la carrera las escaleras y hasta que no estuvo frente al teléfono recordó que no sabía italiano y para que la llamada fuera "verosímil" había que fingir por lo menos esa parte. Volvió a sentir que los órganos internos se negaban a cooperar. El estómago, el hígado, el páncreas, los riñones, el corazón. Todos parecían decir, a coro, "hagamos paro general y que este imbécil deje de sufrir de una vez por todas". Tuvo que sentarse.

Tragó saliva. Mamá Oralia sostenía su taza de café frente a él sin quitarle la vista.

Neto pulsó el número que le había pasado Cande, dígito tras dígito, con la lentitud de quien espera que a la persona que lo contempla a pocos metros se le enfríe el café lo suficiente para volver a la cocina a recalentarlo. Pero igual y aunque pasaron eras geológicas enteras, se escuchó cómo la llamada conectaba, y en algún lugar de Roma un teléfono repiqueteaba y, después de cuatro o cinco segundos era atendido.

—*Pronto…* —dijo Vito, el tío del primo de una amiga de Carmelo, el novio de Cande.

—Bono sera… —dijo Ernesto—. ¿Me pacha con il cardenale Pastrami?

—*Ma, cosa dici?* —rezongó Vito, el dueño de una licorería que ni siquiera estaba cerca de la Fuente de Trevi o el Coliseo o el Vaticano.

—Mucho grazie.

Vito no tenía tiempo para tonterías y colgó. Lo cual redujo un par de rayitas el nivel de estrés de Neto, quien sonrió a Mamá Oralia e hizo como que esperaba. Y esperaba. Y un poco más, a ver si el café se le enfriaba a su madre. Hasta que fue evidente que incluso si el café se había vuelto un témpano, ella prefería tomárselo frente a él que volver a la cocina.

—¿Il cardenale Pastrami? Ío sono Ernesto Oroprieto. ¿Cómo stai? Bene, bene, ío tambene —pausa—. Para una cosha, cardenale… Ricordará lo del nostro asunto, de quil santo páter venga a Méssico. Lo del mío fratelo, José Giorgio. Sí, bene. La mía mamma diche que ella quiere quil santo páter venga por una chemana y que se quede en la sua casa y qui diga la misa di gallo… —pausa—. Ah, bene. Ma iso no

131

es tutto, Cardenale. La mía mamma dice que no antichipo Nones. No. No antichipo —pausa—. Ella no puove dar plata desdi agora —pausa—. ¿Cómo diche? Ah, capisco. Bene. Ío li digo. Bono sera, Cardenale.

Cuando colgó era como si hubiera vuelto a llover ahí dentro. Las gotas de sudor caían de su frente al suelo y tuvo que recurrir al antebrazo para intentar disimular que se las había visto negras. *Molto* negras. Miró a su madre con una sonrisa rota, pensando en lo que diría a continuación, cruzando los dedos disimuladamente porque ése era el momento en el que todo seguía *avanti* o todo se lo cargaba el carazzo. Cande ya había bajado las escaleras y también lo contemplaba como quien mira a un niño de tres años abrir la jaula de los leones.

Mamá Oralia, afortunadamente, había estado pensando mientras echaba a cocer la verdura de la sopa de ese día y daba sorbos a su café, que tenía que valer la pena porque igual ella tenía los días contados y sus hijos probablemente jamás volverían a cruzar las puertas de esa casa. No obstante, al ver batallar a Ernesto por sostener una llamada en un italiano inventado que no habría engañado ni a un sordo, sudando literalmente la gota gorda, manteniendo en pie un plan que a todas luces se les desvencijaba, sintió deseos de detonar todas las bombas y echar a correr en dirección contraria. Pero fue sólo un instante. Y luchó contra él. Después de todo su hijo mayor había demostrado una entereza que no le conocía al haber hecho una ridícula llamada ficticia en sus narices. Acaso, a su modo, se hubiera hecho fuerte el tiempo en que no vivió en esa casa. Fuerte. A su modo. Y si ella no actuaba con cautela seguramente no los volvería a ver. A ninguno. Ahora estaban ahí, seguramente para robarla en sus narices, pero era mejor que nada.

—Mamá Oralia… —dijo el mayor de los Oroprieto Laguna—. Me dijo el cardenal que está bien. Que no importa que no dé anticipo ahora. Que lo pague el día que venga su santidad. Pero… que por las condiciones que pide, tendrían que demandar más dinero.

Afortunadamente, Mamá Oralia se había decidido mientras echaba zanahorias, coles y calabacitas al caldo que había dejado cociéndose en la lumbre.

—¿Cuánto más?

—Tres millones de dólares.

Incluso Cande miró con sorpresa a su hermano. Acaso hubiese crecido durante el tiempo en que ella lo perdió de vista. Se hubiera hecho más fuerte. A su modo, claro.

Mamá Oralia dio un largo sorbo a su taza. Finalmente, ella los había llamado.

—Hecho —dijo. Y fue a ver cómo iba su sopa, que desde luego, también llevaba papa.

Cuba libre

En realidad, no tenían ni tres minutos de haber partido Neto y Jocoque cuando Mamá Oralia ya se había arrepentido. Estaba convencida de que el engaño terminaría por llevarla definitivamente a la tumba y no quería darle ese gusto a los parias de sus hijos. Las fotos estarían trucadas seguramente, ya fuera gracias a un excelente maquillaje o a una figura de cera o hasta un sujeto extremadamente parecido. Ya se veía sufriendo un infarto gracias al último coraje de su vida. En realidad lo que impidió volver a llamar a Raúl Encinas para pedirle que los interceptara, igual que había hecho el día anterior aunque en esta ocasión para cancelar el asunto, fue el cuarto minuto que permaneció en pie a media estancia. Miraba a la puerta por la que habían partido José Ernesto y José Jorge. Y ningún sonido la acompañaba. Luego desvió la mirada al aparato telefónico sobre la mesita pegada a la pared. Apenas dos años atrás había cambiado el viejo aparato de disco por ése de botones. Que incluía un botón con una "R" que permitía marcar de nueva cuenta el último número pulsado. Levantó el auricular y se atrevió a llevárselo al oído, pulsar ese novedosísimo botón que empezó a repetir la secuencia larga, muy larga, de dígitos. Y aguardar.

—*Pronto?* —dijo la voz de Vito, nuevamente.

Mamá Oralia no supo qué decir. No sabía si en las oficinas del Vaticano respondían, a las llamadas, diciendo "Città del Vaticano" como si se tratara de una oficina mexicana de gobierno cualquiera, pero lo cierto es que no era ningún paisano el que se encontraba del otro lado de la línea.

—*Stronzo! Perché mi fai perdere il tempo?* —dijo Vito al colgar.

Y Mamá Oralia decidió que les concedería el beneficio de la duda a sus hijos. Era domingo. El santo padre tenía que llegar la noche del martes. ¿Cómo harían para traer al papa en dos días? Aun tratándose del peor engaño en la historia de la humanidad, algo de esmero tenía que haber detrás de todo eso. Y hasta por la mera curiosidad valía la pena seguir adelante.

Volvió a la cocina a terminar su guisado antes de salir para misa de diez y hasta se sorprendió consintiendo un sentimiento de esperanza. La sola sensación la hizo iniciar un principio de canturreo que terminó callando. Afortunadamente, ni Cande ni Lola ni Flor estaban cerca, así que nadie pudo escucharla.

Un sentimiento de esperanza muy distinto a aquel con el que lidiarían Neto y Jocoque durante todo el camino de regreso, porque Pancho Kurtz no contestó ninguna de sus llamadas. Ni la que le hicieron desde la misma tiendita del día anterior, ni la que hicieron en la carretera, en Querétaro, Tepotzotlán o llegando a la ciudad. De hecho, eso se parecía mucho a la desesperanza.

Era la una de la tarde cuando entraron al Distrito Federal y se apearon e intentaron desde una caseta telefónica. Nada. La desesperanza en su máxima expresión.

—Tenemos que avisarle que cambiaron los planes, Jocoque. Vas a tener que ir a su casa a decirle —sentenció Neto en pie junto a la caseta telefónica en el Periférico, el coche estorbando con las intermitentes puestas, Jocoque aún dentro del coche.

—¿Y yo por qué? —rezongó el hermano menor, quien de todos modos se había dormido casi todo el camino.

—Porque yo quedé de ir con Maca y las niñas para ir a una comida de su familia.

—Diles que los canadienses se pusieron sus moños y que no podrás.

—Me voy a largar de mi casa toda la semana. De hecho no voy a estar ni para Navidad. Al menos tengo que estar con ellas ahora. Te dejo en el metro y te lanzas a casa de su santidad.

—¡Pero igual no está! ¡Ninguna de las veces que le has marcado te ha contestado! ¡Piensa, genio!

—Tengo un mal presentimiento. Ve a su casa, cabrón. Y si no está, lo esperas afuera hasta que llegue.

Refunfuñando, Neto dejó a su hermano en las puertas del metro Chapultepec con treinta nuevos pesos y una amenaza de muerte. El doble del papa tenía que saber ese mismo domingo que el martes tenía ya que estar desempeñando su papel o no habría negocio. Y no podían dejar a la suerte ningún detalle. De hecho, todavía tenían que ver lo de la renta del coche diplomático y la caracterización del cardenal y el chofer y...

Ernesto arrancó en dirección a su casa convencido de que ninguna asesoría financiera a ningunos canadienses le habría acarreado tanto estrés. Y que la cuarta parte de tres millones de dólares apenas alcanzaban para compensar.

Condujo hacia la colonia del Valle pendiente del reloj. Todavía tenía que cambiarse y salir como bólido a la casa de su cuñada en el Desierto de los Leones. Cuando llegó a su casa y atravesó la puerta, ya lo esperaban su mujer y sus hijas vestidas como si fuesen a conocer a la reina de Inglaterra. O al papa.

—¡Ay, qué bueno que llegaste! Creí que te había dejado tirado el coche —le soltó Macarena enseguida—. Ándale, que si nos vamos de una vez llegamos en punto. Y ya ves cómo son Lalo y Georgina. ¿Cómo te fue?

—Bien.

Sólo Leslie intentó leer en la cara de su padre la verdadera suerte con la que hubiese corrido. Estaba agitado, distante, pero no necesariamente preocupado. Le dio un beso, al igual que Romina y Lulú. Y volvió a la historieta que hojeaba mientras partían a la comida en casa de sus primos. No le corría prisa por salir, estaba segura de que terminaría peleando con ellos por tonterías. Tonterías como la comparación entre los viajes a Disney y los viajes a Cuernavaca.

Neto se encontraba echándose toda la loción posible cuando le llegó, desde el pasillo, la voz de su mujer como la trompeta del juicio final.

—Por cierto… el inútil de tu hermano Jocoque te ha estado llamando.

Neto salió al pasillo con el frasco de loción en la mano.

—¿Qué?

—Eso. Que ya te llamó tres veces. Ha de ser para pedirte prestado. Luego le llamas.

—¿Tres veces? —Neto miró el reloj. Apenas lo había dejado en el metro veinte minutos atrás. Cierto que la casa de don Pancho estaba cerca, pero…— ¿Dejó algún teléfono?

—Pues sí, pero…

—Pásamelo.

Macarena le regaló esa mirada fulminante que sólo significaba una cosa: "¿Así que quieres problemas conmigo?".

Afortunadamente —es una forma de hablar, claro— el teléfono volvió a sonar en ese momento. Y Neto pudo correr a contestar en su habitación, antes que nadie. Macarena se quedó observando desde la puerta, malhumorada.

—¿Qué pasó?

Del otro lado de la línea, en un teléfono público, Jocoque intentaba hacerse oír a pesar del ruido del mercado que lo rodeaba. Pancho Kurtz vivía en una calle de la colonia Doctores que era invadida, los domingos, por un tianguis. Y gracias a que había preferido utilizar parte de la aportación de su hermano para mejor irse en taxi, había llegado bastante pronto. Y había llamado a la puerta, para ser atendido, casi enseguida, por el mismísimo señor Kurtz… quien tres minutos más tarde ya lo había puesto de patitas en la calle.

—Algo horrible.

—Uta. ¿Qué?

En dos segundos se dio cuenta Ernesto que no le convenía mostrarse demasiado interesado. En dos segundos comprendió que Macarena podría sumar uno más uno y sospechar algo. Si en el plan estaba marcharse el martes y no volver hasta después de Navidad, no le convenía que su mujer relacionara el negocio de los canadienses con el "inútil de tu hermano Jocoque". Así que suavizó el gesto en su rostro. Todo lo que pudo.

—El viejito está fuera.

—¿Fuera? ¿Cómo fuera? ¿Fuera de la ciudad?

—No. Fuera del negocio. Dice que ya no va a participar. Tu mal presentimiento fue cierto. No es que no estuviera en su casa. Es que no quería contestar.

Tratando de que en su cara no se reflejara el horror de tal aseveración, Neto preguntó, sonriente y tratando de minimizar el asunto con su esposa:

—¿Pero por qué?

—Motivos personales, dijo. Y me echó de su casa.

Neto siguió sonriente. Macarena continuaba mirándolo desde la puerta. Su cara de "¿Así que quieres tener problemas conmigo?" cambió por una de "¿Ves? Te lo dije. Es una tontería. Y TÚ NOS ESTÁS RETRASANDO". El mayor de los Oroprieto Laguna echó mano de toda su artillería mental, restañó el látigo a la totalidad de sus neuronas, arrojó el resto del combustible al asador de sus ideas. No se le ocurrió nada.

O confesaba con su mujer que el negocio con empresarios canadienses en realidad era un chanchullo con el inútil de su hermano… o postergaba la solución y corría el riesgo de que le diera un aneurisma en casa de su familia política. Se decidió por la segunda. Principalmente porque ninguna de sus neuronas aportó una idea superbrillante de último segundo. Ya les cobraría el desacato.

—Dime su dirección. Luego lo paso a ver yo.

Y en cuanto se aprendió el domicilio, colgó. Como si tal cosa. Como si cualquier domingo decembrino pudieran dejarse ir tres millones de dólares para siempre. Una llamada a Roma durante la mañana. Una con el infortunio por la tarde. Seguro que por lo menos un infarto sí le daba.

—Tenías razón. Tiene una bronca con un agiotista —reconoció con Macarena a través de una actuación que le habría valido un Oscar.

—¿Nos podemos ir? —fue todo lo que ella dijo al dejarlo solo.

Para Neto fue como haber entrado a una cámara de aislamiento de todo tipo de sonidos. Sólo escuchaba el rumor de sus más ominosos pensamientos mientras se terminó de vestir, se pelearon las gemelas, tomó entre sus manos el pastel recién horneado y adornado, se subió al elevador, escuchó en la lejanía los regaños de Macarena por no decirle que la puerta del coche ya no cerraba, salir a la calle, parar un taxi, contestar con monosílabos al azar a lo que le preguntaba el chofer a su lado, bajar frente al enorme portón de la enorme casa de su cuñada y su concuño en el Camino al Desierto de los Leones, volver a ser regañado por su mujer por no cargar efectivo y ella tener que salir al quite, llamar al timbre, saludar a los anfitriones y los otros cincuenta invitados, sentarse con una cuba libre en las manos alejado de todo el mundo, entre dos arbustos del jardín posterior.

—Que si estás bien, papá —escuchó cada vez un poco más cerca. Reparó en la presencia de su hija Leslie. Dio un trago a su cuba. Sonrió como un maniquí.

—Ay, perdona, hija. Linda fiesta, ¿no?

—Y un carajo —respondió ella—. Me chocan. Mis primos no dejan de presumir con nosotras. Dime cómo te fue, papá. Por favor. Me quedé preocupada. Te llevaste unas fotos que no eran.

Otro trago a su bebida. Tal vez lo mejor fuera emborracharse hasta la inconsciencia y…

—Todo va a salir bien, verás —dijo Leslie apoyando su cabeza en el hombro de su padre, a falta de respuesta.

En ese momento Ernesto no creía que se mereciera ni siquiera un buen epitafio. Uno que dijera: "Al menos lo intentó". Se terminó su cuba y, previsiblemente, no se emborrachó. Pero sí sintió un cálido espaldarazo. Uno de esos que incitan a hacer locuras si es necesario. Depositó el vaso entre las patas de la banca que había elegido y suspiró largamente. Dio un par de palmaditas a su hija.

—La cosa salió bien, hasta eso. Vamos bien. Pero todavía tengo que arreglar varias cosas.

—Yo puedo ayudarte, si quieres.

—Ya has hecho un montón.

—¿Accedió a pagar? ¿Cuándo será la misa?

—Bueno… las cosas cambiaron un poco. Tendremos que estar ahí, con tu abuela, casi una semana. Pero va a pagar más.

Si todavía se hace, pensó, pero prefirió no tentar a la mala suerte. Sólo pedía una última entrevista con don Pancho. Miró el reloj, distraídamente.

—Yo te acompaño, papá. Déjame ir.

Miró a Leslie con asombro. Una buena razón para estar luchando contra ese desconsuelo era esa muchachita de cabello rubio, anteojos morados y férreo carácter.

—¿No recuerdas que te dije que tu abuela es la reina de las brujas?

—¿Sigue siendo bien mala?

—Peor. Podría echarte en una olla y comerte viva.

—No importa. Quiero acompañarte.

—Le preguntamos a tu mamá. Ahora volvamos allá dentro, antes de que salga y nos regañe.

Se puso en pie tomando del brazo a su hija y regresaron a la fiesta por la puerta de vidrio que conducía al jardín. En cuanto entraron estallaron los aplausos. Fue su concuño, el del puestazo en Bital, quien tomó la palabra.

—¡Qué calladito te lo tenías, Neto! ¡Felicidades!

—Eh…

Ernesto trató de encontrar una explicación recorriendo con la mirada a toda la concurrencia. A más de la mitad ni los conocía, eran familia y amigos del concuño. Pero no tardó en dar con su propia mujer, obnubilada por el tercer vaso de sangría y con el brazo al hombro de una de las primas ricachonas de ese lado de la familia. Y sintiéndose orgullosa. Muy orgullosa. Pues no era para menos: su esposo acababa de volver a la fiesta. Ese que, pese a la crisis, había conseguido un supercontrato con unos superinversionistas canadienses.

—¿Y de qué son los negocios de esos inversionistas a los que estás asesorando, cuñado? —preguntó aquélla que estaba convencida de que lo peor que había podido hacer su hermana fue embarazarse de ese japonés grandote el primer año de la carrera.

—Eh… cultivos… de… papa —soltó Ernesto para disculparse enseguida e ir al baño.

Sólo Leslie comprendió, en cuanto volvieron a su casa, todo por lo que había tenido que pasar su papá. Eran las once de la noche cuando al fin los dejó uno de los amigos de su tío Lalo a las puertas del edificio en la colonia del Valle. Su mamá se había dormido todo el trayecto, al igual que las gemelas, y su papá había tenido que hacer esfuerzos sobrehumanos para desviar la conversación con el desconocido hacia el futbol, los programas de la tele o la situación en el país. Solamente Leslie se resistió a entregarse al sueño cuando, ya empijamada, detectó a su papá levantándose para ir a la cocina. Ni siquiera se puso pantuflas para ir a su lado. Lo encontró frente al teléfono de la cocina sosteniendo un número telefónico anotado en un papel. Sin animarse a marcar.

—Hola. ¿Todo bien, pa?

—Más o menos.

No dijeron más. Leslie se sentó a su lado y lo contempló hasta que él se decidió a no marcar a esa hora. Le pareció inútil, ofensivo, contraproducente. Se levantaron al mismo tiempo, dejando el papel olvidado en la mesa. Él la llevó a su cama y la arropó para luego entregarse, por su propia voluntad, a las garras del insomnio.

Una moneda de diez nuevos pesos

No era tan temprano, pero el sol, para tales fechas, ya se negaba a madrugar igual que todo el mundo. Y Neto quería asegurarse de que no correría con la horrible e irremediable suerte de no dar con el señor Kurtz. Antes de marcharse tenía que hacer algo. Finalmente, para eso le había servido esa tercera cuba que se tomó en soledad al lado de su hija Leslie. Todos dormían (o al menos eso creía) cuando se arrodilló frente a aquella maceta que flanqueaba, junto con otra igual, al aparato de sonido de la casa.

—Ya te habías tardado, de hecho —dijo una voz en la penumbra.

Neto levantó la mirada. Macarena, con la bata puesta, lo miraba desde la entrada de la estancia, detrás del árbol de Navidad apagado. Seguro se había levantado al baño y él no la había escuchado.

—Perdona, gorda. Ya sé que habíamos dicho que…

—No. De hecho estoy de acuerdo. Por eso digo que ya te habías tardado.

Neto ya estaba vestido, aunque esta vez no para asistir a ninguna cita de negocios, sino para intentar convencer a un hombre de que no había escrúpulos ni principios que valieran la cuarta parte de tres millones de dólares.

Sonrió e introdujo la mano a la tierra de la maceta, escarbando de a poco hasta que dio con la cajita de metal. La extrajo y la abrió frente a los ojos de su mujer. Una reluciente tarjeta de crédito de Inverlat hizo su aparición, con destellos de Santo Grial y tintineos de cuerno de la abundancia.

—Porque el contrato ya lo firmaste... ¿verdad? —insistió Maca a medio bostezo.

—De eso quería hablarte.

Se puso en pie y, luego de echar a su cartera la tarjeta que él y su mujer habían prometido no tocar a menos que los jinetes del Apocalipsis hicieran su aparición, se acercó a ella. Se recargó en el respaldo de una de las sillas del comedor.

—El contrato ya está firmado. Pero...

Hizo una pausa dramática que, de todos modos, no fue necesaria. La chispa que emitieron los ojos claros de Macarena fue suficiente para que él decidiera que no volvería a cruzar esa puerta si no era con todos los pelos de la burra en la mano o, en español más castizo, con la promesa de Pancho Kurtz de que irían a San Pedrito a llenarse los bolsillos de circulante. Como invocada por alguna fuerza sobrenatural, se escuchó a la distancia *"God Rest Ye Merry, Gentlemen"*, aunque en realidad se trataba del claxon de algún pesero programado de esa manera.

—... pero el primer dinero lo podré cobrar hasta dentro de unos días.

—No importa —dijo ella y lo besó—. Estoy orgullosa de ti, gordo.

—No es para tanto.

—Lo es.

—Bueno… y aquí viene lo otro. Que tal vez sea una muy mala noticia.

—A ver… —dijo Maca poniéndose un poco a la defensiva.

—La urgencia de mis socios canadienses —a Maca le encantaba que él no se refiriera a ellos como sus clientes o sus jefes, de ahí el cambio— les ha obligado a pedirme que… que los lleve a ver varios cultivos de papa en el país. Así que voy a tener que viajar estos días y… lo más probable es que no esté de vuelta para Navidad.

Ella no pudo evitar mostrar decepción. Pero habían pasado tiempos tan malos que no se sintió con el derecho a reclamar. Así que, si su esposo tenía que ausentarse para Navidad o Año Nuevo, era un precio todavía bastante bajo a cubrir con tal de volver a estar bien económicamente. Volvió a sonar el villancico en forma de corneta, sólo que ahora con la fantasmal forma de quien ya acelera a toda velocidad por una avenida.

—Está bien, no te preocupes.

—Y hay algo más.

Maca, como sea, sólo pensaba que, mientras no le dijese que el trato se cancelaba o el primer dinero llegaría hasta abril del 96… todo estaba bien.

—Me gustaría llevarme a Leslie conmigo en el viaje, si no te opones. Me haría sentir menos solo si me agarra la Navidad en algún lugar lejano.

—¿Leslie? ¿En serio? ¿Tus… socios no se oponen?

—En lo absoluto. Ya vés cómo son los canadienses.

—¿Y ya lo platicaste con ella?

—Sí. Le encantó la idea.

Neto miró su reloj. Estaba casi todo arreglado. Excepto lo más importante, conseguir el actor principal de la película.

—Mmmh… bueno —resolvió Macarena—. Aunque no sé si Santa Claus podría llegar allá tan lejos donde anden.

—Le puedo dar dinero si así ocurre.

Macarena abrió grandes los ojos.

—No me digas que…

—Lo sabe como desde los seis años. Pero finge que no para que el gordo no le deje de traer regalos.

—Claro… Como todo el mundo —sonrió Macarena.

Neto volvió a besar a su mujer. Miró su reloj, aunque no había pasado ni un minuto desde la última vez. Quería llegar a casa del señor Kurtz antes de las siete de la mañana. Se disculpó con Macarena, tomó una chamarra gruesa y salió de la casa. Acaso fuera su buen ánimo. O el café que se tomó acompañado de dos pedazos del pastel que había sobrado. O que en verdad creía que podía mantener ese brillo en los ojos de su mujer indefinidamente. El caso es que, en cuanto se plantó frente a la Golf, lo primero que hizo fue desanudar la corbata con la que había asegurado la puerta. Revisó el mecanismo de cierre, detectó el problema y consiguió cerrarla con un solo golpe. Con todo, prefirió subirse por el lado del copiloto y enfilar hacia la colonia Doctores.

El tráfico era prácticamente inexistente. Ya todos los estudiantes, del grado que fueran, estaban de vacaciones. Y ya pesaba sobre toda la ciudad el ánimo festivo de fin de año. Poco a poco la gente comenzaba a bajarle el ritmo a todo lo que emprendía.

Dio con el edificio con bastante facilidad. Aun se adivinaba, sobre la calle, la evidencia de que un mercado se había apostado ahí el día anterior. Restos de fruta, papeles, basura mal barrida o recogida a toda prisa, ensuciaban la calle. El sol se anunciaba por el oriente. Neto encontró lugar a pocos metros de la entrada del edificio, su primer golpe de suerte. El

146

segundo… una persona que iba saliendo justo antes de que él presionara el botón del departamento de don Pancho. Pudo detener la puerta sin que chasqueara el cerrojo.

Subió los cuatro pisos de un edificio bastante descuidado, de paredes sin color y escaleras desgastadas, con cuatro departamentos por piso y puertas idénticas en todos los sentidos, incluso en el del maltrato y la falta de pintura. La penumbra iba cediendo apenas porque el sol se colaba con muchos trabajos a través del cubo central y las cortinas de cada departamento. Con todo, esa situación de precariedad le hizo sentir optimista. ¿Quién, que viviera en esas condiciones, se negaría a recibir setecientos cincuenta mil dólares por solamente poner buena cara y repartir bendiciones a diestra y siniestra?

Llamó a la puerta que, como todas, carecía de timbre. Las manos le empezaron a sudar. Si el señor Kurtz se había largado de la ciudad o algo similar, no habría modo de dar con él. Fin de la aventura.

Sin respuesta. Volvió a llamar pero, antes, se quitó de enfrente del ojo visor y pegó la oreja a la blanca y derruida madera de la puerta.

Escuchó pasos. No podía ser nadie más.

—¿Quién? —dijo una inconfundible voz.

Neto prefirió no echar abajo la puerta. Se mostró, retirándose un poco.

—Soy yo, don Pancho.

Un breve silencio.

—Ya hablé ayer con tu hermano. ¿Qué no entienden?

—Por favor, señor Kurtz. Déjeme tener unas palabras con usted.

—Le dije ayer al otro orate que no cambiaría de opinión. Punto final. Déjenme en paz.

147

Neto se recargó de espaldas en la puerta, abatido.

—No sea así… me debe aunque sea una explicación. Usted sabe todo lo que hicimos por conseguir este negocio.

—No es un negocio. Es una maldita estafa.

—No lo será si no somos descubiertos. Mi madre espera reunirse con su santidad… usted puede darle esa última alegría. Ella está dispuesta a pagar por ello. ¿Qué daño haríamos?

—Da igual. No es correcto.

Neto se deslizó hacia el suelo. ¿Cómo convencer al viejo sin usar la violencia? ¿Cómo hacerle entender que una oportunidad como ésa no se repetiría nunca jamás en la vida?

—Yo puedo cederle parte de lo que me toca. Llévese usted un millón completo. Pero no nos deje. Por favor.

Al cuarto piso de ese edificio se lo tragó el silencio. Neto estaba seguro de que don Pancho ya lo había dejado hablando solo. ¿Y qué procedía? ¿Echar abajo la puerta? ¿Narcotizarlo y llevarlo a la fuerza? Pensó que tal vez no sería un mal final si utilizaba los dos mil nuevos pesos de crédito que tenía en la tarjeta limpiecita que llevaba en la cartera para comprar un boleto a Tijuana, cruzarse la frontera, ponerse a podar el césped en casas de actores hollywoodenses, olvidar que alguna vez tuvo un pasado y una familia.

Se ve sosteniéndole la mirada impasible a su maestro de Historia de la Escuela Secundaria Federal número 197, "Ramón López Velarde". Ándele, profe, no sea malo, páseme o mi mamá me va a dar con la hebilla del cinturón. Ándele, no sea malo. Por favor, profe. Se ve suplicando a pesar de reconocer cuando una batalla está perdida de antemano.

Con todo, la puerta se abrió. Ernesto reaccionó apenas para no caer de espaldas al interior del departamento.

—No es un asunto de dinero —resopló Pancho Kurtz abriendo la puerta para dejarlo entrar.

Neto se levantó y fue tras él. Ahí dentro la cosa no mejoraba. Una tele Philco gorda, una sala vieja, libros y más libros, discos de vinil, réplicas baratas de obras maestras, ni un solo motivo religioso. El abuelo se fue a sentar al comedor de seis piezas, donde daba vueltas con una cuchara a un té recién preparado. Neto cerró la puerta y se sentó a la mesa. La única luz prendida era la del baño, con la puerta entornada. De cualquier modo el sol ya había salido y ya pintaba de colores tenues todas las cosas.

—¿Pero cómo no va a ser un asunto de dinero, don Pancho? Si se ve que no las tiene todas consigo.

—Muy mi bronca.

Neto se ve de trece años suplicando al profesor de Historia. Al de Mate. Al de Geografía. A la de Civismo. Y reconociendo ese momento en el que ya se ha perdido toda dignidad, ya se ha mendigado como un pordiosero, ya se han quemado todas las naves… y, pese a ello, se piensa que aún puede haber un mínimo resquicio de bondad por el cual se puede uno colar hacia el corazón del que se niega de manera tan rotunda.

—¿Por qué nos dejó llegar tan lejos entonces? ¿Qué fue lo que pasó de la semana pasada a ésta?

Don Pancho seguía mezclando su té. El azúcar seguro ya había sido reducido hasta un nivel de dispersión molecular, pero no dejaba de hacerlo. Seguramente porque él tampoco estaba ahí. Estaba en algún otro lado. Y no tardó mucho en revelarlo. Levantó los ojos hacia la única foto que adornaba el mueble aledaño al comedor, un estante donde seguramente guardaría las copas, el cereal, las servilletas.

Una niña sonriente como de ocho años, de cabello castaño y nariz respingada, ojos vivaces y peinado de colitas miraba hacia el frente en primer plano, sosteniendo su cara sobre las palmas de sus manos, puestas en V, debajo de la barbilla. Don Pancho retiró al instante la mirada. Siguió disolviendo el azúcar, seguramente deseoso de conseguir la fisión nuclear.

—Ahora tiene cuarenta. Mi única hija. La principal razón por la que me animé a aceptar participar en esta locura.

—¿Y por qué ahora ya no? ¿Ella le dijo algo o qué onda?

—No nos hablamos desde hace treinta años.

Neto comprendió que ahí se cocía algo muy espeso. Y que tenía que andarse con pies de plomo. De cualquier manera, la gravedad del momento le hacía sentir que, sin importar cuánto se esmerara por cambiarla, esa decisión ya estaba tomada desde el inicio de los tiempos. Y nada qué hacerle. Pero no tenía otro lugar adónde ir. Y hasta tomar un avión a Tijuana podía esperar.

—Como todos los años… ella se va hoy mismo a La Paz, Baja California Sur, a pasar la Navidad con su familia política. Ella, su esposo, su hija… que ahora tiene más o menos la misma edad que tenía ella en esa foto. Y yo, como todos los años, sigo en la misma cobardía de no poder hablarle.

—Chale. ¿Pues qué pasó, don Pancho?

Al fin dejó don Pancho de menearle al té. Su mano tembló. Neto supo que no podría volver a su casa nunca. Que si acaso lo hacía, sería para hacer sus maletas y largarse para siempre. Porque se había propuesto mantener los ojos de Macarena siempre llenos de luz y no encontraba el modo de impedir que se apagaran. Pero igual no le importó demasiado ahora que veía a don Pancho a punto de romperse en pedazos. Aguantó estoicamente hasta que éste estuvo listo para volver a hablar, pese a que el tictac del reloj de pared sonó unas trescientas veces y la manecilla larga avanzó de un número al otro.

—Hazme un favor, Neto —dijo el viejo—. Llévame a un lugar y te sigo contando.

Ernesto se sintió tentado a decirle que con la condición de que lo pensara... pero no le salieron las palabras. Sólo se puso en pie y esperó a que el abuelo se acabara de vestir, que cerrara la puerta de su casa y, luego, la del edificio, que se subiera al coche y no le dijera adónde iban sino hasta que fue demasiado evidente que lo llevaba al aeropuerto de la ciudad, al estacionamiento, a una caminata silente hasta el mostrador de Aero California. Ahí, le pidió que le ayudara a recargarse en un muro y esperar.

—¿Quiere comprar un boleto? —fue lo único que le salió a Neto después de tolerar al viejo sumido en un silencio que sólo rompía, a ratos, con suspiros que cualquiera hubiera confundido con sollozos de tristeza.

—No.

Y aguardaron con la única vista de las colas de gente que partía de vacaciones, los maleteros ofreciendo sus servicios, el personal del aeropuerto yendo y viniendo. Luego, el abuelo miró su reloj y comenzó a hablar.

—Hace treinta años yo me dedicaba a algo, como todo el mundo. Pero justo ese año decepcioné a Mariana, mi hija, en un asunto relacionado a mi profesión. No pude cumplirle una promesa. Y la vergüenza no me dejó continuar haciendo lo que antes hacía. Así que arrastré a mi familia a la desgracia económica. Mi mujer no lo toleró y me pidió el divorcio. Yo accedí por dos motivos: el primero, que me di cuenta de que en realidad ella y yo nunca nos quisimos; y el segundo, que no quise seguirlas arrastrando a la miseria con mi depresión.

Pero le prometí a Mariana que volvería cuando ya hubiese encontrado un *modus vivendi* que me permitiera respetarle el nivel de vida que teníamos, que era bastante acomodado. La verdad es que terminé haciendo lo que pude para sobrevivir y nunca hallé el modo de volver. Y cada año era más difícil porque yo no salía de chambitas muy mediocres.

Una familia se aproximó al mostrador a documentar su equipaje y don Pancho dejó su relato para poner atención. Luego, perdiendo automáticamente el interés, prosiguió.

—Al final me hallé como taxista y en eso me desempeñé hasta hace un par de años. Pero lo paradójico es que mi exesposa se volvió una muy buena negociante y consiguió levantar la casa que yo no pude al dejar mi profesión. Se puede decir que se hicieron ricas sin mí. Y yo, a pesar de tener un trabajo honrado, encontraba terriblemente embarazoso volver así. Lo que significa que, al paso de los años, me volví el típico padre ausente, el clásico cobarde que abandona a su familia. Pero nunca les perdí la pista. Y estuve, aunque fuese a la distancia, en los momentos más importantes de Mariana. En su graduación, a la distancia. En su boda, afuera de la iglesia. Cuando murió su madre, haciendo guardia desde el taxi afuera de Gayosso. Enfrente del hospital cuando nació su hija.

—¿Tiene un espía en su casa que le notifica de ello o cómo le hace?

—El portero del edificio donde ha vivido siempre. Donde vivía con su madre y ahora con su esposo. Me hice amigo del tipo y un día le confesé mi secreto. Me ha ayudado todo el tiempo. ¿Por qué cree que, si vivo en la Doctores, empaco mercancía en la colonia del Valle? Mariana y su familia viven ahí cerca. Sólo una vez les he empacado el súper… pero valió la pena la espera. La niña, Valeria, me dio diez nuevos pesos con su propia mano. Éstos.

Mostró la moneda, que atesoraba en un monederito de cuero. Luego, al levantar la vista, advirtió otra familia. Nueva atención. Falsa alarma. Vuelta a la charla.

—En fin. El caso es que me di cuenta de que, aunque le prometí a Mariana que haría dinero y volvería por ella... ya dejó de importar. No voy a buscarla así tenga un billón de dólares en el banco o sea un maldito pordiosero. Todo este *show* sirvió para que me diera cuenta.

Los incomprensibles avisos en los altavoces del aeropuerto. La música navideña en las bocinas de la tienda de recuerdos más cercana. Los taxis en la calle. La ventisca que se colaba al interior del recinto. El desfile de pilotos y sobrecargos. La competencia entre aerolíneas. Todo abonaba a ese aire miserable de inconclusión que terminó por sumirlos a ambos en la misma tristeza. Neto se preguntó si su estancia ahí no sería una llamada de atención por parte del destino. "Compro mi boleto a Tijuana y ni siquiera vuelvo a recoger el coche."

Entonces aparecieron. Familia de anuncio comercial. Los tres, felices. La niña sosteniendo un oso de peluche. Un maletero acompañándolos hasta la fila hacia el mostrador. Don Pancho reculando, ocultándose tras la boina y los anteojos de grueso armazón, la columna en la que se habían recargado.

—Acérquese. No mame —fue lo que dijo Neto. Lo que le salió de las entrañas—. Dígales algo.

—Ni aunque me arrastraran.

—¿Entonces a qué vinimos?

—No sé.

Fue un instante. Una nada. Un segundo en el que pasaron al mostrador, documentaron, se largaron. Y Neto no pudo evitar la comparación con ese *fuuum* que sacó lágrimas a su madre en el 79, cuando vio a ese hombre a su lado, sobre el papamóvil, saludando a la multitud, girando hacia el otro lado, largándose. Segundos tan poderosos que desquebrajan el corazón de las personas.

—No joda, don Pancho. Okey, no hoy. Pero los tiene que buscar.

Ya no hubo más palabras. Neto decidió que no se iría a Tijuana. Y que volvería a su casa a resquebrajarle el corazón a algunas otras personas. Al menos no había gastado un solo centavo de la tarjeta que llevaba en la cartera.

Volvieron al estacionamiento, al auto, a la colonia Doctores. Aún no daban las doce de la tarde y, para Ernesto, el día ya se había acabado. El día y la semana y el mes y el año. Y pensó, por un segundo, si no valdría la pena volverse el típico padre ausente, el clásico cobarde que abandona a su familia.

—Perdón —susurró don Pancho antes de bajarse.

—Bah. No se apure. Seguro para antes del treinta y uno ya encontré otro negocio de tres millones de dólares.

Don Pancho lidiaba con sus propios monstruos. Acaso también para él se hubieran acabado no sólo el día, la semana, el mes y el año. Sino también el siglo. O el resto de su vida. Neto lo leyó en sus azules y decaídos ojos. Y ahora fue él quien dijo:

—Si necesita algo, tiene mi número.

La imagen de un papa apesadumbrado puede ser tan contundente que Neto prefirió ya no mirarlo entrar a su departamento. Sólo metió el embrague y se apartó de ahí a una velocidad nimia, la que cualquier persona incapaz de volver a su casa, seguiría.

Y pese a ello Pancho Kurtz ya no lo vio cuando, antes de traspasar la puerta de su edificio, se decidió a volver la vista. En su mente ya estaban otras angustias cuando subió las escaleras, también a una velocidad nimia, la que llevaría cualquier persona incapaz de volver a su casa. Por eso se tardó tanto, al abrir su puerta, en reconocer que era su propio aparato telefónico el que repiqueteaba. Considerando que sólo lo buscaban para venderle porquerías contestó de mala gana y dispuesto a soltar algunas groserías dignas de sacudir los pilares de la iglesia católica hasta sus cimientos.

—¿Bueno?

—¿Pancho?

Era una voz infantil. Una niña. Aquello que se encontraba detrás del dique de las emociones no iba a poder ser mantenido a raya. No, señor.

—¿Quién habla?

—Leslie. Leslie Oroprieto. Estoy buscando a mi papá.

Francisco Kurtz Saldívar no pudo más. Tuvo que sentarse y dejarse llevar. Total, habían sido demasiadas cosas juntas para un solo día. Demasiados años haciéndose el fuerte. Le sorprendió la violencia con que su pecho se sacudió al primer torrente de pena que dejó salir, incontenible.

—¿Pancho? ¿Estás bien? ¿Pancho?

Macarena, no sé cómo decirte esto…

Eran las tres y media de la tarde del lunes 18 cuando Mamá Oralia, quien había transitado por el día con la bandera del "me importa un bledo" se delató con un arranque de rabia tan gratuito que fue en extremo evidente para Cande, para Lola y para Flor, que se estaba tragando sus propios sentimientos. Sonó el teléfono y Mamá Oralia se apresuró a contestar ella misma. Pero no era sino el novio de Lola, el que entregaba pedidos en la farmacia. Treinta segundos después, cuando el par de tórtolos aún ni pasaban del intercambio de cortesías, Mamá Oralia reventó.

—¡Por qué chingados tardas tanto, Lola! Cuelga de una pinche vez o te voy a empezar a descontar de tu sueldo los minutos al teléfono.

Fue Braulio, el novio, quien colgó sin siquiera despedirse. Lola sólo se disculpó y volvió a sus quehaceres. Cande, quien se encontraba en la capilla pasando cuentas, comprendió enseguida. Y Mamá Oralia simplemente volvió al lado de su hija a seguir rezando, aunque dejando la puerta abierta, por si acaso.

Cande pensó qué tan buena idea sería marcarle al par de inútiles de sus hermanos porque habían prometido que el mismísimo jefe de jefes de la apostólica y romana estaría ahí para las primeras horas del martes y en pleno descenso del sol hacia el horizonte de ese lunes, ni sus luces ni sus sombras. En el fondo lo lamentaba. Era una aventura que bien valía la pena vivir. Y a ella le tocaba una muy buena tajada del pastel. Porque, a partir de que se habían marchado con la promesa de volver perfectamente bien acompañados, ella no había dejado de pensar que si su madre no fallecía en los próximos cinco o seis días terminaría cometiendo una tontería, aunque aún no decidía si sería suicidio, matricidio o dinamitar el pueblo.

Al final del tercer rosario de ese día, Cande se disculpó para ir a ocuparse de las encomiendas que poco a poco le iba dejando Mamá Oralia. La preparación de su baño, la revisión de su agenda del día siguiente (en este caso completamente limpia por las expectativas que ya se había hecho), las últimas llamadas a clientes, proveedores o arrendadores. Aún iba Cande subiendo las escaleras cuando sonó el teléfono de nueva cuenta. Naturalmente, nadie se atrevería a contestar ahora.

Mamá Oralia lo hizo, sin prisa y aún montada en la pose de "me importa un chingado bledo y, ya que estamos, un pinche cacahuate también".

—¿Bueno?

Tardaría mucho tiempo en reconocerlo (y sólo para sí y sólo en la intimidad de su cuarto), pero escuchar la voz de su hijo mayor le restituyó la fe en el Universo. Incluso le hizo acariciar eso que llaman ganas de vivir y que ella había experimentado una o dos veces en toda su vida.

—Mamá Oralia. ¿Cómo está?

—Deja de preguntar pendejadas, José Ernesto. Sigo mal y falleciendo. Así que ahórrame el disgusto y de una vez dime que no pudieron concretarlo para seguir con mi jodida vida porque cancelé todas mis citas de mañana por creer en ustedes, pero ya sabía que…

—Le caemos a las tres de la mañana, más o menos.

El tiempo se detuvo. Literalmente. Incluso Cande dejó de subir hacia el piso superior, se quedó con un pie en el aire, entre dos escalones.

—¿Cómo dijiste?

—Que estamos ahí a las tres de la mañana del martes. Es para evitar que la gente del pueblo se amontone alrededor del carro del santo padre, Mamá Oralia.

Ni doce horas le estaba dando José Ernesto para hacerse a la idea. Aunque es cierto que había abrigado una esperanza, no era más que una esperanza de juguete. En el fondo estaba segura de que todo quedaría en eso, una promesa absurda y sin fundamento. Pero ahora, ahí lo tenía, del otro lado de la línea telefónica, asegurando que en menos de doce horas…

—Eh… está bien. Supongo que vendrá cansado. Le prepararé una habitación.

Se odió por haber dicho eso. El sonido de tales palabras al abandonar su boca le pareció el producto más patético de toda la broma. Pensó que seguro en menos de lo que decías "amén" ya estaría su hijo reventando en risotadas. "¿En verdad se lo creyó? ¡Eso sí que es para morirse de la risa! ¡Hey, Jocoque, ven aquí y escucha lo que acaba de decir la vieja!"

En cambio…

—No es necesario. Su santidad pidió que se le dejara el cuarto más humilde. Pensamos que lo mejor será que ocupe la cabañita de don René, si no le importa.

Mamá Oralia se sintió como abofeteada. Ni siquiera cuando era niña tuvo mucha oportunidad de entusiasmarse con nada. Poco agraciada y sin dinero, estaba completamente acostumbrada a los continuos desaires de la vida. Ni los malditos Reyes Magos le habían hecho la buena obra de portarse a la altura de sus coronadas testas. Cuando se casó, más tardó en acostumbrarse a la idea que en darse cuenta de que le habían visto la cara. Ese animalito llamado esperanza no se sentía a gusto para nada en ella; ahora mismo la arañaba, la mordía, la pateaba... pero ni así parecía poder salir de su interior. El papa. Juan Pablo II. Karol Wojtyla. En su casa. En menos de doce horas.

—No. No me importa. Aquí los esperamos.

Cande aún no se atrevía a posar el pie que había dejado en suspenso. Pero la cara de su madre se lo dijo todo.

—No me diga que...

—María Candelaria, avísale al padre Alberto que llegan a las tres de la mañana. Que se venga como a las doce de la noche.

Dicho esto, salió de la casa como hipnotizada. No tardó en oírse el motor de uno de los autos. Cande se aflojó el cuello de la blusa, se recargó en el barandal, se dijo: "Me cago en la Sixtina. Lo lograron estos cabrones". Corrió al cuarto de su madre y levantó el auricular del teléfono. Al instante marcó el número que le había dejado su hermano Neto.

Que era el de la casa de Jocoque. Y que, naturalmente, estaba ocupado.

En ese momento, Neto discutía por teléfono con un hombre que le había prometido un Lincoln Town Car completamente blanco y sólo lo tenía en negro. Leslie recortaba las banderitas amarillas y blancas del estado Vaticano que pondrían en el coche. Jocoque practicaba con Pancho Kurtz el tono de voz más parecido posible al del obispo de Roma. Y

Marcos Carrera, un gordo mitad italiano, mitad veracruzano, amigo de un amigo de un amigo de Jocoque, levantaba los brazos para que le hicieran un traje de cardenal exprés y a la medida. Andrés Torres, el chofer, otro amigo del amigo de otro amigo de Neto que ruleteaba para vencer la crisis, aún estaba en camino. Como le habían prometido cinco mil dólares por sólo manejar y permanecer callado, hasta se había pasado dos calles con luz roja para no perder el empleo.

La maquinaria estaba andando. Cosa que, tres horas antes aún parecía imposible y descabellado.

Ernesto, de hecho, había conducido desde la casa de Pancho Kurtz con el alma en los pies. Había ensayado todas las salidas posibles, el tono más lastimero y verosímil para dar la noticia. Lo cierto es que cuando estaba estacionando el coche en el edificio de la calle de Miguel Laurent, donde vivía, todavía no estaba tan seguro de que la mejor salida no fuera a irse con la legión extranjera a buscar una bala con su nombre a mitad del desierto.

"¿Existirá en verdad la legión extranjera?", se preguntó al apretar el botón del ascensor al cuarto piso.

Todavía en el pasillo pensó que si se resbalaba y rodaba por las escaleras hasta la planta baja, con suerte y quedaría conmocionado hasta el año dos mil. Seguro que para entonces, o ya no habría crisis o ya no habría país. Suspiró. Tres veces. Y abrió la puerta.

Encontró a Macarena aplastando carne para hacer hamburguesas, un lujo que quince días atrás hubiera sido inimaginable. Ella ponía todo el empeño para conseguir círculos perfectos sobre la mesa del antecomedor. Al interior de la casa no se escuchaba ni un ruidito. Alguna tele lejana, tal vez.

—Ay, volviste temprano. Qué bueno —dijo ella.

Macarena, no sé cómo decirte esto.

—¿Cómo te fue?

Te sonará imposible de creer pero te juro que es cierto.

—Ay, ahorita me vas a comprar unas cosas al súper, ¿porfa?

Los socios canadienses resultaron ser miembros de una secta satánica. Y además son reptilianos, viven en este planeta desde el siglo dos antes de Cristo. En realidad lo que quieren es adueñarse de la Tierra y...

—¿Todo bien?

Hasta ese momento levantó Macarena la vista. Y Neto, echando mano de todo el valor del mundo dijo:

—Macarena, no sé cómo decirte esto.

Era como si se estuviera tragando el sonido. Una especie de decibelaje negativo.

—¿Cómo dices?

—Que...

—¡Ay, papá! ¡Qué bueno que ya llegaste! ¡Ven, necesito que me ayudes con una cosa!

José Ernesto quiere, como todos los demás de su salón, apretar los dos cátodos de la máquina de toques que llevaron a la Escuela Secundaria 197. Claro. Pero cada vez que se dice "ahora sí", llega otro y le arrebata el lugar. Eso, en vez de ayudarle, lo pone más nervioso. Siente que es posible que se orine en los calzones por primera vez en público. Al mal paso darle prisa, piensa, pero siempre llega otro y otro y otro a rescatarlo y eso... más que ayudarle...

—Espera, hija. Iba a hablar con tu madre.

—¡No, no puede esperar! ¡Ven! ¡Es algo en la compu! ¡No funciona! ¡Por favor!

Neto intentó zafarse pero fue Macarena la que, con la mirada, lo instó a acompañar a su hija. Ni que fuera para tanto. Al rato platicamos.

Neto se dejó arrastrar hasta el cuarto de su hija. Le permitió arrojarlo contra su cama y cerrar la puerta. Él, sentado sobre las colchas de *El rey león*, se llevó las manos a la cara, resopló, suspiró. Tres veces. Se desconcertó al ver la computadora encendida. La cara de incomprensible entusiasmo de la niña.

—Tranquilo, papá. Descansa. Estuve hablando con Pancho. ¿Y qué crees…?

—¿Qué? ¿Estuviste hablando con Pancho? ¿Pancho Kurtz? ¿Pero… cómo?

—Dejaste el papelito con su número de teléfono ayer en la mesa de la cocina. Y anoche te vi tan preocupado que me imaginé que había pasado algo. Así que le llamé con el pretexto de que te estaba buscando.

Neto se puso en pie. Esa cara de incomprensible entusiasmo…

—Lo convencí de que nos ayude, papá —dijo ella.

—¿Tú… lo…?

—Sí. Me dijo que lo llamaras en cuanto llegaras.

La abrazó y la levantó mientras la apretaba contra su cuerpo. Le besó el cabello, la frente y las mejillas mil veces. Le dejó sentir exactamente lo que pensaba: que lo había salvado de arrojarse de la azotea al flujo vehicular sobre Avenida de los Insurgentes.

Nuestro hipotético reportero preguntaría a Leslie, "¿considera haber sido usted quien salvo la operación Sopa de papa del desastre total?", a lo que ella respondería: "completamente".

—Me platicó, papá —dijo ella—. Está bien fuerte lo que le pasó. Pobre. Al principio yo también creí que ni modo. Pero a lo mejor le sirvió hablar conmigo. Quién sabe.

Neto dejó a su hija en el suelo nuevamente.

—¿Qué es eso que te platicó?

—Lo mismo que a ti.

—Eh… no estoy tan seguro. Dime qué te platicó.

—Pues… Que se murió un hijo suyo en sus brazos. ¿No fue eso lo que te contó?

Neto sintió cómo el corazón se le encogía hasta quedar del tamaño de un garbanzo. No. No era eso lo que le había contado. Había hablado de una promesa que no había podido cumplir. Y una depresión enorme. Pero es verdad que ahora todo cobraba sentido. Volvió a sentarse en la cama de su hija.

—No exactamente —se tiró del labio inferior. Buscó refugio en el protector de pantalla de la computadora de su hija, decenas de tostadores de pan con alas surcando el firmamento. Tal vez lo más honorable sería llamarle, pero para disculparlo definitivamente. Cierto que hablar con Leslie le había hecho recapacitar pero quizás aquello que estuviese cargando consigo fuese más fuerte que cualquier cosa. Setecientos cincuenta mil dólares, por ejemplo. Su corazón ya había alcanzado el tamaño de una lenteja.

—Me pidió que te dijera que no había problema. Que comprendía que lo que hacías lo hacías por mí. Y por mis hermanas. Y por mi mamá. Y que eso ya era un buen aliciente.

Neto le dedicó una fugaz mirada a su hija. Le acarició el cabello.

—Ahora le llamo, entonces.

—"Una semana", me dijo. "Una semana puedo dedicarles sin problema. Pero de hoy en ocho, en la tarde del 25, me pinto de colores para siempre. Y no me verán ni el polvo."

—Y a mí me parece muy bien.

Neto se puso en pie. Le acarició el cabello a su hija. Le dio un último beso. Suspiró. Una sola vez, pero valía por toda una vida.

—Gracias, chaparra. Ve pensando adónde quieres ir de viaje de quince años porque de mi cuenta corre que vayas en primera clase, con las amigas que se te ocurran y el tiempo que se te antoje.

Salude, mi'jo

La mentira a Macarena incluía una estancia en Querétaro por la noche para, de ahí, seguir hacia toda la República. Llevaban una maleta grande y, al menos Leslie, todos los amuletos de los que pudo echar mano (un llavero de pata de conejo, una herradura vieja, un trébol de cuatro hojas y la playera que llevaba puesta el día que Santiago se le declaró). Esperaban en doble fila con las luces encendidas pero el auto apagado, frente al edificio donde vivía Jocoque. El Lincoln negro ya estaba también ahí, estacionado. Con la música bajita en la radio, al menos Neto no dejaba de tronarse los dedos, tirarse el labio, morderse las uñas, decir cada cinco segundos, "¿por qué no bajan?". Y Leslie, en el asiento trasero, aunque ya había abierto un libro gordo, tampoco dejaba de mirar cada diez segundos hacia la puerta del edificio.

Eran las once de la noche. Ya iban retrasados. Pero la calle había conseguido esa peculiaridad fantasmal de las calles abandonadas. En una avenida lejana circulaban los autos, en otra que hacía esquina, se veía una figura solitaria paseando un perro. Tres de los ocho postes de luz estaban descompuestos. Era la situación ideal para que los faltantes subieran a los autos y salieran pitando de ahí a toda velocidad. Principalmente, considerando la naturaleza de los personajes, quienes ya saldrían caracterizados debido a la prisa por llegar a tiempo.

Tres minutos después de las once de la noche, cuando Ernesto estaba seguro de que habían pasado tres horas, al fin aparecieron.

Tras de la horrible puerta del edificio más culero del mundo surgió, en primer lugar, Andrés, el chofer "contratado desde Roma". Gasto de cinco mil dólares. Tras él, el "cardenale Pastrami", con sotana negra y bonete rojo. Gasto de veinte mil dólares. Finalmente, el santo padre, investidura blanca, aunque con una chamarra de los Vikingos de Minesota encima. Los tres, con cara de circunstancia. Los tres, echando una mirada a Ernesto como de quien ha descubierto que el paquete turístico que compró por teléfono no incluye comidas o algo así. Los tres se subieron al Lincoln sin decir palabra, pero Neto comprendió cada una de las miradas.

—¿Qué pedo…?

Al fin asomó por la puerta Jocoque, vestido de persona decente, como se le había pedido. Echó llave a la puerta del edificio. Ernesto no atinaba a decir qué es lo que había cambiado en esa hora y media que él y Leslie se habían ausentado para ir a hacer sus propias maletas. No atinaba, claro, porque el pequeño detalle (pequeño en verdad) no se alcanzaba a ver desde donde ambos miraban al edificio. Pero sería sólo cuestión de segundos.

Jocoque abrió la puerta de atrás de la Golf.

—Súbase, mi'jo.

A esta orden, un niño pequeño, de dos años o algo así, trepó al auto. Un niño en piel oscura y melena negra despeinada, ojos vivaces, biberón apresado entre los dientes y mameluco amarillo despintado, se sentó al lado de Leslie.

—Hágase p'allá, mi'jo —dijo Jocoque mientras echaba al lado del niño una bolsa-pañalero que reventaba de cosas.

Jocoque abrió entonces la cajuela de la Golf, acomodó su propia maleta entre las cosas de su hermano y entró al auto, al asiento del copiloto, bajo la incrédula mirada de Leslie y Ernesto. Se puso el cinturón de seguridad. Miró hacia el frente.

—Vámonos.

Neto tardó todavía unos quince segundos en asimilar la sorpresa. El pequeñín, aún con la mamila entre los dientes, aprovechó para sacar del pañalero una sonaja y empezar a agitarla. Leslie no le quitaba la vista de encima, como si se tratara de un alienígena.

—¿Se puede saber quién es ése? —preguntó Neto con toda la pausa posible.

—Ah. Zacarías. Salude, mi'jo.

El pequeño señaló a Ernesto y dijo, como lo más natural del mundo:

—Caca.

—Bueno... es lo único que sabe decir. ¿Nos vamos?

Zacarías entonces señaló a Leslie.

—Caca.

Neto se llevó ambas manos a la cara. Tardó otros quince segundos en volver a aparecer.

—¿Tienes un hijo, cabrón? No mames.

—Ay. Estoy seguro de que sí te había contado.

—No jodas. Me acordaría. No es un detalle precisamente como para olvidarlo a la media hora.

—Bueno. Ya. No te pongas así. Es que vive con su mamá, obvio. Pero es mío. Se ve, ¿a poco no?

Se veía. Era casi un clon de setenta centímetros de José Jorge Oroprieto Laguna. Leslie ya estaba replegada contra la puerta, como si temiera que el enano, con la nariz llena de telarañas verdes, le fuera a pegar algo.

—Caca.

—El asunto es que su mamá nunca me lo presta ni nada. ¿Te acuerdas de esa chava que conocí en Acapulco? ¿La que creí que vivía en Monterrey? Pues sí vivía en Monterrey. Pero en la calle de Monterrey. En la Roma, ja, ja, ja, ja. Bueno. El caso es que desde que se embarazó me buscó y pues yo le ofrecí mi apoyo pero pues después de un tiempo me dijo que le parecía mejor idea si nunca me volvía a ver en la vida. A veces pasa, no creas. Y pues bueno, todo bien, aunque yo de repente me le aparecía por su casa para ver al chavo y todo. Y ella en sus trece. Pero hace rato me cayó. Resulta que tiene que ir a Guatemala a ver a su mamá, que está mala. Y pues me encargó al Zácatelas Babuchas. Y ni modo de decir que no.

El chofer del Lincoln hizo sonar varias veces la bocina.

—Y ya —concluyó Jocoque, llevando la vista de nueva cuenta al frente.

Ernesto miró por el retrovisor a su hija, al niño, al Lincoln a pocos metros, echándole las luces altas. Igual se apeó. Rodeó el auto. Abrió la puerta de atrás y sacó el pañalero, poniéndolo en la calle. Abrió la puerta del copiloto.

—Bájense, cabrones.

—¿Qué? Qué te pasa, pinche loco. Claro que no.

—¡Bájense tú y tu clon! Lo van a joder todo, pinche Jocoque.

—Ay sí. Y tú qué dijiste. Éste se queda y me chingo su lana. Pues no.

—Te prometo que eso no pasa. Pero mejor no vayas. Si tienes que cuidar un niño, mejor quédate a cuidar al niño.

—Ni madres. YO soy el CUATE del papa, cabrón.

Zacarías comenzó a reírse de Ernesto, con una risita musical de duende.

—¡Caca!

Neto miró a Leslie, pidiéndole ayuda. Una salida. Lo que fuera.

—Güey… —insistió el atribulado hermano mayor de los Oroprieto—. ¿Qué tal que fuera el papa real? ¿A poco consentiría que llevaras a tu hijo nomás porque eres su cuate?

—Claro, cabrón. "Dejad que los niños se acerquen a mí" y eso.

Leslie se encogió de hombros, concediendo. Pareció adivinar que no era buena idea usar el argumento ese de los hijos de los involucrados. Ernesto miró su reloj de pulsera. Las once y diez de la noche. Devolvió el pañalero al auto. Aventó la puerta. Se subió y encendió el motor, haciéndolo rugir como si fuese a competir en Indianápolis.

—¡Caca!

—¿Qué clase de niño dice caca antes de decir mamá o papá o popó?

—Ay sí. Tú tendrás hijos muy normales, cabrón. Con tu perdón, chaparra.

—No te fijes, tío.

Ernesto comenzó a avanzar, seguido por el Lincoln. En breve ya se había incorporado al Viaducto. Era una noche fría pero apacible. A pesar de que ya se sentía encima el ánimo festivo de las fiestas de fin de año, el tráfico aún los perdonaba. Acaso si ponían empeño podrían llegar a tiempo porque, en realidad, lo que le preocupaba al jefe de operaciones de la misión Sopa de papa era que los sorprendiera el día llegando a San Pedrito. ¿Un auto negro de lujo con las banderas del Estado Vaticano entrando a la finca Oroprieto? De inmediato se correría el chisme. Y eso era algo con lo que definitivamente no podrían lidiar.

—Ni guerra va a dar, vas a ver. Se va a dormir en dos patadas. ¿Verdad, mi'jo?

—¡Caca!

—Dime una cosa —rezongó Neto—. ¿Éste es tu único hijo o resulta que tienes una legión escondida que en cualquier descuido nuestro va a invadir el planeta?

—Ay, claro que ya te había dicho. Tengo otro de ocho. Pero ése sí se lo llevó su mamá a Atlanta, la ciudad, no la calle, a los pocos días de que nació. Ni las cartas me responde. Quién sabe por qué.

—Sí, quién sabe por qué.

—Caca.

—Duérmase, mi'jo.

Para no volverse loco, Neto prefirió volver a las otras preocupaciones que ya traía consigo cuando esperaba a que saliera toda la cúpula episcopal del edificio de Jocoque. Y éstas se podían resumir en un solo nombre: Alberto. Y en un solo cargo: sacerdote. Aún estaba haciendo cuentas sobre la media mesa de ping-pong de la casa de su hermano para estar seguro de que el dinero de la nueva tarjeta de crédito le ayudaría a llegar en pie al anticipo, cuando al fin entró, al teléfono de Jocoque, la llamada de Cande. Era un detalle que habían obviado de una manera tan anodina que incluso a la persona más funcional del clan Oroprieto Laguna, es decir María Candelaria, le pareció infantil. "¡Pues claro que tenía que involucrar al párroco del pueblo! ¿Pues qué pensabas?

¿Que podías traer al mayor jerarca de la iglesia católica universal y saltarte al padrecito que, para fines prácticos, casi tiene el mismo poder en este rancho?"

En realidad le sorprendió porque él contaba con que aún siguiera en funciones el padre Agustín, el mismo sacerdote que los había bautizado, confesado y dado la comunión cuando eran niños. Había hecho cuentas y seguramente para esos años el viejo tendría casi setenta. Sería mucho más fácil marearse a un padre septuagenario que a uno de cuarenta y pico, que según Cande tendría el padre Alberto. Pero la maquinaria estaba andando y ya sería más caro y difícil detenerla que seguir adelante. De acuerdo con Cande, el padre Agustín se había largado de San Pedrito sin siquiera hacer las maletas apenas un par de meses después de que Lupo, el último en partir del pueblo, abandonara la casa. El padre Alberto llegó a los quince días, joven, simpático e inteligente.

La gran cagada, pensó Neto.

—¡Caca! —dijo Zacarías, como solapándolo.

Apenas habían dejado atrás la primera caseta. Leslie y Jocoque se habían dormido hacía rato. Sólo el niño se encontraba despierto, parado sobre el asiento, saltando cuando podía, llorando cuando se caía, riendo en cuanto se levantaba.

—¡Cacacacacacaca! —repitió como por centésima vez sin dejar de saltar.

—Jocoque. Despierta. ¿Por qué de repente lo dice como si fuera ametralladora?

Neto zarandeó a su hermano justo para que escuchara.

—¡Cacacacacaca!

—¡En la madre, detén el coche!

—No me digas que…

—Está aprendiendo a avisar. ¡Para el coche!

Neto se detuvo sobre el acotamiento. El auto oficial del sumo pontífice detrás de ellos. Jocoque se bajó cargando al niño y una bacinica que había sacado del pañalero después de hacer un poco de arqueología dentro de él. Sentó al niño sobre la nica puesta en el asfalto con las luces de los autos, a toda velocidad, iluminándolo intermitentemente.

Tuvieron suerte. No hubo accidente y en menos de cinco minutos el niño ya estaba saltando de nuevo, Leslie y Jocoque roncando, Neto entregado al cálculo de la probabilidad de que todo ese asunto saliera bien, que tendía, para fines estadísticos, a ser completamente nula.

Se perdió la señal de la radio y Zacarías seguía saltando. Neto no dejaba de soltarle un "ya duérmete, cabrón" de vez en cuando. Pero no podía sacarse de encima la certeza de que, aunque ellos se hospedaran en el hotel del pueblo y aunque don Pancho se reportara enfermo del estómago todo el tiempo (como habían pactado para impedir su convivencia) y aunque el cardenal Pastrami hablara todo el tiempo en italiano, lo que les esperaba, de acuerdo con la lógica matemática que había estudiado durante cinco años de carrera, no era otra cosa que una sangrienta, épica y totalmente demoledora catástrofe.

—Huele a pedo —dijo Jocoque entre sueños.

—Otro. No jodas. Duérmete, cabrón.

—Yo nomás digo que huele a pedo.

Pero entonces Neto lo percibió. La obnubilación mental le había impedido detectarlo a tiempo. Seguro había pensado que una niebla como ésa cualquiera se la encuentra en la carretera. Tuvo que volverse a orillar. El Lincoln, con toda la curia romana encima, detrás.

—Me lleva la chingada.

Neto se apeó y levantó el cofre del auto. El radiador escupiendo todo su contenido en forma de vapor. Se fue a acercar al Lincoln. Andrés, el chofer oficial, bajó la ventanilla. Los dos hombres que compartían asiento detrás, aunque con rostros de sueño, se mantenían despiertos.

—Supongo que no tendrás agua para echarle a esa madre.

—Supones bien.

Ernesto abrió la cajuela de su auto, sacó la llave de cruz, volvió al frente del vehículo y golpeó las terminales del ventilador, quien decidió que tampoco se trataba de joder completamente el asunto y se echó a andar *ipso facto*. Estuvo funcionando alrededor de media hora, hasta que al fin el termostato del coche decidió que era buen momento de cortar la corriente. Zacarías ya se había pasado al asiento del piloto y conducía el coche por la autopista de su imaginación, haciendo ruiditos, accionando las palancas de las luces, los limpiaparabrisas, las velocidades. Jocoque y Leslie preguntaron una sola vez si ya habían llegado y, ante el cofre abierto, dedujeron que no y volvieron al sueño.

Neto abrió la tapa del radiador para comprobar que estaba completamente vacío de agua y anticongelante.

Así que después de una hora de esperar a que alguien se detuviera a regalarle algo de vital líquido, Neto decidió ir a buscarlo por su cuenta, con el bidón en la mano que estaba utilizando para hacer señales y por el que nadie se había detenido, seguramente temiendo que se tratara de rateros en busca de incautos a quienes asaltar. Había estado diciendo "me lleva la chingada" desde la primera humareda hasta ese momento en el que, unos trescientos metros más adelante, observó cómo una patrulla federal con la torreta encendida se detuvo frente a ambos coches parados. El ritmo de sus imprecaciones, de hecho, se incrementó con ganas cuando vio al patrullero apearse y alumbrar con una linterna al niño al volante. Luego, peor aún cuando el oficial se acercó al Lincoln. Neto intentó regresar lo más rápido posible, pero se frenó como a cien metros en cuanto el policía sacó a los tres hombres del auto. Pensó si no le valdría mejor echarse a correr hacia el bosque, internarse y dedicarse, a partir de ese día, a la vida salvaje. Pero no había pasado ni un minuto cuando el policía ya se había quitado el casco, se había arrodillado y había aceptado la bendición de un papa pirata con chamarra de los Vikingos de Minesota. Acto seguido, la patrulla salió pitando a toda velocidad (no es un decir, de hecho encendió la sirena) por la carretera, obligando a Ernesto a hacerse a un lado.

Una hora y media después el patrullero volvió con cinco litros de anticongelante. Lo acompañaba su mujer, en bata. Y una niña pequeña, en pijama. Los tres recibieron de nuevo la bendición del santo padre, quien tuvo que despertar a todos sus compañeros una vez que se fueron los tres visitantes nocturnos, desde luego con la consigna de no contarlo a nadie so pena de perder las indulgencias regaladas tan amablemente por su santidad, en viaje de incógnito.

—¡Oye, bebé! —gruñó don Pancho a un Neto completamente dormido al volante y con un niño de tres años enmamelucado encima—. ¡Que no puedo hacerlo todo yo solo por muy vicario de Cristo que se supone que sea! ¡Con una chingada!

—¡Caca! —gritó Zacarías al despertar de improviso.

Eran las cuatro y media de la mañana del martes 19 de diciembre de 1995.

174

Se ve, se siente…

A las siete am, después de varias paradas para ir al baño, no sólo de los menores de cinco sino también de los mayores de setenta y otros agregados, alcanzaron al fin los lindes de San Pedrito. El sol ya estaba haciendo de las suyas. Los dos autos se detuvieron como si fuesen becerros temerosos de atravesar un río lleno de lagartos hambrientos. Neto se apeó para dialogar con los que venían en el Lincoln oficial.

—La idea era poner las banderitas blancas y amarillas en este punto pero creo que ya bastante llamaremos la atención entrando a esta hora, así que creo que lo evitaremos.

Por respuesta obtuvo un gruñido del santo padre y un recordatorio a todos sus ancestros en italiano.

Los dos coches avanzaron, uno detrás del otro, como si simplemente fueran de paso.

No bien dieron la vuelta a la rotonda para entrar a la calle del acueducto cuando todo cambió. Un par de mujeres que dormitaban en sendas sillas de plástico, cada una con un gabán sobre los hombros, se puso en pie en cuanto los vieron aparecer.

—No. Me. Chin. Gues —dijo Neto al adivinar hacia dónde lo llevaban los acontecimientos.

Jocoque y Leslie también lo supusieron. Zacarías, en cambio, seguía dormido.

—¡Ya llegaron! ¡Ya llegaron! —gritaron las señoras yendo en pos de los dos automóviles. De las casas empezaron a surgir otras personas, como manada de zombis. Neto hizo lo que cualquiera en su lugar habría hecho: pisar el acelerador a fondo.

La gente, que surgía hasta debajo de las piedras, trataba de acercarse lo más posible a los dos coches mientras éstos agotaban la distancia con la finca Oroprieto.

—¡Se ve! ¡Se siente! ¡El papa está presente! —empezó la gritería a través de las gargantas.

—No mames —dijo el cardenal mientras se escurría hacia el suelo lo poco que su enorme humanidad se lo permitía.

Don Pancho, en cambio, sí consiguió poner la cabeza entre las rodillas como si estuviera en un Boeing 737 a punto de acuatizar de emergencia.

Los coches en persecución siguieron hasta la Alameda, donde había un letrero enorme que decía "Bienvenido Juan Pablo II" y un templete donde varios músicos habían dejado sus instrumentos abandonados. La poca gente que se encontraba ahí se sumó a la correteza al instante. Por poco y no atropellaron un perro distraído y dos abuelitos que se habían parado a media calle a despotricar en contra de los jerarcas católicos que decían que llegaban a una hora y a la mera hora ni llegaban, seguro que por desdén al pueblo.

Neto comenzó a hacer sonar la bocina a unos cien metros de distancia de la finca. Con todo, cuando llegaron ahí, había seis bancas de la iglesia puestas flanqueando la puerta principal. Cada una de ellas, con gente del pueblo dormitando, leyendo, esperando. Se tuvieron que frenar porque ni modo de echar abajo la puerta. Al Lincoln se le echaron encima los curiosos como las moscas de un establo harían a un pastel de bodas.

—¿Lo ves, Juana?

—No. ¿Tú, Veremundo?

—Veo a un gordo, pero no ha de ser él.

Se hacían sombra con las manos mientras ponían las caras contra los vidrios polarizados. A la distancia se dejaban venir hordas de gente corriendo a toda prisa. Incluso el de la tuba, cargando su tuba.

Fue entonces que al fin se abrió la puerta de la finca. Lola se había encargado de recorrer una de las dos enormes hojas. Ambos coches se sacudieron a los curiosos, hicieron volar el lodo de sus llantas traseras y entraron como almas que lleva el diablo.

Y puesto que nadie en San Pedrito se metía con Mamá Oralia sin temer por su permanencia en el pueblo o en el mundo, ni una sola alma se atrevió a traspasar la línea imaginaria que separaba a la finca del resto del Universo.

—¿Lo viste, Ramón?

—A güevo. Y me dio la bendición.

Lo cierto es que, cuando ambos coches por fin pudieron frenar a un lado del caminito de piedra, cuando Lola ya había cerrado la puerta y el sol era toda una realidad por encima de la barda, a la que ya estaban trepando algunos curiosos, principalmente niños, para ver si era cierto que San Pedrito era bendecido con tan importante visita, Mamá Oralia ya se encontraba en la puerta de la casa, tratando de armar en su cabeza qué demonios estaba pasando.

Neto se bajó enseguida y corrió al Lincoln.

—¡Don Pan... qué diga, su santidad, corra a la casa, que no lo vean!

Y así, cubierta la cabeza con la chamarra de los Vikingos de Minesota como si fuese un *rockstar*, don Pancho corrió por el caminito de piedra, hasta los tres escalones de la veranda y luego, a esa puerta que a un movimiento de Mamá Oralia se abrió de par en par para dejarlo entrar al lado de Neto, en su mejor papel de guardaespaldas.

—¡Uuf! —resopló Neto al estar ya dentro de la casa, seguro de que nadie había visto entrar a ningún papa en ese recinto.

Mamá Oralia alcanzó a ver la túnica blanca debajo de la chamarra de los Vikingos. Y el corazón le dio un vuelco. Los tres segundos que tuvo para mirar la carcacha de su hijo José Ernesto, su hijo José Jorge, la niña rubia esa de los lentes, el pequeño del mameluco que se puso a perseguir a su perra labradora, el otro auto del que ya descendía un chofer muy bien uniformado para ayudar a bajar a alguien más, esos tres segundos se difuminaron en su cabeza por la conmoción. A su lado acababa de pasar alguien. De túnica blanca. Con la cabeza cubierta.

Y se apresuró a volver al interior.

Ahí estaban Cande y el padre Alberto, frente al gran árbol de Navidad y el nacimiento, ambos desperezándose de la larga espera, ambos tratando de que no se les notara que tenían muina por las cuatro horas de retraso, ambos mirando al personaje al que sólo restaba despojarse de esa improvisada capucha para demostrar que era…

—Por favor, disculpen la tardanza —dijo don Pancho con el acento estudiado de quien no habla español desde que nació, con el tono de un Juan Pablo bastante aproximado al original.

La gran cagada, pensó Cande al verlo. *No jodas. Es él. ¡Es él!*

Ave María purísima, pensó el padre Alberto. *¡Su santidad!*

Mamá Oralia, en cambio, no pudo articular un solo pensamiento. Una avalancha de sentimientos la tomó por el cuello y la sometió y zarandeó y electrificó como si se tratara de un guiñapo, un juguete, un pedazo de papel crepé. En ese mínimo instante en que Pancho Kurtz se despojó de la chamarra para mostrarse como siempre había sido, sin pizca de maquillaje o arreglo cosmético, Mamá Oralia fue arrebatada por una oleada de sensaciones satisfactorias como nunca antes había sentido. Ni de niña ni de joven ni de adulta. Ni siquiera aquella mañana de aquel sábado de 1979 sobre Avenida de los Insurgentes. Y aunque no supo darle forma en su mente a lo que sentía, sí supo al menos consentir una cosa.

Esto ya no me lo quita nadie. Si muero mañana o el mes que entra o en diez años, esto ya no me lo quita nadie.

Esbozó una sonrisa nerviosa.

Y si sólo para esto he vivido... bien vivido, chingada madre.

Fue el padre Alberto quien, después de besar la mano de su santidad, se atrevió a hablar.

—*Santo padre... È un onore averlo tra noi.*

—En español está bien —dijo el papa, para de inmediato dirigirse a Mamá Oralia—. Muchas gracias por recibirnos, señora.

—Un placer, su santidad.

Y aunque don Pancho le estiró la mano, algo en su interior le impidió seguir la charada con ella. No quiso darle el dorso ni facilitar que ella se inclinara a besarle. Fue un apretón suave y sin grandes pretensiones, como harían dos amigos que se ven después de mucho tiempo. Se miraron a los ojos y en ese segundo que consiguió que Mamá Oralia se acabara de partir por dentro, entró el resto de la tropa.

Jocoque, seguido por Leslie, el chofer cargando dos maletas grandes y, desde luego, el cardenal Pastrami. Zacarías, por su parte, había descubierto que parte de su vocación en la vida era perseguir perros.

—*Mia signora. Sono il cardinale Pastrami. Grazie per ricevere il santo padre.*

El padre Alberto tradujo y Mamá Oralia simplemente asintió. Acto seguido, el cardenal sacó de una maletita que llevaba, una medalla de la Virgen de Guadalupe que obsequió a la señora.

—*Ha già la benedizione del santo padre.*

Por un momento se hizo un silencio cortés en el que nadie supo qué agregar. Y Mamá Oralia, con cierto rubor encima, como de niña, se sintió atraída por la única mirada similar en la sala. Neto aprovechó el interludio para hacer lo propio.

—Mamá Oralia… ella es Leslie, mi hija.

—Hola, abuela —dijo la chica, aproximándose un poco, extendiéndole la mano.

Y acaso porque estaba siendo vigilada por la persona supuestamente más cercana a Dios en la Tierra, Mamá Oralia estrechó la mano de su nieta, dejó salir un poco de luz a través de su usualmente falsa sonrisa, se esmeró por interpretar bien el papel de abuela digna de un lugar en el cielo.

—Hola —respondió.

—Mamá Oralia —se atrevió a decir Jocoque, aprovechando el viaje—. Yo también traje a un hijo mío que me salió, nomás que no sé dónde anda. Digo. Por si quiere conocerlo al rato.

No cuajó la petición, acaso por forzada, pero tampoco echó por tierra el momento aún un poco tenso pero adornado por las cortesías y las buenas voluntades. Andrés, el chofer, apegándose al libreto, aprovechó para decir su parte.

180

—¿Podrían indicarme dónde se va a quedar su santidad?

—Yo le dejaría mi cuarto sin problema —afirmó Mamá Oralia—, pero me dijeron que prefiere el cuarto más humilde.

El papa asintió y Mamá Oralia hizo una seña a Flor para que condujera al chofer, quien salió detrás de ella con la maleta y algunos trajes del papa en dirección a la vieja caseta de don René. Y justo era ése el pie del siguiente diálogo de otro personaje, el que interpretaba Pancho Kurtz.

—Estoy un poco cansado por el viaje. ¿Les molesta si me retiro?

—No, santo padre. Vaya —dijo automáticamente Mamá Oralia. E intentó conducirlo por donde habían salido el chofer y la muchacha de servicio, pero su santidad se opuso.

—No creo necesario que me acompañe. Muchas gracias.

Y abandonó la estancia. No habían pasado ni cinco minutos y ya se había disuelto la reunión inicial, dejando a todos atolondrados pero felices.

El cardenal, entonces, aunque fiel al guion estudiado, pecó gravemente de falta de tacto. Y eso, aunque no enseguida, terminaría por encaminar las cosas en una dirección distinta a la planeada.

—Señora… —dijo ahora en un español un poco chapurrado—, ¿podría ver un asunto con usted en privado?

A Mamá Oralia aquello le pareció tan de mal gusto que el arrobo se le fue a las rodillas. No pudo disimular el rictus en su cara. Asintió apenas y llevó al cardenal a la salita alterna, a unos pasos de ahí. Neto y Jocoque y Cande y Leslie se miraron cómplices. Reconocían que el momento no había sido el idóneo pero tampoco podían dejar las cosas al garete. El padre Alberto, sensible a ese primer momento de incomodidad, prefirió hacer la vista gorda y presentarse con los recién llegados.

—*Chiedo scusa per la mia scortesia, ma dobbiamo avere metà del pagamento per poter continuare* —dijo el cardenal en cuanto estuvo a solas con Mamá Oralia.

Mamá Oralia no necesitaba ir ni a la primera clase de italiano en Berlitz para saber a qué se refería el cardenal.

—Comprendo. Pero no tengo el dinero aquí ahora. Deme hasta mañana y con mucho gusto.

—Bien. Recuerde que tiene que ser en efectivo y tiene que ser la mitad exacta. O tendré que llevarme a su santidad de vuelta a Roma.

Mamá Oralia no pudo evitar sentir que estaba comprando droga, armas o pornografía. Y que ahí algo olía tan mal que ya empezaban a girar los engranes de su desconfianza. Con todo, el solo recordar que el papa se encontraba alojado en la finca le devolvía, inexplicablemente, ese principio de buen humor que, aunque no terminaba de germinar, al menos la hacía sentir menos deseosa de que el cáncer hiciera pronto y eficazmente su trabajo.

—Mañana por la tarde, sin falta —sentenció ella con la molestia de estar en medio de una transacción de negocios y no en un encuentro espiritual. Indicó al cardenal el camino de regreso a la estancia, donde los congregados seguían intercambiando cortesías.

—Con lo linda que eres… —soltaba Cande con malicia mientras, inclinada, acariciaba el pelo a Leslie—. ¿Segura que eres hija de este viejo tan feo?

Y fue entonces que aquel hombre obeso mitad italiano, mitad veracruzano, consiguió que los planes sufrieran una mínima variación. Seguro porque volvió al corrillo muy en su papel. Tal vez demasiado en su papel.

—¿Qué habitación me corresponde, señora Oralia? —bufó levantando su maletín pues el chofer ya había vuelto de instalar al papa. Bufó sin disimular su intención de quedarse, él sí, de ser posible, con la habitación de la dueña de la casa.

Ahí fue donde vio Mamá Oralia una mínima revancha, que a hacer negocios a ella nadie le ganaba.

—Usted disculpe, su eminencia, pero de acuerdo con lo que platiqué con mis hijos, sólo el papa está invitado a quedarse. Usted no.

Marcos Carrera, amigo del amigo de un amigo de Jocoque, dejó entrever su reacción de desagrado. Miró a Neto, como pidiéndole permiso para armar un escándalo y llevarse a su santidad consigo al motel más próximo en venganza por la grosería de tan altanera vieja. Pero dado que no pudo obtener ninguna aprobación, y dado que no quería poner en riesgo sus cincuenta mil billetes verdes, bajó la guardia. Y, resoplando con sus ciento veinte kilos, convino:

—*Va bene. Capisco.*

—Su eminencia —dijo al instante el padre Alberto—. *Lei può restare con me.*

—*Non sarà necessario. Sono venuto solo per fa accomodare il santo padre. Il mio lavoro è finito qui* —ahora sí se encargó de que Neto lo mirara y aprobara discretamente—. *È stato un piacere, signora… Me ne torno a Roma oggi pomeriggio.* Puede entregar el anticipo al santo padre directamente.

Se llevó una mano al bonete y, con un ademán, consiguió que el chofer lo siguiera afuera.

—¡Caca! —gritó Zacarías, sentado del otro lado de la puerta, estorbando el paso. Jugaba con un duende de jardín lleno de tierra.

El gordo lo hizo a un lado con un pie y siguió su camino.

Después de unos cuantos segundos de incomodidad, Mamá Oralia decidió que el asunto estaba concluido.

—Y ya que cambiaron los planes, ustedes también pueden quedarse —señaló a José Jorge y José Ernesto—. No sabía que traerían a sus hijos, así que no es necesario que se queden en el hotel de la plaza.

Ambos hermanos se miraron como si les hubiesen ofrecido gentilmente comer tarántulas garapiñadas.

—No te preocupes, Mamá Oralia, nosotros ya... —inició Neto, pero a una sola mirada de su madre, su voz desapareció como si hubiese sido víctima de un hechizo.

El viento gélido del norte corrió desde los confines del mundo hasta ese pueblo, esa casa, esa estancia, le heló los huesos a todos los ahí reunidos y siguió su camino hasta perderse en el negro corazón de los abismos.

O tal vez sólo fue que Mamá Oralia volvió a su gesto adusto de siempre.

—Está bien —dijo Leslie, la más valiente de todos—. Te lo agradecemos, abuela.

—Mamá Oralia —la corrigió ella con toda frialdad. Y cientos de hadas murieron en el confín del reino.

Y dado que ahí ya no había asuntos pendientes que atender, Mamá Oralia tomó del antebrazo al padre Alberto y lo condujo hacia afuera de la casa, no sin antes abrir una alacena al lado de la puerta principal y tomar, de un bote que contenía paraguas, bastones y ganchos para colgar la ropa, un rifle para matar venados.

El principal truco del Diablo

—Dígame qué opina de todo esto, padre —dijo Mamá Oralia sosteniendo el rifle con una mano y el brazo del padre Alberto con la otra mano.

—Señora, para serle sincero, no sé qué pensar. Es el mismo que conocí en Roma. Pero es cierto que… no sé. Tengo que preguntar al arzobispo porque, en mi opinión, el santo padre siempre da la Misa de Gallo en Roma. La verdad…

El cardenal Pastrami ya intentaba hacer entrar su humanidad en el auto, aunque el chofer todavía no terminaba de guardar la maleta en la cajuela. La Canela y el Gavilán, labradora y terrier, se acercaron a su dueña, moviendo la cola. En el horizonte el sol asomaba su despeinada cabellera, al igual que las testas de varios chiquillos por encima de la barda que delimitaba la finca.

—Bien. Pues entonces le voy a pedir, justo por su falta de opinión, que sigamos con esto hasta el final —continuó Mamá Oralia, apoyándose en el padre, casi treinta años menor que ella, como si necesitara en verdad de su auxilio.

—No la comprendo, señora Oralia.

Zacarías se levantó y fue al lado de Mamá Oralia. Acarició el rifle como si se tratara de un animal fascinante. Por la puerta salieron Leslie, Jocoque, Neto, dispuestos a bajar sus propias maletas del auto, aunque en realidad en la mente de los dos hermanos, más Cande que ya se había acercado también a la puerta, estaba la posibilidad de que corriera a tiros al prelado o tal vez algo peor, ya que esa faceta de su madre armada era completamente nueva para ellos.

—Estoy acostumbrada a dudar de cualquier cosa, excepto los dogmas de mi fe, padre —dijo Mamá Oralia—. Así que sólo le pido que me acompañe en todo esto hasta el final y no cuente nada a sus superiores. Hasta el día de la Misa de Gallo que habrá de oficiar su santidad, trate de estar de mi lado. Es decir... si quiere que siga financiando las obras de restauración del campanario.

—Claro, doña Oralia. Cuente con ello.

Dicho esto, Mamá Oralia exclamó con voz potente, dirigiéndose a los curiosos.

—¡Díganle a todo el mundo que el papa no pudo venir, que se disculpó! ¡Mandó a este señor, que ya se va, a decirnos eso! ¡Así que a chingar a su madre! ¡Se acabó la fiesta!

Los chiquillos, no obstante, permanecieron inmóviles en sus puestos. Y uno hasta se animó a replicar:

—¡Pero si yo acabo de ver que...!

—¡Dije que no vino y fin de la fiesta!

Un balazo al cielo y fin de la discusión, los niños se descolgaron de la barda como si la hubieran electrificado. Era la tercera vez en su vida que Mamá Oralia recurría a tal recurso, pero siempre valía la pena el recordatorio a la gente del pueblo: puedo estar sola pero no indefensa. Las dos veces anteriores habían tenido que ver, una, con un reclamo por el agua de riego que sus sembradíos parecían acaparar y, la otra, con unos rancheros que quisieron intimidarla para comprarle a precio de risa una cosecha. Al final, ella sabía que sería incapaz de dirigir el cañón contra ningún prójimo, pero el efecto funcionaba.

Zacarías se echó a correr en círculos alrededor de su abuela, su nuevo héroe.

En el fondo, Mamá Oralia estaba, también, poniendo en claro su posición frente a todos los congregados. Estaré sola pero no soy ni pendeja ni indefensa; métanse conmigo y tal vez haga una barbaridad.

En menos de cinco minutos el jardín frontal de la casa se vació, las bardas se limpiaron, el Lincoln se marchó, los nuevos huéspedes ya habían sacado sus maletas y ocupado sus habitaciones, incluyendo a Zacarías, y Lola y Flor reprendidas con mano dura por chismosas, lo que significaba que, en vez de ser puestas a repetir en algún pizarrón imaginario: "No debo contar en el pueblo lo que oigo en mi lugar de trabajo", fueron obligadas a rezar tres rosarios completos hincadas en la última banca de la capillita de la casa.

Leslie y Ernesto, sentados en la orilla de la cama que el segundo ocupó hasta sus diecisiete años, estuvieron mirando a la pared por varios minutos. Hasta que fue necesario romper el silencio:

—Perdón, hija. Te metí en el último círculo de infierno. Ahora resulta que la vieja hasta dispara balas de verdad. Me lleva…

Leslie no apartó los ojos de la pared, aunque su padre sí le buscó la mirada. La chica tenía los pies puestos sobre su propia maleta. Y el recelo cosquilleándole por todo el cuerpo.

—Sí se ve que no es para nada la abuelita del chocolate Abuelita, ¿verdad?

—Verdad.

El silencio era ominoso. No ayudaba para nada al exorcismo que necesitaba Ernesto para sacarse de encima los demonios que lo rondaban desde la primera vez que puso un pie en esa casa. Los murmullos del rezo que se desprendía de la capilla abonaban, y con creces, a ese malestar, a esas ganas de salir corriendo como cuando tenía doce, trece, catorce años.

—Mejor te llevo de vuelta a la casa, Leslie.

—Todo va a salir bien, papá. Tranquilo. El padre se tragó el cuento. Mamá Oralia también. Vamos a estar bien.

—A lo mejor. Pero si la vieja te da con el bastón o algo así…

—Tú me vas a defender.

—Mejor que lo sepas. No sé si voy a defenderte o voy a terminar haciéndome en los calzones.

A Leslie, pese a todo, el asunto le parecía cómico. En verdad que su papá la había pasado mal en esa casa. Pero había una razón, y muy poderosa, para incluso aguantar un buen bastonazo si era necesario.

—Una semana a lo mucho, papá. Piensa en eso. Y nos vamos a casa con setecientos cincuenta mil dólares.

—Un poquito menos porque hay que pagar tarjetas, gastos, cardenales y choferes…

—Así fueran cien mil y ésta la mansión más embrujada, creo que vale mucho la pena.

Neto reflexionó un poco y concluyó que era cierto. Y que era una verdadera fortuna tener a una niña tan lista y tan sensible como hija.

—¿Por qué no desempacas? Voy a ver si podemos desayunar algo. Y… bueno… a checar si se instaló bien el santo padre.

Hasta que no salió Neto de la habitación reparó Leslie en que ésas no eran unas vacaciones, que no había tele en el cuarto, que el olor del establo se colaba hasta ahí dentro, que tendría que compartir cama con su padre, que ya se había acabado el único libro que llevaba y que ni siquiera tenían baño privado. Tuvo que repetirse la cifra a ella misma antes de empezar a desempacar.

Neto hizo el camino de vuelta al piso inferior, a través de la escalera en semicírculo, con toda lentitud. ¿Qué seguía? Su madre había pedido que el papa se hospedara ahí por toda una semana. ¿Para qué? ¿Para jugar turista con él? ¿Para poder hacerle un cuadro? ¿Para tenerlo de rehén? Desde luego que había minimizado la estancia ahí. Seguramente porque la idea original era quedarse en el hotel de la plaza. Y ahora que tenían que convivir hasta con los perros, las vacas, las gallinas, una madre sargento y un papa, no encontraba muy luminoso el panorama.

Sin embargo, en cuanto confrontó la mirada de Mamá Oralia, sentada en la mesa del comedor, se dio cuenta de que, al parecer, ella misma también había trivializado el asunto. Las muchachas de servicio ya se despeñaban por el tobogán del "ruega por nosotros" del segundo rosario. Otro nuevo detalle llamó la atención del mayor de los Oroprieto Laguna.

—No sabía que le gustaba el whisky tan temprano, Mamá Oralia.

Ella dio un trago al vaso que ya iba por la mitad.

—Me estoy muriendo. Y de cáncer. Así que... ¿a quién chingados le importa?

Neto no se atrevió a sentarse a la mesa. Pero tampoco se hallaba cómodo ahí, en pie, mirando a su madre dar pequeñas libaciones a un vasito de color ambarino como quien necesita un remedio para bajarse un susto o un coraje. Seguramente lo segundo.

—La cagué, ¿verdad? —dijo de pronto ella.

—¿Cómo dice?

—Que la cagué. Al correr al cardenal. Porque supongo que ninguno de ustedes sabe cómo debemos tratar a su santidad. Qué come. Qué horarios tiene. En fin. Todo eso.

Repentinamente se escuchó un golpeteo en piececitos sobre la losa del piso superior… seguido por el mismo golpeteo, ahora en la escalera. Un niño de tres años greñudo, moreno, desnudo e incircunciso corría con un teléfono celular en la mano. Siguió hacia la cocina y luego hacia la bodega. Y el ruido cesó.

Mamá Oralia se empujó a la garganta el resto del trago. Tapó la botella y guardó ambos, vaso y whisky, en una vitrina a sus espaldas.

—¿Cómo chingados pasó eso? —dijo Mamá Oralia con un gesto de verdadera intriga, como quien pregunta en qué momento se empezaron a derretir los glaciares.

—¿Cómo pasó qué?

—Ese cabrón de José Jorge. Padre. ¿Te das cuenta? Jamás ha dejado de tener diez años el cabrón. Y ahora es padre. Y lo peor es que la madre del niño hasta le presta al chamaco. Yo habría puesto una orden de restricción.

—Umh… tampoco olvidemos que su visita a Roma lo cambió para siempre.

—Y yo me chupo el dedo.

Con todo, José Ernesto se dio cuenta, por primera vez desde que la volvió a ver, de que Mamá Oralia mostraba resquicios de debilidad. El whisky, el fusil, las palabrotas, el "no sé qué se hace con un papa en la casa de una". Hacía años

190

habría sido imposible verla titubear respecto a nada, dejar pasar la luz en zonas de oscuridad que se empeñaba en mantener. Era un milagro chiquito, tal vez. Las cosas que puede hacer una protuberancia en el cuello de alguien.

—Su santidad habla muy bien español. Cosa de preguntarle —dijo Neto, aprovechando la posibilidad de conducir ese auto del que, por lo pronto, le estaban entregando las llaves.

El tiempo que le llevó levantarse de la mesa e ir a la cocina fue el que le tomó a Mamá Oralia decir:

—Hazlo, por favor. Pregúntale.

Así que Neto salió por la puerta que conducía a la parte trasera de la casa, caminó a través de las baldosas entre las hortalizas, rodeó la fuente (que Mamá Oralia había puesto a funcionar nuevamente) y llegó a la casita que, hacía diez años, todavía ocupaba el jardinero, caporal, caballerango y confidente de Mamá Oralia, don René, muerto hacía más de cinco años.

Llamó con timidez y luego, a falta de respuesta, empujó la manija de hierro hacia abajo para entrar por la puerta de madera.

El papa ya fumaba, tal cual había pedido como única condición para quedarse en la casa de Mamá Oralia una semana. "Está bien. Pero no puedo estar tanto tiempo ahí metido sin poder fumar. Así que, si les preocupa que el olor a cigarro llegue a las narices de su madre, van a tener que conseguirme un lugar apartado o negarse definitivamente." Y un lugar apartado fue. El único habitable que no formaba parte del edificio principal.

Y sí. El papa ya fumaba, con el torso desnudo y de espaldas a la puerta, sentado en la sencilla cama de madera rústica puesta con el respaldo contra la pared. Al fondo, un pequeño baño en el que convivían una ducha, un escusado y un lavabo, prácticamente unos encima de otros. Una silla de madera, un buró y un armario eran el único mobiliario. Sobre el suelo, un tapete multicolor. Sobre las paredes, un solitario crucifijo. En el techo, un foco. En las ventanas, las cortinas tapando la vista. La maleta de su santidad, abierta sobre la silla, mostrando los santos calzones y hasta un par de chancletas de baño seguramente compradas en Aurrerá.

—¿"Sólo Veracruz es bello"? ¿Es en serio? —dijo Neto al introducirse y cerrar la puerta—. ¿"Sólo Veracruz es bello"?

Don Pancho se giró en la cama. Escupió el humo del cigarro. Se recargó contra el respaldo. También se encontraba descalzo, así que subió los pies y depositó el pitillo sobre un platito de porcelana con el cadáver de una vela. El alba y la casulla ya habían sido colgadas, junto con el resto del vestuario, en el enorme armario de madera.

—Fue hace muchos años y estaba ebrio.

Al decirlo, don Pancho se palpó el tatuaje que corría, sobre su espalda, de un hombro al otro.

—Además, nadie debe ver encuerado al papa. ¿Cómo sabes que el verdadero no tiene también uno, pero alusivo a Venecia o Montecarlo?

Igual tenía razón, pero no dejaba de ser un detalle chocante para Ernesto, quien sólo negó con la cabeza y se recargó en la puerta.

—Me enviaron a preguntar qué quiere el papa de desayunar.

—Unos chilaquiles bien picosos, claro.

—Sí. Fue lo que supuse.

Permanecieron en silencio unos cuantos segundos, hasta que ambos comprendieron que no había respuesta para eso.

Como no la había para ninguna otra pregunta que no fuese lo de la mentada Misa de Gallo que, de todos modos, todavía no había terminado de estudiar don Pancho y para la que faltaban aún muchos días.

—Vamos a tener que seguir con el plan. Usted siempre va a pedir que no se le moleste, que prefiere estar a solas porque, además, le cuesta trabajo superar el *jet lag* y el cambio de presión. Si acaso pedirá permiso de entrar a la casa a rezar en la capilla o algo así, pero nada más. Yo le traigo su desayuno, comida y cena todos los días. No veo otra.

—Consígueme unos libros.

—Tiene que estudiar cómo se oficia la misa. ¿O para qué le conseguí esas copias y la transcripción del video?

—Ya sé. Pero va a ser una semana larga, bebé. Muy larga. Consígueme unos libros. De preferencia policiacos.

—Está bien. Pero créame, don Pancho —concluyó Neto—. Usted se la va a pasar mejor aquí solo que todos los que vamos a convivir con mi madre en su reclusorio.

—No parece tan mala persona.

—"Ése es el principal truco del Diablo" —gruñó Neto antes de salir, citando a algún nebuloso Baudelaire incrustado en su memoria—. "Hacernos creer que no existe."

Retiro espiritual

María Candelaria reta a su madre con la mirada. Es la única que tiene el valor. Los otros, como siempre, sólo se apuran a terminar los alimentos lo más rápido posible. Aún no ingresan a la secundaria, están en esa edad en la que es tan difícil hacer que un niño permanezca sentado de forma apropiada en una silla de rígido respaldo durante más de quince segundos. Pero lo hacen. Escuchan en la radio la música edulcorada que pone Mamá Oralia para comer y se apuran a terminar para no tener que padecer el incordio de una reunión forzada donde no se permite decir nada. Ya ni siquiera tiene que reprenderlos la adusta mujer, sólo los vigila en silencio. Si acaso alguna llamada de atención del tipo: "No comas como animal, José Jorge", o "Te vas a atragantar, José Ernesto". María Candelaria deglute pausadamente sus verduras sin apartar la vista de su madre, pues quiere aprovechar el momento para pedirle permiso para ir a una fiesta de una amiguita de la escuela. Pero no han pasado ni dos días de aquel altercado en el que Mamá Oralia la obligó a repetir una tarea siete veces por "hacerla con las patas" y sabe que no será fácil. Pero no le importa. Espera a que sus hermanos terminen de comer y levanten sus platos y se vayan a jugar para abrir la boca. Al menos José Jorge y José Guadalupe, porque José Ernesto siempre ha sido lento para comer. Mamá Oralia escucha a su hija sin mirarla. Luego, ni siquiera lo piensa, le niega el permiso. María Candelaria le dice que la odia y se termina lo que está en su plato "como un animal", se atraganta con el agua e incluso derrama en el mantel. Se gana un nuevo castigo. Grita con todas sus fuerzas y se levanta hecha una furia.

Con ese recuerdo, escogido entre un vasto inventario, Neto contempló a su hermana Cande comiendo pausadamente de su plato huevo a la mexicana, nopales y sopecitos, frente a Mamá Oralia, como si ése hubiese sido el único final posible de toda esa comedia. Cande se había largado por el mundo con grupo de *rock*, siguiendo quién sabe qué caminos, pero igual terminó comiendo en silencio y sin levantar la vista frente a su madre. Como antaño. La música melosa en la misma estación del mismo radio. El mismo opresivo silencio. Como antaño.

A la mesa estaban tres de los cuatro hijos de Mamá Oralia y dos de sus nietos. Flor y Lola se encargaban de servir a los comensales. Y al menos por los tres primeros minutos se conservó ese pulcro ambiente de refectorio de convento, pues parecía que era el único posible si se cuenta con un sumo pontífice en casa, principalmente si éste se encuentra encerrado en sus habitaciones y sin ánimo de convivir con nadie.

Pero al cuarto minuto, Zacarías decidió que ya había roto su propio récord de buen comportamiento y arrojó un buen pedazo de bolillo en tiro parabólico hacia una maceta del pasillo, a pesar de que su padre, minutos atrás, mientras lo vestía como Dios le daba a entender, lo había amenazado de que la señora esa del cabello blanco y amarrado en chongo podía echarlo en su olla si no se sentaba calladito a comer sus alimentos.

—¡Caca! —dijo el enano antes de agarrar otro pedazo de pan de la cesta para intentar otro tiro similar.

Su padre lo detuvo a tiempo.

—¿Quiere retirarse de la mesa, mi'jo? ¿Ya quedó satisfecho?

La mirada inquisitiva de sus dos hermanos fue una expedita licencia para matar infantes. "Estrangúlalo si hace falta, pero no nos eches a andar a la vieja."

Jocoque puso al niño en el suelo y le permitió irse a jugar con los muñecos del nacimiento. En la radio sonaba "Balada para Adelina". Y acaso sólo Leslie se animaba a pasear sus rasgados ojos de aquí para allá, entre comensales, adornos, cuadros y paredes.

Al fin, Mamá Oralia levantó la vista. Notoriamente no era concentración mental lo que la tenía en ese estado de mutismo. Tampoco aquel añejo respeto que pedía a la hora de los alimentos. Al parecer estaba empujando cuesta arriba la piedra de la resignación. Naturalmente eso no se ajustaba a su idea de tener a un sumo pontífice como invitado, pese a no tener tampoco mucha idea del asunto. Y trabajaba en ello en su mente. Una y otra vez. Hasta que no pudo más.

—¿Pero en serio no piensa salir en ningún momento de su cuarto?

—Eso me dijo, Mamá Oralia —sentenció Neto.

Volvió la anciana al meticuloso masticado en el que se encontraba antes de soltar la pregunta. Y volvió a esforzarse. Pero era demasiado evidente que esa pesada piedra ya se le resbalaba de las manos.

—Tampoco me parece bien permitir que no esté a gusto. ¿Le preguntaste si necesitaba algo?

—Claro. Pero me dijo que no me preocupara. Que le agradece pero que estará bien. Que para él esto será como un retiro espiritual.

La piedra se le resbalaba de las manos y la atropellaba y seguía su camino cuesta abajo hasta llegar al río. Porque si algo no podía negar Mamá Oralia es aquello que había sentido con sólo mirarlo a los ojos, tenerlo cerca, sentir su mano. Una estupidez de novicia encandilada, seguramente, pero tan pocas alegrías le había dado su vida en el pasado, y tan poco tiempo tenía para nuevas alegrías en el futuro, que había que atesorar las que ocurrieran en el presente. Sin cuestionarlas demasiado. Una canción bonita en la radio. Un trago de whisky en su momento. Una buena mentada de madre para distender el espíritu. Una cálida sonrisa dedicada sólo a ella. Sólo a ella. *Sólo a ella.* Aunque estuviese pagando tres millones de dólares por conseguirla.

—Pues bueno —empujó las palabras hacia fuera y trató de seguir comiendo, aunque ahora los sopes le supieran a trapo viejo. A pesar de haberles echado sólo de la salsa que sí picaba, porque la que no, la había hecho con sus propias manos exclusivamente para el santo padre, encerrado en su pinche retiro espiritual.

La chicharra del timbre sonó en ese momento, como cronometrada. En breve entró Lola.

—Es el hijo de don Pascual y doña Ruth. Que si puede hablar con usted.

Mamá Oralia frunció el entrecejo. Miró a todos como buscando en ellos hacia dónde llevaba esa intromisión. Con una seña le indicó a Lola que lo dejara pasar. La muchacha volvió seguida de un niño moreno de unos doce años cargando una canasta llena de frutas.

—Seño Oralia, me mandó mi mamá a regalarle esto al señor don papa.

Lola peló tamaños ojos, deslindándose de ese nuevo suceso.

—¿Quién te dijo que hay ningún señor don papa aquí, escuincle? —exclamó Mamá Oralia, con medio pedazo de sope en la boca—. ¿No les dije que no vino?

—El Memo nos dijo que lo vio entrar a la casita que tiene allá atrás, seño.

—¿Ah, sí? Pues dile al Memo que se equivocó, que vio mal.

—Bueno, pero ¿usted puede darle esta fruta al señor don papa?

—¡¿NO TE ESTOY DICIENDO QUE…?!

El chamaco soltó el frutero y echó a correr a la cocina para salir por la bodega. Un par de naranjas rodaron debajo de la mesa, hasta llegar a los pies del Jocoque, quien, ante ese súbito silencio adornado por una horripilante versión de "La flauta de pan" que a todos les pareció interminable, tomó una de las frutas y la empezó a pelar.

Mamá Oralia paga, billete tras billete y muy a regañadientes, una pared completa que tiraron sus hijos de una troje. Una pared completa. Los cuatro estaban jugando ahí. Y se les hizo fácil echar unos ganchos con cuerdas al borde y treparse. Antes no terminaron muertos los cabrones cuando se les vino encima el ladrillaje. Antes no terminó eso con cuatro minia-taúdes y un solo servicio funerario.

No pudo evitar el recuerdo porque todo eso se parecía mucho a pagar una pared. O a indemnizar a un campesino. O a mandar al taller un auto ajeno. O a sobornar a un policía. A reparar un daño, pues… *No sé en qué chingados estaba pensando cuando acepté*, pensó al volver a sentarse lentamente mientras se apretaba el puente de la nariz. *Porque… si en verdad ese que está allá atrás es Juan Pablo II, el daño será monumental, bíblico, de repercusión universal. Y eso sí que hasta para mis hijos será como ganarse la copa del mundo del ya ni la chingan cabrones.*

—La Misa de Gallo tenía que ser una sorpresa para el pueblo —dijo Mamá Oralia—. Nadie debía enterarse de la visita del santo padre. Pero supongo que hay secretos que no se pueden guardar tan fácilmente…

Miró a Flor, en ese momento recogiendo algunos de los platos vacíos, huyendo a toda prisa de regreso a la cocina.

—De todos modos… lo mejor será intentar mantener esa mentira hasta Navidad, cuando el santo padre salga de su "retiro espiritual" —esto lo dijo con verdadera inquina—. Así que nadie, excepto yo, abandonará esta casa hasta Navidad. Yo compraré comida. Atenderé los asuntos que haya que atender. Sólo yo. Ustedes mejor no salgan de la finca. Será lo mejor para hacer creer a la gente que en verdad se confundieron y el papa nunca vino. ¿Está claro?

—Sí, Mamá Oralia —dijeron como un grupo escolar bien entrenado.

—Caca —dijo Zacarías con dos Reyes Magos en sendas manos, luchando como el Santo y el Blue Demon.

Mamá Oralia se quedó viendo al enano. Luego, a Leslie. De vuelta al enano.

—Estaba pensando qué tan buena idea sería sacar la tele vieja y ponérselas a estos niños pero supongo que lo único que pasan en estos días en todos los canales es pura violencia y pornografía. ¿No es cierto?

—Sí, Mamá Oralia… —respondió Jocoque como una rebaba del coro anterior.

—¡Caca! —volvió a decir Zacarías, aventando a Gaspar contra la punta del árbol, donde decidió quedarse para poder conservar la cabeza sobre los hombros, suerte de la que ya no podían presumir ni Baltasar ni un pastor incauto.

—Nomás encárgate de que a tu hijo no lo vaya a patear una mula, cabrón irresponsable —dijo Mamá Oralia a Jocoque antes de salir hacia la capilla, donde cerró de un portazo en clara muestra de que necesitaba estar a solas con sus rezos y sus pensamientos y el coraje de tener que batallar internamente contra la sensación de haber sido estafada por quien menos te lo esperarías en esta vida.

A "Soleado" siguió "Bilitis", que reinó por encima del desayuno y los gritos de júbilo de Zacarías, ya instalado por completo en la representación de la Natividad del niño Jesús como un bebé gigante del espacio exterior que ataca Belén inmisericorde. Ante la posibilidad de ser oído por su madre, Jocoque se animó a decir, en un susurro:

—Cónclave.

—¿Qué? —respondió Cande.

—Junta, chingá. Allá afuera.

Salieron uno por uno hacia el porche de entrada, seguidos por Leslie, a quien nadie le pareció mal concederle una silla en la junta ejecutiva. Solamente le negaron el cigarro que los otros tres compartieron al instante.

—¿Vamos bien o ya se está apestando el pastel? —preguntó Cande, preocupada—. Porque cualquiera que no esté ciego, sordo o idiota podría darse cuenta de que a la vieja le cagó el detalle de que el papa se va a "retirar del mundo" en su propia casa.

—Pero no hay de otra. Si conviven sí que se va a apestar el pastel —soltó Neto junto con una buena dosis de humo—. Don Pancho podrá suplantar al papa por minutos. O por una misa, si es que estudia bien. Pero si los dejamos en la misma habitación por más de media hora, cualquiera que no esté ciego, sordo o idiota podría darse cuenta de que no es ni católico ni apostólico ni romano y que seguro hasta se sabe chistes pelados y padece de flatulencias.

Nuevo silencio, aunque ahora los dos perros se habían sumado al corrillo, moviendo la cola.

Con todo, Leslie no apartaba la vista de su papá y de sus tíos. En su opinión, cualquiera que no estuviera ciego, sordo, idiota o demasiado preocupado por sus propios intereses monetarios, se daría cuenta de que todo ese asunto se trataba de otra cosa. Que Mamá Oralia había mandado traer al santo padre por alguna razón distinta al simple oficio de una misa. O incluso a ellos mismos, sus hijos, no los había dejado entrar a su casa y hasta les había ofrecido hospedaje sólo por decir "y con tu espíritu" una media docena de veces mirando hacia un altar. Era otra cosa. No obstante, lo malo de tener diez años es que resulta muy fácil escuchar —todavía— esa duendesca voz que no deja de decir: "¿Y usted qué sabe de estas cosas si apenas tiene diez años? ¡Órale, métase para adentro!". Así que no se animó a decir nada.

Y se puso a acariciar a los dos perros, como haría alguien muy en su papel de tener diez años.

—No sé ustedes —dijo Neto nuevamente—, pero a mí me da la impresión de que es como cuando no puedes ni estornudar porque se te viene encima el derrumbe. El padre se lo tragó. Mamá Oralia se lo tragó. El pueblo está en calma. Mejor ni suspirar ahorita porque se nos cae el teatrito. Que el abuelo se quede encerrado en su cuarto. Nosotros en la finca. Veámoslo como los alcohólicos anónimos. Un día a la vez hasta llegar a Navidad. Es sólo una semana. Que ésa sea nuestra proeza. ¿Estamos? ¿Qué carajos puede salir mal?

Desde el interior en las notas de un piano edulcorado los alcanzó *"Sleepy Shores"*, justo el tema de aquellos anuncios televisivos de los alcohólicos anónimos. El sol avanzaba por el cielo azulísimo. Las aves cantaban. Las ramas se mecían dócilmente con el viento.

¿Qué carajos podría salir mal?

Grillos y sapos

Años después, durante el funeral de Mamá Oralia, al menos tres de los hermanos Oroprieto Laguna recordarían ese primer día en la finca, ese primer momento de encierro posterior al desayuno, como de una calma tan tensa que sólo podía ser equiparable a la que precede a la caída de una bomba, esos segundos en los que se escucha un silbido que no puede ser interrumpido más que por una magna explosión, una hecatombe. Las casas y los coches y las personas volando por el aire en mil pedazos. Acaso se acordaron porque el rostro de su madre, en el ataúd, justo era como de esa otra calma, aquella que se adivina sempiterna. Duradera. Definitiva. Como la de cierto día de campo, cierto pícnic que ocupaba un lugar privilegiado en sus recuerdos, seguramente por haber sido el único de toda, toda, toda su infancia y, luego, de su edad adulta.

—Me hubiera traído dos libros siquiera —fue lo que salió de la boca de Leslie cuando se cansó de mirar por la ventana.

Y apenas habían transcurrido dos horas. Pero Neto ya le había prohibido a su hija siquiera asomarse a los ejemplares que tenía en su cuarto: *Hace falta un muchacho, Juan Salvador*

Gaviota, *El milagro más grande del mundo* y otros por el estilo. "Haz de cuenta la música que nos puso tu abuela pero en letra impresa", soltó decepcionado. Porque de golpe y porrazo había recordado que en la finca sólo había modo de entretenerse: 1) trabajando, 2) pagando algún castigo o 3) ganándose ese castigo, es decir... trepándose a los árboles, toreando a las cabras, robando comida, peleando con sus hermanos, escapando por la barda... por poner ejemplos que le venían a la mente.

—Ni se te ocurra reclamarme, que tú quisiste quedarte —bufó Neto, echado en la cama—. Te ofrecí rescatarte y tú te negaste.

—No te estoy reclamando. Sólo digo que ojalá me hubiera traído dos libros. O tres. O cuarenta —respondió ella recargándose en el alféizar.

—Ahora ves cómo era mi vida en la infancia.

—Pero al menos jugabas con tus hermanos o algo, ¿no?

—Jugábamos. Y nos peleábamos. Y nos ponían a rezar. Y volvíamos a jugar. Y luego a corretear a los pollos. O a las vacas. O jugábamos escondidas en la parcela. Y nos volvíamos a pelear. Y nos daban con el fuete en las nalgas. Y nos echábamos agua con la manguera. Y nos tirábamos en el lodo. Y nos dejaban sin cenar. Y a rezar de nuevo. Y nos escapábamos. Y doble azote. Y más rezos. Y así.

Leslie se cruzó de brazos, estudiando a su padre.

—A mí me parece divertido.

—Sí. Si le quitas las partes de los golpes y los rezos y las prohibiciones. La verdad es que tu abuela nunca nos quiso. Nos toleraba, pero nada más. Por eso ninguno siente remordimiento de hacer lo que estamos haciendo. Porque la verdad es que se hizo de nosotros como quien compra ganado.

—Yo creo que exageras.

—¿Ah, sí? ¿En verdad? Ven.

—¿Para?

—Ven. Acércate.

Leslie fue al lado de su padre. Éste la tomó del antebrazo, se aproximó a ella y le dio un beso en una mejilla.

—Qué —dijo Leslie, esperando el remate del chiste.

—Nada. Eso.

—¿Eso qué?

—Eso que acabo de hacer contigo. Jamás lo hizo Mamá Oralia con ninguno de nosotros.

—¿Jamás... les... dio un beso?

—Ahora dime si exagero.

Leslie torció la boca. Volvió a la ventana. Miró con tristeza en lontananza. Una tristeza que hasta eso se disipó bastante rápido.

—Papá... no sé si importe pero el Jocoquito está rayando la puerta del coche.

De forma similar intentaban matar el tiempo los otros dos cautivos, aunque Cande era la única que contaba con uno que otro cigarro de mariguana que guardaba para situaciones especiales, como esa misma; en ese momento se encontraba sentada en la caballeriza, entre los tres caballos de Mamá Oralia, echando humo y tratando de encontrar la paz de espíritu, pensando en lo que haría con sus tres cuartos de millón de dólares al final de ese desmadre, pagar deudas, volver a la música, cambiar de novio, viajar por el mundo, pagar deudas principalmente. Jocoque, por su parte, decidió que bien podía dormir hasta que algún evento extraordinario lo reclamara, al fin que su hijo ya se había adaptado a la vida en la finca. Lola y Flor continuaban su rezo interrumpido. Y Mamá Oralia...

Mamá Oralia hacía como que trabajaba desde su habitación. En su tono y la inflexión de su voz cuando levantaba el auricular del teléfono no se advertía nada. Incluso cuando pidió a su ejecutivo de cuenta bancario que le tuviese un millón y medio de dólares en efectivo para el día siguiente, no vaciló en lo absoluto. Tampoco cuando dicho ejecutivo le pasó al gerente y éste le preguntó si todo estaba bien, y Mamá Oralia dijo la palabra clave que denotaba seguridad en la operación, hubo titubeo o algún cambio en el timbre de su voz. Nada. Y mucho menos, mientras arrastraba la pluma y verificaba los números que sus administradores le pasaban todos los días a primera hora, donde corroboraba que los negocios fueran viento en popa, hubiera podido nadie advertir nada.

Pero, por dentro, se la cargaban el carajo y el demonio.

Porque ahí mismo, en su casa, estaba el mismísimo jefe de la iglesia católica universal. O un impostor de medalla de oro. Para lo que importaba. El hecho es que ella no podía, simplemente, esperar hasta el día en que el Juan Pablo real o el Juan Pablo pirata se caracterizara para oficiar una misa y de inmediato irse a la mierda en cuanto dijera "podéis ir en paz, la misa ha terminado".

En paz y una chingada, pensaba en ese momento, mientras sumaba, a mano, como lo venía haciendo desde hacía casi treinta años, las ventas, los costos, los gastos, la utilidad, hablaba con sus abogados, sus caporales, sus hacendados, cancelaba citas y aplazaba reuniones hasta el veintiséis de diciembre, primer día del resto de su vida o del inicio de su muerte.

Y decidió que no bajaría a comer, que pediría que le subieran sus alimentos a su habitación. Y que, llegado el momento, decidiría qué hacer. Lo cual vino ocurriendo a las seis y media de la tarde, después de dos rosarios a solas, cuando ya los grillos estaban insoportables con su canto, cuando el hijo menor de su hijo menor ya se había llevado el portal de Belén al chiquero, cuando alguien allá abajo había intentado sintonizar alguna otra estación en la radio (cosa imposible porque la única que programaba música que llegaba al pueblo, "Radio Ensoñación", era patrocinada por la Señora Oralia Laguna), cuando la hija mayor de su hijo mayor ya había intentado congeniar con un chivo que la persiguió por todo el rancho, cuando se dijo que llevaba casi tres décadas de hacer lo que se le hinchaba su regalada gana y éste no sería el día en que lo dejara de hacer.

Se puso un suéter de lana, tomó su bastón, bajó las escaleras y se dirigió a la puerta posterior de la casa. Antes atravesó la sala, donde se encontraban Neto, Leslie y Jocoque jugando naipes, Cande leyendo y Zacarías durmiendo en pelotas sobre la alfombra.

Encendió ella misma las luces que alumbraban todo el jardín, la huerta, el silo y el establo, los caminitos de piedra y la fuente, consiguiendo que los cientos de insectos voladores a la espera de que ocurriera algo interesante se arremolinaran en torno a cada foco. Abrió la puerta y, sin dirigirle la palabra a nadie, o una mirada siquiera, cruzó el portal, que cerró enseguida tras de ella.

Dos microsegundos después ya estaban todos mirando por la ventana. Todos excepto el que dormía encuerado. La reacción instantánea vino en cuanto advirtieron hacia dónde se dirigía.

—La gran cagada —soltaron los tres hermanos.

Mamá Oralia, sin mirar atrás, se detuvo frente a la puerta de metal de la casetita. Tocó una, dos, tres veces.

Al interior, a falta de cosas mejores que hacer, Pancho Kurtz, todavía con el torso desnudo, estudiaba el oficio religioso bajo la luz de una vela mortecina. Su reacción fue muy similar a la de los que se encontraban en la casa, aunque de sus labios no salió nada. Y prefirió fingir que dormía.

—Santo padre… —dijo Mamá Oralia con un leve tinte de vergüenza en la voz.

Nada. El canto rítmico de los grillos y los sapos.

—Su santidad… —insistió Mamá Oralia con golpecitos firmes a la puerta—. ¿No necesita nada?

Y no. Nada. Don Pancho prefirió quedarse quieto. Sentía que cualquier cosa que dijera podría y sería usada en su contra.

Mamá Oralia permaneció ahí, frente a la puerta, sin saber qué hacer por apenas unos quince segundos. Apenas. Luego, intentó abrir empujando la manija; sin ningún éxito. Enfiló entonces de regreso a la casa. Los mirones se ocultaron al instante tras las cortinas. A ella no le importó, cuando entró por la puerta de la estancia, encontrarlos en posiciones que delataban su fisgoneo. Fue a la cocina y, de un gancho en la pared, retiró un manojo de llaves. Volvió sobre sus pasos.

Ernesto fue el que adivinó enseguida.

—¡Uououououh! ¿Adónde va con esas llaves, Mamá Oralia?

—A cerciorarme de que está ahí.

—Está ahí. Yo le llevé hace un rato de comer.

—Hace un rato como de dos horas. Tal vez salió sin avisar y se perdió en el pueblo.

—¿Pero qué le hace pensar eso? —dijo el hermano mayor, interponiéndose entre su madre y la puerta. Apenas tres segundos. Apenas, porque una mirada de ella bastó para que se apartara.

—No me responde —siguió su camino hacia fuera.

—Trae el *jet lag* encima.

—O tal vez le dio un infarto y nadie se enteró. Es mi responsabilidad, así que…

Así que atravesó la puerta sin importarle lo que pensaran sus hijos y su nieta, quienes de nueva cuenta se apretujaron contra el cristal. Ahora fue Leslie la que dijo:

—La gran cagada.

Porque Mamá Oralia llegó hasta la caseta, volvió a llamar y, como no obtuvo respuesta, buscó entre el manojo la llave de la cabaña. Pancho Kurtz fue presa de un escalofrío inesperado. Se incorporó. En un instante tuvo que tomar una decisión urgente.

—¿Quién? —preguntó con voz trémula.

Mamá Oralia detuvo al fin su operación de allanamiento.

—Santo padre… soy yo, Oralia.

Pocos lo hubiesen advertido. El que ella no se hubiese presentado como "la señora Oralia" o "la señora Laguna" como solía hacer en cualquier otra circunstancia. Pocos, poquísimos lo habrían advertido incluso estando presentes. Pero nadie, excepto Francisco Kurtz, estaba presente. Lo curioso es que él sí lo notó. "Oralia." Una familiaridad que, por alguna extraña circunstancia, lo hizo sentir culpable y conmovido al mismo tiempo.

—Dime, hija.

—¿No necesita algo, su santidad?

—No, hija. No te preocupes. Estuvo deliciosa la comida, por cierto.

—Gracias.

Tras la ventana, el clan Oroprieto Laguna seguía mirando con avidez. El alma les volvió al cuerpo en cuanto confirmaron que don Pancho ya había respondido y no hubo necesidad de irrumpir en su habitación. Un poco después, el alma también echó a andar de nueva cuenta sus sistemas circulatorios y los latidos de sus respectivos corazones cuando vieron que Mamá Oralia, después de decir:

—Bueno. Que descanse.

Se retiraba.

Pero ni tres pasos de regreso a la casa grande dio, cuando se detuvo. Al igual que la irrigación de sangre a todo el cuerpo de tres adultos y una niña que observaban expectantes. Volvió entonces Mamá Oralia a la cabaña y, desde la puerta, se animó a decir:

—Eh... disculpe, su santidad. Es que... yo sí necesito algo.

Pancho ya había encendido un nuevo cigarro y tuvo que apagarlo enseguida contra el piso de la cabaña. Tosió un poco. Se apresuró a contestar.

—Dime, hija.

—Necesito que me haga compañía un momento.

Ninguno de los que estaban tras la ventana podía escuchar lo que dijo Mamá Oralia. Pero esperaban que fuese algo así como: "Olvidé desearle buena noche, padre". Lo cierto es que la anciana no se retiraba. Y fácilmente podía eso conducir a tres infartos y un coma diabético.

Y lo aún más cierto es que para Pancho Kurtz hubiera sido muy fácil aducir el *jet lag*, el cansancio, el retiro espiritual o cualquier cosa, que en el plan estaba bien trazada su participación: una misa y esporádicos encuentros fortuitos con la gente de la casa. Pero la petición había sido lanzada de una manera que, hasta para él, era evidente que ningún papa de la historia de la humanidad se negaría, so pena de ser tachado como un impostor, ya fuese un Borgia o un viejo inútil de la colonia Doctores. Además estaba ese otro detalle que los hermanos Oroprieto no le habían contado: el linfoma. Su madre tenía cáncer y ellos se lo habían ocultado. Lo había notado desde que le tomó la mano y le miró el cuello. Ni madres, ningún papa se negaría.

—Claro, hija. Dame un segundo.

Y aunque tras la ventana los tres adultos y aquella menor no dejaban de decir: "císcalo, císcalo, Diablo panzón", a los tres minutos apareció por aquella puerta el inconfundible Jefe del Estado Vaticano, con ropas más propias de un abuelo de la colonia Doctores que de un prelado.

—Cacacacaca —dijo Zacarías.

Y todos estuvieron de acuerdo, pero fue Flor la que tuvo que correr a atender al niño, quien ya había elegido un lugarcito entre dos sillas del comedor.

Con todo, lo que pasaba frente a ellos no tenía visos de catástrofe. Antes bien, parecía que los acontecimientos seguían otro curso, pero no necesariamente más accidentado, pues ambos viejos se sonrieron y, después de un intercambio de palabras, fueron en dirección a la banca que se encontraba bajo las ramas del amate más prominente.

—¡Lola! ¡Tráeme el aceite de citronela! —fue lo único que alcanzaron a escuchar porque su madre lo gritó a todo pulmón.

Y así, la señora de la casa y el santo padre se acompañaron hacia ese sitio en el que los insectos amenazaban con hacer de las suyas si Lola no llegaba pronto con la ayuda. Pero llegó. Y en un tris eso se volvió un *rendez-vous* de aproximaciones tímidas pero en lo absoluto peligrosas para la operación Sopa de papa.

—Disculpa mi impertinencia, hija. Estaba un poco cansado, pero nada más.

—No se preocupe, su santidad.

—¿Qué puedo hacer por ti?

—…

—¿Necesitas confesión?

—No. Esto nada más.

—¿Esto?

—Sí. Esto, santo padre. Que no se aparte de mí. De nosotros. Eso nada más.

—No lo haré, pierde cuidado.

—Es que mi hijo José Ernesto me dijo que usted prefería…

—Sí. Pero ya lo pensé bien y no es justo. Contigo. Con ustedes.

—¿De verdad?

—De verdad. Mañana tomaré mis alimentos contigo y tu familia.

Y luego tres minutos en donde ninguno dijo nada. Apenas él mencionando que qué bien se estaba ahí y ella afirmando que era cierto y luego él preguntando el nombre de la perra que fue a ponerle la cabeza en el muslo y ella respondiendo que Canela y luego él diciendo que se disculpaba porque tenía que decir sus oraciones y ella consintiendo y poniéndose en pie y ambos despidiéndose muy cortésmente y dándose la mano y sonriéndose. Y él desapareciendo tras la puerta. Y ella también, la de su habitación, sin querer hablar con nadie porque súbitamente ya nada le importaba, si era el verdadero Juan Pablo o uno inventado o si le quedaban seis meses de vida o cinco años porque repentinamente sintió que podía irse a dormir como si fuese una niña y tuviera décadas o siglos o milenios por delante.

Cambio de planes

Leslie no había podido dormir muy bien y seguramente por eso se despertó cuando apenas se anunciaba el alba. Pero estaba consciente de que no podía achacar el mal sueño a su papá, quien, pese a haber terminado durmiendo en la duela, no roncó casi nada. O al tétrico ambiente de la habitación, enorme y vacía. O a los sonidos del campo. No. A lo único que creía poder responsabilizar de su intermitencia nocturna era a esa especie de intuición suya respecto a los problemas en general, los matemáticos, por supuesto, pero también a otros que seguían cierta lógica inherente. Y el problema del papa metido en una finca potosina le parecía que, por fórmula, había de terminar mal. Pero no del modo tradicional, sino de algún otro modo. Es decir, no veía ninguna muerte o prisión en el futuro, pero sí, tal vez, algún corazón roto.

El primer rayo de luz que se desparramó furtivamente en la habitación la invitó a levantarse. Ir al baño. Aguzar el oído. Y así descalza y en pijama, decidió que iría a la cocina a charlar con alguna de las muchachas de servicio, porque seguramente todos se levantarían tarde y, de acuerdo con los ruidos, ellas ya estaban trajinando desde temprano.

En cuanto ingresó a la cocina, por la lógica natural del curso de los acontecimientos que siempre reconocía, aunque dicha lógica se encontrara muy por debajo de lo evidente, supo que tenía razón. Que algo al final saldría mal. Y que no había remedio porque los sucesos ahora se desviaban del plan original tanto como dos líneas que, aunque en su punto de unión iniciaron con un ángulo ínfimo de cinco grados, a la larga éste bastó para que ambas líneas se distanciaran por kilómetros. Y fue en ese espacio donde reconoció que la lógica que sacudía su espíritu tenía más que ver con lo literario que con lo matemático, que algo se removía al interior de esos personajes que ya reconocía como dueños de sus propias decisiones. Y que esos sucesos para los que no encontraba remedio no eran otra cosa sino la semilla de una trama que, en el fondo, ella misma estaba deseando.

Fue en ese mínimo espacio donde Leslie reconoció que, si valía la pena, tal vez terminaría escribiendo la historia. Y que ojalá todo terminara como ella ya estaba deseando.

Mamá Oralia se afanaba en la cocina. Y un aroma de perfume rondaba su ya perfectamente peinada cabeza.

—Buenos días, abuela.

—Mamá Oralia —la corrigió ésta.

—Eh… sí, perdona. Mamá Oralia. Buenos días.

—Buenos días.

Mamá Oralia envolvía masa en hojas de maíz, una por una. Al mismo tiempo que preparaba un champurrado. Y molcajeteaba una salsa. Y horneaba un pan.

—¿Cómo estás? —quiso abrir plática Leslie.

—Bien —contestó Mamá Oralia con el mismo entusiasmo en la voz que usaría alguien a quien acaban de embargar la casa con todo y perico.

Leslie se sentó en un banquito, al lado de la mesa de la cocina donde se encontraban frascos de especias, verduras, fruta, un metate…

—No toques nada.

—Leslie.

—¿Qué?

—"No toques nada, Leslie."

—No toques nada.

Los aromas de lo que se guisaba no eran lo suficientemente poderosos para cubrir ese perfume de flores que despedía la abuela. Ni tampoco la oscuridad de la cocina era lo suficientemente negra para ocultar el suéter verde oliva debajo del delantal. Para Leslie era como hacer una simple suma mental de tres dígitos sin punto decimal. Se permitió sonreír.

—Para que te lo sepas, yo no te tengo miedo. No como mi papá y mis tíos.

Mamá Oralia redujo el ritmo de moldeado de los tamales. Miró por encima del hombro a la niña. Volvió a su labor.

—Estaba diciendo mis oraciones. ¿Hay algo que pueda hacer por ti?

—O sea que no quieres platicar.

—Estaba diciendo mis oraciones.

—Pues bueno —gruñó la niña—. Nada más decirte que ayer hicimos una lista de libros que queremos que nos compres cuando salgas. Por favor.

—¿Son libros apropiados para tu edad?

—Claro. Uno se llama *Lolita*, que es de una niña linda como yo. Otro, *Nacida inocente*, que es de otra niña más linda todavía que yo. Y otro, *Flores en el ático*, que es de unos hermanitos que se quieren mucho.

Leslie esperó una reacción que nunca llegó.

215

—Es una broma —prefirió aclarar—. Ésos ya los leí. Te pedí novelas de misterio. Y mi papá, policiacas. El tío Jocoque trae sus propias revistas, no creo que quieras saber de qué tipo. Y la tía Cande seguro que ya sabe cómo arreglárselas aquí. Así que bueno, sólo los míos y los de mi papá. Al rato te doy la lista.

Mamá Oralia siguió trabajando, rítmicamente, hasta que fue evidente que Leslie no se iría por sí sola.

—Estaba diciendo mis oraciones.

—¡Ashhh! —Leslie se bajó del banquito. Ya iba hacia el piso superior pero antes quiso insistir—. Y no me das ni tantito miedo.

Y subió a toda prisa, así que no escuchó cuando Mamá Oralia, entre un padrenuestro y otro, murmuró:

—Pues deberías. Todos mis hijos están traumados por las cosas que les hice. Y terminaron siendo unos cabrones que roban a su propia madre en su propia casa. Así que deberías.

Pero no bien dijo esto cuando el sol salió por completo y, con él, apareció un redoble, un platillazo y, como si fuese el anuncio de un carnaval inesperado, música de banda a todo volumen, trompetas, trombones, tambora y probablemente cada instrumento musical de cada músico que hubiera en San Pedrito.

—¿Qué chingada madre…? —dijo ella limpiándose las manos en el delantal a toda prisa. Salió de la cocina y fue a la puerta principal. Por encima de la barda, cinco enormes muñecos barbudos con símbolos religiosos encima, mojigangas de alguna celebración pasada, bailaban al son de la música, recortando el horizonte que apenas clareaba. Ya iba Mamá Oralia en dirección a la puerta (con su escopeta en la mano, desde luego) cuando se escuchó, detrás de algún parlante, la inconfundible voz del alcalde:

—El pueblo de San Pedrito Tololoapan desea dar la bienvenida a nuestra comunidad a un hombre que se merece el mejor de los recibimientos. ¡Su santidad Juan Pablo II!

Mamá Oralia se detuvo en las escaleritas del porche, incapaz de creer lo que se alcanzaba a distinguir en los espejos convexos que tenía montados encima del portón de la finca. O tal vez estaba pensando en volver por más parque y dar cuenta, esta vez sí, de un buen puñado de habitantes del pueblo.

—¡Se ve, se siente, el papa está presente! —comenzó a corear el alcalde, seguido por una buena multitud que, en ese momento, quedaba fuera de la vista de Mamá Oralia.

Por las ventanas del piso superior comenzaron a asomarse algunos rostros: Neto, Leslie y Cande, quienes desde su posición privilegiada alcanzaban a ver que tras de la puerta de entrada a la finca la comitiva alcanzaba por lo menos un centenar de metros. Ninguno lo dijo pero todos lo pensaron. Era imposible que la cosa se complicara más. Por mucho que Mamá Oralia insistiera que no había ningún papa ahí dentro, obviamente la gente estaba convencida de otra cosa.

Como fuese, la dueña de la casa no iba a permitir que eso se descontrolara. Después de esa primera vacilación, continuó hacia la puerta de entrada, esta vez seguida por Flor —quien había dejado la ordeña de las vacas para ir a ver qué pasaba—, dos perros y un niño en calzones.

Antes de empezar a correr el cerrojo, la comitiva ya había empezado a entonar "Tú eres mi hermano del alma realmente el amiiiiiiigo", estribillo que sufrió un desinflón instantáneo en cuanto apareció la señora Oralia por la puerta, con ese rostro de pocos amigos que a tantos en el pueblo había hecho lamentar alguna imprudencia. Fue como si hubiesen cortado la corriente eléctrica al tornamesa: poco a poco la canción perdió velocidad y volumen. E incluso el de los platillos soltó uno sin querer; el charolazo contra el suelo marcó el final de la algarabía.

—Señora Oralia —se apresuró a decir el alcalde, quitándose el micrófono de la boca—. ¿Por qué no nos avisó desde antes? Hubiéramos organizado algo más mejor.

Se trataba de un hombre de unos treinta años, de sombrero, botas y traje luido que, en opinión de Mamá Oralia, había ganado las elecciones no por ser el "más mejor" sino por ser el "menos peor", como siempre ganaban todos, lo cual no lo hacía necesariamente un mal tipo. Pero ella siempre se había mantenido al margen de la política, principalmente porque cada elección la buscaban de todos los partidos para que apoyara a equis o ye candidato en sus campañas. Junto al alcalde, su esposa y chamacos sosteniendo una cerámica típica de la región con un gran moño morado. Detrás del alcalde, la orquesta del pueblo, todos uniformados, incluso algunos niños improvisados con guitarras de dos o tres cuerdas. San Pedrito entero, o la gran mayoría. Sin embargo, lo que en realidad ocupó la mente de Mamá Oralia en esos primeros segundos fue que no hubiera gente del cabildo municipal, ninguna persona ajena al pueblo, ningún regidor, nadie que no viviera en ese terruño cobijado por los cerros. Y eso, aunque tampoco era para bailar de alegría, sí resultaba un momentáneo alivio. Salió, no sin antes cerrar la puerta para dejar del otro lado a muchachas de servicio, perros y niños. Se acercó al alcalde y le quitó el micrófono de la mano.

—¿SE PUEDE SABER QUIÉN CHINGADOS LES DIJO QUE EL PAPA ESTÁ AQUÍ? ¡Desde ayer les avisé que no había podido venir!

Fue como si el mismísimo Dios Padre hubiera hablado porque, después del usual chiflido de *feedback* que escapa de un sistema de sonido cuando alguien arremete contra él con todo el decibelaje posible, no se escuchó ni a un perro ladrar, ni a un pájaro piar, ni a una mosca zumbar... Hasta que el alcalde miró hacia atrás e hizo llamar a un niño que capturó con la mirada. En cuanto el muchacho se acercó lo suficiente, el alcalde lo jaloneó de la camisa y se lo puso enfrente.

—Dile.

—Este...

—Dile.

—Es que ayer lo vimos. Cuando usted y él se sentaron a platicar en la banquita.

Nació un bullicio. Pequeño. Murió enseguida.

—¿Lo vieron? —preguntó Mamá Oralia, cada vez más acorralada—. ¿Quiénes?

—Este... varios, seño Oralia. Mateo, Eric, Lupita Suárez...

Mamá Oralia negó con la cabeza. Descompuso su rostro en ese rictus que a algunos les hacía sentir que su hora había llegado.

—¡Voy a tener que electrificar esa barda! ¡Y llenarla de alambre de púas, carajo!

Pero igual algo se distendió. Porque no sólo no lo estaba negando sino que...

El caso es que hasta el del tambor sintió deseos de echarse un redoble.

Mamá Oralia paseó su funesta mirada por varios de los que tenía al alcance de la vista. Lamentó por un par de segundos haber dejado el rifle del otro lado de la puerta. No dejaba de negar, de llevarse la mano en pinza hacia el puente de la nariz, hacia la frente. Así hasta que fue demasiado obvio, aun para el que se encontraba más alejado, que ella aflojaba el cuerpo. Suspiró como si se desinflara.

—Se supone que iba a ser una sorpresa para el pueblo.

Lo que siguió fue un grito de júbilo unánime en el que varios saltaron, otros bailaron, todos aplaudieron y una de las mojigangas cayó a tierra. Mamá Oralia aprovechó para llevarse al alcalde al interior de la finca. Tuvieron que brincar a Zacarías, echado justo en la entrada, para poder pasar. En el porche, a cincuenta metros de la entrada, ya se encontraba el resto de la familia, todos en pijama, esperando que el pueblo entrara amotinado. Cande sostenía un machete, y los otros, cacerolas y otras armas similares.

—¡Qué alegría, seño Oralia! —dijo el alcalde, dirigiendo sus ojos a la casa, a las ventanas, a todos lados, deseoso, desde luego, de ver a su santidad antes que nadie.

—Escúchame bien, Rodrigo... —dijo ella jalándolo de la corbata—. Esta noticia NO PUEDE salir de San Pedrito. No sé qué tengas que hacer para conseguirlo pero NADIE fuera del pueblo debe enterarse o las consecuencias pueden ser desastrosas. ¿Me oíste?

—Eh... sí, pero...

—Nadie entra y nadie sale del pueblo hasta Navidad. ¿ME OÍSTE? El pueblo está en cuarentena desde este momento. No sé qué tengas que hacer pero si esto se sabe en el municipio o en Tojotepec o en cualquier pueblo cercano, en ese mismo momento mandan un helicóptero de Roma y el santo padre se va sin oficiar la Misa de Gallo que prometió para el pueblo.

Hasta ese momento soltó Mamá Oralia la corbata del alcalde, quien se incorporó y se paseó los dedos por encima del bigote.

—¿Por qué nosotros?

—¿Cómo?

—¿Por qué eligió a San Pedrito? ¿Por qué nosotros?

—No sé. Somos afortunados. Uno de mis hijos se hizo amigo de él en Roma, aunque parezca increíble.

—¿Quién?

—José Jorge.

—¿El Jocoque? ¡Ja, ja, ja, ja, j…

Un solo rayo proveniente de los ojos de Mamá Oralia bastó para aniquilar la risa del alcalde. Y es que en ese momento éste recordó a aquel chamaquito que iba en tercero de primaria cuando él ya iba en sexto, uno que se pintaba una cara en el trasero y luego lo enseñaba haciendo voces.

—Eh… qué inescrutables son los caminos del Señor, ¿verdad, doña Oralia?

—Ya oíste. Nadie entra y nadie sale del pueblo. Corta las comunicaciones también. Me vale madre que por Navidad tengan planes. Si el papa va a salir a darles la bendición al rato, es lo menos que me pueden prometer.

Afuera seguía el júbilo, la música, las trompetas y violines tocando a lo loco, la fiesta en su máxima expresión. El alcalde se lo pensó por unos segundos.

—Está bien, doña Oralia. Cuente con ello —dio la mano a la dueña de la casa y, componiéndose el traje, se aprestó a salir.

—Hazlo bien y tienes mi apoyo para postularte como diputado o senador cuando termine tu mandato aquí —soltó Mamá Oralia, a lo que el alcalde se mostró tan entusiasta que casi salivó; acaso la mujer más poderosa de San Pedrito se estuviera volviendo un ángel—. Hazlo mal y de mi cuenta corre que tu carrera política termine de la peor manera. Tu familia va a terminar pidiendo limosna afuera de la catedral de San Luis, para que te des una idea —pero no, ahí estaba el demonio usual de la finca Oroprieto.

221

El alcalde asintió y, después de saltar a Zacarías, abrió la puerta para salir por ella. Del otro lado se encontraba ya el padre Alberto, quien apenas asomó la cara para decir:

—Me acabo de enterar, doña Oralia. Se lo juro.

—Es pecado jurar en vano, padre —dijo ella en cuanto salió el alcalde y ella le cerró la puerta en las narices al mismo hombre que le había dado la comunión diariamente durante la última década.

Enseguida, se hizo el silencio. El pueblo, al ver la aparición del alcalde, se quedó quieto porque seguramente vendría un anuncio. Y Mamá Oralia siguió su camino, rifle en mano, por la vereda de piedra, por el jardín, bardeando la casa por un costado para ir directamente a la habitación del santo padre. En su andar sólo se dignó decir "cambio de planes" a su familia, que la empezó a seguir como si temieran que fuera a meterle un tiro en la frente al último hombre en la tierra a quien se les ocurría que ella quisiera hacerlo. Y mientras avanzaban todos sin hacer preguntas porque quién se anima a contrariar a un sargento como Mamá Oralia si está armado y además con ese ímpetu encima, todos escucharon por el altavoz cómo el alcalde hacía el anuncio de que la buena noticia era que el papa sí estaba ahí en San Pedrito (hurras, vivas, se ve, se siente, el papa está presente) pero la mala era que no podían compartir eso con nadie externo al pueblo y que iban a tener que avisar que había un virus muy raro en el pueblo y que nadie entraba y nadie salía y que si había alguien ahí que no fuera del pueblo se iba a tener que quedar por culpa de la cuarentena y que tampoco iba a haber teléfono hasta nuevo aviso pero qué maravilla contar con la bendición del santo padre prepárense porque nos va a dar la bendición en un ratito y mientras échense la de Roberto Carlos.

Mamá Oralia se plantó frente a la puerta de Pancho Kurtz, entregó el rifle a Leslie, se quitó el delantal y se lo dio a Jocoque, se planchó el atuendo bastante menos lúgubre que el acostumbrado y llamó a la puerta. Tres golpes muy gentiles.

Apareció el santo padre, todo de blanco, mitra, palio y casulla en su lugar, qué otra le quedaba. Como si fuese a salir a dar la bendición desde su balcón en la Basílica de San Pedro, ni más ni menos.

—Su santidad —dijo Mamá Oralia, los ojos llenos de una ilusión indescriptible—. Perdón que lo moleste.

—No te preocupes. Desde que oí sonar la música y los cantos me preparé. Me imaginé que esto iba a tener que ser en algún momento. Así que mejor ahora que después.

Un fugaz vistazo de don Pancho a Neto, una mínima súplica, un "no permitas que esto se nos vaya de las manos o el fuego que cayó sobre Sodoma y Gomorra serán meras lucecitas de bengala en comparación con lo que nos va a ocurrir a nosotros".

—Le prometo que de este pueblo no sale la noticia de que está entre nosotros —dijo la orgullosa dueña de la casa.

—Y yo te creo, Oralia.

Levantó el antebrazo don Pancho y Mamá Oralia lo tomó de éste para conducirlo al frente de la finca, donde las bardas en piedra ya estaban pobladas de escuincles que empezaron a aplaudir y gritar y patalear en cuanto su santidad apareció y los perros ladraron y los músicos desafinaron y Zacarías daba maromas sobre el pasto a sabiendas de que debía participar en esa fiesta pero no tenía idea cómo ni por qué.

Epifanía

El besamanos, imposición de manos y podéis ir en paz hermanos, duraron aproximadamente dos horas porque el santo padre "no puede malpasarse mucho, no anda tan bien de sus niveles de azúcar y se agita con facilidad, recuerden que no se permiten fotografías y circulen lo más rápido posible, por favor". Don Pancho había salido a la entrada de la finca escoltado por los Oroprieto Laguna, todos en pijama y pantuflas, quienes le dieron trato de *rockstar*; y, a los habitantes del pueblo, trato de fans enloquecidos. Naturalmente, algunos lloraron, muchos se hincaron y no faltó el que se le aventó a los pies como si fuese la reencarnación de san Pedro mártir. Y de ahí se agarraron Jocoque y Cande para arrear contra muchos que se las debían de cuando vivían ahí. Jocoque se dio el gusto de jalar de las greñas a un par que nunca le simpatizaron y Cande de negarle el paso a una que siempre le hizo la vida imposible en la secundaria. Pero es verdad que a las dos horas regresaron al papa a la casa porque ya estaba listo el desayuno y muchas gracias por su interés nos vemos en la Misa de Gallo, se ve, se siente, el papa está presente, muchas gracias, hijos, Dios los bendiga.

Naturalmente una muy buena porción de los habitantes decidieron acampar alrededor de la finca. Y hasta hubieran montado escalinatas para que las señoras con sobrepeso, los viejitos y quien quisiera, pudiese subirse a las bardas a fisgonear el interior si Mamá Oralia no hubiese disparado contra la primera intentona y dejado en claro que ya no toleraría más intromisiones de ese tipo.

Al instante se activó la maquinaria de la cuarentena. El alcalde ordenó guardias permanentes en cada una de las tres entradas al pueblo. Nueve policías de mucha confianza aguardaban por turnos y con cubrebocas a interceptar a los que quisieran entrar debido a una incontrolable epidemia de "paperas fulminantes" (nunca se supo quién fue el chistoso de la idea). El caso es que sólo la gente del pueblo podía regresar pero ya no salir. Y los trece fuereños que por azares del destino estaban en San Pedrito al momento que arrancó la epidemia fueron obligados a quedarse, cosa que a ninguno de ellos le importó porque, oiga usted, quién iba a desperdiciar una oportunidad como ésta, nada más déjeme avisar en mi casa que no vuelvo hasta el 26 y eso si ya pasó la crisis del virus, guiño-guiño.

Las vías de comunicación telefónica fueron programadas para ser cortadas al día siguiente, lo que en realidad significaba que los ochenta y nueve aparatos telefónicos de las ochenta y nueve líneas que había en el pueblo, debían ser entregados en la alcaldía, una vez que se cancelaran todas las citas, viajes, compromisos y reuniones por parte de los sampedrinos. Sólo se permitiría a la finca Oroprieto, el sanatorio y la alcaldía conservar las suyas. Emergencias, a ser tratadas directamente en la casa de gobierno, si son tan amables.

Y el pueblo oficialmente se declaró enfermo. De una contagiosísima infección que tenía a todo el mundo cantando y rezando y arrepintiéndose de sus pecados y diciendo aleluya cuando cualquiera estornudaba... y a Pancho Kurtz presa de un dolor en la boca del estómago, ahí en el justo sitio donde reside la culpa. Por eso en cuanto entró de vuelta a la finca, se disculpó para cambiarse ae ropa y se encerró en su habitación para arrojarse de cara contra la almohada. Diez segundos después, con la excepción de Mamá Oralia, Lola, Flor, Zacarías y los cuadrúpedos de la finca, todos los demás ya estaban frente al santo padre, preguntándose qué seguía.

Nadie se atrevió a decir nada, en principio, aglomerados en la pequeña cabañita. Todos eran víctimas de lo que implica poner a un vicario de Cristo frente a mil doscientas personas incapaces de contentarse con sólo tocar su manto cuando pueden invitarlo a cenar el pipián de la suegra o a conocer la imagen de la Virgen que apareció encima del lavabo milagrosamente o a oír tocar a la nena el acordeón.

Fue don Pancho quien rompió el silencio, dándose la vuelta y mirando ahora al techo cacarizo de la cabaña.

—Sí se dan cuenta, ¿verdad?

Sólo Cande asintió, moviendo la cabeza lentamente.

—¿De qué? —preguntó Jocoque, genuinamente intrigado—. ¿De que fue un exitazo? Deberíamos cobrar también por eso. Por la bendición y el beso a la túnica.

—No. Si se descubre... el pastel —confirmó Cande, recargada en la puerta— lo más seguro es que nos linchen a todos. Que nos hagan pedacitos, nos quemen, nos entreguen a los perros y luego se caguen en nuestros huesos y nuestras cenizas.

Don Pancho asintió, concediendo.

—Una cosa era mantener el teatrito para doña Oralia —suspiró—, y otra para un pueblo entero. ¡Nunca debí haberme metido en esto! ¡No hay forma de que resulte bien!

226

Se cubrió la cara como haría un niño tratando de desaparecer, de que se lo trague la tierra, de que se vaya el coco.

—Pero hasta ahora todo ha salido bien… —dijo Jocoque—. ¿O no?

—Sí, güey… —soltó Neto—. Pero el grado de dificultad se ha incrementado por diez. O por cien. Y apenas es el segundo día. La mera verdad, yo también ya me puse nervioso. Muy nervioso.

Se empezó a tirar el labio inferior hasta que Cande le soltó un manazo.

—Bueno… —arrastró Jocoque las sílabas después de unos instantes en los que nadie se atrevía a agregar nada. En el ánimo general estaba esa sensación de que habían cruzado un bosque en llamas y habían salido milagrosamente ilesos. Pero aún faltaba el foso de los cocodrilos. Y el mar proceloso. Y el acantilado. Y el dragón… ¿Aquello de "un día a la vez hasta llegar a Navidad"? Estaba muy bien pero al final alguien había estornudado y el alud rugía en la cima de la montaña, listo para despeñar miles de toneladas de nieve sobre ellos y a cientos de kilómetros por hora de velocidad.

—Bueno… —insistió Jocoque—. ¿Alguien tiene hambre?

Y diciendo esto salió del cuarto. Cosa que terminaron haciendo todos los demás. Porque en algún momento había que desayunar y por supuesto que el santo padre no olvidaba que había hecho esa promesa desde el día anterior.

Pero en cuanto volvió a estar a solas se dio cuenta de que estaba más metido que nunca en algo que desde el principio había apestado a cataclismo. Ni siquiera se le antojó fumar. Sentado en la cama, con los codos puestos en las rodillas, con el traje blanco hecho una porquería de tanto toqueteo, con las tripas gorgoreándole de hambre y el dolor en la boca del estómago de miedo, pensó seriamente en escapar. Tal vez si saltaba la barda por la noche, metido en un buen disfraz, podría llegar a algún otro pueblo, algún solitario camino, huir a salto de mata hasta volver a su casa y no salir de ella en lo que le restara de vida. Pero se dio cuenta al instante de que si sobre alguien estaban puestos los ojos del pueblo entero era sobre él. Seguro que cientos de miradas no se apartaban ya de los muros de la finca, y ninguno de ellos dejaría pasar la oportunidad de saltarle encima al santo padre a la menor oportunidad. Y qué mejor oportunidad si lo agarraban solo y fugándose en la quietud de la noche.

Se preguntó si todo eso tendría algún sentido, más allá del dinero que recibiría. Se preguntó si en verdad, a sus setenta y cuatro años, estaba buscando la estabilidad económica para poder reunir el valor de hablarle a su hija. O si todo eso se trataba de algo más.

Fue hacia su equipaje y extrajo la foto de Mariana en donde ella miraba al frente. Luego, otra de Valeria, su nieta, tomada furtivamente a lo lejos. La carterita con la moneda de diez nuevos pesos. En verdad daría su brazo izquierdo por formar parte de esa familia, sí, pero estar ahí vestido como un personaje de comedia bufa no ayudaba a concretarlo. Lo supo cuando las volvió a ver en el aeropuerto. Del mismo modo que supo que no era la vergüenza de ser un fracasado lo que le impedía hablarles. El dinero ayudaría, sí, pero en realidad estaba metido en ese embrollo por…

… por…

Sí. Por Leslie. La chiquilla lo había embaucado.

Y tuvo un ligero conato de odio infanticida.

Aunque…

228

No. En realidad se trataba de otra cosa. Se dio cuenta al instante. Otra cosa que había recordado al hablar con Leslie por teléfono días atrás: lo que implicaba formar parte de algo. No una aventura estrambótica y excesivamente ridícula, mal planeada y seguramente condenada a terminar en un desastre… Sino algo en lo que intervienen otros seres humanos y en donde éstos piensan que eres importante.

Pancho Kurtz se dio cuenta, en ese momento, de lo bien que se sentía que alguien te necesitara. Para hacer de papa o para llevar el pan a la casa o para sostener una escalera. Pancho Kurtz recordó lo bien que se siente que alguien te mire a los ojos directamente y no sólo a través del espejo retrovisor porque lo estás llevando a su destino por unos cuantos pesos. O de reojo porque le estás empacando el mandado. Y fue esa sensación la que lo puso ahí. No Leslie. Ella sólo la había sacado a flote y le había recordado que alguna vez la tuvo consigo. Y lo bien que se sentía experimentarla.

Entonces tuvo una epifanía. Sí, una epifanía. Porque fue como si los tres Reyes Magos le hubiesen adelantado el regalo del seis de enero. O tal vez, como si le entregaran al fin uno de tantos regalos que le quedaron a deber cuando era niño y trabajaba de peón en la hacienda del Rosario, cuando aún vivía su padre, prófugo de Alemania por la gran guerra y su madre, prófuga de España por el amor que profesó a ese hombre que conoció en un barco. Uno de tantos regalos que le quedaron a deber por ser pobre; antes de sus estudios y su matrimonio y todo lo demás. El regalo del darse cuenta de que tenía setenta y cuatro años y había gente ahí que se desvivía por estar con él y que tal vez estaba en la mejor aventura de su vida, así terminara ésta en una explosión de mil kilotones que barriera con toda esa región de la República mexicana. Pancho Kurtz se dio cuenta de que, a sus setenta y cuatro años, más le valía disfrutar el momento porque sólo Dios sabía (si es que estaba en algún lado) cómo terminaría eso justo el día de su cumpleaños (el de Dios, se entiende) número 1995. Que al menos se dijera que Pancho Kurtz García había usado su enorme parecido con aquel que oficiaba en la Basílica de San Pedro para pasársela bomba.

Y entonces Melchor, Gaspar y Baltasar (si es que estaban en algún lado) sonrieron.

Porque Pancho Kurtz, harto de luchar contra fuerzas imposibles de vencer, decidió aflojar el cuerpo. Librarse de broncas y mortificaciones. Despejar la mente.

Pasársela bomba.

En cuanto se terminó de poner las ropas casuales que llevaba en la maleta y que eran más tipo Pancho que Juan Pablo, dio un beso a ambas fotos, guardó la moneda, se miró al espejo y salió por la puerta de la cabañita como si fuera a abordar su viejo taxi y no a enfrentar a miles de personas convencidas de que, con sólo tocarlo, podían allegarse el cielo.

Al entrar a la casa por la puerta posterior, se permitió incluso dejar fuera ese acento forzado de turista europeo para decir, a voz en cuello.

—¡Tamales! ¡Qué bien! ¡Y con el hambre que tengo!

A la mesa ya se encontraban todos, aunque sólo Jocoque seguía en pijama y Zacarías —de nuevo— como Dios lo trajo al mundo. Todos, excepto el nene, aguardaban que apareciera Juan Pablo II para empezar a desayunar. Y todos, excepto el nene, advirtieron el cambio.

El santo padre se sentó a la cabecera. Acaso porque era el lugar más próximo. Acaso porque adivinó las intenciones de Mamá Oralia de que presidiera la mesa.

—Me da gusto que le agrade, su santidad —dijo ella, poniendo sus manos entrelazadas encima del mantel.

Pancho se acomodó la servilleta en el regazo y miró bonachonamente a todos, quienes guardaron silencio como si los hubieran apagado. Y acaso porque en algún recóndito lugar de su memoria apareció cierto requisito de ciertas casas para iniciar los alimentos, acaso porque vio la gota de sudor resbalando por la sien de Neto, el caso es que no se estiró para tomar el plato de tamales más cercano. Y, temeroso, aguardó. Como todos.

Pero esos siguientes diez segundos fueron como diez horas. Mamá Oralia incluso ya había cerrado los ojos. Lo cual fue una enorme fortuna porque permitió que Neto abriera grandes los suyos y juntara sus manos extendidas, palma contra palma, y las sacudiera y mirara al cielo como si jugara un juego de mímica. Y Pancho comprendió. Y retrasó un poco la hecatombe, diciéndose que tampoco valía la pena despeñarse tan precipitadamente hacia el final. Juntó él también sus manos y, cerrando los ojos, exclamó:

—Te agradecemos, Señor, la oportunidad de estar juntos en tu nombre, bendice estos alimentos y las manos que los cultivaron, criaron o produjeron, así como a tu hija Oralia por recibirnos en su mesa. Amén.

El amén de respuesta fue bastante asíncrono porque los tres hermanos Oroprieto no daban crédito a esa oración que para nada correspondía a lo que estaban esperando. Con todo, dicho esto, fue Mamá Oralia la que extendió la fruta y los tamales y el champurrado y lo demás al santo padre, quien se servía como si en vez de Polonia fuese de Juchitán. El silencio, no obstante, se mantuvo hasta que el prelado, habiendo superado todas las pruebas, acaso por las endorfinas liberadas

tras alimentarse, acaso porque si uno se parece como dos gotas de agua al que conduce el coche de la iglesia católica universal es para pasárselo bomba, dijo, sin más:

—Hace un día estupendo. ¿Qué les parece si vamos de día
de campo?

Olor a podrido

—¿Un día de campo? ¿Un DÍA de CAMPO? ¿UN DÍA DE CAMPO? —gruñó Neto en cuanto estuvo a solas con don Pancho en su habitación—. ¿No quiere también que lo llevemos a la feria? ¿O al zoológico? ¿O a ver un partido de futbol?

Don Pancho se ataba un par de zapatos tenis mientras Neto peroraba.

—Esto va a terminar mal de todos modos, bebé —replicó el santo padre—. Así que me propongo pasármela bien hasta que explote.

Neto no dejaba de ir y venir de la puerta de entrada a la del baño, como si quisiera abrir un surco en el suelo.

—¡Pero ya bastante en riesgo estamos aun si nos quedamos encerrados como vampiros hasta Navidad! ¿Por qué se le ocurrió este chiste? ¡Es el segundo día apenas! ¡No chingue!

—Ya te dije. Igual a todo se lo va a cargar el demonio. Que no nos agarre el cabrón escondidos como unos cobardes.

—No haga esto, don Pancho. El plan era que iba a estar en oración toda la semana y no iba a salir más que a saludar de vez en cuando. ¿Qué fue lo que pasó?

Don Pancho se miró al espejo y se acicaló un poco. Incluso se echó un poco de loción. Daba un aire a galán italiano de cine, con sombrero panamá y camisa de cuello arremangada.

—¿Que qué fue lo que pasó? Una banda tocando las canciones de Roberto Carlos. Un pueblo entero al pendiente de mi pescuezo. Una epidemia de virus mortal. ¡Eso es lo que pasó!

En ese momento entró Leslie al cuarto del papa. Iba vestida justo como para un pícnic, pantalones de mezclilla, tenis, playera, gafas oscuras y sombrero acampanado, una gran bola inflable además, bajo el brazo. Ah, y la sonrisa peripuesta.

—¿Nos vamos, Karol? —dijo a don Pancho, después de guiñarle un ojo.

—¿KAROL? ¡No jodas, Leslie, no estás ayudando! —gritó Ernesto.

—Si a tu madre no le hubiera parecido bien, se hubiera negado —dijo el papa—. Pero ya viste que se mostró encantada.

—¡Claro que no se va a negar! ¡Es usted el papa! Podría pedirle un paseo en zepelín y tampoco se negaría.

—No suena mal, ¿eh? Tal vez se lo pida —dijo don Pancho al tenderle la mano a Leslie—. Vámonos, chamaca. Creo que tu papá no va.

Ernesto se llevó las dos manos a la cara, incapaz de creerlo, cuando su hija y don Pancho salieron de la habitación, ambos impecables, ambos luminosos, ambos en tono pastel. Cualquiera diría que se habían salido de la misma película vieja en la que, en cualquier momento, uno empezaría a cantar y el otro le haría segunda con todo y orquesta de fondo.

Flor y Lola ya echaban las viandas a la caja de la *pickup*. Carnes frías, pan, refrescos, fruta y hasta un pastel que fueron a comprar y, a la mera hora, se los regalaron con saludos para su santidad. Todos se habían cambiado el atuendo (Mamá Oralia en pantalones y botas como si fuese a montar a caballo y una blusa cerrada hasta el cuello; Cande con la ropa de Janis que traía el día que llegó) y el ánimo se mostraba de un color muy distinto al del día anterior; cualquiera diría que se trataba de una familia en plan de excursión y no el paseo turístico más extravagante del mundo, con sumo pontífice incluido. El clima colaboraba bastante bien con un cielo despejado y una temperatura templada. Y hasta con Zacarías se había conseguido el milagro de vestirlo mientras dormía la siesta. Cuando llegaron a los autos Pancho y Leslie, Cande estaba revisando los niveles de fluidos de la *pickup* y Mamá Oralia hacía rugir el motor.

Neto llegó apenas para darse cuenta de que sería imposible desanimar a todos esos orates. Y que era una pena que no hubiesen llegado ni a primera base con el negocio.

No bien había pensado eso cuando sonó la chicharra del timbre exterior. Por los espejos convexos de la entrada alcanzó a ver que se trataba de una camioneta blindada de color gris y dos patrullas del pueblo. Mamá Oralia hizo una seña a Flor para que abriera y ésta fue corriendo a correr el candado y dar paso a los vehículos, que se aproximaron a la puerta de la casa lo más que pudieron. Mamá Oralia fue hacia allá. De la parte trasera de la camioneta surgieron dos policías armados y con cubrebocas y un hombre rubio de traje y corbata y también con cubrebocas que saludó a Mamá Oralia sobriamente, con un apretón de mano enguantada. Luego de sostener con ella un corto diálogo le entregó dos enormes maletines que ella, con ayuda de las muchachas, llevó al interior de la casa.

235

Cande, Jocoque y Neto se miraron del mismo modo que cuando, de niños, pasaba el señor de las nieves frente a la finca y ellos tenían un perro bravo a la mano para persuadirlo de que les fiara. Como por arte de magia, Neto empezó a sentir que todo empezaba a valer la pena al confirmar que los tres autos, uno de ellos seguramente de alguna institución financiera de la capital del estado, y seguramente con permiso especial para romper la cuarentena por breves instantes, por fin se marchaban.

Al volver al jardín, Mamá Oralia le arrojó a Neto unas llaves, que éste pescó en el aire.

—Tú maneja el Taurus. Me da miedo que nos deje tirados tu carcacha. Te llevas a tu hermano y a los niños.

Neto aprovechó para decirle aquello que lo inquietaba:

—Si me permite preguntarle… ¿adónde vamos a ir para que no nos siga la gente?

—Ya le pedí al alcalde que mande policías a escoltarnos un trecho. Además, todos tienen órdenes de no seguirnos.

Sí, chucha, pensó Neto. Pero prefirió no contrariar a su madre. No sólo porque le daba miedo, desde luego, desatar su cólera, sino porque, por más que hacía memoria, estaba seguro de que nunca antes la había visto así de contenta. O, en todo caso, así de menos molesta.

Subieron a los autos. Cande, Mamá Oralia y su santidad en la cabina de la *pickup*. Neto, Jocoque y los niños en el Taurus. Mamá Oralia no los dejó ni encender el auto si no se encomendaban antes al beato Sebastián de Aparicio. Lola ya los esperaba en la puerta, lista para abrir y dejarlos pasar.

Y sí. Pasaron. Pero la gente ahí aglomerada se dio cuenta enseguida. Y después de los aplausos y los vivas y el "se ve, se siente…" comenzaron a correr detrás de los autos y las dos motocicletas que los escoltaban a lo largo de Independencia.

Y ojalá todo hubiera sido así de fácil. Pero en cuanto llegaron a la plaza central para virar hacia el oriente y, una vez que se acabara la calle, tomar un camino de terracería de diez kilómetros que se internaba en los cerros, se les empezaron a pegar todos. Primero una moto. Luego un hombre a caballo. Luego un hombre y su hijo a caballo. Luego un Volkswagen lleno de gente. Los policías no podían hacer nada, habían pecado de ingenuos. El entusiasmo de la turba los superaba. Intentaron bloquear el camino terregoso atravesando las motocicletas justo donde se había montado la garita de acceso al pueblo con un inofensivo mecate que decía "NO PASAR" y, por supuesto, se les filtraron por los costados. Incluso el Volkswagen y una combi se metieron a la milpa aledaña sin ningún problema. Y por más que Mamá Oralia aceleraba, seguida de cerca por Ernesto, los que iban tras ellos también espoleaban a sus caballos o le inyectaban gasolina a sus carburadores. Los policías hacía un rato que se habían quedado en la cola del convoy apresurado, intentando rebasar sin éxito a los muchos que se les habían colado al frente.

Mientras, al interior de la *pickup*, la cosa más o menos iba de:

—¡Ave María purísima! ¿Qué vamos a hacer? —Mamá Oralia mirando por el retrovisor.

—Yo creo que intentar dar vuelta y volver a la finca —Cande aterrorizada.

—Dios proveerá —Pancho mirando hacia atrás, preguntándose si no sería buena idea convertirse al catolicismo en ese momento para hacer una rápida oración por su pellejo.

Y al interior del Taurus:

—Hijos de su puta madre —Neto.

—Hijos de su reputísima madre —Jocoque.

—Caca —Zacarías.

—Eso —Leslie.

Ya iban a ciento veinte kilómetros por hora, dando tumbos y levantando una tremenda polvareda por un camino por el que apenas si se podía transitar a cuarenta sin temer por suspensión y amortiguadores, en una frenética carrera que de todos modos no llevaba a ningún final feliz. La idea de Mamá Oralia era llegar a los lindes del río y ahí, a la sombra de cierto sauce que ocupaba un buen lugar en su memoria, hacer el día de campo. Pero ya veía que terminarían metiendo los coches al agua y dejando que la corriente se los llevara con tal de no tener que enfrentar el fervor religioso de los que los perseguían.

Entraron al desfiladero más tupido de vegetación que tenían que seguir para llegar al río. La sombra de los árboles en la vereda los cubría sin en realidad protegerlos. El que más les pisaba los talones era un Dart K con buena potencia que se había sumado recientemente.

Entonces, cuando salieron del desfiladero y entraron a una curva pronunciada, un disparo.

Sí. Un disparo de arma larga.

—¿Qué? —se preguntó Mamá Oralia, pues estaba segura de que venía de algún lugar en la montaña. Con todo, no dejó de acelerar.

Y entonces, otro disparo. Y otro. Una ráfaga a la orilla del camino, cada bala levantando la tierra en su prisa por abrirse paso hacia el subsuelo.

Puesto que todos tenían que disminuir la velocidad debido a la curva, fue clarísimo que estaban siendo víctimas de un ataque. Desaceleraron casi por completo. Excepto la comitiva papal, que iba como alma que lleva el Diablo (casi literalmente) y prefirió correr el riesgo de seguir sin mirar atrás.

Una certera bala pegó en la llanta derecha delantera del Dart K, desinflándola. Los caballos se encabritaron y sus jinetes apenas pudieron controlarlos. Para entonces la *pickup* y el Taurus ya se perdían en el polvoso sendero que volvía a dar vuelta a la montaña. Todos los perseguidores habían parado por completo y miraban en derredor, presas del miedo.

Un nuevo disparo pegó en la rueda delantera de una de las motocicletas de la policía. Eso consiguió el milagro. Todavía se escuchaba el eco del disparo cuando jinetes y pilotos ya viraban para volver por donde vinieron. La curva quedó vacía en un instante. El cerro permaneció mudo como había estado por los últimos cientos de miles de años.

En menos de tres minutos los autos de la finca estaban alcanzando el paraje que había elegido Mamá Oralia para el día de campo. Se trataba de un declive a unos doscientos metros a la orilla del camino, usualmente verde por el paso del río y usualmente fresco por los árboles que le daban sombra. Aunque ambos vehículos iban completamente cubiertos de tierra, el único saldo negativo fueron las viandas que, al interior de las cajas que acomodaron Flor y Lola en la parte trasera de la camioneta, terminaron como si las hubieran metido en una licuadora.

Después del silencio que habían sostenido al interior de los dos autos y que se extendió al momento en que se apearon y a los tres minutos que miraron hacia arriba, a la orilla de la carretera, fue el santo padre quien se atrevió a decir:

—No nos siguen. Es un milagro.

Sentencia que todos se apresuraron a avalar, pues la teoría de Cande de que el alcalde había recurrido a ese último

239

recurso para sacudir a los mirones, había hecho eco inmediato en el resto.

Pero no en Mamá Oralia, quien estaba segura de que no. De que la ayuda no había venido del alcalde. Y eso, probablemente, era lo que más abonaba a su incipiente alegría.

Porque en un tris, en las mentes de ella, Neto, Cande y Jocoque, un mismo recuerdo.

Mamá Oralia, acompañada por sus cuatro hijos, decide introducir el auto por ese pasadizo que, aparentemente, lleva a la orilla del río sobre una cama de césped y flores. No se ha equivocado. Es un paraje casi de cuento. La corriente del agua fluye cerca y hay los suficientes árboles para sentarse bajo su sombra a comer tortas y tomar limonada. Han sido días difíciles. Los cuatro ya están en la escuela secundaria y sólo porque su madre los incordia diariamente es que no han reprobado año o han sido expulsados de la escuela. Pero es sábado y aunque nunca hacen nada juntos excepto ir a misa, Mamá Oralia ha tenido un súbito arranque de liberación del alma. Ninguno de los cuatro lo creía pero era real que su madre les estaba proponiendo ir de día de campo por ahí cerca. Y así fue. Preparó las tortas y la fruta y el postre y la limonada. Y los subió al auto y los llevó a aquel refugio. Jocoque sugiere a sus hermanos, cuando ya se han bajado del coche y mojan los pies en el agua, que tal vez los ha llevado ahí para cortarles el cuello y arrojarlos al río. Ninguno lo cree en realidad. Seguramente porque nunca antes la han visto tan serena, tan inexplicablemente serena.

Y Neto recordó, al aproximarse a la orilla del río, que ella sonreía. Su rostro iluminado por los saltarines destellos del agua, sonreía. Como probablemente nunca la vio sonreír de nuevo.

Y Lupo también sonreía, pensó Cande mientras, junto con Leslie, organizaba el batidillo en que se habían convertido los alimentos.

Carajo, todos estábamos bien pinches sonrientes y felices y de poca madre, afirmó Jocoque mientras ponía a secar la ropa de Zacarías, quien se había metido minutos antes al río con zapatos y todo.

Y sólo hasta ese momento lo pensaron los tres. "Nos mandó llamar." Como recordando que en realidad su madre había echado a andar los acontecimientos y no ellos. Pese a que todo el asunto se había torcido y ahora tenía más que ver con un papa de pacotilla que con lo que tuviera que decirles su madre, ella los había buscado originalmente. Y algo habría que hacer al respecto. En algún momento. La bronca era que un par de maletines repletos de dinero se atravesaban constantemente en cualquier idea sensata que les cruzara la cabeza.

Mamá Oralia dejó abierta la puerta del Taurus con su estación sintonizada a buen volumen y alcanzó a don Pancho quien, sentado en una enorme piedra, fingía que rezaba mientras contemplaba a Zacarías haciendo buzos.

—¿Algo que pueda hacer por ti, Oralia? ¿Deseas confesarte?

Pancho Kurtz creía ya poder sortear todo tipo de escollos, que al fin era el papa y no veía a nadie contrariándolo para nada.

—No, su santidad. Sólo quería hacerle compañía.

Él le hizo un lugar al lado suyo en la piedra. De cualquier manera ya habían pasado juntos por una persecución de película de gánsteres al interior de una troca, codo con codo. Los alcanzaban las empalagosas notas de una versión de

241

"Yesterday". Y ninguno se percató de que todas las miradas estaban puestas en ellos. O que Neto se tiraba del labio inferior. Por unos instantes eran sólo ellos dos y el sol y el viento y un niño chapoteando.

—Dime una cosa, Oralia…

—Sí, santo padre.

—¿Desde cuándo tienes ese linfoma?

Le preguntó sin mirarla, paseando una ramita de mano en mano.

—Me lo detectaron hace cuatro meses, su santidad.

—¿Y estás haciendo algún tipo de tratamiento?

—No —respondió ella, tal vez un poco avergonzada. Para su sorpresa, el papa no le tiró ningún discurso respecto a la valoración de la vida y esas puñetas. Se quedó con la mirada en el mismo sitio donde la tenía cuando preguntó. Y no mostró señales de querer decir más. Ni siquiera un "oraré por ti". Ella tuvo una reminiscencia de algún tiempo, cuando aún vivía su propia madre y ella aún no cumplía los cinco años de edad. Una reminiscencia que se fue en cuanto la asaltó la amargura típica del presente. Recordó que eso terminaría en algún momento y que además le estaba costando una fortuna.

—Dígame una cosa, su santidad. ¿Cómo le hizo para desentenderse de sus obligaciones en la Santa Sede? Supongo que deben ser éstas las fechas más difíciles para tomarse una licencia, ¿no es así?

Pancho Kurtz se sentía, inexplicablemente, blindado. Probablemente porque a cada rato que pasaba se sabía menos vulnerable al lado de Mamá Oralia. No sabía por qué pero así era.

—Es más difícil en Semana Santa —dijo él, sonriente, para luego agregar:— Bueno… no es tan difícil. Y forma parte de un secreto vigente desde Pío IX. ¿Quieres saberlo?

—Eh... claro.

Pancho se aproximó a ella y, en un murmullo, le soltó:

—Maquillaje.

—¿Maquillaje?

—Sí. Es un secreto mejor guardado que el lugar del Santo Grial. Verás... —se aproximó aun más—, mientras yo estoy aquí, otro ocupa mi lugar en Roma gracias a la magia del mejor maquillaje del mundo. Mejor que el que usan en Hollywood.

Cande y Leslie ya ponían el mantel en una zona libre de hormigas, sol y guijarros.

—¿Quiere decir que copian su cara? ¿Igualita?

—Igualita. Juan XXIII murió tres veces.

—¿Cómo que tres veces?

—De úlcera, infarto y cáncer de estómago. Era un papa con tanta aceptación que no se le quiso dejar ir tan fácil. Dos veces fue suplantado después del día que murió, que fue cinco años antes de la muerte oficial.

—Increíble.

Frente a sus ojos otros dos niños, bastante más crecidos que el que chapoteaba y la que ayudaba con las viandas, ya se habían trabado en una lucha estúpida porque el menor, el moreno, había empujado al agua al grande, el de ojos rasgados, quien, en cuanto pudo salir del río, persiguió al otro hasta alcanzarlo y hacerle una especie de llave de lucha libre. En ésas estaban cuando Mamá Oralia sintió una instintiva necesidad de pararse y separarlos y propinarles un buen pellizco a ambos y castigarlos con una buena tanda de rezos y... y...

Y se serenó al instante. Si su santidad no parecía molestarse, ¿ella por qué sí? Mientras vivió con ellos había hecho todo lo posible por educarlos e instruirlos y formarlos y evitarles ser condenados algún día a una sentencia de pena de muerte. Pero tal vez su tiempo había pasado. Y tal vez no fuera tan grave. Se llevó la mano derecha, inconscientemente, al sitio en el cuello donde tenía su propia sentencia de muerte.

—Tal vez no me lo creas, Oralia, pero... —dijo Pancho, repentinamente, aun jugueteando con la ramita, a la que había reducido a astillas.

—¿Pero...?

—Pero...

"¡Ya, güey, me doy!", gritaba Jocoque ante el sometimiento de su hermano encima de él sobre el césped. Tras ellos iniciaba, con dedicatoria, "para una persona muy especial cuyo nombre no podemos decir, esto de Johann Sebastian Bach, Jesús alegría de los hombres" en la radio del automóvil. El tiempo se arrastraba como suele ocurrir cuando nadie quiere ir a ningún lado y el clima parece de una naturaleza estática.

—Pero no es el dinero la razón principal por la que acepto este tipo de trabajos... Finalmente todo se va a las limosnas de la iglesia. Todo termina en sitios específicos de África y el Medio Oriente.

Y una chingada, pensó Mamá Oralia, quien ya estaba convencida de que algo ahí apestaba, no a podrido, sino a lo podrido de lo podrido.

—En realidad hago este tipo de cosas por... —continuó Pancho—. Por esto.

—¿Esto? —preguntó genuinamente Mamá Oralia. Dos de sus hijos se golpeaban frente a ella. Su nieto menor se echaba lodo en la cabeza. Su hija Cande se había animado a ponerse su atuendo de yonqui original y bailaba a Johann Sebastian como cabaretera mientras separaba los sándwiches apelmazados en platitos de cartón. Y su nieta... bueno, su nieta, nada. Ojalá el sumo pontífice lo dijera por su nieta.

—Esto —recalcó don Pancho—. Momentos en los que no soy quien debiera ser y soy otra persona y ocupo otro lugar. Y hablo otro idioma y tengo otra rutina y puedo jugar a que tengo una familia y la gente, en vez de admirarme por mi figura, me acepta por mi persona.

Hizo una pausa en la que al fin se destrabaron los hermanos y se escuchó el primer refresco siendo destapado.

—Esto —concluyó—. Ya sé que no me crees pero es así.

No, no le creo un carajo, volvió a pensar Mamá Oralia. *Y esto huele más podrido que un perro muerto tirado al sol por cinco días,* recalcó. Pero nada dijo porque no estaba tan segura de que esa magna podredumbre de la que estaba siendo testigo no fuese lo mejor que le pudiera pasar en la vida. Sobre todo porque, aunque la mirada de ese hombre a su lado ya no la desarmaba como el día anterior, seguía cobijándola de otro modo. Y no estaba segura de que eso fuera un millón de veces mejor.

—¡A comeeeer! —gritó Leslie mientras ponía un plátano negro al lado del sándwich apachurrado al que ella misma hincaría el diente.

Las minas del rey Salomón

Tal cual recibió don Pancho las dos enormes maletas de las manos de Flor y Lola, tal cual las arrastró hacia Ernesto, frente a Mamá Oralia y el deteriorado árbol de Navidad de la estancia. "Por favor, José Ernesto,", dijo con su mejor voz de jerarca. "Hazte cargo de que el dinero llegue con bien a Roma." Dicho esto, se disculpó porque quería descansar. Le ofreció la mano a Mamá Oralia y ésta la estrechó con una sonrisa que cada vez parecía menos agria. Hacía ya un par de horas que había anochecido y, aunque el regreso fue regularmente accidentado (los perseguidores los esperaban en la entrada del pueblo y hubo que cambiar de ruta, rodeando y entrando a paso de tortuga atravesando un cañaveral), al interior de la finca todo respiraba normalidad.

—Mañana por la mañana me encargo, santo padre. Sin falta —exclamó Neto cargando ambos maletines con la ayuda de Jocoque, Leslie y Cande, los cuatro confirmando en cada una de sus células que ambos bultos pesaban justo lo que deben pesar quince mil billetes de cien dólares, ni un miligramo menos, ni un miligramo más.

Mamá Oralia vio subir a su familia al piso superior con un dejo de tristeza en el rostro, ni siquiera la nieta era capaz de dejar de salivar mientras llevaban el botín a alguna de las habitaciones. Ver al papa alejarse hacia su habitación, no obstante, la puso en un estado melancólico. Se preguntó cómo se puede añorar algo que jamás se ha tenido, un sentimiento que nunca se ha experimentado. Para no venirse abajo, se dispuso a alcanzar a Lola y a Flor, quienes ya atendían a los animales en ese momento. Abandonó la casa sin siquiera echarse un suéter encima.

Mientras, entraron los tres hermanos Oroprieto Laguna y Leslie a la habitación de Neto y pusieron los dos anchos velices sobre la cama. Botaron los seguros. Padecieron sendos infartos consecutivos al miocardio que, intrínsecamente generaron la corriente de desfibrilador necesaria para revivirlos. Por lo menos unas tres veces murieron y resucitaron los congregados en tan sólo cinco segundos, lapso justo que les llevó animarse a ponerle la mano encima a las ordenadas pilas de billetes.

Jocoque inició un baile ridículo mientras se abanicaba con dos fajos. Se fingió una cantaora de flamenco con todo y castañuelas.

Pero lo cierto es que Leslie en realidad nunca salivó. Ni tampoco sufrió ningún infarto. Era la única que se daba cuenta de una verdad enorme como el cielo y toda su corte de ángeles y querubines: que su abuela había optado por hacerse la tonta, que había dejado de creer que ese señor fuese Juan Pablo II y que aun así seguía con la charada. Que les había entregado un millón y medio de dólares. Y que la lógica de ello escapaba de su propia capacidad deductiva. En pocas palabras, que no entendía un carajo del porqué de tal comportamiento y honestamente quería entenderlo porque, si algún día iba a escribir la historia, tenía que entender las motivaciones de cada persona y cada personaje. Pero el tío Jocoque bailaba flamenco. Y su papá acariciaba los billetes como si fuesen mágicos. Y la tía Cande se golpeaba la cabeza con ellos.

Prefirió salir del cuarto porque la hizo sentir sucia lo que ahí acontecía. Bajó las escaleras y se sentó junto a Zacarías en la sala, quien comía de un tarro de miel, metiéndole la mano entera.

—¿Sabes, Jocoquito? Ni tú ni yo sabemos lo que ocurrió con nuestros padres cuando eran niños. Por qué son las personas que son ahora. Si hay algo roto en ellos, o en la familia, que se debe componer. Pero me da la impresión de que el hecho de que estemos aquí tiene más que ver con eso que con la visita de un señor don papa. ¿No crees?

—Caca.

Leslie tomó la mano de su primo, quien se la extendía para que tomara miel de ella. Chupó el dedo índice, agradeció y se acurrucó en el sofá después de quitarse los zapatos.

Y ahí mismo amaneció el día siguiente, con Zacarías encima de ella, los pies hacia el respaldo, ambos formando una cruz sobre el mueble. Y es que era de esperarse que los adultos se olvidaran de los chicos si tenían tantas cosas en la cabeza. Tantos castillos que construir en el aire... o que comprar en efectivo.

Tardaron los tres hermanos hasta las once de la noche contando y repartiendo el dinero en cuatro partes iguales, en descontar los gastos y echar su propio botín en sus propias maletas, importándoles un bledo si tenían que dejar su ropa vieja ahí para siempre. Fue Neto quien hizo la visita correspondiente al santo padre, a las once y media. Tuvo que llamar con fuerza al cristal de la ventana porque don Pancho tardaba en abrir.

—¿Qué quieres?

—Ábrame, capaz que hay espías.

Don Pancho, con cara de desvelo, lo dejó pasar a su habitación. Y ahí, sobre la cama, arrojó Neto los trescientos cincuenta mil dólares que le correspondían, como primer pago, al sumo pontífice.

—Carajo. ¿Qué haces? Estoy durmiendo.

—¿No le da gusto?

—Estoy durmiendo.

Y dicho esto, don Pancho empujó las decenas de fajos al suelo y volvió a meterse entre las cobijas, lo que hizo sentir un raro desasosiego a Neto. Pero un desasosiego bastante efímero. Tenía sus propios trescientos y pico mil dólares y eso le compone el ánimo a cualquiera. Salió de la habitación del papa y volvió a la casa grande. Subió para buscar a Mamá Oralia y pedirle prestado el teléfono, pero los ronquidos de la patrona se escuchaban hasta el pasillo, al igual que los balbuceos de júbilo de Jocoque ("¿Quién es un hombre rico? ¿Quién es un hombre ricoooo?"). Fue al aparato de la cocina y, después de encender un cigarro, descolgó el auricular. La llamada que tenía pendiente no podía esperar.

—¿Bueno?

—Hola, gorda. Perdona que te llame a esta hora.

—Ay… eres tú. ¿Todo bien?

—Todo muy bien.

Neto paladeaba las palabras próximas. En ese momento todo le parecía ínfimo, deleznable. Si hubiera iniciado un sismo de 12 grados, no se habría movido de lugar un centímetro.

—Qué bueno. ¿Y Leslie? ¿Se está portando bien?

—Muy bien. Oye, tengo muy buenas noticias.

A Neto le hubiera gustado estar a la vuelta de la esquina. Habría corrido a casa. Habría abierto una botella de vino con su esposa. Se habría dejado llevar a la conclusión más natural de las magnas celebraciones.

—A ver… ¿qué noticias? —dijo Macarena con cautela, aunque ya sentía que no tardaría en estallar de alegría.

—Ya me pagaron la primera parte. Casi se puede decir que somos ricos.

Del otro lado de la línea, en un departamento de la colonia del Valle, en el Distrito Federal, una mujer rubia y rolliza se ponía en pie sobre su cama y daba saltos de alegría. A los seis saltos la cama se vencía de una pata, inclinando el *box spring* y haciendo que el colchón se recorriera hacia abajo. No obstante, el ánimo de ella se mantuvo perfectamente en su lugar. Y ascendiendo.

—¡Ay, qué alegría, gordo!

—Quiero que mañana vayan tú y las niñas a comprar regalos y todo lo que haga falta para la casa. No escatimen en dinero. Estoy hablando en serio. Cómprense lo que quieran.

—Ay sí. Un coche nuevo, ¿no?

—Lo que quieran, dije.

Ernesto estaba que no cabía en sí del golpe de adrenalina que puede hacer sentir a cualquier persona un monto como el que tenía en la maleta. Era la feliz víctima de una borrachera que, en su opinión, no se iba a ir nunca.

—¡Ay, gordo! —dijo Macarena, quien ahora, en vez de saltar en pie, se puso a dar sentones, mismos que la llevaron poco a poco hacia los pies de la cama inclinada; el cable en espiral del teléfono se estiró a lo máximo—. ¿Eso significa que…?

—Sí. Rompe el mosaiquito.

Macarena también estaba que explotaba. Ése era el verdadero último, último, último recurso. No habían querido recurrir a él por miedo a que fuese el principio del fin. Pero ahora lo utilizaría no como tabla salvavidas sino como crucero de lujo.

—Ay… pues sí te voy a hacer caso. Ahora mismo.

—Hazlo. Y mañana volvemos a platicar.

—Okey. Te amo.

—Yo también te amo.

—Ay, por cierto… ¿qué crees? Que se metieron a robar a casa de mis papás.

—¡No me digas! ¿Cómo fue?

—Ni idea. Nada más se llevaron la Macintosh y otros equipos que tenía mi papá en su despacho. No se llevaron nada más. Ni dinero, ni joyas, ni la tele. Nada. Hoy que volvieron de Miami se dieron cuenta.

Hasta ese momento recordó Neto que los ladrones habían olvidado, antes de partir hacia San Pedrito, el pequeñísimo detalle de devolver lo que habían tomado prestado. Y que la Macintosh y el resto del equipo de su suegro estaban en el cuarto de la azotea, donde Leslie trabajó las fotos. Y claro, volvió a sentir un raro desasosiego. Pero un desasosiego, nuevamente, bastante efímero. La adrenalina y la oxitocina y la nicotina estaban haciendo un pachangón de miedo en su torrente sanguíneo. Ninguna noticia, por mala que fuese, enturbiaría la buena que llevaba pegada a la piel para todos lados.

—Qué mala onda —fue lo único que le salió.

—Sí, bueno. Cosas que pasan —exclamó Macarena—. Lo bueno es que son cosas materiales. Y que ellos están bien.

—Eso sí. Bueno, me despido porque si no le va a salir muy cara la cuenta del teléfono a Ma...

El que todas sus hormonas estuvieran enloquecidas casi lo hizo chocar el carro. Afortunadamente un par de neuronas estaban de guardia y presionaron el botón de emergencia.

—¿Cómo dices?

—Eh... nada. Que me despido porque no quiero cargar mucho la cuenta del hospedaje de este hotel en el que estoy ahorita en este momento. Salúdame a las niñas.

—Eh... sí, claro. Y a ver si de regreso traes a tus socios a la casa a comer, para que los conozca.

—Sin bronca. *Bye*.

—*Bye*.

No bien colgaron, Macarena se levantó, tomó la caja de herramientas de la parte superior del armario, sacó un martillo y un desarmador, fue al baño, encendió la luz, se arrodilló pegada a la taza y comenzó a botar un mosaico en específico. No le costó mucho trabajo. Del interior sacó una bolsita transparente con una tarjeta American Express color dorado al interior. Ésta era, en comparación con la otra de Inverlat recién sacada de una maceta, las joyas de la corona británica, el tesoro de la Sierra Madre, las minas del rey Salomón.

—¿Qué haces, ma? —preguntó Romina, en pie y en pijama en la puerta del baño, restregándose los ojos, abrazando su oso de peluche.

—Nada, mi amor. Rescatando la Navidad.

Y así, Ernesto se fue a dormir con la cabeza en las nubes, en el sol y las estrellas, en el auto nuevo, el departamento completamente pagado, el viaje a Disneylandia y todo lo demás que se le vendría encima inevitablemente, sin reparar que su hija estaba en la sala, dormida con la misma ropa del día y con su primo sobre ella, los pies en el respaldo, ambos en forma de cruz.

Para que el sol de ese jueves 21 de diciembre los sorprendiera a todos, al interior de la casa, con un ímpetu bastante distinto al del día anterior. Con el alba se despertaron todos. Porque el dinero es para gastarse. Y quema las manos del que nunca lo ha tenido. Con sus honrosas excepciones, quizá. Porque Pancho Kurtz, al despertar, sintió una inexplicable resaca. Se sentó en la cama y sus pies tocaron, no el suelo frío sino la superficie tibia de los billetes. Y más que querer levantarlos y echarlos a una bolsa, saltar las bardas y cabalgar con el amanecer, le pareció una monserga tener que levantarlos, así que sólo los arrimó con las puntas de los dedos para irse abriendo paso hasta el baño y hacer sus necesidades. Y así estuvo, sentado en la taza, contemplando los fajos de dólares y tolerando esa resaca que no podía deberse sino a una sola cosa: que se había propuesto, en cuanto tuviera el primer pago, llamar a la casa en La Paz donde se hospedaba su hija todos los años durante las vacaciones decembrinas. El teléfono se lo había conseguido aquel portero cómplice y nunca lo había utilizado en todos los años que el papelito, donde lo tenía anotado, amarilleaba de tiempo pero no de olvido.

Mientras que para los otros las cosas eran bastante más sencillas. El dinero es para gastarse. Y aunque Mamá Oralia y las muchachas ya estaban en la preparación del desayuno, el resto se encontraba bañado y peinado y haciendo planes. Neto había rescatado a Leslie en cuanto la echó de menos, que fue hasta que se dio cuenta de que el sol había salido y él era el sha de Irán pero en el elenco faltaba alguien. Y todos estaban en la puerta con dos maletas llenas de libros de texto gratuito viejos, listos para llevar a la capital como si fueran el dinero del anticipo, entregarlo en las manos del "cardenal Pastrami", con quien se habían "comunicado" durante la noche. ¿Y por qué tenían que ir todos? Porque así podremos cuidar mejor del dinero, respondió Jocoque como si tuviera siete años y estuviera explicando que tenían que faltar a la escuela porque la maestra les había dicho que iban a fumigar ese día (como sí ocurrió en algún momento de sus vidas).

Mamá Oralia sólo asintió ante el anuncio de que no desayunarían ni comerían en la finca, pero que se verían a media tarde cuando ya volvieran de México. Sólo asintió porque sabía que cualquier mínimo interrogatorio terminaría por descubrir el pastel. Y no sabía si quería que se descubriera el pastel. De hecho, sentía que ese inesperado descanso de su familia le vendría bien y por eso sólo asintió en silencio, las manos en el delantal, el enojo asegurado con candado en su interior. De cualquier modo, lamentaba que el asunto entero se estuviera volviendo tan transparente. Su santidad estaba en Roma. Sus hijos la despojaban de una buena parte de su fortuna. La vida se le escurría del cuerpo a cada minuto que pasaba. Y el milagro que estaba esperando no ocurría. Lo sentía cerca pero no ocurría.

Cuando sus hijos salieron en tropel por la puerta, Cande en su motocicleta, los otros en la carcacha del mayor, pensó que eso sería todo. Que el "santo padre" aparecería diciendo "¡Huevos rancheros! ¡Qué bien!" y ella sería incapaz de sostener la farsa, que cedería al impulso de decirle, en cualquier momento: "Oh, vamos, terminemos esta pendejada. Sírvase usted mismo el café, que no es más santo que ninguno de los que estamos aquí". Pero lo mismo siguió guisando porque tampoco podía negar que en su interior se libraba una batalla. Y hasta las muchachas se daban cuenta porque en más de una ocasión les pidió que cerraran el refrigerador, cuando ya estaba cerrado, o que apagaran el comal, cuando ya estaba apagado. Y es que Mamá Oralia no podía negar que "eso" a lo que se había referido Juan Pablo II el día anterior era justamente lo que le había removido los escombros de la memoria. "Esa" simplicidad del momento en que dos niños corretean por la hierba, tres hermanos hablan de cuando eran niños y dos abuelos toman té de un termo mientras el viento hace susurrar al follaje, y una canción bonita suena en la radio, le había recordado que, antes de que su madre muriera, ella también participaba de eso. Y era bueno. Y se sentía bien. Pero NO estaba bien. Porque eso se lo hacía sentir ese hombre que estaba hospedado en su casa. Y no, no estaba PARA NADA bien. De hecho, estaba mal porque en breve se terminaría y ya había gastado una millonada por despertar algo que, cuando muriera de nueva cuenta, le dolería tanto en el alma que tal vez acabaría por llevársela a la tumba anticipadamente. Como le había dolido cuando su mano rozó la del santo padre al regresar del día de campo, pues Cande había conducido de vuelta, y ellos iban uno al lado del otro y sus manos se rozaron involuntariamente… y él no la retiró. Y ella se sintió tan desprotegida, tan indefensa, que lo primero que hizo, cuando cruzaron la puerta de la casa, fue entregarle el dinero, acaso con la esperanza de que se fugara para no verlo nunca más.

—Flor, apágale ya al comal.

—Ya está apagado, seño Oralia.

—Ah, bueno. Lleva las cosas a la mesa.

Llevaron los sopes, el platón de huevo, los frijoles, el jugo, la fruta, el café y esperaron con la vista puesta en el reloj en pie. Porque el desayuno estaba previsto para las ocho de la mañana y todavía faltaban diez minutos. Y se sentó ella no sin antes encender la radio y dejar que se esparciera, por la estancia, un popurrí de *Mi bella dama*. Pero dieron las ocho y luego las ocho y cinco y, finalmente, las ocho y diez y al popurrí siguió el tema de Bonanza y el de Hawái 5-0 y Mamá Oralia sintió que alguien debía ir a preguntar si el santo padre estaba bien y no, no sería ella. Mandó a Lola y ésta volvió con el recado:

—Dice su santidad que lo disculpe, que se sintió mal. Que mejor la ve hasta la hora de la comida.

—¿Le preguntaste si necesita alguna medicina o algo?

—Sí. Pero me dijo que sólo quiere descansar. Que lo disculpe.

Y dieron las ocho y diecisiete.

Y Mamá Oralia, sentada a una mesa que estaba dispuesta para una familia entera, se sintió como siempre se había sentido: sola. Y un poco abandonada. Lo cual no era ninguna novedad. La verdadera novedad es que era la primera vez que se sentía como si la hubieran plantado para una cita. Era la primera vez que se sentía como de dieciséis años. Porque ni siquiera a sus dieciséis años se había sentido de dieciséis años. Y no le gustaba.

Se puso en pie. Y ordenó:

—Lleven todo de vuelta a la cocina. Desayunaré en mi habitación. Voy a atender algunos asuntos y luego me acompaña una de ustedes a hacer la compra para la cena de Navidad.

—Sí, seño Oralia —respondieron a coro.

Y eso fue todo. La radio fue apagada y el jueves fue suspendido por mal clima.

Mientras que...

Las minas del rey Salomón, parte 2

. . . del otro lado de la puerta, de hecho con ya bastantes kilómetros de por medio, en los lindes del pueblo, una Golf con problemas de enfriamiento y una motocicleta se detenían. Apenas en el sitio en el que tenían que mostrar sus pasaportes para poder abandonar San Pedrito. Además del mecate y el letrero de "NO PASAR" ahora ya había también una camioneta de la alcaldía atravesada. Y dos policías con cubrebocas y armas largas.

—No se puede salir del pueblo —dijo el uniformado. A lo que Neto respondió, desde el volante:

—Sí sabes con quién estás hablando, ¿verdad, Rutilo?

—Sí, Netito, pero son órdenes del alcalde.

—Nada de Netito. José Ernesto. Y vamos a pasar porque es por un encargo directo de su santidad.

Los dos polis se miraron. Se encogieron de hombros. Movieron la barricada, y el convoy cruzó la garita como sólo los verdaderos influyentes pueden hacerlo. A unos cuantos metros se detuvieron, únicamente para quedar en la hora de regreso.

—Te felicito, cabrón —dijo Cande a Neto, levantándose la visera del casco—. No tienes ni un día siendo rico y ya te volviste un mamón insufrible.

—Ya te quiero ver a ti, pendeja.

—Uuuh… no tienes ni idea, baboso —sentenció Cande bajando la visera y haciendo rugir la moto.

—Siete y media aquí.

—Siete y media —confirmó ella. Y levantando nubes de polvo, derrapó para perderse por el camino a una velocidad que sólo se ve en alguien que quiere gastar con ganas, sin importar los caballos de fuerza de ningún motor.

—¿Siempre se llevaron así de lindo tú y tus hermanos, papá? —preguntó Leslie, en el asiento trasero.

—Desde el primer minuto del día uno.

Y Leslie tomó nota mental porque ya era un hecho que no quería olvidar nada.

Y avanzaron en dirección a San Luis porque los tres adultos habían decidido unánimemente el día anterior, después de la repartición, que si no se daban "aunque fuera un gustito", reventarían. Ninguno se veía esperándose hasta la culminación de la operación Sopa de papa para dejar ir el primer billete. En realidad había sido Jocoque quien se ofreció para ir "a la capital con el cardenal" pero al instante se las olieron los otros que lo que quería era un día de libertad para irse de juerga. Al final convinieron que mejor iban todos para evitar el jaloneo. Y así se cuidaban las espaldas. Y nadie salía lastimado.

Lo cierto es que cuando llegaron a San Luis y Neto buscaba el restaurante más caro para poder desayunar y luego irse de compras, el Jocoque, sin más, se les escapó. Fue un momento de distracción de nada, pero ocurrió del mismo modo que debe ocurrir cuando se carga sobre el hombro un loro cimarrón y se sale al descampado. En un semáforo, mientras Neto esperaba a que cambiara la luz roja, convencido de que había recuperado sus alas, presa de un ansia que no sentía desde hacía mucho tiempo, Jocoque abrió la puerta y se echó a correr como si el coche fuera a estallar. No dijo adónde iba o en qué momento volvería o siquiera un "recuérdenme con cariño". Repartidos por todo el cuerpo, llevaba veinte mil dólares. Y se habían apoderado de su voluntad.

—¿Y ahora? —preguntó Leslie ante la visión de la esquina que se había tragado a su tío.

Por respuesta, Neto se estiró para cerrar la puerta del acompañante. La luz cambió a verde y el coche avanzó.

—Y ahora desayunamos.

Todo esto mientras que...

... Pancho Kurtz se animaba a dejar su encierro. Ya el sol estaba bastante alto y el hambre lo había obligado a abandonar su cueva. Llevaba ropas casuales y la esperanza de no encontrarse a nadie en la casa. Un chiquillo se asomaba por la barda y Pancho lo saludó con un ademán. El niño le regresó el saludo y escondió la cara, ruborizado. Así, Pancho entró al edificio principal con la intención de robar una fruta y acaso algo de pan. Y luego, claro, usar el teléfono, de preferencia sin que nadie lo notara. Pero primero lo primero. Fue a la cocina, afortunadamente sola, y, después de comer una manzana, se preparó un sándwich de queso blanco. Tomó un poco de leche. Lavó su plato y su vaso y salió. No había moros en la costa. En el pasillo se encontró a Zacarías, quien llevaba consigo el rifle de Mamá Oralia y le apuntaba a una maceta. Después de sentir el subidón de adrenalina, pudo desarmar al chamaco y despacharlo para el jardín a jugar con las vacas. Pensó que lo mejor sería pedir el teléfono y, después de aclararse la garganta, llamó a Oralia. Un par de veces. Sin respuesta. Se animó a subir y golpear a la puerta de su cuarto. Nada. Abrió con cautela y se maravilló de la sobriedad en la que vivía la dueña de varios negocios, edificios y haciendas. Las imágenes religiosas. La foto de su difunto esposo. Su propia foto, con solideo en la cabeza, sonriendo. Cerró y llamó a todas las otras puertas del piso superior, igualmente sin obtener respuesta. En una de las habitaciones, la de Jocoque, buena parte del dinero sobre la cama; en otra, la de Cande, los restos de una buena fiesta de mariguana por todos lados; en otra, la de José Ernesto, la ropa hecha bola del padre al lado de la perfectamente doblada de la hija; en las tres habitaciones restantes el signo de no haber sido utilizadas en años, sólo una de ellas con cama y avejentados objetos de infancia y adolescencia, el cuarto hijo del que nadie hablaba. Algo había de encantador y caricaturesco en esa familia que sobrevivía pese a sí misma, incapaz de darse cuenta de que, aun sin importar lo que hicieran para mantenerse alejados, seguían formando parte de algo que los atraía hacia el centro, como planetas gravitando en torno a un mismo sol impertinente. Le gustó el atrevimiento de hacer la llamada desde el teléfono del cuarto de Oralia. Fue ahí de nueva cuenta. Suspiró unas treinta veces. En pie, mirando a ratos hacia el jardín, hacia el huerto, hacia la gente acampando del otro lado de la barda, hacia su propio rostro en aquel cuadro, levantó el auricular. Desdobló el papelito. Marcó el número.

Colgó al instante.

Se descubrió sentado en la última banca de la capilla, mirando hacia el Cristo del altar, como se mira al horizonte. Ahí, y no en otro lado, porque ahí al menos podía seguir en personaje. No pudo evitar recordar el tiempo en que todavía participaba del rito católico y se enternecía con el nacimiento del niño Dios y su cíclica muerte, a los pocos meses, en Semana Santa. No pudo evitar recordar que hubo un tiempo en el que no le costaba trabajo hablar, aunque fuese en cuchicheos, en un sitio como ése. Ahora no le salían las palabras. Quería hablar con alguien de ese previo instante, con el auricular en la mano, en el que se había decidido a largarse por el mundo con su parte del botín. Visitar Venecia, París, Estambul. Perseguir al verdadero olvido hasta el último rincón del planeta ya que era incapaz de conquistarlo ahí. Porque le resultaba tan difícil decir una simple palabra a una sola persona en el mundo, que lo mejor sería empeñarse en olvidar, tanto a la persona como a la palabra. Para siempre. Que al fin su "siempre" seguramente serían sólo unos cuantos años más.

Pero no, no le salieron las palabras ni siquiera en cuchicheos y sí, en cambio, una o dos estúpidas lágrimas. *Tuve que llegar hasta aquí para darme cuenta de que no hay poder, no hay suma de dinero, no hay circunstancia, no hay Dios y no hay Diablo que me den la fuerza para hacer esa pinche llamada.*

Y entonces al carajo. Y entonces no vivir en función de algo que no puede ser. Y entonces dejarlo todo atrás. Y entonces mirar hacia delante. Y gastar mucho dinero. Y largarse por el mundo. Y algún día mirarse en un espejo de baño de un bar paquistaní y darse cuenta de que se es un hombre feliz. Solo, sí. Inmensamente solo. Pero feliz.

El problema fue que tal resolución lo hizo sentir unas enormes ganas de contarlo. De hablar con alguien de ese "al carajo". Tener algún mínimo cómplice que asintiera cuando él se justificara. Y sólo pudo pensar en una persona a quien le gustaría buscar para platicarle. Y se sintió apenado. A pesar de que no tenía ni una semana de conocerla, sólo pudo pensar en ella porque siempre parecía querer mirarlo a los ojos con una necesidad casi idéntica a la suya. La de poder escuchar y ser escuchado. La de comprender y ser comprendido. Y se sorprendió apenado y molesto. Porque igual eso se terminaría pronto y él no era ningún jerarca de ninguna jodida iglesia y el mundo sí que era una total y absoluta porquería.

Así que fue a la cocina, se preparó una torta de jamón con su buena dosis de chiles jalapeños y se fue a comérsela ahí, a la última banca de la capilla.

Todo mientras…

… Juanito convencía a sus padres de que su idea era una en un millón. Tenía los medios para que se saltaran la barda; sabía que doña Oralia no estaba, de hecho sabía que la casa estaba completamente sola con la excepción de su santidad; contaba con la seguridad de que él los recibiría porque lo había saludado al momento en que salió de su casita, pero tenía que ser ya, en este momento, porque quién sabe si no va a volver antes la seño Oralia.

Y les llevó apenas un par de minutos sopesar la idea a los padres de Juanito, reconocer que valía la pena el riesgo, porque ¿cuándo iban a tener una oportunidad tan clara de recibir la bendición del santo padre y que les consagrara sus medallitas y sus escapularios y que les impusiera las manos para que nunca les fuera mal en la vida y hasta curar del mal de ojo a la bebé, que ya ves, viejo, que está empachada desde quién sabe cuándo? Lo que les llevó más tiempo fue decidir a quién más podían invitar porque una oportunidad de oro como ésa jamás se iba a repetir y con todo sigilo pasaron antes por los compadres y la cuñada y la abuelita que quién quita y se compone de sus reumas.

Y así, en el camión de redilas de don Gerardo se fueron todos, los diecisiete que se juntaron al final, para el terreno que
colindaba con la finca. Estacionaron el coche atrás del predio
tupido de nogales y caminaron los doscientos metros que separaban al cortijo en fila india y sin hacer ruido. Corrieron
con la suerte de que del lado por el que se había encaramado
Juanito a la barda seguía sin haber nadie, y es que la seño
Oralia y las muchachas habían disparado cinco veces en días
pasados contra los respectivos fisgones y por eso ya nadie se
animaba a asomarse. Pero Juanito, en cambio, niño de Dios,
qué bueno que fuiste valiente y te asomaste. Y qué bueno que
nadie te vio, te vas a ir al cielo. Y así, Juanito se volvió a en-
caramar a la barda y constató que no estaba el coche de la
seño Oralia ni la moto ni el otro que llegó el martes, nomás
la *pickup* pero ya ves, papá, que ésa la sacan nomás de vez en
cuando. Y por eso pudieron recargar la escalera y pasarse, primero don Gonzalo, para así recargar la otra escalera del lado
interior, donde ya les ladraban y movían el rabo la Canela y
el Gavilán. Así hasta cruzar los diecisiete, que incluían a una
señora de ochenta y tres años y una bebé de treinta semanas.

En lo único en lo que se equivocó Juanito fue en su conjetura de que el papa estaba solo. En realidad Lola se había
quedado también, pero había aprovechado para echarse un
sueñito en el cuarto que compartía con Flor y que se encontraba a un lado de la bodega, a sabiendas de que tanto su com-
pañera como la patrona volverían hasta tarde porque le había
encargado la seño Oralia que atendiera al santo padre, ya que
no pensaba volver hasta después de la hora de la comida, cosa
que hasta para Lola fue claro que adquiría tintes de berrinche.
Uno muy parecido a los que hacía su hermana de dieciséis
años, cuando algún pretendiente la dejaba plantada.

Como fuese, la misión de toda la familia Torres Pacheco fue perfectamente concretada, pues en un tris de cinco minutos ya se encontraban del otro lado de la barda, acariciando a los perros y dirigiéndose, en procesión, primero a la casita del santo padre y, dado que no obtenían respuesta ahí, a la casa grande. Afortunadamente, la puerta estaba entreabierta. Y más afortunadamente aún, en la primera expedición Juanito dio con el mismísimo Juan Pablo II en la capilla, mirando a Cristo en la cruz y tomándose un Orange Crush. Y para aún mucho más fortuna, llevaban molito de guajolote y tortillas y pipián y pan de pueblo porque a lo mejor el señor don papa no había comido, cosa que resultaría cierta ya que Lola extendería el sueño hasta pasadas las cinco de la tarde, hora en que sus propias tripas habrían de despertarla.

Todo mientras que...

... Macarena era incapaz de no entrar a cuanta tienda se le atravesara. Ya las gemelas presumían sendos trajes de invierno que las hacían ver como muñequitas de comercial porque hasta se habían dado una inédita tregua al andar tras la madre, quien hacía todo lo posible por no perder por completo la cabeza deambulando por Plaza Universidad. Aún no anochecía del todo y ella ya había comprado ropa, zapatos, sala, comedor, lavadora, refrigerador, estufa, equipo de sonido, televisor, aparatos de gimnasia varios y, mientras las chamacas eran tratadas en una estética como infantas herederas a la corona, los juguetes que Santa les traería ese año, que además de bicicletas, incluían muñecas que hasta con acta de nacimiento importaban desde Europa.

Al tiempo que...

... ante la tenue luz de las farolas, Jocoque pasaba en torno a la plaza de armas subido en una limusina, acompañado por tres muchachas voluptuosas quienes, junto con él, bailaban asomadas por el techo del auto y haciendo que una botella de champán burbujeara sobre los cuatro, ante la vista de Neto y Leslie, quienes degustaban dos barquillos con tres bolas cada uno, sentados inocentemente en una banquita de aspecto rococó.

—No. Puede. Ser —sentenció el hermano mayor de los Oroprieto al ver que la música guapachosa que se había escuchado a varias cuadras a la redonda provenía de ese alargado auto que tripulaba nada más y nada menos que un hombre a quien supuestamente su amistad con el papa había transformado lo suficiente como para ser confundido con un santo. Arrojó su helado al primer bote de basura que encontró y corrió en pos del ostentoso auto.

—¡Pedazo de cabrón! ¿Se puede saber qué carajos estás haciendo? —preguntó cuando Jocoque y sus amigas se detuvieron a tomarse fotos a petición de unos turistas.

—¡Hey, Deyanira, Hortensia, Frufrú! ¿Ven ése de ahí? Es mi hermano Patineto. Salúdenlo.

—Hola, Patineto —dijo alguna. Posiblemente Frufrú.

Jocoque traía anteojos oscuros, una cadena de oro, camisa de seda, cabello peinado a la Elvis y seguramente varios centilitros de alcohol en la sangre. Y otros tantos sobre la piel y la ropa.

—¡Tenemos que estar de vuelta a las siete y media, inútil! ¿Quieres terminar tu maldito desfile? Leslie y yo te estamos esperando.

—¡Hey, chicas! —rezongó Jocoque—. ¿Ven ése de ahí? Es el amargado de mi hermano Calzoneto. Échenle una trompetilla.

Las tres muchachas obedecieron.

Neto no sabía si valía la pena ir por un policía, porque eso aletargaría más las cosas. Pero le bastó una mirada al único que se encontraba a la vista para darse cuenta de que hasta ese detalle había cubierto ya su hermano. El uniformado hacía la vista gorda ante la evidente falta administrativa por escandalización del orden público que cometía el sujeto de la limusina. O acaso fuese que el policía, así como la gente que observaba de lejos el desfile, pensaba que se trataba de alguien muy importante, algún famoso o algún millonario o algún influyente a quien no valía la pena incordiar y correr el riesgo de estarse metiendo con quien no se debe. "De cualquier modo, en épocas decembrinas siempre hay que ser un poquito más tolerantes con el desmán", parecía decirse el uniformado, quien resolvía con avidez el crucigrama del periódico.

Bastaron dos golpes de Jocoque al techo del auto para que éste volviera a avanzar y la música subiera de intensidad y los cuatro retomaran su danza.

—¡Te lo advierto, cabrón! ¡Sólo estaremos aquí hasta las siete! ¡Después de eso, nos vamos!

Pero era imposible decir si Jocoque lo había escuchado. Con toda seguridad que no. Y Neto miró el reloj Gucci que se había comprado tal vez con un poco más de histrionismo que el que hubiera demandado tal acto. De hecho se detuvo por más tiempo, contemplando la carátula, del que hubiese tomado mirar un reloj cualquiera. Corroboró, orgulloso del suave andar de las manecillas, que eran apenas pasadas las seis. (De hecho había mirado la hora dos minutos antes; y antes de ésa, el minuto anterior.) Y volvió al lado de Leslie. Y le preguntó si no quería unos churros rellenos remojados en miel y espolvoreados con chochitos y grageas, a lo que la niña respondió que sí, que cómo no.

Todo eso mientras que…

… Cande se reunía en un bar no muy lejano con un individuo alto, bigotudo, con cara de haberse peleado a puños y navajazos con todo el mundo desde que salió del cunero y que no había dejado tan bonita costumbre hasta el día corriente. A su lado, un hombre gordo. Ambos portaban sombrero, botas y anteojos oscuros. El ambiente oscuro y la tele prendida en una esquina, además de la escasez de parroquianos, ayudaban al ambiente que muy posiblemente buscaba Cande para concretar la transacción.

—Quiobo, güereja —dijo el gordo, quien acababa de ir al baño—. Tienes suerte de que andaba en la Huasteca.

—Y tú tienes suerte de que sea yo una mujer de palabra.

—Eso dijiste la última vez.

—La última vez fue la última vez. Ésta es ésta.

Y diciendo esto, sacó una bolsa de plástico de su mochila y la puso sobre la mesa.

—Los ochenta mil que te debía. Más intereses. Y un piquito más por el tipo de cambio.

El gordo tomó la bolsa. Se asomó. Sonrió.

—No, pos ya veo. Zanate, pídete tres Bohemias. Yo invito. Y luego te vas a contar el varo al sanitario.

El alto de las cicatrices se levantó con la bolsa y fue a la barra a ordenar.

El gordo y Cande se sonrieron.

—¿Sigues en el rocanrol, güera?

—Sigo, Miguel.

—Pero ya te está yendo bien.

—Más o menos.

—Luego me regalas un CD.

—Luego.

Llegaron las cervezas. Chocaron cristales. Y Cande pensó que ya sólo le faltaba quitarse a tres agiotistas de encima. Pero ése era el que más le preocupaba. Y había quedado contento. Se tomó la cerveza de un tirón nomás por el gusto de sentir que ya no tenía que esperar a que su madre muriera ni tenía que esconderse en San Pedrito por los siglos de los siglos, que podía recuperar su vida en cuanto sonaran las campanadas de feliz 1996, reunir una banda y reintentar conseguir esa viscosa, maloliente y necesaria cosa a la que algunos llaman felicidad.

Al mismo tiempo en que…

… su santidad despedía a los Torres Pacheco con parabienes. Se habían quedado cuatro horas contándole sus problemas y, a no ser por la comida, que había estado deliciosa, don Pancho sentía que no había sacado nada bueno de la aventura. Le dolía la cabeza de tener que seguir manteniéndose en personaje pues cada vez que trataba de disculparse, la familia insistía en una cosita más, una bendición más, un consejo más. Los había confesado a todos y hasta les había dado la comunión con pan Bimbo. Ni siquiera cuando Lola al fin se despertó y corrió a ver qué se le ofrecía a su santidad, quisieron irse. Arguyeron las mujeres que era injusto que retuvieran sólo para ellas al papa y que no molestarían mucho y que tampoco le contarían a nadie. Cuatro horas se echaron, que sólo terminaron cuando su santidad dijo que iría al baño y pudo negarse rotundamente a que lo acompañara Filemón, el compadre de don Gerardo, para asistirlo porque "él también tenía un padre anciano y a veces necesitaba ayuda". Aprovechó don Pancho para pedirles, casi ordenarles, que terminaran la visita y, afortunadamente, después de una nueva imposición de manos, así fue.

O pudo haber sido.

Porque cuando don Pancho salió del baño y Lola, llorando, se disculpaba con él y le suplicaba que no le dijera a la seño Oralia que se había quedado dormida y él pudo despedirla con una nueva imposición de manos camino a su habitación, se encontró con don Gerardo sentado en la orilla de la fuente.

Me lleva la chingada, pensó Pancho Kurtz, pero trató de mantener el personaje un poco más, que al fin sólo eran veinte metros a su cuarto.

—¿Qué más puedo hacer por ti, hijo?

—Santo padrecito, nomás una cosa y me voy.

—Tú dirás.

—Nomás que se tome una copita conmigo.

—¿Qué?

Don Gerardo, hombre recio, de campo, parecía un niño frente a un sabio milenario en ese momento. Pero no tardó en sacar, de un morral, una botella de charanda y dos vasitos tequileros.

—Estoy jurado desde el noventa y dos, padre. Pero hoy, nomás por el gusto de haberlo conocido y de ver que es usted rebuena persona, se me antojó una copita de esto que guardo desde que me vine de mi tierra. Pa' celebrar. Y así se lo dije a mi vieja ahorita en el coche, pero me dijo que sólo si me la tomaba con usted, pa' asegurar que no aiba yo a terminar mal.

Ya servía los dos vasitos don Gerardo. Ni chance de réplica a don Pancho, quien por supuesto hubiera podido alegar cualquier cosa. La hora. El momento. La investidura. La rebaba del *jet lag*. Qué caray. Pero es verdad que a él también se le antojaba un relajante. Una copita de nada. Tal vez por razones similares a las que don Gerardo quería; por celebrar que ese día se había dado cuenta de que no necesitaba de nada ni de nadie. Que con su parte se largaría por el mundo. Que algún día la muerte lo visitaría en una piscina en un hotel de Tokio. Que su cuerpo terminaría en alguna fosa común y, lo mejor de todo, que nadie lo lloraría ni lo extrañaría.

No obstante… él sabía que lo mejor que podía hacer era negarse. No prestarse a esa última necedad. ¿Qué tal que…?

Pero bueno… una copita de nada…

Don Gerardo extendió el vasito a su santidad con la ilusión de un niño en su cumpleaños.

Cuando la luna se pone regrandota

El padre Alberto se cambiaba de ropa después de haber oficiado la misa de seis, donde había instado por millonésima vez a los feligreses a que dieran gracias a Dios por la enorme suerte con la que contaba San Pedrito, cuando llamaron a la puerta de la feligresía con fuertes toquidos. Lo primero que pensó, mientras cerraba el armario de los hábitos, fue que tal vez alguien necesitara la extremaunción con urgencia, lo cual no sería nada nuevo. Pero ante la insistencia de los toquidos, que casi llegaron a las patadas, resolvió que tal vez se estuviera quemando la iglesia. Abrió sin antes ponerse la chaqueta.

Era Fernando, un niño del pueblo, todavía trepado en la bicicleta.

—¡Padre! ¡Me mandan de la casa de doña Oralia! ¡Que vaya con urgencia a ver al santo padre!

—¡Por qué! ¡Qué pasó!

—No sé. Nomás eso me dijo la muchacha.

El niño se bajó de la bicicleta y se la cedió al sacerdote, quien comenzó a pedalear desde el interior del templo.

La gente lo siguió por las calles preguntando, a lo cual él sólo siguió negando. En la puerta de la finca se arremolinaban los curiosos. Llamó al timbre y a la cuerda de la campana en cuanto descendió de la bicicleta. En breves segundos se encendió la lámpara exterior y se abrió el portón. Lola, rifle en mano, lo hizo ingresar y acompañarla a la carrera hacia la casa.

—Perdóneme, padre. Es que no sabía a quién recurrir. Y la seño Oralia no está.

—¿Qué pasa, hija? Dime. ¿Se puso malo su santidad?

—No, padre. Creo que algo peor.

No entraron al edificio principal. Rodearon por un costado hasta alcanzar la parte trasera, donde al fin Lola aminoró el paso. Ante la vista del padre Alberto, dos hombres sentados sobre el césped cercano al corral de los cerdos. Ahí, los dos perros les hacían compañía. Y un par de chivos. Y varios pollos. Y Zacarías, quien se comía una naranja. Ambos hombres reían a carcajadas, tratando de terminar una canción de Chava Flores. "Cuando la luna se pone regrandota..." decía uno. Y el otro trataba de continuar "como una pelotota" antes de que le ganara la risa. Tuvo que aproximarse el padre para confirmar que entre ellos mediaba una botella de aguardiente y dos vasitos.

—La seño Oralia me va a echar la culpa. Este mugre viejo, con perdón, padre —dijo Lola luego de meterle una patada entre las costillas a don Gerardo—, se brincó la barda y se puso a tomar con el santo papa. Y mire cómo lo dejó.

Lo cierto es que Pancho Kurtz no había tomado más de un vasito muy bien racionado, en comparación con los siete de su interlocutor. Pero el efecto era, si no idéntico, bastante similar. Sus mejillas parecían granadas y la chispa en sus azules ojos, pese a la penumbra, era más como un relámpago.

—No te preocupes, Lola. Yo me encargo.

—Ay, ya llegó el padrecito, ja, ja, ja, ja, ja —dijo don Gerardo, feliz—. Padrecito, padrecito, échese un alipusito.

—¿A ver… qué pasa aquí, Gerardo?

—Nada. Que aquí el Juanpa y tu servidor ya nos pusimos un santo cuete, ja, ja, ja, ja, ja.

A lo que el santo padre sólo respondía con más risas.

—Esto es totalmente inapropiado, Gerardo. ¿No tienes idea de las repercusiones que puede tener algo como esto?

—Repercusiones mis huevos, el santo padre se la está pasando de poca madre —adujo aquel hombre para echarse de espaldas sobre la hierba y volver a reír. Los perros ladraban y los chivos pastaban.

El padre Alberto vio cómo quiso asomarse una cabeza por la barda, misma que fue espantada, en micras de segundo, por un balazo que apenas mordió un pedacito de la orilla de la barda. Al parecer, Lola no estaba dispuesta a que eso creciera con más testigos.

—¿Qué hacemos, padre?

—Por lo pronto, invitar a este señor a que se vaya cuanto antes —dijo mientras intentaba hacer que don Gerardo se pusiera en pie, cosa imposible si consideramos que el aludido nada hacía para que sus ochenta y cuatro kilos cambiaran de lugar.

—¡Ay, padre… si no quiso irse por las malas! ¡Ya hasta le troné un tiro en medio de las piernas y nada!

—"… se oye el maullido de un triste gato viudo…" —cantó don Gerardo, de espaldas.

Y el papa, ni papa decía.

—¡Es mejor que te vayas, Gerardo! Esto es un pecado mortal de los peores.

—Ja, ja, ja. Me la pela, pinche padrecito. Mira nada más quién es mi cuate. Métete con nosotros y te corre de tu chamba, cabrón.

—Déjeme matarlo, padre —dijo Lola levantando el fusil—. Es el mero Diablo.

—Baja eso, Lola.

—"Pero la endina se hace la remolona...." —siguió cantando don Gerardo—. Ja, ja, ja, ja. Si ya hasta me contó aquí su santidad que no es tan santidad. Tiene una hija. Y una nieta. Y alguna vez ruleteó un taxi en la capital antes de irse a Roma a chambear de papa.

—¡Blasfemo! —gritó Lola.

Los perros no dejaban de festejar el asunto, con las lenguas de fuera y brincoteando entre ellos. No así, Zacarías, para quien el asunto entero era como tener prendida la tele.

—Bueno... —suspiró el cura—. Entonces no nos dejas más remedio que permitir que lo resuelva doña Oralia cuando vuelva, Gerardo. Espero que no te importe.

—Me vale. Que venga. Aquí el Juanpa me hace fuerte.

Probablemente el asunto se hubiese extendido de esa manera hasta que en verdad llegara doña Oralia y no le importara meterle una bala en un glúteo al intruso, pero una risa incontrolable llevó a Pancho a levantarse de improviso. Y, ya en pie, poner ambas manos en sus rodillas, inclinado hacia delante. Y jalar aire por la nariz como si hubiera corrido los cien metros planos en quince segundos. Y no conseguir evitar lo que había intentado evitar.

Encima de Gerardo Torres, de espaldas en el suelo, fueron a parar el mole, el pipián, las tortillas, los frijoles, el refresco, el pan y el alcohol que había ingerido durante la tarde.

Todo quedó en silencio por unos segundos.

Luego, Gerardo también se puso en pie. Se pasó una mano por la cara, llena de basca, se retiró un frijol entero que persistía sobre uno de sus orificios nasales. Se limpió las manos en sus propias ropas. Se acordó de que le debía dinero a doña Oralia. Que era la dueña de la fábrica donde trabajaba su hijo el grande. Que no le había cobrado lo de la operación de su pie. Que estaba jurado desde el 92.

Iba a decir "ya me voy" para coronar el silencio pero Pancho Kurtz le ganó la alternativa. Ya incorporado volvió a dejar salir una pequeña afluente, esta vez sobre sí mismo, pecho, pantalones y zapatos.

A la vista de todos, don Gerardo caminó hasta donde estaba la escalera que había llevado junto con su familia unas horas atrás. Subió por ella y, a horcajadas sobre la barda, levantó de nuevo la escalera para cambiarla de lado. Luego, bajó y se perdió en la noche.

—Vamos a que se cambie, su santidad —dijo el padre Alberto, tomándolo gentilmente del antebrazo. A lo que su santidad respondió afirmativamente con su dócil comportamiento.

Después de eso, un silencio como heraldo de catástrofes. Hasta los grillos se retrajeron en la noche. Y la mentada luna regrandota se ocultó tras una buena cama de nubes. Lola se puso a arrear animales a sus corrales y, luego, a atender al niño por pura necesidad de no estar ociosa cuando la seño Oralia volviera de la compra.

Cuando se dejó escuchar la moto de Cande a lo lejos, en la sala se encontraban el padre Alberto y Lola, con Zacarías en brazos, quien ya iba por su tercer biberón de Choco Milk, todos con cara de funeral. Cande había entrado a la finca percibiendo un cierto aroma de malas noticias, pues los que acampaban en las cercanías la miraron como quien prefiere no mirar al que acaba de llegar, temeroso de compartir alguna desgracia. Igual se apeó de la motocicleta, quitándose el casco y dejándose hacer fiestas por los perros. Había esperado hasta las ocho a sus hermanos y prefirió adelantarse. Pero es verdad que eso ya le parecía bastante desafortunado. Había practicado una excusa bastante endeble, una excusa que prefería no utilizar si podía escabullirse hasta su cuarto sin saludar a nadie.

Con todo, entró a la casa y, en cuanto rodeó el árbol de Navidad y el nacimiento, se encontró con el padre Alberto y Lola administrando la mamila a su sobrino, todos ellos, ya lo dijimos, con cara de tragedia. Pensó enseguida en la extremaunción de alguien. Y por un fugaz instante temió por su madre. Luego, en su cuarto, tendría tiempo para meditar por qué esa posible muerte le había dolido más que alegrado, pero, por lo pronto, en cuanto se repuso del impacto, preguntó a rajatabla:

—Padre. ¿Qué pasó? ¿Qué hace usted aquí?

El padre Alberto, agradeciendo que se tratara de ella y no de la seño Oralia, se levantó del sofá y fue a su encuentro.

—Cande, acompáñame un momento. Tenemos que hablar.

Cande echó una mirada a Lola, tratando de sacarle la verdad antes de tener que oírla de los labios del padre.

—¿Mi mamá? ¿Está bien?

—Eh… sí. Supongo. Aunque no sé si por mucho tiempo. Ven.

Y así, la hizo salir de la casa hacia el porche, hacia ese sitio, debajo del foco, en el que decenas de insectos dibujaban caprichosas elipses en torno a la luz.

—¿Qué pasó, padre? No me espante.

—Ummh… no sé cómo decirte esto pero… creo que tus hermanos están estafando a tu mamá.

La máquina mental de Cande se aceleró a miles de rpm. Había que ser cautelosa con la cara que pondría, la reacción que mostraría, la primera exclamación que soltaría.

—Eh… ¿por qué lo dice?

—Hace rato el…. ummh… el santo padre sufrió un malestar del estómago… y pues devolvió sobre su ropa. El caso es que lo acompañé a su habitación a que se cambiara y se acostara.

Hizo una pausa. Inhaló con fuerza. Esbozó una triste sonrisa.

—Tiene un tatuaje en la espalda que dice "Sólo Veracruz es bello". ¿Puedes creerlo? ¿El papa? ¡"Sólo Veracruz es bello"!

Cande aún no resolvía qué le convenía más. Hacerse la sorprendida o la indignada o la enfadada o…

—Mucho me temo que se trate de un impostor —resolvió el padre Alberto.

No mame, pensó Cande. *¿Y eso lo dedujo usted solo o le ayudaron?*

Gracias a dicho tren de ideas pudo darse cuenta de que lo mejor sería no intentar sostener lo insostenible. Resopló. Hurgó en su chamarra y, después de tentar un poco, extrajo un fajo de billetes.

—Es una última alegría que pensamos darle a mi mamá —intentó sonar sincera—. Nadie sabe cuándo será su último minuto. Y nosotros, los tres, decidimos que se lo debíamos.

Tal vez no sonó sincera. O genuina. Tal vez su voz fue más como la de un vendedor de seguros o de enciclopedias. Pero mil dólares entregados de golpe en la mano de cualquiera pueden anestesiar perfectamente su detector de engaños, mentiras y latrocinios. El padre Alberto se dejó untar la mano y, sin mutar el rostro, asintió. Y siguió asintiendo mientras se guardaba el estipendio en el bolsillo. Porque recordó que Mamá Oralia lo había instado a que le siguiera el juego, sin importar lo que esto significara. Y él consintió porque hasta las obras de remodelación de la iglesia habían sido arrojadas sobre la mesa de las apuestas. Y siguió asintiendo porque bueno, una cosa era hacer la vista gorda con la seño Oralia, y otra…

—No quiero parecer abusivo, María Candelaria, pero entiende la responsabilidad que cae sobre mí. Tengo que ocultárselo al obispo. Y tengo que seguir haciendo que la grey se mantenga fiel. Hasta Navidad, que no es cosa fácil.

No me diga, viejo cabrón, pensó Cande mientras llevaba la mano al fajo de nueva cuenta. *¿Y eso lo decidió usted solo o se lo enseñaron en el pinche seminario en una clase llamada Estrategias de mercado para aumentar el monto de las limosnas domingueras?*

—Tenga mil más. En Navidad le entrego otros dos mil dólares. Es todo lo que le puedo prometer porque todavía tengo que convencer a mis hermanos.

—Dios te lo pagará.

—Mejor usted con su silencio.

—Seré un sepulcro.

—Excepto cuando hable con la gente. Ahí sí le agradecería un poco de más entusiasmo a la hora de mencionar la santidad de su santidad.

—Seré un ángel con trompeta.

Y dicho esto caminó hacia la salida de la finca. A medio camino, Cande lo oyó silbar aquella de "Tú has venido a la orilla" pero a ritmo de *swing*. Luego, esto no lo oiría Cande, pero el padre Alberto enfrentaría a su grey en la puerta, aquella que, alarmada por la canción de Chava Flores, por el disparo de Lola, por el silencio ominoso, juraban que Satanás tenía vela en ese entierro. Les diría el padre que efectivamente don Gerardo Torres se había brincado la barda y que por su boca había hablado el Maligno, pero que el santo padre pudo exorcizarlo ahí mismo y que el vómito que se escuchó fue el demonio expulsado por la boca del advenedizo y que eso sólo confirmaba la fuerza del vicario de Cristo contra las fuerzas del mal, aleluya. Aleluya corearían todos y la calma reinaría. Al menos hasta el momento en que volviera Mamá Oralia con Flor en el coche y se enfrentaran con la ausencia de la Golf y esa calma chicha que en alta mar suele anunciar la proximidad de una gran tormenta.

Cande ya había vuelto a su atuendo de excesiva sobriedad y, con la radio sintonizada en "Radio Ensoñación" esperaba en la sala, únicamente para estar segura de que su madre llegara y se fuera directo a la cama, que no le rascara más a lo que ahí había ocurrido durante su ausencia. Daban las nueve y media de la noche cuando su madre traspasó la puerta y no, qué va, Mamá Oralia llevaba algo entre ojos. Cande lo pudo advertir desde que la vio entrar por la puerta de la cocina. O tal vez desde antes, que hasta por el andar sabía cuando ella traía algo que le robaba calma y necesitaba echar mano del fuete o del trueno o de la grosería.

—¿Todo bien, Mamá Oralia? —le preguntó, a sabiendas de que no.

—¿Y tus pinches hermanos? —gruñó ella mientras se sacaba de encima la gabardina que el frío que ya bajaba de las montañas la había obligado a ponerse.

—Eh... no han llegado. Nos tuvimos que separar en el camino. Pero ya vienen.

—Mmhh… —dijo—. Cuando vengan nos reunimos aquí. Mientras, vete a tu cuarto.

—¿Pasa algo?

—Luego te digo. Vete a tu cuarto.

Pero pasaba. Claro que pasaba. Y Cande se fue a su habitación con un "la gran cagada" instalado en la cabeza. Mientras Mamá Oralia, después de un suspiro, y sin saber nada de lo que había pasado, salió de la casa por la puerta trasera. Había rumiado durante más de diez horas de ausencia que no le gustaba lo que ahí ocurría. Que fácilmente podía volver a lo suyo, a sus cosas, a su vida, sin tener que pasar por esa estupidez de comedia. Y que se las cantaría claras, primero, al tal Juan Pablo II de cuarta. Luego, a sus hijos. Y, finalmente, al pueblo. Había meditado, mientras compraba comida suficiente para agasajar a cinco reyes juntos, que no se merecía eso, por mucho que alguna vez pensó en arreglar las cosas antes de que el cáncer se la cargara definitivamente. No quería ser la tonta de nadie. No quería sentirse así. Y menos en su casa. Menos en sus dominios. Menos frente a las personas que uno menos esperaría que quisieran defraudarla: sus propios hijos y el único hombre vivo a quien alguna vez había reverenciado.

Así que caminó por la losa hasta la fuente y siguió hasta la caseta donde debía estar dormitando "su santidad". De hecho lo pensó de esa manera, entrecomillando en su cabeza. Tocó una vez. Dos veces. Tres veces. Con gentileza, claro. Luego, tocó cuatro, cinco, seis… ya sin ninguna gentileza, golpeando como lo hacía con sus hijos cuando aún vivían ahí y temía que se estuvieran masturbando o fumando o escuchando música luciferina.

Desde el piso superior, Cande contemplaba la escena, a través de uno de los cuartos que miraban hacia ese lado. Su "la gran cagada" ya había evolucionado a un "vale madre".

Al fin abrió Pancho Kurtz, obligando a Mamá Oralia a dejar el puño suspendido en el aire.

Un segundo nada más. Un segundo bastó para que ella se sintiera desarmada. Confundida. Avergonzada. Indefensa, incluso. Porque el hombre que tenía frente a ella, metido en un sobrio pijama de franela, le mostraba un rostro con el que no creyó jamás lidiar.

—Eh... perdone, su santidad, es que...

Pancho Kurtz lloraba, eso era innegable. Y no lo hacía deformando el rostro, con ese rictus de quien lucha contra el sentimiento, sino con esa serenidad de quien se ha resignado por completo a la tristeza. Lloraba a mares porque de sus azules y contraídos ojos corrían sendos riachuelos que iban a parar hasta su barbilla. Pero era innegable que lloraba. Y sin consuelo. Completamente desarmado, confundido, avergonzado. Indefenso.

—Pasa, Oralia.

—Eh... —remitió ella. En un segundo toda la rabia acumulada por horas huyó de su cuerpo. En un segundo estuvo convencida de que lo mejor sería dejar correr la charada hasta el final. Que sus hijos se largaran con su dinero. Que a ella todo lo que le quedara fuera ese simulacro de felicidad. Que la muerte la visitara en cuanto volviera a quedarse sola. Y, sin embargo...

—Pasa, por favor.

Y Pancho se hizo a un lado. Y ella, a pesar de los pesares, pasó. Y contempló el semidesordenado refugio sin saber qué hacer. Y él cerró la puerta. Y le arrimó la silla. Y ella se sentó con las manos en el regazo. Y él hizo lo mismo sobre la cama. Y la lámpara del buró hacía su mayor esfuerzo por traer todo eso a la cotidianidad: un hombre, una mujer, solos, con algún posible puente entre ellos, nada de transacciones millonarias, jerarquías religiosas ni rígidos corsés de fingido respeto y protocolo.

—¿Hay algo que pueda hacer por usted, su santidad?

—Háblame de tú, por favor —dijo Pancho.

—Eh…

—Por favor.

—Está bien.

Dijo. Pero no se animó a replantear la pregunta. Le dio miedo desbaratar el castillo de naipes. Se sentía más a gusto en el papel de mujer devota que en el de chica de dieciséis años. ¿Qué carajos estaba pasando ahí? Ya iba a disculparse cuando…

—Perdona que me hayas visto así.

—No se preocupe. No te preocupes.

—Necesitaba hablar con alguien de algo. Y bueno, te parecerá una tontería pero pensé en ti. Me gustaría que me escucharas.

No, no le gustaba a Mamá Oralia. Un par de veces lo había sentido en su vida y ambas habían terminado en horribles decepciones. Nunca había tenido un amigo sincero. Nunca la habían visto a los ojos en busca de la mínima complicidad. Nunca había estado sin miedo con un hombre en un cuarto. Intentó ordenar a su cuerpo que se pusiera en pie pero no la obedeció.

—Eh… no sé si… —se detuvo. Tenía setenta y cinco años y mucho dinero. Podía hacer lo que le viniera en gana. Aunque también sintió que algo se agrietaba en su interior. Un dique o una especie de dique—. Perdona. Te escucho. Claro que sí.

—Gracias —dijo Pancho. Y reprimió el deseo de encender un cigarro.

Cande ya había bajado del piso superior y daba vueltas en el inferior de la casa tronando los dedos, pensando cuál sería la mejor manera de sacar de ahí a su madre porque a lo mejor Pancho seguía ebrio y se iría de lengua y…

—Es una tontería pero imagina que no me da la gana ser quien debo ser —soltó simplemente Pancho—. Y que de pronto me he dado cuenta de que puedo abandonarlo todo. Y que lo mejor sería no estar aquí sino rodeado de gente extraña. Gente que jamás me reconocería y que, si abandono un día, jamás me extrañaría. Ser autosuficiente. Libre. No necesitar de nadie y que nadie me necesite. ¿No te parece que un estado así sería casi como un estado de gracia? ¿Algo muy próximo a la felicidad?

Mamá Oralia sintió en las palabras del santo padre esa música de lo familiar. Como si ella misma se hubiera dicho eso alguna vez. Y, sin embargo, no sabía qué responder. Por darle por su lado contestó lo que más le parecía que él esperaba como respuesta.

—Sí. Suena a que así podría uno ser muy feliz.

—Entonces… —suspiró Pancho Kurtz, quien en ese momento se sentía completamente en bancarrota, a pesar de que debajo de su cama había más de trescientos mil dólares—. Entonces ¿por qué no puedo parar de llorar sólo con pensar en esa pinche y pendeja idea?

Era toda una declaración de renuncia. Era un ponerse en sus manos. Era toda una admisión de la impostura. Ningún papa en el mundo se hubiera expresado así. Y, no obstante, Mamá Oralia, quien no sabía de la existencia de una Mariana Kurtz o de una Valeria Martínez Kurtz, estuvo segura de que hubiese preferido mil veces un papa de quién sabe qué colonia de qué chingado estado de la República mexicana, que pudiera dejar salir su corazón de esa manera, que uno que se la pasara hablando en latín y sosteniendo un báculo en la tele.

—A lo mejor porque sí es una idea muy pinche y muy pendeja.

Y diciendo esto se estiró y tomó una mano de Pancho entre las suyas y lo dejó seguir llorando hasta que ella misma no pudo más y dejó también salir un breve y estúpido torrente que la hizo mirar hacia otro lado y carraspear y, luego, ponerse en pie y tragar saliva demasiadas veces porque súbitamente pensó que no necesitar a nadie y no ser necesitado por nadie era la más pinche y más pendeja y odiosa de todas las ideas del puto mundo. Y no era posible que ella, que se había mantenido sin derramar una lágrima en toda su vida, hubiera cedido precisamente en ese momento.

Pero recordó, claro. Recordó que en el 79 había llorado. Y justo por culpa de ese hombre que no era ese hombre. Y algo le hizo estallar el corazón. Algo que, desde luego, no le gustó. Y por eso, ya en pie, solamente se animó a decir:

—Chingada madre. Usted perdone.

Y abandonó el cuartito. Y se echó a correr a la casa grande. Y pasó como un bólido hacia su habitación, haciendo caso omiso de Ernesto, quien en la sala, con el auricular del teléfono en una mano, escuchaba en ese justo momento a su mujer decir: "¿En qué chingados estás metido, José Ernesto Oroprieto Laguna?". Porque eran casi las diez de la noche y recién habían llegado las bicicletas y otros juguetes que Macarena compró para las gemelas y que había demandado a los de la tienda que le enviaran durante la noche para poder subirlos al cuarto de la azotea sin que ellas se dieran cuenta, sólo para dar con una Macintosh y una impresora y un escáner igualitos a los que le habían robado a su padre. "Te estoy hablando, José Ernesto. ¿En qué chingados estás metido?", a lo que el atribulado hermano mayor sólo atinó a decir: "no te escucho, casi no te escucho, se corta la comunicación, qué bueno que estén bien, nos vemos en pocos días" y a colgar con su propio "la gran cagada" metido en la cabeza, si de todos modos había esperado a su hermano Jocoque hasta las nueve para terminar volviendo sin él.

Cuestiones, para el caso, totalmente intrascendentes, pues Mamá Oralia se había encerrado en su habitación importándole ya poco lo que hicieran o dejaran de hacer sus hijos. Porque repentinamente, de cara a la almohada, se había dado cuenta de que si pudiera hacer algo para que el resto de sus contados días valieran la pena, sería no dejar ir ese sentimiento de júbilo e indefensión. Un par de veces, cuando era una muchachita, se había sentido así. Y habían pasado tantos años que casi lo había olvidado. Se daba cuenta de que el nunca haber escuchado de nadie un "pensé en ti" la había vuelto férrea, dura, implacable. Que hasta el trato a sus hijos, desde la cuna, había seguido ese cariz de rigidez por culpa de la coraza que había construido en torno a su bagaje emocional. Y que ahora un hombre conseguía resquebrajar ese escudo con una frase, una mirada, un roce. "Componer las cosas", se había dicho Mamá Oralia en cuanto le diagnosticaron el cáncer. Y sólo ahora se daba cuenta de que lo que más tenía que componer estaba dentro de ella. Pero necesitaba ayuda. Necesitaba que ese hombre que se había desmoronado frente a ella en verdad fuese sólo un mesero, un contador público, un profesor de escuela, y no el sucesor de ningún cochino apóstol. Necesitaba que al día siguiente, cuando ella le dijera que estaba enterada del engaño pero que no importaba en lo absoluto, él le dijera que era un alivio y la invitara a un pícnic o a pasear al kiosko o al cine. Necesitaba en verdad eso. O que el chingado linfoma hiciera su trabajo de una vez, de la manera más pronta y eficaz posible.

Cuando al fin dejó de llorar decidió dormirse sin cambiarse la ropa. Apenas arrojó los zapatos y abrazó su almohada. Se había dado cuenta de que, en muchos, muchos años, era la primera vez que no había rezado una sola oración en todo el día. Y que no se sentía mal por ello.

Cuervo

Rayaba el sol cuando un hombre saltó la barda de la finca hacia el interior. Había tenido que echar mano de un par de llantas viejas y unos tablones, ya que, a diferencia de los niños, que no tenían ningún problema en trepar por las piedras salientes de la mampostería, él aun padecía las efusiones etílicas de los veinte mil dólares que había reducido a centavos en menos de veinticuatro horas. Lo último que recordaba era cuando sacó de su calcetín izquierdo los cien dólares que había apartado para el taxi de regreso; el momento en que el taxista lo botó en la puerta; el preciso instante en que se dio cuenta de que ya no había nadie acampando fuera de la finca. El apilar las llantas y los tablones, pese a que lo echaron por tierra varias veces, seguía siendo preferible a tener que llamar a la puerta y que Mamá Oralia le diera con el bastón en la mollera como antaño. Logró saltar como a la quinta intentona y, aunque los perros ladraron y las vacas mugieron, él se sintió como quien regresa victorioso de la guerra. Se coló al interior de la casa, se descalzó y se metió a su habitación esperando poder dormir, cuando menos, unas dieciocho horas.

Desde luego, Mamá Oralia lo vio entrar. Y Lola. Y Flor. Las tres desde la cocina. Pero ninguna hizo nada por ayudarlo o reprenderlo. De hecho, Mamá Oralia sólo se esperó a que hiciera el vía crucis correspondiente hasta su cuarto para animarse a dar continuación a lo que había dejado pendiente la noche anterior.

Se santiguó. Encargó a las muchachas que siguieran con sus quehaceres. Fue a la habitación de su santidad.

Y entonces recordó otro sentimiento, que también ya creía olvidado. Y recordó por qué había decidido, hacía mucho tiempo, no ilusionarse con absolutamente nada.

La puerta de la cabañita estaba abierta. Y eso le dio un mal presentimiento.

Se aproximó. Empujó la puerta y se asomó. Ahí no había nadie. Y podía asegurarlo porque la puerta del minúsculo baño posterior estaba abierta también. Y el interior estaba vacío. Vacío como mucho temía ella que quedaría, otra vez, su jodido cuenco sentimental.

Era de esperarse, pensó. *Quién sabe cuánto le tocara del millón y medio de dólares. Pero seguro que una muy buena parte. ¿Por qué esperarse a la entrega de la siguiente mitad si puede uno largarse con ese monto sin terminar el trabajito?*

Pero entonces notó que el santo padre no había empacado ni una maleta. Y que, de hecho, su ropa pontifical seguía colgada en el armario. Al igual que sus zapatos. Su sombrero panamá. Su cartera que no se animó a inspeccionar. Sus llaves.

"Tal vez prefirió irse sin nada, para no llamar la atención", se dijo.

Con todo, salió al jardín y buscó en la cercanía. En los huertos, en los establos, en los corrales. Sintió el impulso de sacar el rosario de la bolsa de su faldón pero sólo lo apretó con fuerza. Caminó pegada a la barda sintiéndose una imbécil por esperar encontrarlo en algún oculto recoveco, detrás de algún amate, en la bodega de los aperos de labranza. Cuando rodeó por completo la casa, vio que al menos los vehículos de sus hijos seguían ahí, así que lo más probable era que todos hubiesen sido engañados. Y no supo si tendría la fuerza de reclamarles a ellos o si sólo se resignaría, les pediría que abandonaran su casa... volvería a su vida habitual.

Recordó también que ella no era de llorar, por mucho que ayer hubiese roto esa regla. Así que no lloró. Volvió a la casa grande y, después de limpiarse los pies en el felpudo para poder entrar, algo encendió una alarma en su cabeza. Se detuvo ahí mismo, en el porche, y miró hacia atrás, hurgando en el ambiente. Escudriñó el portón principal. Con la vista en los espejos convexos de la entrada advirtió el cambio: no había una sola alma acampando fuera de la casa. El lugar estaba como siempre había estado antes de la visita del santo padre: completamente solo. ¿Habrían visto al papa huir y, por ende, habrían decidido que no valía la pena ya quedarse? ¿A quién podría preguntar?

Entonces recordó. En sueños había escuchado relinchar un caballo. Incluso pensó si alguno de sus animales se habría soltado. Pero el sueño la venció y le quitó importancia.

"¿Acaso...?", se dijo.

Entró a la casa y se detuvo en la estancia, contemplándolo todo como si quisiera memorizarlo. Los muebles, los cuadros, las paredes, la chimenea, el árbol de Navidad, las ventanas...

Hacía mucho que había tomado la decisión de dejar las bardas de la finca pelonas, sin ningún tipo de disuasivo para los rateros, por una simple razón. Cualquiera podía brincar en un sentido o en otro porque abrigaba una esperanza que, con el tiempo, había rendido frutos apenas unas cuantas veces. Y ahora, de repente, le parecía que esa razón volvía a ser justificable. Pero antes tenía que estar segura de que...

Fue a la capilla. Repentinamente estuvo segura de que ahí era donde tenía que encontrar el inesperado cambio.

Y así fue.

A los pies del Cristo en la cruz, una hoja cuadriculada de cuaderno, pegada con una chinche.

Naturalmente, no era lo que Mamá Oralia esperaba cuando decidió no instalar alambres con púas ni electricidad ni sistema alguno de vigilancia al quedarse sola diez años atrás. No, no era lo que había acariciado en sueños. Pero sí que estaba segura, antes de leer la nota, que se trataba de él. Que había vuelto. Otra vez. Y, lamentablemente, no para quedarse sino para jugarle sucio. Como los otros tres. "Hijos de su madre...", se dijo al volver a la estancia, sentarse a la mesa del comedor y, con toda la calma del mundo, gritarle a Lola que le sirviera café y despertara a sus hijos. Ya. Ahora. En este momento.

Dio pequeños sorbos mientras se iba poblando la mesa del comedor de integrantes de la familia, todos desmañanados y todos en pijama. Excepto, claro, el que acababa de llegar hacía una media hora, aun con serpentinas en la cabeza y manchas de líquidos extraños vertidos sobre la ropa. Mamá Oralia no quiso decir nada hasta que estuvieron todos ahí, exceptuando a Zacarías, a quien había visto por última vez, mientras buscaba al santo padre, en el chiquero emparentando con los puercos.

El ambiente era tan tenso que todos se sentían un poco sofocados. Y no se debía al aroma que despedía Jocoque. Leslie, quien se había sentido mal del estómago en la noche y tuvo que volver el estómago sobre una maceta, pensó que tal vez la reunión era para acabar con esa locura de ser ricos, que probablemente fuera lo mejor para todos porque evidentemente no estaban hechos para algo así.

Mamá Oralia levantó la mano como si hiciera falta para pedir la palabra, aunque todas las miradas estaban puestas en ella. Depositó el pocillo del café sobre la mesa y, aunque abrió la boca para hablar, tardó todavía un poco en emitir sonido.

De pronto se dio cuenta de que no convenía, como había pensado, echarles en cara el engaño. De pronto tuvo la inspiración suficiente para advertir que, si seguía con el teatrito, funcionaría mejor el desenlace, cualquiera que éste fuese.

—Secuestraron al santo padre.

—¡¿QUÉEEE?! —corearon todas las gargantas.

—Eso. Que secuestraron al santo padre.

Arrojó al centro la hoja, que decía con enorme caligrafía: "Yo lo tengo al cabron. Esperen noticias mias".

La hoja la tomó Neto. Y bastó una mirada de los tres hermanos para concluir lo mismo que Mamá Oralia, aunque ninguno se atrevió a dar la primera reacción. Al final, Leslie se quedó con la hoja y se sintió obligada a preguntar, dado que no tenía firma:

—¿"Yo"? ¿Quién es "yo"?

Del otro lado de las ventanas comenzó una lluvia finita que otorgó a la escena un aire ligeramente más funesto.

—¿Cómo se enteró? ¿Vive por aquí cerca o qué? —preguntó con genuina curiosidad Neto.

Y Mamá Oralia lo sabía. Claro que lo sabía. Porque, al final, era el único que había llevado a su casa con la intención de rescatarlo, aunque nunca se enteró, con precisión, de qué. El niño de seis años le había sido llevado por el padre Agustín, el cura de aquel entonces, y ella había accedido a adoptarlo creyendo que lo sacaba de la miseria cuando en realidad lo estaba rescatando de un despiadado recuerdo. Lo intuyó a los pocos días de que el muchacho se fuera en un caballo robado, cuando ya era casi adulto, porque el padre Agustín desapareció a los dos meses y nadie supo nada de dicha desaparición, excepto ella, quien recibió una nota similar, con letra idéntica, que decía, crípticamente: "Por esteban". Y ella tuvo que indagar y así saber que Esteban era un hermano de sangre de José Guadalupe; un hermano mayor a quien el niño acompañaba a su trabajo de acólito cada semana, antes de que ella lo adoptara, antes de que su familia de sangre se fuera a Veracruz, antes de que perdiera para siempre la sonrisa. Mamá Oralia sabía que José Guadalupe estaba en la sierra, que se había vuelto bandido y halcón y sicario y que a ratos bajaba a los pueblos aledaños nomás a provisionarse. Sabía que se trataba de él en esta nueva nota. Y sabía que, de "componer las cosas", ésa era la que más demandaba un remiendo, pues en cuanto supo que la cabeza de su hijo tenía precio en varios estados, ella decidió ir a Veracruz y entrevistar a Esteban para darse cuenta de que José Guadalupe niño fue el único que compartió sus lágrimas cuando al fin él se animó a decirle a su mamá que ya no quería ser acólito de esa iglesia y le contó todo por lo que había pasado tras las puertas de la sacristía. Mamá Oralia prefirió no indagar más, prefirió sacar sus propias conclusiones y seguir rezando todos los días por el alma de su hijo, de sus hijos, de Esteban, la suya propia por nunca haberle dado al cuarto de los Oroprieto un ambiente propicio para el olvido, y por el castigo eterno del malnacido del padre Agustín. Fue después de ese viaje a Veracruz que empezó a decir groserías y a tomar alcohol. El linfoma apareció casi por obligación a los pocos meses.

—¿Quién es "yo"? —insistió Leslie.

Mamá Oralia se adelantó a todos.

—El Cuervo.

—¿Qué? ¿El Cuervo? —rezongó Jocoque, a quien ya le empezaba la cruda—. ¿Lupo? ¿El Cuervo?

—Así lo conocen por acá —aclaró ella—. Nadie sabe que se trata de José Guadalupe. Nadie le ha tomado nunca una foto. Nadie puede asegurar que haya sido él quien incendió tal parcela o robó tal tráiler porque siempre anda de negro y embozado. Nomás yo lo sé porque lo he cachado algunas veces viniendo en la noche. Se brinca la barda, apacienta los caballos, se sienta a fumar. Luego se va como pinche fantasma.

Como un fantasma que es capaz de aparecer a medianoche sobre su caballo azabache y, pistola en mano, amedrentar a todos los que dormitan en torno a la finca donde vivió de niño. Y, una vez que todos se han marchado, entrar como un suspiro, someter, atar, amordazar y encapuchar a un hombre de setenta y cuatro años de edad enredado en las cobijas, echarlo sobre su hombro como si fuese un costal de papas y, una vez franqueada la barda, subir el bulto a una segunda montura para, todavía, tomarse el tiempo de volver, garabatear una nota y pegarla al Cristo, garabatear otra nota y amarrarla a un buey, saltar la barda, tomar las riendas de su caballo y echar rumbo hacia la sierra sin que nadie se percate de nada.

—La gran cagada —dijo Cande.

Interjección que no alcanzaría los oídos del hombre que, habiendo sido extraído de su cama como si fuese un costal de papas, era arrojado en ese momento sobre la tierra húmeda de la montaña.

Había sido un viaje accidentado, a través de espesa vegetación y ocultos vericuetos, todo el tiempo padeciendo el frío, la lluvia, el zarandeo y la incertidumbre, el vertiginoso flujo de pensamientos que lo acometían y que no podía sosegar. Completamente ciego a lo que acontecía a su alrededor, Pancho Kurtz solamente esperaba que no lo lastimaran en serio. Estaba listo para el hambre, la sed, el encierro, que al fin a su edad ya se han padecido muchas cosas y se ha salido avante. Pero no creía poder tolerar que le cortaran un dedo o una oreja. Tenía miedo. Mucho. Y estando imposibilitado para decir una sola palabra, le parecía que nada de lo que había ocurrido a partir de que se había encontrado a Jocoque en el pesero había valido en lo absoluto la pena. Por el contrario, era una jodida maldición que terminaría por llevarlo a su propia muerte. Pensó que si pudiera regresar el tiempo, se habría negado desde el principio a participar en esa locura. Hubiera seguido con su miserable vida de empacador de súper esperando la muerte.

Aunque claro. No habría conocido a…

Ese mínimo pensamiento lo hizo sentir ruborizado. Con la horrible incomodidad del viaje a la sierra, la confusión de aromas y sensaciones, ruborizado. Porque estaba seguro de que nunca había estado realmente enamorado de su primera mujer. La había querido, sí, pero nunca le había dedicado más pensamientos de los que se le dedica a alguien con quien se lleva una amistad, en el mejor de los casos, respetuosa. Y en cambio… ahora… a sus setenta y cuatro, repentinamente…

Afortunadamente fue echado sobre la tierra húmeda mucho antes de que tuviera que admitir, consigo mismo, eso que, sin importar la circunstancia, sea en el confort mullido de un palacio o en la áspera suciedad de la sierra, cuesta tanto trabajo admitir.

—¡A ver, cabrón! —dijo el Cuervo en cuanto le quitó la capucha—. Antes dígame una cosa. ¿Me entiende?

Pancho se vio recargado contra la base de un árbol en un oculto paraje rodeado de enormes coníferas en el que apenas había una pequeña casa de adobe con chimenea y un cobertizo. Dos caballos, uno negro y otro marrón, ya estaban amarrados a un travesaño lateral de la casa. Todo parecía insertado a la fuerza en un lugar de la montaña donde nadie en su sano juicio pondría una casa, el declive no cedía prácticamente en ningún punto, excepto al interior del edificio, aplanado artificialmente. Un niño moreno, de unos doce años, de mirada penetrante, con chamarra aborregada, pantalones de mezclilla y botas, lo contemplaba desde la puerta de entrada de la casa, sentado en el dintel. El Cuervo, por su parte, aún seguía embozado. Era un hombre no muy alto pero bastante fornido, completamente vestido de negro, botas con adornos plateados y sombrero vaquero con orillas en piel de víbora. La lluvia seguía dotando de brillos a las hojas y a la hierba.

Pancho Kurtz asintió.

—Mejor —resolvió José Guadalupe. Y, dicho eso, se quitó su propio embozo. Los mismos ojos penetrantes del chiquillo. Un rostro como tallado en piedra, moreno y lampiño. Imperturbable. Inexpugnable.

—Me dicen el Cuervo. Y va a estar usted aquí hasta que paguen su rescate.

Una vez dicho esto, le quitó la mordaza a Pancho. Ambos tenían las ropas empapadas, pero a Pancho le pareció que sería imposible pedir que le permitieran entrar a la casa, poner a secar su pijama, llevarse algo al estómago. Ni siquiera un par de pantuflas había podido ponerse y ni siquiera un pedazo de pan había desayunado. Con todo, en cuanto se vio libre de la venda, dijo lo que había intentado decir desde que fue sorprendido en su cuarto.

—Esto es una equivocación. No soy el papa —exclamó, aun con las manos atadas a la espalda.

El Cuervo ya se dirigía a la casa cuando escuchó a Pancho y se detuvo.

—Ya lo sé. Pero no importa.

—¿No importa? ¿Cómo que no importa?

—Porque ella va a pagar.

Y dicho esto, entró a la cabaña después de acariciar la cabeza del muchacho, quien no se movió un milímetro. Pancho lo vio perderse tras la puerta y comprendió que eso sería todo. Si le permitían abrigarse, comer o ir al baño, sería ya bastante ganancia. Estuvo observando al niño por varios minutos hasta que éste entró a la casa. No había pasado ni un cuarto de hora cuando Pancho ya estaba tiritando de frío y, puesto que los pies no se los habían amarrado, se levantó como pudo. Entendía que fugarse sería imposible pero al menos mejoraría un poco la postura, aun recargado en el mismo tronco del mismo árbol. Enseguida salió el muchacho con una pistola en la mano y, corriendo, fue al lado de Pancho. Le puso el cañón en la sien sin decir palabra.

—¡Hugo! —gritó Lupo desde dentro—. ¡Deja al señor! ¡Si hay que matarlo, yo lo haré! ¡Tú no te metas donde no te llaman!

El niño no apartaba la vista de Pancho. Fingía una rabia muy poco genuina.

—¿No me oyes, cabrón? ¡Ven a terminar tu desayuno! ¡Que seguro el dolor de estómago que traes es de hambre! ¡Ándale!

Hugo obedeció, no sin antes dejar en claro que ahí él también formaba parte de la misma banda de secuestradores despiadados.

Repentinamente, Pancho estuvo seguro de que en algún momento, antes de Navidad, estaría entregando su alma al creador, si es que había alguno. O bien, despachando el cuerpo a la nada, que de ésa sí estaba más que seguro de su existencia. Porque la noche anterior se había ido de lengua y era, cuando menos, 51% más probable que Mamá Oralia ya sospechara que todo era un cochino engaño. Y nadie saca del brete a un cochino impostor, menos cuando te ha querido robar tres millones de dólares en complicidad con otros cabrones, aunque éstos sean tus propios hijos.

Dickens y Tolkien

Lo que no sabía Pancho era que algunas cosas se habían revolucionado esa mañana gracias a su partida. Revoluciones todas al interior de la única persona que podía conducir los hilos de los acontecimientos a partir de ese momento.

En principio, las oraciones que siempre decía Mamá Oralia a primera hora se habían cancelado definitivamente. Sería la segunda vez, desde que llegó a esa finca como una temerosa novia virgen, que faltaría a esa costumbre. Porque tenía otras cosas que le parecían más importantes en la cabeza. Más importantes para su espíritu, se entiende. Y ese desplazamiento no la hacía sentir desgraciada. Atribulada, nerviosa, emocionada, sí. Pero no desgraciada.

Otra mínima revolución al interior de Mamá Oralia había ocurrido justo en el momento en que se dio cuenta de que, increíblemente, ésa era la mejor forma de "componer las cosas". (En su mente seguía entrecomillando la intención.) Y que parecía, en verdad, un regalo del cielo. Cuando había tomado la decisión de no irse de este mundo sin haber tenido una última reunión con sus cuatro hijos… y que, por más que lo deseara, jamás habría podido convocar a Lupo a dicha reunión, ahora la vida se confabulaba con ella para que todos estuvieran metidos, aunque de distintas maneras, en la misma circunstancia. Ahora sólo tenía que ser lo suficientemente astuta para llevar las cosas hacia el punto en que necesitaba que estuvieran.

Fue a las once de la mañana cuando Flor descubrió la segunda nota de José Guadalupe. Estaba atada al cuerno de uno de los bueyes que usaba para la siembra Mamá Oralia y que, por la temporada, estaban confinados al establo. Flor venía de atender el resto de los animales cuando notó el extraño detalle: una tablilla de triplay atravesaba el pitón del toro. Y se acercó para quitársela. Con letra apretada, indicaba escuetamente: "30 millones de nuevos pesos sabado 8 am rodilla del diablo". Flor entregó la tabla a Mamá Oralia y ésta lo leyó enfrente de toda su parentela.

No tenía mucho de que Leslie hubiera dejado de llorar. Era la única que creía al Cuervo capaz de hacerle daño al papa. A todos los demás les parecía absolutamente imposible. Estaban seguros de que, por mucho que hubiera cambiado su hermano, no se había convertido en un asesino. Con todo, cuando Mamá Oralia les mostró el papel, empezaron a tener sus dudas.

—¿Qué sería capaz su hermano de hacer por treinta millones de nuevos pesos? —preguntó Mamá Oralia, como si fuese la culpa de ellos.

Todos se encontraban ya, vestidos, peinados y maldesayunados, a la mesa. Nadie se atrevía a contestar. Era evidente que su hermano era capaz, cuando menos, de secuestrar a un sumo pontífice. Pero también, evidentemente, Mamá Oralia se refería a otra cosa. Afortunadamente ella misma se respondió.

—Es capaz, tal vez, de mandarnos un dedo del santo padre. Por decir lo menos.

Leslie volvió a llorar.

José Ernesto, José Jorge y María Candelaria miran cómo su hermano José Guadalupe golpea a un muchacho tendido en tierra. Tienen quince años el mayor y catorce los tres menores, pues José Jorge los acaba de cumplir. Y se han pasado la mañana de ese sábado jugando en el futbolito de la cantina, donde los dejan entrar antes de que llegue el primer borracho. Un muchacho de otro pueblo, el hijo de un proveedor, está de visita. Le ha echado el ojo a María Candelaria y, después de intentar algunos molestos avances con ella, sin éxito, José Guadalupe se le ha ido a los golpes. José Ernesto, José Jorge y María Candelaria ven cómo su hermano somete al otro y, a pesar de tenerlo ya de espaldas contra el suelo, no deja de golpearlo hasta que se le tiñen los nudillos de rojo. El dueño de la cantina les prohibiría la entrada a partir de ese día.

Esos mismos tres hermanos pensaron, ante la aseveración de Mamá Oralia, que hacía mucho que no sabían de Lupo. Y que tal vez por salir de pobre, como cualquiera de ellos, sería capaz de hacer cualquier barbaridad. Inventarse un papa, por ejemplo. O secuestrarlo y despacharlo en pedacitos. Mamá Oralia volvió a romper el silencio.

—Treinta millones de nuevos pesos es mucho pinche dinero. Casi cuatro millones de dólares. Y yo no tengo tanta liquidez. Así que sólo hay de dos sopas: o recuperamos el dinero que ya se le pagó al cardenal Pastrami para rescatar a su santidad… o intentamos convencer a José Guadalupe de que lo libere.

Un breve silencio, donde sólo se escuchaban los sollozos de Leslie y los ruiditos que hacía Zacarías jugando cochecitos, sirvió para que en la mente de los hermanos iniciara un despliegue de posibilidades que casi podía escucharse. *Imposible, mi vieja en este momento es el huracán de la gastadera y no hay poder humano que la detenga*, pensó Neto. *Imposible, ya pagué al primer deudor y hasta avisé a los otros que dejen de estar chingando*, pensó Cande. *Imposible, primero me largo a China que devolver un solo centavo, pinche viejito, es su culpa, por qué no nos echó ni un grito ni nada*, pensó Jocoque.

—Voto por convencer a José Guadalupe —soltó tímidamente Neto.

Y en ese momento sonó el teléfono como una llamada de atención. Incluso el de los cochecitos estacionó sus vehículos. Mamá Oralia se puso en pie y respondió el aparato de la estancia.

—¿Bueno?... Hola, Rodrigo... No me digas... No. Aquí todo está bien... Sí, te lo juro... Te lo pasaría pero ayer le cayó mal algo al estómago y está indispuesto... Sí. Todo como lo tenemos planeado... hasta luego.

Volvió a la mesa.

—El alcalde. Que le reportaron varios del pueblo haber visto al Cuervo merodeando por aquí. Me preguntó si todo está bien.

—Podríamos notificar a la policía y que ellos rescaten al viejito, que diga, a su santidad —dijo Jocoque en un arrebato del que se arrepintió enseguida.

Mamá Oralia lo fulminó con la mirada.

Y a Jocoque le quedó claro que involucrar a la policía no sólo implicaba la certeza de que se les cayera el teatrito, sino que hasta era posible que más de uno terminara en el tambo, no sólo José Guadalupe. Después de todo, ahí no había más que un abuelo secuestrado, el papa seguía en su casa en Roma muy quitado de la pena. Y muy posiblemente la víctima del fraude no se tentaría el corazón para encarcelarlos a todos, incluso los niños, el abuelo y el secuestrador.

—¿Entonces...? —insistió Mamá Oralia.

Neto tuvo que volver a empujar la misma piedra fuera de su garganta.

—Tal vez lo podamos convencer.

Mamá Oralia mira a sus cuatro hijos, todos ellos con los ojos clavados al suelo y las manos entrelazadas, sentados a la sala, en una escena típica de la infancia. Ha desaparecido un anillo del joyero. Y ella sabe quién fue. Y sabe que ellos saben quién fue. Y aun así, todos hacen lo posible por hacerse los inocentes, encoger los hombros, fingir ignorancia. Y le sorprende que no se den cuenta de que ella ya lo tiene todo bajo su control, que sólo es cuestión de tiempo para que haga la acusación e inicien los castigos.

Pues lo mismo.

Le sorprendió, en ese momento, que sus hijos se empeñaran en salvar un engaño que desde el principio se deshacía de lo mal armado. Hubiese preferido que lo admitieran todo en ese momento, que le pidieran intervenir por el pobre señor como-se-llamase, que le salvaran la vida. Pero estaba visto que eran más cuervos que el mismísimo Cuervo. Ni siquiera quiso valerse mentalmente de la frase "cría cuervos..." por evidente y barata. Con todo, el asunto entero le parecía humorístico. Excepto por el posible detalle de que José Guadalupe le empezara a mandar en pedazos al señor don papa, todo lo demás era de antología.

—No quiero ni imaginar si esto no sale bien —inquirió—. El escándalo internacional. Y que yo tenga que decir a la prensa que no fuimos capaces de salvar a su santidad antes que intentar regatear con sus secuestradores. Seguro que nos declararán la guerra todos los países del mundo.

Nah... sólo los católicos, pensó Neto, pero prefirió callar. Porque devolver el dinero se le antojaba bastante más imposible que contratar un comando SWAT y rescatar con ninjas, tanques y acorazados al mismísimo papa.

—Tiene razón, Mamá Oralia... —dijo—. Pero yo creo que nada perdemos con intentar dialogar. Al fin es nuestro hermano.

A Mamá Oralia le pareció el más risible de los argumentos. *Justo por eso, cabrón. Porque es hermano suyo.*

—Bueno —dijo, en cambio—. Pero si no vuelven de la sierra no digan que no se los advertí. Por lo pronto, antes de que vayan, me dejas el número telefónico del cardenal Pastrami, para informarle, en caso de que ustedes no puedan resolverlo.

Neto miró a sus hermanos. Fue sólo un microsegundo, pero para Mamá Oralia fueron minutos. Los mismos minutos que les contaba cuando, por ejemplo, desaparecían dinero, una joya, un becerro, y ella los increpaba y sólo era cuestión de tiempo para llegar a la acusación y el castigo.

—Este... no será necesario, ya verá.

—Pero igual me dejas el número telefónico.

—Pero no será necesario.

—Pero me lo dejas.

—Sí, pero no será necesario.

Leslie reventó del desconsuelo. Abrazó a su padre y le suplicó que no fuera a ningún lado. Que no quería quedarse huérfana. Que era algo muy peligroso. Que...

Y Neto hizo algo que no hacía en años. La tomó en sus brazos y la cargó. Y la llevó, a trompicones, al piso superior.

Toda una niñota de diez años, llevada en andas como si fuese una bebé. Un par de veces Neto estuvo a punto de caer de espaldas y conseguir una columna vertebral rota, lo que en verdad le hubiera hecho la mañana a todo el mundo. En realidad quería impedir que la tristeza de su hija llevara a Mamá Oralia a descubrir el pastel y por eso la urgencia de salir de ahí. Pero el lloriqueo le vino que ni pintado para dar por concluida la conversación con su madre sin mayor explicación. Lo cierto es que tardó más de dos horas en convencer a Leslie que Lupo sería incapaz, cómo crees, si somos hermanos. A sí mismo, en cambio, no pudo convencerse en ningún momento.

—Trescientos cincuenta mil dólares —fue lo que dijo Pancho Kurtz a media tarde, cuando por fin dejó de llover y a sus dos captores les pareció que ya estaba bueno de mimarlo, que había que echarlo de vuelta al bosque.

Y lo echaron, aunque sus ropas todavía estaban húmedas. Y aunque él apenas había comido un poco de frijoles con tortilla. Y aunque seguía descalzo.

Horas atrás, después de mortificarlo con esa lluvia finita que le había calado los huesos y puesto en una situación de vulnerabilidad tal que por poco termina llorando… Lupo y el niño le abrieron la puerta del pequeño establo. Ahí, entre el lodo, la pastura y las heces de chivo, le permitieron comer un poco, beber agua y hacer sus necesidades. Luego, dejó de llover y fueron por él para echarlo al bosque. La ventaja es que ya no tenía las manos atadas. Y justo cuando Lupo lo amenazó con que, si intentaba huir, lo mataría por la espalda, Pancho soltó la cifra.

—Trescientos cincuenta mil dólares.

Se sentó en un tocón a esperar su suerte. Pues ni el hombre ni el muchacho parecían querer incluirlo en sus actividades, que básicamente consistían en comer, dormir y leer. Luego de que lo sacaran al exterior, cuando el sol ya estaba cayendo y los mosquitos se animaban a cebarse en la piel del santo padre, Lupo se sentó en una mecedora que atoró entre dos piedras a leer *Historia de dos ciudades* de Dickens. Hugo, sobre la tierra mojada, hizo lo propio con *Las dos torres* de Tolkien, aunque quejándose intermitentemente de cierto dolor en el estómago. Ambos ejemplares se caían a pedazos de las múltiples lecturas. Un mínimo radio de transistores tocaba la misma estación cursi que ponía siempre Mamá Oralia, "Radio Ensoñación". Fue entonces que su santidad lo supo, pero aún esperó la reacción de sus captores respecto a la cifra soltada para soltar su descubrimiento. Ninguno parecía interesado, así que insistió.

—Trescientos cincuenta mil dólares. Son como dos millones y medio de nuevos pesos. Es lo que pueden ustedes obtener sin hacer ningún esfuerzo. Están debajo de la cama del mismo lugar de donde me sacaron.

El Cuervo levantó la vista de su lectura. Un par de segundos. Luego volvió al libro. Pancho reconoció el gesto y se animó a soltar su conjetura, porque ya había visto ese ánimo displicente en algún otro lado. Una conducta aprendida, pues.

—Usted es el cuarto hermano.

José Guadalupe volvió a levantar la vista. Ahora un poco más. Cuatro segundos. Volvió a Dickens. Pancho supo que tenía razón. Y comprendió que o su esperanza podía cobrar nuevos bríos o bien morirse para siempre. Porque tal vez el secuestro tuviera mucho de venganza, ya que nunca supo cuál fue la razón por la que el cuarto hermano se apartó de su familia. Acaso le hubieran hecho cosas horribles y él terminara por aniquilarlo gratis, nada más por joder a su madre y hermanos. Con todo, no podía renunciar tan fácilmente.

—Le juro que es verdad. Trescientos cincuenta mil dólares. Es lo que me tocó por haber participado en el negocito. Se cuela usted a la casa. Los saca. Cosa de nada. Y me libera. Yo se los regalo.

En la radio volvieron a dedicarle una canción. El "Ave María" de Schubert, en la voz de Plácido Domingo. "Para nuestro honorable visitante." No causó ningún tipo de reacción en el hombre y el niño, quienes, por lo visto, mataban las horas muertas absortos en historias que no protagonizaban.

—En realidad no creo que la señora Oralia pague un centavo por mí. Porque todo esto es un jodido engaño —resolvió don Pancho—. Y yo participé. Formo parte de la misma banda de estafadores que la quiso engañar. Así que sugiero que, en verdad, tomen esos trescientos cincuenta mil dólares porque no creo que puedan obtener más.

A esto, el Cuervo se puso en pie. Entró a la casa y salió de ésta con un libro y una silla. El libro era un ejemplar muy manoseado de *David Copperfield*. Encajó las patas de la silla sobre la tierra, hasta conseguir un poco de horizontalidad, y luego ofreció a la distancia el libro a Pancho, extendiendo la mano. El muy venido a menos papa en pijama sin pantuflas se acercó y se sentó en la silla. Tomó el libro. Suspiró. Inició la lectura. De pronto sintió que, si al anochecer le permitían dormir en la casa y no con los chivos, ya sería algo.

—¿Te sigue doliendo? —preguntó Lupo al niño.

—Poco, pero sí —aunque a leguas se veía que mentía.

—Por siempre traer las manos puercas, cabrón. Seguro.

Quince páginas de *David Copperfield* después, Hugo entró a la casa y salió con dos cigarros encendidos. Le ofreció uno al Cuervo, quien lo aceptó gustoso. A las cincuenta páginas, al santo padre le fue ofrecida una fumada, misma que también aceptó gustoso. La noche se echó sobre ellos y Hugo encendió la planta eléctrica, que les permitió seguir leyendo bajo la luz de un foco de ochenta *watts*; ahora los tres se habían mudado a la entrada de la casucha. Los mosquitos sólo se encarnizaron con la blanquísima piel del papa. El concierto nocturno de cigarras y grillos era casi ensordecedor. La luna se asomaba tímida entre las nubes.

—Los vi —dijo entonces el Cuervo, cuando Dickens ya había enganchado a su santidad y casi lamentaba no haber leído hasta entonces a ese autor—. Los vi cuando fueron de día de campo, señor papanatas. De hecho fui yo quien les espantó a los que los perseguían. Y por eso sé que ella va a pagar.

Pancho recordó rápidamente la persecución, la balacera, el momento sublime de la reunión a orillas del río. Y, con todo...

—No entiendo —resolvió después de pensarlo por un rato. ¿Qué fue lo que en realidad vio el Cuervo?

José Guadalupe, sin quitar la vista de su libro, como si le hubiese leído la mente, agregó:

—Vi cómo veía usted a mi madre pero... más importante todavía... —se echó hacia atrás en la mecedora—, vi cómo lo veía ella a usted. Y por eso sé que va a pagar lo que le pida.

Lo cual era absolutamente cierto pues, justo un par de horas después, cuando ya todos en la finca Oroprieto se encontraban en sus habitaciones, Mamá Oralia se animaba a bajar la escalera, salir a hurtadillas de su propia casa y entrar a la caseta que por tantos años había pertenecido a don René, su viejo caporal. Y así, oculta a las miradas de sus hijos y sus criadas, se sentó en la cama destendida. Y miró con cierto aire de ternura todo lo que la rodeaba y que formaba parte de la vida de un hombre que era un misterio para ella. Ahí estaban sus ropas, las eclesiásticas y las seglares, sus zapatos, los utensilios de afeitarse, el cepillo de dientes, la maleta... la maleta. Donde, por encima de pantalones y camisas se encontraba, como la dejaría alguien que quiere encontrarse con ella en primer lugar, la foto de una niña sonriente.

Y entonces, cediendo a ese impulso que la había llevado hasta ahí, acercar la mano al buró y, por supuesto... dejar de disimular. Tomar la cartera. Y, esbozando una oración, tal vez la única que se le había escapado ese día, abrirla sin ambages.

Lo que decía el Cuervo era absolutamente cierto porque, justo cuando el reloj marcaba las once y media de la noche, Mamá Oralia descubriría que ahí dentro sólo había dinero mexicano y uno que otro objeto peculiar, como un boleto de metro o un calendario del 95 o una tarjeta de crédito que para nada decía, al frente, Karol Wojtyla, sino otro nombre que terminó por descubrir también en la licencia de conducir. Un nombre que nada tenía que ver con la cúpula del poder religioso sino con la más simple cotidianidad humana. Y sí, lo que decía el Cuervo que había detectado en los ojos de su madre era cierto porque en ese mismo momento se desbordó. Y la puso a temblar como una chiquilla. Y la hizo reír como una tonta ante la imagen de ese hombre de barba que no podía dejar de mirar en esa licencia emitida por el gobierno del Distrito Federal. Y finalmente aferrarse a una esperanza, una estúpida esperanza que nunca había abrigado en toda su vida. Y decirse que por supuesto que pagaría lo que tuviera que pagar por no perderla.

Cinco horas para entregar una pizza

Con todo, aun quería "componer las cosas". Y por ello decidió que dejaría avanzar los acontecimientos en el sentido pactado. Y ya intervendría de ser necesario.

Por eso permitió que, a las 6 de la mañana de ese sábado 23 de diciembre, toda la familia se reuniera en la sala para darles la bendición y desearles suerte a los que se presentarían a la cita sin un peso en los bolsillos: José Ernesto y José Jorge.

El cónclave, que había tenido lugar el día anterior, antes de la merienda, en la confortable y apestosa intimidad del gallinero, justo como hacían antaño para poder juntarse y gritar y vituperar a su gusto y sabor, ocurrió más o menos en los siguientes términos:

—Estás loco pendejo, pinche Neto. ¿Cómo crees que vamos a convencer al loco del Lupo de que nos entregue al viejito así nomás de a gratis? —Jocoque.

—¿Y se te ocurre a ti algo mejor, cabrón? —Neto.

—¡Sí! ¡Echarnos a correr y a ver quién nos alcanza! —Jocoque.

—¿Y dejar que Lupo se meriende al papa? No chingues —Neto.

—¿Y por qué no? No es nada nuestro el pinche viejito. Él sabía que el asunto implicaba riesgos. Aquellos que quieran dejar aquí el asunto y echarse a correr con lo que ya sacamos digan "yo" —Jocoque.

—Yo —Jocoque.

Silencio. Los demás.

—Qué poca, tío —Leslie.

—Pues la otra es devolver el dinero —Neto.

—Ni madres —Jocoque y Cande.

—Entonces hay que convencerlo al cabrón —Neto.

—Ve tú —Jocoque.

—Ni madres, vamos todos —Neto.

—Que vayan dos. Lo echamos a la suerte. El tercero se queda para cualquier emergencia —Cande.

—Yo tengo hijos chicos, cabrones. No puedo morir. Vayan ustedes —Jocoque.

—Qué poca, tío —Leslie.

—A la suerte, dije —Cande.

Tres monedas al aire. Dos soles. Un águila.

Después de todo, parecía lo más correcto que fuesen los dos hombres. Tal vez por ser hombres. O porque ambos habían ideado toda esa locura. O simplemente porque habían perdido a la suerte. Con todo, la única forma en que Neto consiguió calmar de nueva cuenta a Leslie e impedir que soltara la sopa con su abuela no fue asegurándole que Lupo sería incapaz de hacerles algo, somos hermanos, cómo crees, sino haciéndole una eficaz promesa. "Voy a estar de vuelta antes de la hora de la comida. Pero, si en verdad no vuelvo para antes de las cuatro de la tarde, puedes contarle a tu abuela todo para que intente rescatarnos."

Así que, después de una noche un tanto intranquila, donde el único avance fue que Leslie pudo convencer a su papá de que se llevara consigo todos sus amuletos, trébol, pata de conejo, herradura y playera de primer noviazgo, toda la familia se reunió a las 6 de la mañana pues el camino a la Rodilla del Diablo les tomaría, según sus cálculos, una hora y media más o menos.

Con todo, fue hasta que estuvieron subidos en la Golf, que Mamá Oralia se las soltó, acercándose al auto.

—Algo que nunca les dije es que su hermano siempre ha odiado a los curas. Ésa es la razón por la que nunca respondía en misa y por la que siempre que venía el padre Agustín se encerraba en su cuarto. Me enteré poco después de que se fueron. Así que es posible que no consigan ni madres. Pero échenle ganas porque mañana ya es veinticuatro y el santo padre todavía tiene que oficiar una misa a las doce de la noche. Si es que quiere el resto de lo pactado, claro. Que Dios los acompañe.

Neto encendió el auto y se santiguó con toda la intención de que lo viera su madre, quien en ese momento sacó de entre sus ropas un sobre.

—Le dan esto a su hermano, por favor.

En la portada del sobre sólo se leía: "José Guadalupe, Navidad 1995" con la letra estilizada de Mamá Oralia. Y nada más.

—Ni se les ocurra abrirlo o todo lo que no les haga el Cuervo se los haré yo con todo y recargos.

Neto se echó el sobre en el bolsillo del saco y salió por el portón. Continuó por Independencia hasta el acueducto y traspasó la garita y llegó al sitio en el que tendrían que dejar el coche para continuar a pie sin decir una palabra. Jocoque, en cambio, de vez en cuando sí soltaba un "puta madre".

La Rodilla del Diablo era un peñasco de la sierra aledaña al que ellos mismos bautizaron en su infancia. Poco tenía de rodilla y menos de pertenecer al Diablo, pero en aquellos tiempos siempre andaban buscando modos de azuzar al Maligno, ya que su madre siempre lo traía a cuento. Luego también inventaron que ahí habían muerto varias personas y otras cuantas leyendas que poco a poco se arraigaron en San Pedrito. Pero lo único cierto es que se trataba de una redondez rojiza y sin chiste de un pedazo de montaña, nada que ver con ninguna otra cosa. Excepto, claro, con la certeza de que, al haberla mencionado, el recado sólo podía venir de su hermano Lupo.

Caminaron por el bosque y se internaron en aquellos parajes que, de niños, conocían incluso mejor que la finca, acompañados por el gorjeo de las aves, el frío y el oscuro cobijo del follaje, hasta que llegaron al fin, una hora después, al sitio exacto en el que iniciaba la pared vertical que se convertía, con mucha imaginación, en una rodilla. Aún no eran las ocho de la mañana pero de inmediato apareció el Cuervo por detrás de un amasijo de árboles, sobre su caballo negro. En cuanto lo vieron surgir, Jocoque soltó su último "puta madre". No había que ser ningún gran fisonomista para reconocer a aquel con el que convivieron en su infancia y adolescencia. Considerando que José Ernesto había decidido apersonarse como cuando iba a negociar su currículum en una empresa, es decir, de traje y corbata, Jocoque como había renacido de la fiesta del jueves, las mismas manchas de champán sobre su camisa rojo brillante y el copete a lo Elvis aun luchando por mantenerse en su sitio, y José Guadalupe en perfecta caracterización de "el Cuervo", negro hasta las amígdalas y con el rostro cubierto; la estampa era perfecta para anticipar una catástrofe. José Guadalupe saltó del caballo.

—No acepto cheques, pendejos.

—Me da gusto verte, Lupo —dijo Neto.

—A mí no. ¿Dónde está el dinero?

—De eso queremos hablar.

—Esto no me gusta nada —fue lo que exclamó Macarena en cuanto llamó al timbre con el 301 pintado en *masking tape* del edificio horroroso en el que vivía su cuñado.

Interrupción necesaria en la trama porque: 1) ocurría al mismo tiempo en que el marido de Macarena era amenazado con un arma en la cabeza y 2) siempre es preferible evitar las escenas escabrosas, como ésa donde el cuñado de Macarena estaba siendo perseguido a los tiros por un descampado, justo cuando ella subía por las escaleras de ese mismo edificio horroroso; exactamente el mismísimo cuñado al que había ido a buscar porque todo el viernes estuvo rumiando que si algo olía a podrido ahí, y si en ello estaba implicado hasta el robo de una computadora con escáner e impresora, seguro era porque, por algún lado, se había entrometido dicho cuñado. Así que encargó a las niñas con la vecina, al fin que ya llevaban más de dos días sin pelearse, y fue a la dirección de Jocoque, misma que había apuntado sólo por precaución aquella vez que tuvo que recoger a Leslie porque el tío la había invitado a ver un maratón de películas piratas de Star Wars y la maldita escuincla hasta berrinche hizo para poder ir.

Pero la puerta de la calle la liberó alguien con voz femenina. Y ella subía las escaleras con mil preguntas en la cabeza. Un piso, dos pisos, tres pisos para encontrarse con una mujer morena en ropa interior abriendo la puerta con cara de desvelo.

—¡Vaya! ¡Cinco horas para entregar una chingada pizza!

Macarena, no obstante, siguió caminando en dirección al 301. Porque una mujer en calzones y brasier reclamando una pizza a las ocho y minutos de la mañana tenía todo el sello de su cuñado Jocoque. En cuanto se acercó se dio cuenta, por el aroma, de que ahí había corrido el alcohol en cantidades que hasta al dios Baco escandalizarían.

—Estoy buscando a José Jorge Oroprieto.

—¿Qué? ¿A quién?

—Al Jocoque.

—Ah. No está. ¿Y mi pizza?

—No sé.

La mujer ya iba a cerrar cuando Macarena lo impidió, colgándose de la perilla.

—Es importante.

Algo pareció encenderse en la cabeza de la mujer, porque renunció a la huida.

—¿Por qué? ¿Qué pasó? ¿Zacarías está bien?

—¿Cómo?

—Yo soy la mamá del niño. ¿Está bien?

—¿Qué niño?

El alcohol debe haberse rendido al instinto materno porque, automáticamente, la señora recobró consciencia. A pesar de que, a sus espaldas, una voz ronca le gritó que volviera a la cama.

—¿Quién es usted? ¿De qué se trata?

—Soy cuñada del Jocoque. Y lo estoy buscando porque sospecho que con él está mi hija.

—¿Pero… todo está bien? Porque no se ha reportado tampoco conmigo. También tiene a nuestro hijo con él.

—¿"Nuestro hijo"?

—Sí. Él es el padre. ¿Increíble, no? Me juró que era estéril cuando andábamos. Pero bueno. Yo tengo la culpa por pendeja. ¿Si le digo dónde anda puede averiguar si está bien mi hijo?

—Carajo. ¿Dónde anda?

—Fue a pasar unos días con su madre.

Por la mente de Macarena pasó toda la irregular historia de Neto con su madre, la abuela terrorífica que sus hijas nunca habían conocido, la suegra que ella tampoco vio nunca en la boda del civil que celebraron muy a la carrera ni en ningún evento posterior. El nombre de un estado. San Luis Potosí. El nombre de un pueblo. San Pedrito Tololoapan. Volvió a escucharse una voz aguardentosa pidiendo a la de la puerta que "llevara ese culito suyo adonde pertenecía". Macarena prometió precariamente a la señora que le informaría respecto a su hijo. Volvió a su coche nuevo, un Cougar sin placas por el que acababa de dar un enganche y la primera mensualidad, con una sola idea en la cabeza. "Voy a matarte, José Ernesto Oroprieto Laguna, cabrón desgraciado." Porque ahora estaba segura de que el mentado negocio de cultivos de papa con canadienses en realidad era de cosecha de amapola con colombianos.

—La gran cagada. No puedes hacer esto, cabrón —dijo por milésima vez Jocoque, justo cuando ya arribaban a la casa de su hermano en la sierra y éste les quitaba las vendas de los ojos.

—Puedo y lo hago —respondió Lupo al momento en que desmontaba y propinaba un puntapié a su hermano menor en el trasero, empujón necesario para que diera definitivamente con la cara en la hojarasca.

Neto prefirió no incordiar a Lupo desde que salieron, pues de inmediato se dio cuenta de que no tenían escapatoria. Había tenido que atar las manos de Jocoque y luego aguantar a que Lupo se las atara a él, permitir ser vendados y atados por el torso, caminar a ciegas por cinco kilómetros entre la maleza,

315

empinadas cumbres, arroyos secos y colinas hasta arribar a un sitio que tampoco le ofrecía ningún consuelo. Una paupérrima casa en tierra de nadie cuya única singularidad era contar con su propio jefe de la iglesia católica universal ahí instalado. Don Pancho leía a Dickens de espaldas a Hugo, quien también leía y sostenía desguanzada su propia pistola sobre una mesa que habían acomodado en el porche de la cabaña. Y emitía, de vez en cuando, un quejido de dolor en el vientre. De hecho, ya había vomitado un par de veces en el día. Al verlos, el chico levantó el arma y la apuntó hacia los recién llegados.

—Quieto, tigre —dijo Lupo—. A éstos sí te los despachas tú. Pero sólo si yo te digo.

—No chinguen —gruñó Jocoque, rendido sobre la loma—. Ayúdenme a levantar.

—No pasa de que se te suba una víbora —dijo Lupo.

—Qué poca madre tienes, cabrón —insistió Jocoque.

—La misma que tú —y, dicho esto, se metió a la casa a tomar un poco de agua.

Neto miró con suspicacia a Hugo, esperando que le permitiera, de perdida, sentarse en el piso de tablones de la casa de adobe. Don Pancho cerró el libro para obsequiarle una mirada. Ya le habían prestado unos huaraches y un poncho. Y había comido de lo mismo que Hugo preparó para su padre. Y no dejaba de rascarse por todos lados porque los mosquitos ya habían corrido la voz de que había abierto sus puertas el mejor restaurante bípedo de toda la región.

—Veo que la operación rescate ha sido todo un éxito —dijo al momento en que Neto aprovechó el declive para sentarse contra los tablones y descansar la cabeza, casi a la altura de los pies del viejo.

—Me da gusto ver que conserva el sentido del humor intacto.

—No sé si voy a llegar a Navidad, bebé. ¿Qué más puedo hacer?

Hugo descansó el arma de nueva cuenta en la mesa. En el radio sonaba un extracto de "El Cascanueces" tocado por marimba.

—¡Ayúdenme, hijos de la chingada! —gritó Jocoque.

—No es capaz —soltó Neto después de unos segundos, en cuanto recuperó el aliento por completo—. Yo crecí con él. No es capaz.

—La gente cambia, bebé.

—No en lo esencial.

—Me contó que mató a la madre del niño cuando la descubrió en adulterio.

—Y una mierda. Seguro hay otra historia detrás.

Hugo hizo como si no estuviese presente. Siguió leyendo y rascándose la coronilla de la cabeza, porque, aunque a él los moscos ya le habían perdido el gusto, los piojos no. Y tenía suficientes para colonizar un gorila entero. Neto giró el cuello y lo miró. No era tan parecido a su padre. Excepto en los ojos —negros, profundos, expresivos— y en la hostilidad.

—En todo caso… —suspiró su santidad—. Ahora sí creo que nos vamos a pudrir aquí. Me dijo que pidió treinta millones de nuevos pesos. Es muchísimo dinero. Incluso por el papa original. Y nosotros no tenemos para negociar más que un papa pirata y un par de hijos postizos.

—Estoy de acuerdo. Nos vamos a requetepudrir aquí.

—¡Ayúdenme, no sean cabrones! —insistió Jocoque a la distancia.

—Las cinco y media —dijo Mamá Oralia en cuanto el reloj en pie repiqueteó con su campanita—. Creo que es hora de llamar a la policía.

A la mesa se encontraban, nerviosas, Mamá Oralia, María Candelaria y Leslie Oroprieto. Ya había pasado una hora y media desde las 4 pm y sólo por no ceder al infortunio, Leslie se había callado el secreto que su padre le había permitido contar a partir de esa hora. Pero era evidente que ni su papá ni su tío Jocoque habían convencido de nada a su hermano. Y tampoco podían saber si los tres secuestrados estaban bien o ya eran carne de las tarántulas del monte, aseveración un poco exagerada pero, considerando que Leslie ya se había hecho el propósito de contar la historia, ideaba este tipo de frases en su cabeza. Con todo, le ganaba el sentimiento muy frecuentemente. Y las lágrimas brotaban de vez en cuando. Pero Mamá Oralia no había querido unirse a los rezos de Lola y Flor, en la capilla; antes bien se había servido un par de vasitos de whisky. Y el tiempo avanzaba.

Y sonó el teléfono.

Cande se apresuró a contestar.

—Última oportunidad —dijo la voz—. Ocho de la noche. Mismo lugar.

El alma se le fue a los pies. Su blanca piel se tornó fantasmal. Su madre y su sobrina lo notaron.

—Era él. Lupo —informó.

Y tuvo que admitir que ella tenía buena parte de culpa. Porque en el fondo, cuando la suerte la favoreció al arrojar su moneda, supo que el par de idiotas lo iban a estropear completamente. Y aun así, los había dejado continuar. Así que, haciendo de tripas corazón, contó a su madre y su sobrina del nuevo ultimátum y, no bien había llegado en su relato a la nueva hora de la cita, Leslie echó a correr al piso superior. No tardó en seguirla, ante la mirada inquisitiva de su madre y la aparición de las muchachas de servicio en la puerta de la capilla.

Cande entró a la habitación que ocupaba Leslie con su padre. La niña echaba la maleta llena de dinero, oculta en una de las repisas del armario, hacia el suelo.

—¿Qué pasa, chiquilla?

—Tía, dale nuestro dinero al Cuervo. Por favor.

Cande cerró la puerta tras de sí y se sentó en la cama, tomándola de la mano. Leslie lloraba de nueva cuenta.

—Sabes que no es ni la mitad de lo que está pidiendo.

—No, pero es mucho más de lo que mi papá y mi tío llevaban.

Eso es cierto, pensó Cande. *Igual no es lo más inteligente no llevar ni cien pesos a una negociación de treinta millones.*

Pero ella también había crecido con Lupo. Y aunque siempre había sido hosco, resentido y medroso, nunca fue injusto o violento sólo porque sí.

—Voy a ir a resolver esto. Te lo prometo.

—Pero llévate el dinero.

Cande hubiera podido decirle: "no podemos sacarlo sin que se dé cuenta tu abuela. Y va a sospechar del engaño. Y no podemos permitirnos eso porque es nuestra última carta para conseguir salvarlos, así sea poco el dinero que pueda aportar, será mejor que nada". Pero en cambio, dijo:

—Llevo el mío, no te preocupes.

Y dicho esto, dio un beso a la niña en la frente. Y le pidió que se fuera con Mamá Oralia al comedor. Y fue a su propia habitación. Y vació su propia maleta de dinero, colocando los fajos de billetes en el interior de los cajones de su cama. Y llenó la maleta con papeles viejos, libros y hasta tierra de una maceta para emular el peso. Y salió con su chamarra y su casco y las llaves de la moto y una maletota muy sospechosa llena de porquería. Y dijo, una vez que ya estuvo de vuelta en la planta baja:

—Voy a resolverlo. Se los prometo.

—¿Qué llevas ahí? —preguntó Mamá Oralia, pensando en el probable buen corazón de su hija, cediendo su parte del botín para salvar a sus hermanos y al sumo pontífice.

—Nada. Cosas. Básicamente recuerdos… voy a recordarle a Lupo quién era antes de volverse el Cuervo.

Y Leslie pensó. *Y un carajo, seguro lleva libros, porquerías y hasta tierra de las macetas.*

Y Mamá Oralia pensó. *Y un carajo. Ha de llevar droga o armas o explosivos. Si de los cuatro no haces uno.*

Y en cambio, nadie dijo nada. Ni siquiera Leslie, quien hubiera querido desear suerte a su tía.

Y en "Radio Ensoñación" tocaban el "Pájaro Chogüí".

Y en un departamento de la colonia del Valle una madre decía a sus hijas gemelas: se bañan y se acuestan, que mañana salimos temprano a San Luis Potosí. ¿Adónde? A San Luis Potosí, mensa, ¿qué no oíste? No me digas mensa, estúpida. Y la madre pensaría, al oír pelear a sus hijas, que ya anhelaba la vuelta a la normalidad, honestamente, aunque ésta fuese así de anormal y extraordinaria.

Y ya bien entrada la noche, en una cabaña en lo más profundo de la sierra donde un viejo leía y dos hermanos, atados espalda con espalda refunfuñaban y un niño preparaba de cenar, se escucharía un caballo relinchar y a un hombre llegar y empujar a su propia hermana maniatada y vendada a unirse a los otros secuestrados. Ni se les ocurra hacer un pinche comentario al respecto, cabrones, diría ella en cuanto le quitaran la venda, pero sería el beatífico santo padre quien diría, fuerte y claro, al verla arribar, me lleva la chingada.

Y empezaría a llover de nuevo, con visos de tormenta.

Y prácticamente todos los niños del mundo despiertos a esa hora de la noche pensarían que ya era Nochebuena por fin, y los milagros, por ende, podían ocurrir en cualquier momento.

Imagina que no hay cielo

Pasaban de las dos de la mañana. Todas las luces, excepto las del árbol de Navidad, estaban apagadas. Y en la mente de la única persona despierta a esa hora concurría una sola idea: *me equivoqué.*

Por donde le busque, me equivoqué. Toda mi vida. Desde que murió mi mamá y decidí que si nadie me iba a querer, ni en la escuela ni en la calle ni en mi casa, yo tampoco iba a querer a nadie, la cagué todita. Lo intenté con Augusto, pero me fue imposible. Y con los niños ni siquiera lo intenté. La cagué todita. Y ahora, mandándolos a todos a una misión absurda, más todavía. Quién sabe si José Guadalupe no se haya convertido, en verdad, en un monstruo. Un pinche fratricida. Y yo aquí sentada, escuchando la pendeja radio.

Fue al final de ese pensamiento cuando dejó de ser la única persona despierta a esa hora. Porque en realidad no se podía dormir en esa casa con aquel aire de tragedia infectándolo todo. Fue ése el momento exacto en el que Leslie despertó. Y no pudo simplemente quedarse ahí en su cama.

Tal vez ya no se comunique conmigo por querer pasarme de lista. Y me empiece a mandar a sus hermanos en trozos, para escarmentarme. ¿No funcionan así todos los secuestradores?

En efecto, estaban ella sola y la radio, donde pasaban únicamente las canciones que a ella pudieran gustarle. Instrumentales. Edulcoradas. Las veinticuatro horas del día, que al fin ella pagaba la nómina y la cuenta de la luz. En ese momento surgía de las bocinas el "Claro de Luna" de Debussy. Y sintió que lo mejor sería tomar el rosario y ponerse a rezar como antaño, que al menos eso le quitaba la ansiedad en días pasados. Días anteriores a ésos en los que se había atrevido a abrigar un estúpido sueño. Una sola idea que le había hecho olvidar el linfoma y la soledad y la amargura. Una sola idea que, a cada segundo, a cada nota de música, se iba desvaneciendo irremisiblemente.

Se puso en pie para ir en busca del rosario. Pero las luces del árbol de Navidad alumbraron a Leslie, al pie de la escalera, en bata y zapatos tenis, como un fantasma.

Mamá Oralia prefirió fingir que no iba a ningún lado. Se estiró en su asiento y volvió al mismo sofá que ocupaba en la sala.

—Mamá Oralia…

—Qué pasa.

—No puedo dormir.

Mamá Oralia se sintió tentada a decirle "¿Y a mí qué?", pero ese pensamiento que la había rondado toda la noche la acicateó con fuerza. *No chingues, Oralia. No la cagues ahora. La niña dejó ir a su padre contra su voluntad. El mismo padre que tal vez no vuelva a ver por tú no haber querido poner un dinero que bien sabes que tienes.*

Igual no le salieron las palabras.

Unos pasitos veloces las rescataron a ambas. Zacarías apareció por la puerta de la cocina. Se había ido a dormir con Flor y Lola y ahora surgía de nuevo. Al menos no estaba desnudo sino con el mameluco amarillo con el que había llegado. Fue corriendo hacia uno de los sofás y se acostó enseguida, chupándose el dedo. Alguna pesadilla, seguramente. En menos de tres segundos volvió a quedarse dormido.

—Quédate aquí, si quieres —dijo Mamá Oralia, como si se refiriera al niño pero también, sesgadamente, a Leslie, quien se sentó a un lado de su primo.

Terminó el "Claro de Luna" y siguió el tema de Patrulla Motorizada.

—Mamá Oralia, tengo que contarte algo.

—¿Ah, sí?

—Sí. Seguro mi papá me va a odiar. Y mis tíos. Pero en vista de que ellos no están. Y que no sabemos nada de ellos...

—José Guadalupe es incapaz de lastimar a nadie —dijo Mamá Oralia irreflexivamente, como si fuese un asunto de honor. Como si alguien se hubiese metido de mala manera con su familia y, antes que nada, debiese defender su honra. Como seguramente había hecho antes, en el pasado, muchas veces. Pero ahora que lo meditaba estaba segura de que en verdad lo creía. Que se había esforzado toda su vida por que al menos fuesen personas de bien. Y aunque los cuatro eran capaces de venderle la columna del Ángel de la Independencia al primer incauto, ninguno era capaz de segar una vida. Ni siquiera el Cuervo. Y ahora que lo pensaba, se daba cuenta de que estaba completamente segura.

—Eh...

—No te preocupes por tu papá. Va a estar bien. Te lo prometo.

De hecho, ya se lo había dicho antes de pedirle que fuera a la cama. Y por eso Leslie había podido conciliar el sueño aunque fuese dos horas. Pero ahora... ahora era otra cosa la que tenía en la cabeza. Y ya que se había animado a hablar, no quería detenerse.

—Te lo agradezco, Mamá Oralia. Pero es otra cosa de la que te quería hablar.

—Dime, pues.

—Es que... bueno... hay algo que no es del todo cierto en esto de la visita del papa.

Mamá Oralia se rindió a un instante de felicidad. Repentinamente se daba cuenta de que ella también ya lo necesitaba. Sonrió.

—No me digas. A ver, déjame adivinar. Ese señor que trajeron no es el verdadero papa.

Leslie se quedó boquiabierta por unos segundos. Desvió la vista a las saltarinas luces del árbol, a las esferas, los ángeles, la escarcha.

—¿Cuándo lo descubriste?

—La verdad... casi desde el primer día.

—La gran cagada. Chin. Perdón.

—Ni te disculpes. Tu papá y tus tíos la sueltan desde que tenían tu edad. Creo que ellos la inventaron.

Y entonces ocurrió. Mamá Oralia reconoció que si se hubiera tratado del verdadero papa, habría llamado a la Curia Romana, al Episcopado Mexicano, a la Nunciatura, a la Secretaría de Gobernación, a la pinche ONU o a la chingada NASA sin tener que esmerarse ni tantito. Pero no. Se trataba de un sujeto llamado Pancho Kurtz Saldívar que le había hecho sentir cosas a las que ella ya había renunciado hacía mucho y no era justo y era demasiado y no sabía cómo se lidia con algo así pero, en contraparte, también tenía poco tiempo de vida y un carácter de los cojones y mucho dinero en el banco. Y que con gusto pagaría treinta o sesenta o noventa millones de nuevos pesos si con eso podía invitarlo a su mesa a cenar para Navidad y hablar del clima y de las mutuas dolencias y de la chingada crisis o de los zapatistas o de lo caro que está últimamente el pinche jitomate.

—Nada más dime una cosa —tuvo que dejar salir las palabras porque comprendió que, si no se enteraba de una vez, ese animalito rabioso llamado esperanza terminaría por causarle un infarto antes de que saliera el sol.

Pero Leslie, quien ya desde los primeros encuentros entre ambos ancianos había identificado el verdadero sentido de toda esa trama, supo casi con antelación la pregunta. Así que fue ella la que prefirió postergarla.

—Claro, pero… ¿primero podríamos prender la chimenea? ¿Por favor?

Mamá Oralia ya ni siquiera tuvo que matar sentimiento nefasto alguno. Pensó decirle que ella había pensado lo mismo, aunque no fuera cierto. Prefirió, simplemente, ponerse en pie y con ayuda de su nieta, arrojar la leña, encender la varita, cuidar el ocote, avivar la llama, ajustar la rejilla, volverse a sentar. En la radio sonaba una canción y Mamá Oralia, quien a sus setenta y cinco años sentía como si apenas saliera de un capullo que la había reprimido desde los doce, pensó que ya nada a partir de ese momento tendría que ver con otra cosa más que con vivir su vida. Todo lo que dijera y todo lo que hiciera tendría que ver con esa sensación de no querer perderse de nada porque ya estaba harta de habérselo perdido todo.

—¿Conoces esa canción?

—Sí, Mamá Oralia.

—¿Y sabes qué dice? Sé que tiene letra porque una vez la oí cantada y me gustó mucho. Pero estaba en inglés.

En inglés. Cantada. Y no como en ese momento, interpretada por una especie de ukelele electrónico.

—No me acuerdo de toda la letra. Pero empieza diciendo… "Imagina que no hay cielo. Es fácil si lo intentas…" y, chale, no me acuerdo de lo demás.

Mamá Oralia supo que era noche de milagros porque bien hubiera podido no hacer esa pregunta intrascendente. Pero se animó casi por hacer plática. Y su nieta le había dado cauce a esa idea que la había asediado desde hacía unos días: que a causa de su crítica vida de desamor había caído en los brazos de la única persona que no la podía defraudar, una cuya esencia divina hacía la relación completamente impersonal, justo porque ella había huido de la posibilidad de caer en los brazos de otros. Gente de carne y hueso. Gente que la podía decepcionar, sí, pero también maravillar. Y pensó que, aun a sus setenta y cinco años, nada hay de malo en querer rectificar. Salir del chingado capullo. Y que ese ser divino, si es que estaba en algún lado, bien podía sentirse orgulloso de ella al verla cambiar de interlocutores. Porque desde el catecismo le habían dicho que era bueno. Y si así era, entonces no podía oponerse a que esa hija suya se decidiera a vivir de una jodida vez por todas. Vivir, sí. Y sin dejar pasar más el tiempo.

—¿Estás bien, Mamá Oralia?

Últimamente había llorado mucho. Pero siempre a solas. En cierto modo era reconfortante hacerlo frente a alguien. Como con Pancho. O como con…

—Abuela.

—¿Cómo?

—Que dejemos el Mamá Oralia atrás para siempre. Puedes decirme abuela si soy tu chingada abuela.

—Bueno. Me parece bien.

La abuela se sonó la nariz con un miserable klínex hecho bola que le pasó Leslie. El mismo con el que ella había estado sonándose los mocos antes de dormir.

—Gracias.

—Y respecto a tu pregunta… se llama Francisco pero le gusta que le digan Pancho. Y no. No está casado. Ni tampoco tiene novia que yo sepa.

Mamá Oralia hubiera podido fingir que en realidad quería preguntar otra cosa. Pero se dio cuenta al instante que si nunca le había tenido miedo a la muerte mucho menos le tendría miedo a la vida. Pensó que ojalá supiera el lugar específico de la sierra adonde pudiera llevar todo su capital contable, todo su activo circulante, todo su activo fijo, todo aquello de lo que pudiera deshacerse con tal de impedir que se apagara esa llamita que había nacido esa noche en su interior y que no dejaba de hacerla llorar como una mensa.

—Gracias, Leslie.

—De nada, abuela.

Mágico y trágico

Años después, cuando Leslie se asomó al féretro de su abuela, acaso fue la única que en verdad reconoció la plácida sonrisa que nació a pocos días de iniciada la Nochebuena de 1995. Y pensaría, al poner la mano sobre la fría y pulida superficie del ataúd, que había hecho bien en no tomar el vuelo que la llevaría de crucero por el Mediterráneo. Porque su padre ya le había pagado un *tour* para quinceañeras con tres de sus amigas y, no obstante, en cuanto se enteró de que Mamá Oralia había fallecido, pidió que lo cancelaran todo. "Pero no es necesario", le insistió Neto. "El vuelo es hasta la semana que entra. Y tú no puedes hacer nada para remediar el deceso de tu abuela. Ni siquiera se encima una cosa con la otra."

Fue ese el momento en que se imaginó Leslie un entrevistador yéndose encima de todo el mundo durante el velorio, cámaras y micrófonos, preguntando impresiones y refinando detalles respecto a lo que había ocurrido en aquel diciembre. Se imaginó diciendo: "Cancelé mi viaje de quince años porque me di cuenta de que, estando allá en Europa, no iba a poder escribir nada. Y en cuanto murió mi abuela me dieron ganas de contarlo todo. Una nunca debe menospreciar ese tipo de ímpetus creativos porque podrían no volver".

Y su mente volaría al momento de sus diez años en que se acurrucó al lado de su primo Zacarías para quedarse dormida a su lado, el fuego restallando, las luces del árbol destellando, su abuela tronándose los nudillos y tirándose del labio inferior de vez en cuando.

Y que se durmió pensando que bien podía ser noche de milagros porque algo al interior de la finca cambió definitivamente. Su padre no podía salir lastimado. Don Pancho tenía que volver con su familia. Santa Claus, en veinticuatro horas, llegaría colmado de regalos, de esos que no se compran con dinero.

Lo cierto es que en aquel apartado rincón de la montaña donde pernoctaban secuestrados y secuestradores, el milagro tomó otro cariz. Y digno es de mencionarse que, años después, cuando al fin pudieron hablar sosegadamente los hermanos Oroprieto al respecto, tuvieron que conceder que, en efecto, hubo algo de mágico y trágico en lo que los despertó a las dos y media de la mañana.

Debido al inesperado incremento en los secuestrados, Lupo tomó la decisión de echarlos al cobertizo con los chivos, el cerdo y los caballos. A los cuatro. Hermanos y santo padre. Maniatados, además, porque no podía asegurar que no se levantarían a medianoche a intentar estrangularlo. Naturalmente, las reclamaciones fueron constantes desde que los cautivos comprendieron que ahora sólo había de una sopa. O pagaba Mamá Oralia, o quién sabe si Lupo no terminaría arrojándolos a un precipicio por pura diversión.

—No seas cabrón, pinche Lupo. Somos tus hermanos.

—Para qué se meten donde no los llaman.

—Serías incapaz de matarnos.

—No sé. Tal vez. Pero los accidentes pasan.

Y así se les había ido todo el tiempo, desde que llegó Cande a sumarse hasta que el afamado Cuervo decidió que en la covacha de los animales no los escucharía perorar y los aventó de uno en uno, aunque a Jocoque sí prefirió amordazarlo pues más de una vez lo sacó de sus casillas. Entre el estiércol y los gruñidos del cerdo se acomodaron para dormir los cuatro, no sin antes preguntarse si podrían intentar algún plan desesperado por escapar. Fue su santidad quien desestimó el plan. Ya llovía con fuerza y en verdad no se veía despeñándose por el cerro en pijama y acompañado por esos tipos a los que no creía deberles más que los peores momentos de su vida.

—Ojalá uno de nosotros fuera creyente, para poder hacer una manda o algo así, con tal de que el Señor de allá arriba nos sacara de ésta —dijo Cande cuando Lupo ya los había dejado a su suerte en el establo.

—Ustedes son increíbles —dijo de pronto Pancho—. Acabo de darme cuenta de por qué son ateos. No por negar a Dios, sino por chingarlo.

—Es una forma de hablar —refunfuñó Cande—. Ni él ni nadie nos puede sacar de ésta.

Y a decir verdad, Leslie, años después, cuando al fin tomó la decisión de contar los sucesos, justo al llegar al momento en que su tío Lupo, después de darles de comer un apelmazado cereal frío y permitirles ir al baño y arrojarlos al cobertizo, justo cuando tecleaba las palabras de su tía Cande "ni él ni nadie nos puede sacar de ésta", comprendió que ella misma, a sus quince años y diez meses, se sentiría mejor si, a partir de ese momento, se autodenominaba agnóstica. Porque es cierto que si ésa hubiese sido una novela ficticia, como cualquier otra, habría llegado a ese punto de la escritura en el que no habría sido capaz de inventar nada, ninguna vertiente de la trama que la dejase satisfecha. Y en cambio, había sido el destino, el Señor de allá arriba, el cornudo de allá abajo, el eterno laberinto de las causas y los efectos o probablemente sólo la concatenación de azares lo que definió el verdadero clímax de esa noche aciaga.

Los cuatro se durmieron a regañadientes.

Y los cuatro despertaron por la misma razón, mágica y trágica, a las dos y media de la mañana: unos gritos de dolor.

Ya no llovía. La naturaleza goteaba por todos lados. El aroma de la hierba y la tierra mojada los alcanzaba hasta el interior, lleno de paja y estiércol. Lo mismo que el frío. Y lo mismo que unos gritos de dolor espeluznantes.

—¿Qué es eso? —repuso Neto recargándose en la pared del cobertizo como pudo.

—Es el niño. Creo —le respondió Cande.

Con ese par de diálogos despertaron también Pancho y Jocoque.

—Algo le pasa al muchacho —dijo el santo padre, reconociendo que el llanto era de una naturaleza específica.

—Mhhjddjjhhm —añadió Jocoque.

—A lo mejor lo picó un alacrán —especuló Neto.

Ninguno podría dormir después de eso. Los cuatro se mantuvieron alertas y los animales sintieron, detrás de la barda que los separaba de los humanos, que algo se avecinaba. Pocos minutos después apareció el Cuervo recortado por el marco de la puerta. Sin decir nada fue directamente hacia su caballo.

—¿Qué pasa? —preguntó Pancho, aunque, a esas alturas de su cautiverio, ya creía saber de qué se trataba.

—El niño se queja de un dolor muy fuerte del estómago. Voy a comprarle alguna medicina y vuelvo. ¡No intenten escapar, cabrones!

—Puede ser algo más grave —refutó Pancho.

Lupo ya abría la puerta del corral pero se detuvo.

—¿Y qué insinúa? ¿Que lo lleve al hospital?

—Si es necesario.

Los tres hermanos Oroprieto que, desde la oscuridad contemplaban la silueta de su hermano oculta por la noche, fueron incapaces de verle el rostro, pero adivinaron perfectamente la congoja que estaba sintiendo porque al menos un par de veces habían presenciado algo similar.

José Guadalupe adolescente, de rodillas, acariciando a un potrillo con las patas rotas, listo para el sacrificio.

José Guadalupe niño, abrazando a un perro llamado Lobo, exánime.

—No puedo llevarlo al hospital. Me lo quitan para siempre.

—Libérame —lo instó Pancho—. Yo puedo decirte qué es lo que tiene.

Los Oroprieto se miraron, todos, entre sí.

El Cuervo se pasaba ambas manos por el rostro en señal de verdadera desesperación. La mujer con la que había intentado formar una familia había muerto hacía menos de cuatro años justo por falta de asistencia médica. No podía pasarle lo mismo al niño que se llevó a vivir a la sierra, junto con ella, hacía ya casi una década. Ese mismo niño que, aunque no era hijo suyo de sangre, lo quería como si lo fuera. Sabía que terminaría ahorcándose si volvía a vivir tan horrible experiencia.

—¿Exactamente qué hacía usted, don Pancho, antes de dejar a su familia y meterse de taxista? —preguntó Ernesto.

Pero Pancho no respondió. Ante la urgencia, Lupo fue hacia él y le cortó las amarras. Ambos salieron del cobertizo a la carrera. Entraron a la casa grande y Pancho se encontró a Hugo retorciéndose en la cama de metal que se encontraba arrebujada contra la pared más alejada y donde dormía con su padre. Emitía roncos gemidos y soltaba abundantes lágrimas. Fue cosa de unos cuantos segundos para que Pancho lo palpara y emitiera un diagnóstico.

—Desde que llegué trae ese dolor. Es apendicitis. Y por la hinchazón te puedo decir que está a horas de reventar. No creo que sea buena idea ni siquiera que lo lleves al hospital. Al menos no en el caballo.

Lupo se llevó las manos a la cabeza.

—¡¿Pero entonces...?!

—Podríamos improvisar una camilla y... —dijo Pancho, pero en realidad estaba pensando en voz alta.

Aún no terminaba la frase cuando el Cuervo sacó la pistola que llevaba atorada en el pantalón y la apuntó a la cabeza del santo padre.

—Dígame la verdad... ¿usted qué es, si no es papa?

—Eh... soy... fui... médico. Endocrinólogo.

—¿Puede atenderlo usted?

—¿Aquí? ¡Imposible!

Lupo quitó el seguro a la pistola.

—Le voy a decir qué es imposible. Que vuelva usted de los muertos si no hace aunque sea el intento.

—¡Necesita una operación! ¡Y aquí no tengo nada de lo que hace falta!

Lupo entonces fue al pequeño buró que tenía al lado de la cama. Del cajón extrajo una pequeña libreta y un bolígrafo de botoncito. Apretó el botón y se lo entregó junto con el cuaderno.

—Apúnteme qué necesita.

—No vas a conseguir que te lo vendan en ningún lado.

—Ése es mi problema.

—¡No es el ambiente propicio!

—Dígame, pinche papa de pacotilla. Lo que tiene mi hijo… ¿Es de vida o muerte? ¡Contésteme! ¿Es de vida o muerte?

Pancho miró al niño. Si el apéndice se perforaba… y si en verdad no contaba con atención médica pronta… y si…

—Sí.

—Entonces no joda. Va a salvar una vida. ¿No es el ambiente propicio? Es el único ambiente con el que cuenta.

—Pero… —Pancho dudó. Tenía décadas de no tocar un bisturí.

Lupo lo contempló con enfado. Parecía estar más decepcionado de su negativa que de lo que le pasaba en ese momento.

—Bah. Olvídelo. Secuestraré un médico. Cuide al muchacho mientras tanto, si no es mucho pedir.

Ya iba hacia fuera cuando Pancho, en pie frente a Hugo, quien no dejaba de patalear, sollozar, revolcarse, se dio cuenta de que no podría, simplemente, desentenderse. Que, ocurriera lo que ocurriese, era verdad lo que decía Lupo. No podía, cuando menos, no intentarlo. O el resto de su vida sería seguir bregando contra la misma maldición una y otra vez. Terminaría cortándose las venas si era afortunado.

—Está bien —dijo, resueltamente.

Lupo se detuvo. Y Pancho comenzó a apuntar en el cuadernillo.

—Ahora vuelvo por la lista —anunció el Cuervo.

Y volvió al establo. Sin reparar en sus hermanos, tomó las riendas del caballo.

—Hey, Lupo… ¿qué pasó? —dijo Cande.

—Voy a conseguir algunas cosas.

Un nuevo grito de dolor a la distancia.

—Toma de la bolsa de mi pantalón las llaves de mi moto. Baja hasta donde la dejamos y continúa hasta el pueblo en ella. Llegarás más pronto.

José Guadalupe la miró como si ambos tuvieran trece años. Pero apenas fue un fugaz instante. Se acercó a ella y, rehuyendo el contacto visual, tomó las llaves de la bolsa izquierda de su pantalón. Salió a toda prisa y se perdió de la vista de los tres cautivos para volver por la lista. No bien se escuchó el último relincho del caballo negro, apareció don Pancho en la puerta con un cuchillo en las manos.

—Necesito ayuda.

Neto leyó en su voz algo que no había detectado desde el día en que lo conoció. Jugando al papa siempre había estado escondido el verdadero Francisco Kurtz. Todo ese tiempo no había sido sino un anciano tan falto de escrúpulos como ellos mismos, uno más de la banda de estafadores. Todo ese tiempo Pancho Kurtz no había hecho otra cosa más que poner una sonrisa beatífica y esperar a que los vientos le fueran favorables para poder cobrar su parte y largarse a buscar a su familia. Pero era la primera vez que los vientos le resultaban contrarios, toda una tormenta que estaba haciéndolo reaccionar como jamás imaginó Neto.

Pancho rompió las ataduras de Neto y le entregó el cuchillo antes de volver a la casa grande.

Neto se encargó de liberar a Cande y, antes de amenazar a Jocoque, "ni se te ocurra querer escaparte, cabrón", también lo despojó de su soga. Los tres fueron en pos de don Pancho y entraron a la casa de Lupo que era, a la vez, cocina, dormitorio, baño y guarida, alumbrada malamente por un quinqué de aceite. Sobre la cama se encontraba Hugo retorciéndose de dolor.

—Necesito que me ayuden a improvisar una sala de operaciones —urgió a los recién llegados.

Fue ése el momento en el que Neto se dio cuenta. Y dos segundos después, Cande. Jocoque, en cambio, pensó que el niño necesitaba un exorcismo y don Pancho sí tenía algo de papa porque ya lo preparaba para echarle el agua bendita y los rezos.

Una hora después, un hombre embozado asaltaba un hospital en San Luis Potosí, lista en mano, directamente en la sala del quirófano, con la colaboración de una enfermera que lamentaba haber tenido que hacer el turno de noche. Bisturí, aspirador, gasas, ligaduras, grapas, pinzas, separadores, tijeras, aguja e hilo de sutura, anestésico, antibiótico, solución salina...

Ya nada importa

Habría que volver a ese momento, en la vida de un hombre, en el que se echa un grillete al cuello, para comprender los motivos por los que decidió ir por la vida arrastrándolo. Y luego maravillarse ante él en ese instante en que se libera para siempre de tan enorme peso. Habría que conocer su historia, su pasado, su carácter, su temperamento, detalladamente si es posible, para entender cómo va a reaccionar al momento en que siente que su carga se esfuma sin explicación. Bástenos, no obstante, con viajar al día en que el doctor Francisco Kurtz, endocrinólogo, ingresó a su hijo Víctor, de siete años, por neumonía en el hospital donde trabajaba; bástenos saber de la promesa que hizo a su hija Mariana ese mismo día, "tu hermano estará bien, te doy mi palabra"; y finalmente el momento en que asistió al neumólogo en la sala de operaciones para atestiguar el momento en que las cosas se complicaron y aquel pequeño corazón se detuvo. Habría que saber mucho de tal hombre para comprender por qué, después de tal momento, fue incapaz de volver a ejercer su profesión. Y por qué sólo cuando se vio forzado por el destino, se dejó de penitencias y puso manos a la obra. Bástenos entonces saber que siempre fue considerado un buen tipo por sus amigos y familiares para comprender por qué, una hora después de iniciar aquella intervención, años más tarde, en lo más recóndito de la sierra potosina, con las manos tintas en sangre, se arrastró fuera de la cabaña de José Guadalupe, alias "el Cuervo", para echarse a llorar sentado en el porche, los ojos puestos en el alba, el espíritu transformándose en su interior. Bástenos saber que siempre fue considerado un buen tipo por sus vecinos y pasajeros de taxi para no estropear la escena donde su pecho se agitaba y no dejaba de pasarse el dorso del pijama sobre cara y ojos. Un buen tipo. No el más santo del mundo, ni tampoco capaz de conducir el aparato eclesiástico universal de religión alguna, pero sí, definitivamente, un buen sujeto.

Porque aproximadamente al mismo tiempo, el Cuervo, quien había estado aguardando a respetuosa distancia en el exterior de la casa, en cuanto lo vio salir llorando, no pudo contener sus propias emociones y fue corriendo al interior, suplicando, rogando, sin saber a qué o a quién, por un verdadero milagro.

Entró a su casa y dio con sus hermanos mirándolo, Cande al lado de la cama donde Pancho había operado al muchacho de rodillas; las sábanas que habían colgado del techo para aislar el espacio, ya vencidas. Neto y Jocoque sentados aparte, a la mesa, con el rostro específico de quien está esperando malas noticias después de un evento que lo ha mantenido en vilo por más tiempo del que cree poder tolerar, el rostro del padre primerizo, el rostro del hijo cuyo padre acaba de recibir un trasplante, el rostro del tío cuyo sobrino acaba de ser intervenido en sus narices, por mucho que lo acabe de conocer un día atrás. Del misterio en los ojos de sus hermanos, la vista de Lupo se dirigió al instante a la sangre bajo la cama, la sangre en las sábanas, el vientre desnudo y remendado de su primogénito, quien se encontraba en la misma posición en la que lo vio por última vez, cuando el papa le pidió explícitamente que lo ayudara a maniatarlo pues la falta de anestesia general haría impredecible lo consecuente. Una hora después se encontraba en la misma posición, bocarriba, sólo que con el cuerpo flácido y los ojos cerrados y un pedazo de sábana piadosamente puesto por Cande sobre él, cubriendo sus partes íntimas. Sin hacerse falsas expectativas se aproximó, se arrodilló y puso toda la intención de morir en ese instante a los pies de aquella cama.

—Me contó Mamá Oralia —dijo Cande, quien se encontraba detrás de Hugo, en el mismo sitio en el que estuvo limpiando el sudor de la frente de don Pancho por casi sesenta minutos corridos.

Pero Lupo apenas la escuchaba. Sólo quería apreciar un movimiento. Uno solo para decidir si moriría o viviría a partir de ese instante.

—Por qué odias a los curas. Lo que te tocó vivir al lado de tu hermano de sangre y te persiguió toda tu vida.

Un mínimo movimiento de nada, apenas milímetros, apenas perceptible pero, para él, como si se moviera una montaña por su propio pie. Odió por un segundo al hombre que se encontraba llorando allá afuera, pues en verdad le hizo pensar que estaría pegándose un tiro en la sien en los próximos minutos.

—Nunca pudimos franquear esa barrera cuando éramos niños... —continuó Cande.

Lupo tomó la mano tibia de su hijo, que descansaba al costado de su desnudez. La volvió a depositar en el mismo sitio.

—Pero tal vez —determinó Cande—, ahora que estamos grandes, podamos, no sé…

—Ya es tarde —dijo Lupo sin disimular que el corazón se le estrujaba—. Pero la verdad es que no me importa.

—Lo dices como si sintieras que tu alma está condenada para siempre. Y nosotros no creemos en esas cosas.

—No, pero el pedo es que no me siento arrepentido. Y el pedo es que siento que desde niño sabía que a eso quería dedicar mi vida, a despachar hijos de puta, porque era en lo único que pensaba mañana, tarde y noche, despacharme al cabrón que me desgració la infancia. Y cuando lo mandé al infierno, supe que no había retorno. Y hasta me dio gusto saber que nunca podría salirme. Y por eso lo he hecho tantas otras veces. Pero te digo que ya no importa porque ahora, con este chance, es como si pudiera comenzar de nuevo. Porque de veras creí que me tocaba el castigo de perder al Hugo como perdí a mi vieja o como me perdí a mí mismo cuando era niño. Como lo he perdido todo. Y en cambio, míralo. Ahí está. El pinche viejito lo salvó. Y ya nada importa, te lo juro, Cande. Ya nada importa. Algún día pagaré por mis crímenes, de eso me encargo yo mismo pero, gracias a esto, ni todos los años que pase en el bote importarán un carajo.

María Candelaria sintió una piedad inconmensurable porque no estaba segura de haber visto llorar a su hermano nunca. Ni siquiera cuando murió Lobo. O en alguna de las múltiples veces que su madre le pegó con el fuete. Le puso una mano encima de la espalda mientras él recargaba la frente a un costado de su hijo y se sacudía en tímidos temblores. Neto y Jocoque contemplaban la escena sintiendo como si fuese parte de un capítulo inconcluso de sus vidas, como si esa reunión no hubiera podido ser de ninguna otra manera porque se las había estado reservando el destino por más de diez años. Cande se asombró ante la revelación. Todos pensaban que Lupo era incapaz de matar a nadie. Y sin embargo, ahí estaba la confesión. Su hermano había matado. Y no una, sino múltiples veces. Sin embargo, a la vez, comprendió la complejidad de esa conclusión. Nadie cree que un hombre de la iglesia sea capaz de ponerle la mano encima a un niño... y, no obstante...

—¿Por qué lo secuestraste, al santo padre? —dijo Cande cuando lo sintió más sosegado.

—No sé. A lo mejor nomás por joder a Mamá Oralia. A lo mejor por el dinero. O a lo mejor, sin saberlo, para que estuviera aquí en el momento justo en que iba a ser necesitado. Y eso está muy cabrón. Al menos para alguien como yo, que no cree en nada y que ya estaba seguro de que se le iba a ir la vida todo el tiempo infectado por la muerte, está muy cabrón. Porque míralo, Cande. Duerme como un bendito. Y va a vivir el cabrón. Y va a ser ingeniero o astronauta o pintor o lo que se le dé su rechingada gana.

Cande le apretó con cariño el antebrazo.

—¿Cuándo te volviste tan elocuente, pinche Lupo?

Don Pancho se animó a abandonar su sitio sólo hasta que empezó a echar humo la chimenea y el aroma de lo que ahí dentro se guisaba era superior a cualquier necesidad de estar solo. Porque es cierto que, en cuanto pudo declarar que la operación había sido exitosa, sintió unas irrefrenables ganas de salir de ahí y no mirar a nadie a los ojos por un rato. Y justo fue porque, de nueva cuenta, había sentido la necesidad de contárselo a alguien, un cómplice de vida del cual carecía desde hacía muchos años. Y pensó, de nueva cuenta, en Oralia. Y lo invadió una tibieza que hacía muchos años no experimentaba. Y se sintió avergonzado porque a la vez tuvo que admitir que necesitaba no serle indiferente a ella en términos completamente libres de investiduras religiosas. Que necesitaba poderle llamar por teléfono, por ejemplo. "¿Oralia? Habla Pancho. Operé a un niño y todo salió bien. Vayamos a celebrar a alguna cafetería, ¿te parece?", como haría cualquier hijo de vecina. Cualquier pinche hijo de vecina afortunado, se dijo. Y tuvo que admitirlo porque fue justamente uno de los hijos de ella quien se percató del asunto, incluso antes que él.

"Vi cómo veía usted a mi madre."

Y la tibieza y la necesidad de estar solo por un buen rato.

El aroma de los frijoles con huevo y tortilla, de cualquier modo, se volvió superior a todo. Excepto, si acaso, a la felicidad de ese recuerdo, en el que se acunaba ya una esperanza.

"Más importante todavía… vi cómo lo veía ella a usted."

"Vi cómo lo veía ella a usted."

Y la felicidad. Y la esperanza. Y algún futuro posible.

Pero igual tenía hambre y estaba cansado. Entró a la casucha y contempló a los cuatro hermanos ante la pequeña mesa. Al sobrino ya despierto, doliéndose de la intervención. Al sol colándose por la ventana como si fuese un reflector de teatro. Y sintió que todo, a partir de ese momento, tendría que estar bien. Que desandaría algunos pasos. Devolvería su parte del dinero. Y encontraría, finalmente, las palabras.

Palabras

Algo como lo que le hizo falta a Leslie en el preciso momento en el que corrió a la puerta de la finca al lado de Flor y Zacarías cuando sonó la campana. Un Cougar nuevecito se encontraba del otro lado, detrás de una patrulla, y ella estaba segura de que traía buenas noticias. Porque Mamá Oralia había explicado que, por ser domingo, le resultaba imposible juntar más dinero. Y por ello, dado que José Guadalupe no se comunicaba nuevamente, ya se estaba preparando para acudir ella misma a la sierra, en compañía de las dos muchachas, aunque sin mucha esperanza de encontrar la guarida del Cuervo pues, si en todo ese tiempo ni la policía ni el ejército habían dado con él, ni ella aunque fuera su madre podría tampoco. Pero aún ni siquiera terminaban de almorzar cuando sonó la campana y eran un Cougar y una patrulla y Leslie corrió al lado de Flor y Zacarías hacia el gran portón de la finca. Para encontrarse con la última persona que esperaba ver detrás del volante. Y, no obstante, sentirse feliz de tenerla ahí porque, aunque todavía no sabía el final que escribiría años después, al menos sí sabía que para Navidad ya no quería una computadora Pentium con disco duro de un gigabyte sino, simplemente, que estuvieran todos juntos.

—Hola, ma —dijo en cuanto traspasaron Flor y ella la puerta. Del otro lado ya se encontraban algunas personas de nueva cuenta acampando, con sillas y mesas y anafres y tambos de tamales. Muchos de ellos abusaban del blanco y el amarillo, desde luego, pero principalmente de un fervor último por ver a su santidad de cerquita y a los ojos. Y por ello se habían arrebujado en torno al auto recién llegado, causando un pánico momentáneo en las gemelas.

—Tu padre tiene mucho que explicar —le dijo Macarena a su hija al momento de bajar el vidrio del auto y darle un beso.

Y es verdad que Leslie se sintió desarmada porque ya había convenido con su abuela que, al menos con los demás, con toda la gente del otro lado del portón, tendrían que seguir manteniendo el engaño. Al menos hasta no saber nada de los plagiados.

—¿Cómo le hiciste para pasar? Se supone que nadie podía entrar al pueblo.

—Tuve que decir que soy nuera de la señora Oralia Laguna. Por supuesto, no me creyeron. Pero después de un pequeño escándalo donde los amenacé con echarles a los de derechos humanos y tus hermanas me ayudaron llorando como si se avecinara el fin del mundo, me guiaron hasta acá.

—Pero… ¿tú ya conoces a mi abuela?

—No. Será la primera vez. ¿Está tu padre ahí dentro?

—Eh… no por el momento.

Y fue entonces que Macarena ingresó a la finca, los perros ladrando, Leslie y Zacarías corriendo detrás del coche, Mamá Oralia en pie en la veranda, intrigada, esperando. Y un par de minutos después, reconociendo a aquella que había conseguido que le retirara la beca a su hijo al embarazarse en el primer semestre de la carrera. Y Macarena, al bajar del auto, reconocer a aquella que su hijo no dejaba de referir como lo peor que le había pasado en su infancia y juventud. Y ambas mirándose y midiéndose a la distancia. Y Leslie a un lado, esperando el momento en que empezaran los reclamos, los vituperios, la furia y el Armagedón. Las gemelas ya se habían apeado también y acariciaban a los perros, Zacarías desatándoles el moño del vestido, ellas quitándoselo de encima como podían. Mamá Oralia descendió hasta el jardín. Por alguna razón nunca se habían conocido, pensó Leslie. Y lo más probable sería que esa razón se hubiese inflado como un globo para terminar estallando en el preciso momento en que se conocieran.

No obstante…

—Tú debes ser Macarena —dijo Mamá Oralia, tendiendo una mano.

—Señora Oralia… —devolvió ella el saludo, con reticencia.

—Pasen. Por el momento no está José Ernesto. Ahora te cuento por qué. Pero pasen…

Y Leslie pensó que valdría la pena, cuando escribiera ese capítulo, decir sin ambages que los muros que levantan las personas en sus mentes son tan absurdos como la idea misma de una pared invisible. Y que hay que ser muy cabezadura y muy imbécil y muy cobarde para no atreverse a cruzar una línea imaginaria si no hay más que aire para impedir el paso. Luego se decidió a sólo hacer una mínima mención porque también era cierto que Mamá Oralia había cambiado más en una semana que en diez años. Y que la gente se enmiende y rectifique ayuda a franquear ciertas fronteras.

Ante sendas tazas de café contó entonces Mamá Oralia a su nuera respecto al cáncer que padecía. El milagro de que

346

sus hijos le hubieran conseguido una Misa de Gallo con el mismísimo Juan Pablo II. El cómo el Cuervo, progenie suya también, los tenía cautivos a todos. Y el porqué no debían preocuparse por la integridad física de ninguno. A Leslie se le rompía el corazón de ver a su abuela jugar, frente a su madre, el papel de anciana ingenua, porque no era muy difícil adivinar en el rostro de Macarena el derrumbe paulatino de su propia ilusión. Cómo los socios canadienses y los cultivos de tubérculos se convertían, poco a poco, en el fraude del siglo. Y cómo hasta la ropa que llevaba puesta en ese momento, nueva toda por supuesto, le empezaba a causar escozor. Leslie comprendía que la distancia que se abría entre una asesoría financiera y robar a una anciana moribunda se empezaba a volver la misma distancia que media entre la felicidad y la amargura. Acaso su madre ya estuviera pensando en divorciarse de su padre. Acaso todo eso terminaría horriblemente mal. No pudo evitar dejar escapar nuevas lágrimas.

Mamá Oralia lo advirtió. Tanto el rostro desencajado de su nuera, donde tenía más que pintada la idea de "qué papa ni qué ocho cuartos" y el de su nieta, donde se reflejaba el próximo y tal vez definitivo pleito entre sus padres. Así que sintió que tenía que hacer algo. O decir algo. Y con el gorjeo de los pájaros, el "*Jingle Bells*" en la radio y las risas de las gemelas huyendo de Zacarías por la casa, sintió que no tenía otra salida.

—Nunca hubo regalos de Navidad en esta casa.

Lo dijo así como así. Sin liga aparente con lo que acababa de revelar. De pronto ya no era la vieja crédula de hacía unos instantes.

—La Navidad siempre pasaba de largo. Rezábamos el rosario y tomábamos una colación después de arrullar al niño Jesús. Pero de regalos, nada.

Tanto Macarena como Leslie miraron a Mamá Oralia con interés. Y luego entre sí, acongojadas.

—Los Reyes Magos venían, sí, aunque dejaban parcos juguetes. Pero en la Navidad la gente se obsequia cosas. Y en esta casa nadie tenía nada que darse. El caso es…

Un estudiado sorbo a su taza de café.

—El caso es que la vida me debe… nos debe a mí y a mis hijos muchas pinches navidades felices. Y creo que una Misa de Gallo con el papa es lo menos que nos merecemos.

Macarena ya hacía cuentas en su cabeza respecto a todo lo que tendría que devolver. Excepto los carísimos regalos que había comprado y enviado por mensajería a su hermana Georgina y sus padres (pues no podría con la vergüenza de tener que pedírselos de vuelta), todo lo demás, incluso los vestidos que en ese momento sus hijas estaban poniendo negros de mugre, regresarían a sus respectivas tiendas. Esto, Mamá Oralia, desde luego, también lo advirtió. Así que se inclinó hacia ella y la forzó a mirarla.

—Lo que quiero que me entiendan es lo siguiente. Debo muchos regalos. Y quiero ponerme a mano. Así que… eso que estás pensando… sácatelo de la cabeza. Porque no es así.

¡Es un cochino fraude! ¿Qué no lo ve, señora? ¡Ni yo, que me acabo de enterar, me lo trago!, pensó Macarena forzando una sonrisa, incapaz de decir una palabra, pensando que aquellos zapatos de tacón serían lo que más le dolería devolver. O no. La lavadora. O no. El coche. O…

Pero acaso los años que tenía Mamá Oralia de lidiar con todo tipo de personas ya la tenían curtida para ese tipo de batallas.

—Escúchame, Macarena. Yo respondo por mis hijos. Por todos ellos. ¿Entendiste? Por todos. Y ésta va a ser una pinche

Navidad feliz porque no puede ser de ninguna otra manera. Y porque lo digo yo, chingada madre.

Leslie se permitió una sonrisa.

Aunque lo cierto es que, en ese momento, Mamá Oralia ya estaba blofeando. El reloj seguía avanzando y Lupo no se comunicaba. Y salir a la sierra a buscar a su prole ya parecía, con el frío que estaba haciendo y el tenue sol que no calentaba, con la enorme expectativa de la gente tras la puerta y las nuevas visitas inesperadas, una monumental tontería. Pero los rezos no le salían. Y el reloj, ya lo dijimos, no detenía su marcha.

Fue varias horas después, hasta las seis y media de la tarde, cuando el sol ya había perdido la batalla por el mundo, que al fin cambiaron los vientos. Y se escuchó el motor lejano de una motocicleta.

Componer las cosas

Seis treinta de la tarde. Treinta y uno para ser exactos. Afuera de la finca ya se encontraba el comité que acompañaría al santo padre a dar la misa. El auto descapotable (lo habían descapotado a fuerza de sierra en la semana) que lo trasladaría a la iglesia, también a punto. La banda del pueblo, ansiosa. Pero la gente apostada con banderitas, imágenes y grandes cruces se dio cuenta al instante de que algo no marchaba. Porque ningún sumo pontífice de ninguna religión se atrevería a aparecer así, en pijama y poncho y huaraches y abrazando a una pelirroja greñuda por la espalda, ambos subidos en una motocicleta Harley y con una cara de desvelo que más parecía de cruda. Con todo, nadie dijo nada, permanecieron en el más respetuoso de los silencios al verlos apearse, a Cande abrir con su propia llave, su santidad oculto en una especie de rezo intimista de ojos cerrados, pegado a ella para impedir que se notaran los lamparones de sangre de su atuendo arremangado, y luego atravesar el portón de la finca hacia el interior de la casa como haría quien huye de los *paparazzi*. Nadie dijo absolutamente nada. Pero se dieron cuenta al instante. Que ese barco ya empezaba a hacer agua.

Y que la Misa de Gallo a lo mejor ni a misa de pollo desplumado llegaba.

En cuanto el santo padre se encontró del otro lado, se quedó petrificado. Nadie se asomaba por la puerta o las ventanas de la casa grande. Y él no estaba seguro de poder dar ese último estirón. Cande, quien ya había traspasado y cerrado y empujado la moto al sitio donde se encontraba el papa anclado a tierra, comprendió al instante.

—Vamos, don Pancho. Es cosa de unas cuantas horas. Oficia usted una misa y nos vamos a la chingada. Pero con tres millones de dólares de botín.

—No voy a poder.

—Ya lo platicamos hasta el hartazgo allá arriba —le recriminó Cande—. Mamá Oralia los va a pagar gustosa. Si Lupo nos soltó gratis, el millón y medio restante es un ofertón de poca madre para ella.

—Sí, pero...

Pero no podía decirlo en voz alta. Estaba esperanzado a que Mamá Oralia lo recibiera echándole en cara la impostura y que todo, a partir de ahí, fuera de bajadita. No sólo ya no quería el dinero sino que tampoco quería seguir con eso. Aunque tampoco quería desenmascararse él solo. Y romperle el corazón a la señora Oralia, como bien habían asegurado sus hijos. Por eso sus piernas no le obedecían. Y por eso sólo miraba la puerta principal sin avanzar.

Hasta que, desde luego, del interior surgieron las muchachas de servicio. Y Leslie. Y dos niñas desconocidas. Y Zacarías. Y una mujer rubia un poco pasada de peso. Y el padre Alberto. Y el alcalde. Y, por supuesto, Mamá Oralia.

—Bendito sea Dios —dijo Flor en boca de todos, quienes se aproximaron al santo padre a toda prisa.

—Yo me encargo —dijo Cande, cubriéndolo un poco con su cuerpo—. Usted mejor ni diga nada.

Y Leslie pensó que era un principio de milagro. Y Macarena que si no era el santísimo padre era su gemelo arrebatado en la cuna porque era igualititito. Y las gemelas que en algún lado habían visto antes a ese señor. Y Zacarías que tenía hambre. Y el padre Alberto echando los ojos al cielo porque tal vez su tajada no era nada justa en lo absoluto. Y el alcalde que era una suerte no haber tenido que movilizar a toda la policía por la sierra buscando al Cuervo porque la última vez le había dejado a dos hombres con fémur y tibia atravesados por una bala.

—Es un milagro —dijo Mamá Oralia—. ¿Cómo le hicieron para que los soltara?

—El santo padre apeló al buen corazón de nuestro hermano.

—¿Y José Jorge y José Ernesto?

—No tardan. Todos fuimos liberados. Pero el coche se les calentó a medio camino.

Pancho no se animaba a decir nada porque sus ojos no se despegaban de los de Oralia. Y viceversa. Un algo de comprensión se tendía entre ellos. Una necesidad de dejar atrás tanta tontería y disponer una cena común y corriente. Pero Pancho tenía miedo. Y Oralia lo mismo. ¿Y si ese primer paso lo estropeaba todo y para siempre?

—Ya les contaré los detalles —dijo Cande—. Por ahora dejen que el santo padre vaya a descansar un poco y a prepararse para la misa.

Nadie se atrevió a refutar. Las bardas ya estaban otra vez pobladas de curiosos. La comitiva abrió paso para que el papa siguiera su camino. La noche, afortunadamente, era fría pero apacible. Y Mamá Oralia caminó uno, dos, tres y cuatro pasos. Cinco, seis y decidió que aquella última conversación que había tenido con Francisco Kurtz no podía ser dejada tan a la ligera. Y que era casi ofensivo que el mentado papa pirata siguiera con el jueguito si en esa última ocasión se le había salido un "pinche" como a cualquier chofer de microbús mexiquense. Y que no era responsabilidad suya, sino del señor ese, poner las cosas en claro. Pero caminó siete, ocho, nueve pasos y el recién secuestrado y liberado no daba trazas de querer decir nada; antes avanzaba en dirección a su cabaña como si nada. Y a ella le entró el miedo, casi terror, de que se encerrara en su cuarto, saliera vestido de eminencia y oficiara una misa con una mano en la cintura y otra en la copa del cáliz y el asunto terminara sólo en un jodido "podéis ir en paz, la estafa ha terminado".

Y caminaron diez y once pasos y ella no pudo más porque la decepción, su vieja conocida, ya amenazaba con volver por sus fueros.

—Rodrigo, padre Alberto… esperen por favor allá afuera —dijo Mamá Oralia. En un segundo había tomado una mínima pero necesaria determinación.

—Eh… —quiso replicar el padre Alberto, pero reculó al instante. En verdad quería impedir que ese hombre, quien quiera que fuese, oficiase un rito eclesiástico. Pero también se daba cuenta de que todo aquello era como una piedra de cientos de toneladas rodando cuesta abajo. Mejor hacerse a un lado.

Todos, excepto Cande y Pancho, se detuvieron mientras Flor acompañaba al cura y al alcalde a la puerta. En cuanto el cerrojo estuvo echado de nueva cuenta, Mamá Oralia ya había decidido que no esperaría a que volvieran sus otros dos hijos para que ardiera Troya. Ya renacía en su pecho la desilusión porque el tal Francisco Kurtz seguía en sus trece a pesar de todo el cobre que había enseñado el último día que estuvo ahí. Y ella había decidido, repentinamente, que, si a la cosa se la iba a cargar el demonio, mejor no hacer esperar al señor de los cuernos.

Y apuró el paso y alcanzó a Pancho, quien ni siquiera había reducido la marcha, como si en verdad quisiera huir. Lo tomó ligeramente del brazo.

—Su santidad... sé que está cansado. Y que desea prepararse para la misa, pero... ¿podría acompañarme a la casa unos minutos? Será breve.

¿Dónde había quedado el "háblame de tú"?, rumió Pancho. Todo se fue al infierno, se dijo. Y lo que sigue va a ser de verdadera hecatombe.

—¿Deseas confesarte, Oralia? —dijo él por mera fórmula.

Ella sentía una piedra del tamaño de su pecho expandiéndose en su interior.

—Pues sí. Ya que lo sugiere... sí.

Pancho evadió su mirada. Ahora estaba seguro de que las esperanzas que se había hecho respecto a Oralia eran infundadas. No sólo ella se había dado cuenta del engaño sino que lo revelaría enfrente de todos y él terminaría con una condena de más de veinte años en prisión. Tuvo miedo. Miedo real. Y decepción genuina.

—Sólo déjame ir por la estola a mi cuarto —se inventó.

—Está bien.

Y así Mamá Oralia condujo a todos a la casa, incluso niños pequeños. Y Pancho siguió su camino hacia la cabañita, donde pensó seriamente buscar el modo de brincar la barda, pedir ayuda a los curiosos para intentar franquearla, perderse para siempre en la noche de los tiempos. Al final sólo tomó la estola y su cajetilla de cigarros, que ocultó en un bolsillo, y fue a la casa grande por la puerta trasera, huaraches, poncho, pijama, manchas de sangre en las mangas enrolladas, cara de cruda y desvelo y de haber sido el manjar de los moscos de la sierra por dos noches.

Todos estaban ahí, congregados frente a la chimenea. Incluso Zacarías se olió que algo se cocía en el ambiente que bien podía detonar con fuegos artificiales, así que se dedicó a contemplar a los mayores con sumo interés.

—Vayamos a la capilla, Oralia —dijo el santo padre.

A lo que Mamá Oralia respondió, fuerte y claro:

—Quiero que sea aquí mismo. Frente a todos.

No bien dijo eso cuando sonó el timbre de la cocina. Y Leslie puso a trabajar todos sus sentidos porque supo que no habría otro final más que ése. En medio de un perfecto mutismo, donde sólo el crepitar de las llamas se sobreponía al silencio, Mamá Oralia se sentó en el sofá más grande, al lado de su santidad. Lola fue a atender la puerta y volvió seguida de Neto y de Jocoque. El primero, al dar con la mirada de su mujer, al fondo de la estancia, supo, al igual que su hija, que no habría otro final, y el pulso se le fue al cielo, porque el ambiente era ya de funeral y todavía no había muerto nadie, y porque en la mirada de su esposa estaba clarísima su sentencia de pena capital. Los recién llegados se unieron a la inercia y permanecieron callados y en pie, al igual que todos, excepto los dos mayores de setenta años; ella vestida elegantemente, como quien va a celebrar una cena importante o tal vez una misa con el papa; él como quien acaba de pasar por un secuestro en la sierra y un quirófano improvisado y no ha dormido prácticamente nada en más de treinta horas.

—Le he pedido a su santidad que me confiese frente a todos ustedes —dijo Mamá Oralia con voz grave y potente—, porque creo que no tendremos otra oportunidad como ésta. Y porque creo que mis pecados les competen a todos.

—Eh... no creo que sea nece... —inició Neto, para callar instantáneamente.

—Lo único que lamento —continuó Mamá Oralia— es que José Guadalupe no se encuentre entre nosotros, pero estoy segura de que se enterará de algún modo.

En ese momento, Cande, Jocoque y Neto tuvieron la misma idea: que su hermano ya estaba más allá de ese último episodio, pues había desdeñado la parte del botín que le habían ofrecido entre todos, había decidido dejarlos ir sin sombra de rencor y se había quedado dándole vueltas al sobre con su nombre que le enviara Mamá Oralia.

—Se supone que un acto de contrición —siguió Mamá Oralia— es íntimo y es con Dios. Pero creo que ya le he concedido demasiada atención a Él durante mi vida. Así que no creo que tenga ningún pinche problema que lo haga así porque en realidad con quien tengo que saldar cuentas no es con Él... sino con ustedes.

Bajó la mirada y se esforzó por no detenerse.

—Cuando me detectaron el cáncer me di cuenta de que si sacaba un balance emocional mi vida era una completa ruina. No había nadie en el mundo a quien pudiera llamar por teléfono y que no tuviese que ver con dos cosas: negocios o religión. Y me pareció bastante de la chingada. Así que busqué a María Candelaria y le avisé de mi condición, aunque fuese por hablar de cualquier otra cosa con cualquier otra persona. Y fue ahí donde me di cuenta de que quería componer las cosas. Con ustedes, al menos. Pero no hubo pinche modo de juntarlos. Y ni modo. Me resigné a que mis últimos días quedarían en nomás esperar la muerte. Pero entonces, un buen día de diciembre… llamaron a ese mismo timbre que acaba de sonar… esos dos mismos individuos que acaban de entrar.

Todos, por reflejo, miraron a Neto y a Jocoque, quienes vislumbraron hacia dónde iba la plática y comenzaron a sentir que les sudaban las manos. En el exterior comenzó a resonar un nuevo "se ve, se siente…" repetido en oleadas que causaban un eco fantasmal. Los castillos y los toritos, por encima, poblaban la noche de luz y centellas.

—Y con ese único acto comprendí que tal vez se me daba una segunda oportunidad para intentar componer las cosas. Y por eso dejé a las cosas llegar hasta este momento.

Este momento en el que, si no digo algo, pensó Pancho, *me voy a arrepentir toda la vida*. Y sin aclararse la garganta ni nada, intervino:

—Antes de que continúes, Oralia… quisiera aprovechar yo para hacer mi propia confesión.

El rostro de ella, que poco a poco se iba haciendo en piedra por el trabajo que estaba pasando para sincerarse con los suyos, se suavizó inmediatamente. Tal vez era lo único que necesitaba para conseguir esa feliz Navidad que tanto le había escamoteado el destino en los últimos días.

—La gran cagada —se anticipó Jocoque, llevándose las manos a la cara. Los otros sólo pensaron que había sido bueno mientras duró.

—Mi nombre es Francisco Kurtz Saldívar y no soy ningún prelado, ningún papa, ningún ministro de nada. Acepté participar en esto porque creí que el dinero me ayudaría a conseguir algo que, después comprendí, no podía comprar ni con todo el oro del mundo. Y aunque no estoy orgulloso de lo que hice, tampoco me arrepiento de nada porque, bueno, táchenme de imbécil, pero estoy muy feliz de estar aquí, en este momento, al lado de todos ustedes, que son una familia horrible, espantosa, una familia de la que nadie querría formar parte y, no obstante, una familia que nadie querría dejar ir después de en verdad conocerlos y pasar un tiempo con ustedes.

Se hizo un silencio sepulcral. Incluso el fuego pareció suspender la combustión de la madera, en aras de conseguir el efecto deseado.

—No le crea, Mamá Oralia —dijo Jocoque—. Así se pone el buen Karol cuando anda medio jarra. El Lupo le dio tantito tequila allá arriba y se le pasaron las cucharadas. Uuh, para qué le cuento… armó una…

Sus palabras no hicieron mella en nadie. Así que…

Más silencio.

Pancho se metió un cigarro en la boca, por mero acto reflejo.

Y fue ése el preciso momento en que Mamá Oralia supo que ya no importaba lo que siguiera, pues en realidad el asunto se trataba de decir lo que se tenía que decir. Las reacciones no eran tan importantes como los impulsos. Las respuestas no tanto como las preguntas. Algo ahí cambiaría definitivamente.

—Díganme… ¿Para alguien aquí fue una sorpresa la revelación que acaba de hacer el señor Francisco? —soltó, como si el discurso de Pancho hubiera sido meramente un comentario respecto al clima.

Una de las gemelas levantó la mano y luego la volvió a bajar, apenada.

—Para mí tampoco. Así que puedo continuar —dejó escapar un buen suspiro—. Y decirles que, en efecto, yo tampoco me tragué nunca un carajo de su pinche teatrito. Pero me resultaba enternecedor verlos intentar ganarse un dinero que de todos modos siempre ha sido suyo. ¿O de veras me han creído siempre tan bruja como para no dejarles de herencia todo lo que tengo, a pesar de todo? Me resultaba cómico y encantador verlos pelearse por una bicoca, cuando a la vuelta de la esquina los esperan casi veinte veces lo que según ustedes me están esquilmando. Es cierto que antes tengo que morirme pero... bueno, no me van a negar que no han estado deseándolo en secreto prácticamente desde el día en que me conocieron.

Ahora sí el ambiente se condecoró como el mejor ambiente de funeral prefabricado de todos los tiempos. Hasta Zacarías presentía ese aroma de tragedia, pues comenzó a berrear y no se calló hasta que Lola se lo llevó a la cocina y le peló un plátano.

—Pero ni se aflijan porque yo sé que me lo gané. Desde prácticamente el día en que me conocieron. Desde el día en que los metí a esta casa sin saber lo que les esperaba.

Pancho se tomó una licencia que ella le agradecería por el resto de su vida, que sería de cinco años, tres meses y veinte días a partir de ese momento. Le tomó la mano y la apretó entre las suyas. Como si fuesen viejos amigos. O nuevos que no quieren perder más el tiempo con pinches timideces.

—Así que no los torturo más. Quiero componer las cosas. Y para ello sólo les pido una cosa.

Silencio.

Y más silencio.

Y el evidente esfuerzo que estaba haciendo Mamá Oralia por que una sola palabra encontrara el camino desde el centro de su pecho hasta su garganta.

La misma que había escrito en el sobre con el nombre de su hijo ausente. Y que en ese momento (sí, tal vez una licencia autoral) abría Lupo para descubrirla.

Un gran suspiro.

Mamá Oralia sola frente al mundo.

Y los años de edad que tenían cada uno de sus hijos, desgranándose frente a ella.

—Perdón —dijo al fin—. Perdón por todas mis pendejadas, que ni caso tiene enumerar. Perdón por haber amado más una figura en un altar que a ustedes. Perdón por haberme tardado tanto en pedir perdón. Perdón por confundir el amor con la doctrina. Perdón por creer más en el dogma que en el sentimiento. Perdón por... carajo, perdón por todo. Perdón por eso y más. Perdón, en serio. Perdón.

Y el velorio se consumó. Porque todos, o la gran mayoría, comenzaron a llorar cuando ella, en cambio, se mantuvo de una pieza, como haría perfectamente el occiso dentro del féretro. Un funeral en toda su expresión. Leslie fue la primera que se animó a acercarse y darle un abrazo, cosa absolutamente cierta aunque parezca un abuso de licencia poética. Y luego le siguió su padre. Finalmente, eso se volvió una amalgama humana que terminó por sofocar a la vieja, quien, pese a todo, seguía siendo la misma.

—¡Bueno, ya, chingada madre, que se supone que tiene que ser una feliz Navidad!

Con lo que consiguió que todos se retiraran, excepto la mano de Pancho sosteniendo la suya, cosa que resultaría harto difícil a partir de ese momento, a partir de ese día... y hasta el último de su existencia.

En la calle ya sonaban los músicos, los fuegos pirotécnicos, la algarabía. Aún faltaban varias horas para la Misa de

Gallo pero la gente efervescía en la calle porque había tenido en el pueblo alojado a su santidad Juan Pablo II por casi una semana entera y sólo un par de ocasiones para pedirle su bendición. La imagen de haberlo visto llegar en una Harley ya se había disuelto en la cabeza de aquellos que lo habían sorprendido; las canciones de Roberto Carlos y el "se ve, se siente" habían conseguido el milagro.

—Ahora la pregunta es... —dijo para rematar Mamá Oralia, ante el incómodo moqueo de todos los que la rodeaban—. ¿Quién será el valiente que les diga a todos allá afuera que ni madres que el papa va a oficiar ninguna misa?

—El valiente o el demente —se atrevió a acotar Leslie.

Y todos estuvieron de acuerdo.

Feliz… ejem… Navidad

Por varios minutos sopló entre los reunidos un viento apocalíptico. El miedo hacía de las suyas y horadaba sus mentes. Nadie se sentía con la templanza necesaria para idear algo brillante. Jocoque sugirió la escapada, cosa que les pareció a todos aún más riesgosa que enfrentar el problema, ya se veían en una persecución peor que la del día del pícnic. Para esos minutos en los que todos trataban de pensar en alguna salida, Neto y Macarena ya se habían acercado y, tácitamente, hecho las paces. "¿Por qué no me dijiste la verdad, gordo?", dijo ella. Y él ya no quiso responder nada por miedo a arruinarlo todo. La besó y abrazó y esperó, como el resto, a que estallaran las bombas. El movimiento en la casa se reinició. La preparación de la cena se retomó. Las corretizas de los niños tiraron el árbol por quinta vez en el día. Pero afuera la gente seguía con bajo, redoble y mandolinas a todo.

Pancho y Oralia se sorprendieron tomados de la mano y, presas de un súbito rubor, se soltaron instantáneamente. Cosa que no duraría.

—Si salimos vivos de ésta… —dijo él—, ¿podríamos vernos algún día?

—¿Algún día? —respondió ella, genuinamente intrigada.

—Sí. Para comer o tomar un café o algo así.

Ella sonrió de una manera que tal vez no había hecho en setenta y cinco años contados.

—También podríamos considerar la posibilidad de que no te vayas —se atrevió ella a decir—. No me queda mucho tiempo y, después de todo, ya viviste en esta casa por varios días. ¿Qué más da algunos más?

—Claro. Podría seguir ocupando la misma habitación.

—Podrías.

Fue el nacimiento de esa posibilidad el que hizo que Pancho Kurtz se pusiera en pie y dijera, a voz en cuello:

—Yo me encargo. Si la gente está esperando a un sumo pontífice, tendrá a un sumo pontífice. Sólo tengo que hacer algo antes.

Y, dicho esto, fue a su cuarto a toda prisa, agarró una moneda de diez nuevos pesos de entre sus cosas, la apretó en su mano y volvió corriendo a la cocina, tomó el auricular del teléfono en la pared. Marcó un número que, aunque llevaba anotado en un papelito arrugado en su cartera, se sabía de memoria desde hacía mucho tiempo.

Y esperó a que algún aparato similar llamara del otro lado de la línea, en alguna casa que no conocía en La Paz, Baja California Sur. Esperó. Y al silencio siguió un repiqueteo. Dos. Tres. Ya comenzaba a temer que no hubiese nadie en casa cuando alguien levantó la bocina y preguntó.

—¿Bueno?

—Sí. ¿Por favor con Mariana Kurtz?

—Eh... sí. ¿Quién la busca?

—Un amigo de México. Es para desearle feliz... ejem... feliz Navidad.

—Claro. ¿Su nombre?

—Francisco.

—Ahorita la llamo.

Dos segundos. Tres. Siete. Diez. Y la seguridad de que, a partir de ese momento, todo estaría bien, definitivamente. Porque hay cosas que se tienen que decir sin importar la reacción que causen. Impulsos que se han de obedecer. Preguntas que es obligado formular.

Hallelujah… de Ray Charles

En la memoria de la gente de San Pedrito quedaría el emotivo recuerdo de toda esa noche. Cuando su santidad, ataviado como si estuviese en la Basílica de San Pedro en Roma, abandonó la finca y subió al auto, al lado del padre Alberto. Cómo repartió bendiciones y sonrisas a todos. Los niños corriendo o pedaleando al lado del improvisado papamóvil. El sublime momento en el que, ante los coros que exhaustivamente habían ensayado el *"Agnus Dei"* y el *"Panis Angelicus"* y el *"Regina Coelli"* y el "Aleluya", entró su santidad a la iglesia entre las lágrimas y el incienso que colmaban el ambiente. Recordarían también los habitantes de San Pedrito cómo el padre Alberto disculpó a su santidad por no oficiar la misa, pues se sentía indispuesto, pero que ya era un regalo del cielo tenerlo ahí presente. Todo eso quedaría en la memoria y el corazón de la gente. Por el contrario, el críptico y un tanto controvertido discurso que dio como homilía, sólo hallaría lugar en la memoria de algunos escogidos. Leslie, entre ellos, desde luego. Porque se había dado a la tarea de transcribirlo todo, como un dictado, al momento en que Pancho lo emitió, a pesar de que el padre Alberto hizo todo lo posible por disculparlo. "No es necesario que diga nada, su santidad", "yo insisto", "pero en verdad…", "míralos, me están esperando", "sí, pero…"

Varios años después, cuando Mamá Oralia se encontraba en el ataúd y Leslie entró a la capilla a dar el último adiós a su abuela, ahí se encontraba Pancho, recibiendo el pésame de todo el mundo, al lado del féretro. Y Leslie lo abrazó como si hubiese sido su abuelo desde que nació y no sólo desde los once años, fecha en que formalizaron su relación los dos ancianos. Luego, le susurró al oído una frase que tomó de aquella homilía que "su santidad" ofreció cinco años atrás.

—No sé si existe Dios… pero estoy segura de que, si existe, no le importaría que dejáramos de necesitarlo. Y eso, mayormente será posible entre más admitamos lo mucho que nos necesitamos entre nosotros.

—Vaya frase cursi —dijo Pancho al apretarla con fuerza.

—Es tuya. La dijiste aquella vez que fuiste el mejor papa que ha tenido el mundo.

—Estaba enamorado. Y ella estaba en primera fila.

—¿Y ya no lo estás?

—Claro. Pero ahora cuido un poco más mis frases. Tu abuela es muy mordaz.

—Por eso la traje a cuento. ¿Qué vas a hacer ahora que ella ya no está?

—¿Quién dice que ya no está?

—Bueno… es que…

—Dime, chamaca… ¿si ya no está aquí tu abuela, entonces dónde está?

Pensó decir "en el cielo" nomás por darle gusto a su abuela, si es que estaba escuchando. Prefirió ser honesta.

—No sé.

—Exacto. Si tengo que disputármela con Dios, prefiero pensar que sigue aquí. Al señor de las barbas blancas que aparece en las estampitas no le hace tanta falta como a mí.

Leslie se hizo a un lado para permitir que sus hermanas dieran el pésame al viudo. Y se sentó en uno de los cómodos sillones del velatorio para contemplarlo todo. Su padre hacía corrillo con su tío Jocoque y su tía Cande. El primero había asistido con todos sus hijos. Zacarías ahora tenía siete, pero le habían salido tres medios hermanos desde que su papá compró aquella flotilla de taxis, todos casi clones de su padre y todos de las más diversas edades. Cande había conseguido seguir tocando con su banda de *rock indie* y había volado desde Phoenix para atender el velorio de su madre. Neto, por su parte, había puesto un despacho de asesoría financiera. Uno real. Y aunque aún no tenía clientes o socios canadienses, no le iba mal.

Contemplando a todos los involucrados en la operación "Sopa de papa", Leslie recordó que alguna vez se había propuesto contar la historia. Y que el ímpetu narrativo la había asaltado cuando todavía ni festejaba en forma sus quince años, ya casi para llegar a los dieciséis, honestamente. Pero no se veía paseando por Europa sin haber siquiera tecleado los tres primeros capítulos. Se imaginó el principio ahí mismo, al menos. "Si años después, cuando los hermanos Oroprieto Laguna se reencontraron en el funeral de Mamá Oralia, algún hipotético entrevistador le hubiera preguntado a Neto el porqué llamó al timbre exterior del edificio en el que vivía su hermano Jocoque aquel viernes aciago del 95…"

En esos pensamientos se encontraba cuando al velatorio entró un muchacho de unos diecisiete años. Moreno. Bien parecido. De mirada profunda y expresiva a la vez. Llevaba un luto un tanto disparejo, chamarra negra, suéter café oscuro, jeans azul marino, botas. Buscó con la mirada a Pancho y fue directo hacia él. No todos lo conocían pero todos supieron de quién se trataba. El guapo muchacho dio un fuerte apretón de manos a Pancho.

—Mi papá manda decir que lo siente mucho.

—Dile que le agradezco.

Miró por unos instantes a su abuela, aquella señora con la que nunca había cruzado una palabra, y decidió marcharse enseguida. Pancho lo detuvo.

—¿Cómo has estado? ¿Qué has hecho?

—Bien. Terminé la prepa.

—Me da gusto. Sabes que ella te dejó un dinero, ¿no?

—Me dijo mi papá que era probable.

—¿Y qué piensas? Te puede ayudar con tus estudios.

—También eso dijo mi papá.

—¿Y entonces…?

Él se encogió de hombros.

—Sabes el teléfono. Llama.

Y eso fue todo. Después Leslie se enteraría que Hugo nunca reclamó su parte, lo cual tampoco fue importante porque nunca la necesitó. Varios años más tarde, gracias a una red social de la que ya nadie se acuerda, llamada Hi5, supo que su primo estaba estudiando la especialidad médica en la UNAM. Y también gracias a esa red social fue que pudo deducir que aquel hombre al que visitaba en prisión era ese tío que ella nunca conoció y que supo, prodigiosamente, volver a vivir su vida gracias a la realización de la de su hijo. De hecho, fue gracias a tal hallazgo que los tres hermanos Oroprieto Laguna libres empezaron a peregrinar alternadamente, en días de visita, al reclusorio donde se encontraba el Oroprieto Laguna preso, para así continuar con la primigenia intención de su madre... de componer las cosas.

En ese momento en que vio Leslie salir a Hugo a la calle y que la cháchara al interior del velatorio era un murmullo incomprensible, en que sus hermanas conversaban con sus primos y su padre con sus hermanos, en que las gentes de San Pedrito que habían hecho el viaje al velatorio en San Luis se animaban a susurrarle buenas palabras a la férrea dama de la finca, postrada en el féretro, Leslie pensó cuál podría ser el mejor final para esa historia, aunque aún no tuviera escrito nada. Y se le ocurrió darle realce a ese instante en el que Pancho se sentó en un sofá y, mientras su hija Mariana lo abrazaba, su nieta Valeria le mostraba su celular nuevo y él sonrió como sólo puede sonreír quien está en paz con el presente, el pasado y el futuro. O tal vez llevar el relato al momento en que Mamá Oralia dio lectura, en vida, a su propio testamento y sorprendía a sus hijos diciéndoles que consideraba que todos eran personas de bien así que no necesitaban más dinero, pues todos habían aprovechado muy bien el pago por la operación "Sopa de papa", así que pensaba dejarle una parte proporcional a su nieto Hugo, la finca a Francisco Kurtz y el resto donarlo a la investigación de la cura contra el cáncer, a lo que sólo Jocoque se atrevió a alegar y echarle en cara que el día que se confesó con ellos, aquella Nochebuena del 95, había dicho otra cosa, que ya ni la chingaba, por lo que Mamá Oralia no tuvo empacho en perseguirlo a bastonazos por toda la finca por cabrón y por ingrato asegurándole que no cambiaría ni una coma del documento, lo cual por supuesto cumplió. Y pensó Leslie también en acaso mencionar que gracias a que para sus padres todo fue miel sobre hojuelas a partir del regreso de San Pedrito, ahora se veía obligada ella misma a estarle llamando la atención a un pequeño de cuatro años y dos meses que no dejaba de corretear por el velatorio, un escuincle que llevaba sus dos mismos apellidos y que, para colmo, se llamaba Francisco.

—Panchito, bájate de ahí.

—Quiero ver otra vez a la abuela, Leslie.

—Que no.

—¿Está dormida?

—Ya te dije que no. Y deja de estarte jalando la corbata.

—¿Está muerta?

—Bien muerta.

—Pobrecita.

—Ni tanto. Se la pasó bomba los últimos cinco años.

Y todavía Leslie, al regañar por vigésima vez a su hermano por andar despelucando las flores de los arreglos, pensó que tal vez el mejor final podría ser decir que México salió de la crisis, que el gobierno de Zedillo no fue eterno aunque la alternancia fue peor, que Oralia nunca dejó de usar mascadas al cuello y que nunca salió de San Pedrito en vida, que Pancho tampoco salió excepto para mudarse con sus cosas y luego para velar a su mujer en San Luis, y que no obstante, según palabras de la abuela, se reían todos los días de puras tonterías, que Radio Ensoñación empezó a programar *rock*, pop y hasta ranchero y que la capilla, al final, terminó sin bancas pero con dos sofás, muchos libros y minibar, y que el Cristo que lo custodiaba todo, le gustaba imaginar a Mamá Oralia, sonreía a pesar de los pesares.

Que la canción de sus abuelos fue *"Hallelujah, I Love Her So"*, de Ray Charles, por decisión arbitraria de Pancho Kurtz, desde el primer día que estuvieron juntos hasta el último.

En eso pensaba Leslie cuando vio a Neto agacharse para amarrarse las agujetas y Jocoque hizo un ruidito como quien truena un beso. Vio a Neto tomar a Jocoque del brazo y doblárselo contra la espalda. Vio a Cande tirar de las orejas a ambos con fuerza. Oyó a Jocoque decirle a su hermana "no te pases, pinche Candelabra" y oyó a ella decir "pues compórtense, pendejos, es el funeral de su madre, no jodan".

Y pensó Leslie entonces que tal vez era muy pronto para pensar en el final. En todo caso, siempre podría echar mano de un último capítulo que se titulara…

El final

"Queridos amigos de San Pedrito Tololoapan... les habla la señora Oralia Laguna, viuda de Oroprieto. Todos ustedes me conocen y quiero creer que hasta me estiman un poco, así que iré directamente al grano. Este mensaje es para darles una noticia que considero importante y más que necesaria. Ya en ustedes quedará si hacen el entripado de sus vidas o lo toman con buen humor y hasta pasan a saludar cualquier día de la semana. Y bueno. La noticia es ésta. El hombre que estuvo con nosotros los pasados días y que hasta estuvo en la Misa de Gallo no es, ni fue, ni será nunca, papa de ninguna iglesia. No se trata de Juan Pablo II ni por asomo. Es un hombre que se llama Francisco Kurtz y es médico y que, por azares del destino, es casi como el hermano gemelo del vicario de Cristo y, en complicidad con mis hijos, se prestó para esta broma en la que, muy a mi pesar, también se involucró al pueblo. Para todos aquellos que le hayan dado a bendecir medallitas o le hayan pedido que les impusiera las manos, siento mucho informarles que su bendición no vale más que la del señor que vende tamales afuera de la alcaldía. Pero, para su descanso, les diré que es una persona buena. El sermón que dijo en plena misa es su propio pensamiento. Y a mí me parece que es el pensamiento de un hombre bueno. Como aquello de que la verdadera igualdad entre los seres humanos no es posible si siguen existiendo jerarquías inventadas. Que no debería ser más grandioso saludar o conocer o tratar a alguien sólo porque es, aparentemente, más importante que uno. Y yo me quedo con eso. Pero bueno, ustedes estuvieron ahí y seguro lo recordarán. Y en fin. Ése es el mensaje. Que no tuvimos ningún papa con nosotros estos días pero, en contraparte, tuvimos la compañía de un tipo jovial y de buen corazón. Y eso, al menos para mí, ya hizo que valiera la pena su visita. La buena noticia es que el doctor Francisco Kurtz se queda a vivir un tiempo con nosotros, aquí en la finca. Y está dispuesto a saludar y a conversar con quien se preste, a modo de reparación de la broma. Sólo pide que sea después del primero de enero, día en que él cree que ya le habrá crecido bien la barba. Y yo le he dicho que me parece bien. Como sea. Los dejo con la música de esta estación, que tal vez cambie un poco a partir del próximo año. Por lo pronto, les deseo un muy feliz mil novecientos noventa y seis. Y que todos sus anhelos se les cumplan; no importa en qué momento de sus vidas, pero que se les cumplan. Todos ellos."

Leslie necesitó de una nueva crisis para darle punto final al manuscrito. Sólo que esta vez se trataba de una crisis personal. Había elegido estudiar Comunicación y, cuando ya iba por la mitad de sus créditos, se daba cuenta de que no se veía de comunicóloga por el resto de su vida. Ya ni siquiera vivía con sus padres. Compartía habitación con una amiga, cerca del Tec de Monterrey, donde cursaba la carrera, y la mayor parte del tiempo se la pasaba sacando buenas calificaciones y sintiéndose miserable.

Entonces murió Juan Pablo Segundo.

Y ella, ese mismo día de abril del 2005, hizo la conversión del archivo en WordStar a WinWord. Y se puso a oír la grabación del anuncio que hizo su abuela cuando informó, en la estación de radio del pueblo, que todos habían sido engañados. Y justo a la quinta vez que escuchó la voz de Mamá Oralia en aquella cinta que había conseguido durante el tiempo en que se entusiasmó escribiendo la novela, hacía casi cuatro años, pensó si no sería momento de revisar, escribir el último capítulo, enviarla a alguna editorial y a ver qué pasaba.

Llegó entonces un mensaje a su BlackBerry. Su novio invitándola a salir. Y prefirió hacer caso omiso. Lo que le sirvió para ceder a esas súbitas ganas que le entraron de llamar a alguien en particular.

—¿Sí?

—Hola, Pancho.

—Hola, chamaca. ¿Cómo estás?

—Bien. ¿Y tú?

—No me quejo.

—¿Viste las noticias?

—No. ¿Qué pasó?

—Se murió el papa.

—Oh…

Honestamente, Pancho había dejado de ser el hermano gemelo de Karol Wojtyla hacía varios años. Había echado panza y siempre estaba barbón y bronceado. Con todo, no dejaba de ser algo que ambos interlocutores sintieran que les competía.

—No sé. Sentí que tenía que llamarte. Darte algo así como el pésame.

—Supongo que ya no podré ir a Roma a reclamar el anillo del pescador.

—Supongo. Pero tú siempre fuiste y serás mi papa favorito.

—Y tú, mi cómplice en el crimen favorito.

—¿Y qué has hecho? ¿Sigues leyéndole a la abuela?

—Sigo.

Aquella costumbre de leer juntos en la antes capilla, ahora biblioteca, Pancho la prolongó, religiosamente, tarde con tarde, para sorpresa de todo el mundo, a pesar de que ella "ya no estaba" físicamente. Porque, según Pancho, "sí que estaba". Sus cenizas se encontraban ahí, debajo del Cristo. Y él les leía a ambos todos los días. En voz alta.

—¿Te acuerdas? —sintió Leslie la repentina obligación de mencionarlo—. "Una semana puedo dedicarles sin problema. Pero en la tarde del 25 de diciembre, me pinto de colores para siempre. Y no me verán ni el polvo." Eso fue lo que me dijiste aquella vez que te llamé, después de que tú y mi papá fueron al aeropuerto. Tú estabas hecho pomada. Y mira… todavía estamos esperando "que te pintes de colores".

—¡Cómo hay oportunistas en el mundo! No sé adónde vamos a parar.

—Es verdaderamente espantoso.

—¿Y cómo están tus papás, tus tíos? —preguntó Pancho, ahora de ochenta y tres años. Su voz era la misma, pese a todo. Pese a las reumas, pese a las várices, pese a los dos infartos a los que había sobrevivido. Pese a haber tenido que dejar el cigarro ya hacía más de cinco años.

—Igual. Ya sabes. A mi tío Jocoque le sale un hijo nuevo cada año. Mi papá y mi mamá trabajando. Mis hermanos estudiando. La tía Cande ya sacó un tercer disco. Creo que ahora es como de surf o algo así.

—Espero que vengan para Navidad, como todos los años.

375

—Yo también. Oye...

Conocía perfectamente a Pancho Kurtz. Lo había adoptado como abuelo hacía ya diez años. Y sabía qué clase de sujeto era. Sabía que atendía pacientes en San Pedrito sin cobrar un centavo, sabía que le gustaba cuidar a los animales de la finca él solo, sabía que en ocasiones se encerraba a tomar una copa de whisky, cuando quería acordarse de Oralia de una forma totalmente arrebatada, aunque luego terminara llorando. Sabía que en las navidades contaba con que todos los Oroprieto Laguna fueran a San Pedrito, al igual que su hija, su yerno y su nieta y siempre terminaban todos riendo de aquella Navidad del 95. Sabía que muy a menudo llamaba a su tío José Guadalupe en prisión y jugaban ajedrez y leían a Dickens a través del teléfono, en ocasiones sin decir una sola palabra fuera de las propias del libro o la partida. Sabía que era una buena persona, como había afirmado su abuela. Y sabía que lo quería mucho. Lo que no sabía era si él consideraría una especie de traición que ella contara su historia. De hecho, no sabía cuál era el sentido de contar esa historia e incluso hacerla pública si, bien vista, sólo era una constante cadena de situaciones absurdas que, aunque terminaron bien, tal vez no fuera uno de esos libros que valiera la pena agregar a las estanterías del mundo.

Se tardó tanto en continuar su frase que Pancho creyó que se había cortado la comunicación.

—¿Sigues ahí?

—Eh...

—¿Estás bien?

—Bueno... la verdad, más o menos.

—¿Quieres contarme?

Recordó Leslie entonces, justo en ese momento, que tanto su abuela como Pancho lo habían advertido. Y casi al mismo tiempo. Que si no se dicen las cosas cuando se sienten, se corre el riesgo de pagar con un pesado, pesadísimo silencio de años. Y el arrepentimiento, por muy grande y muy profundo, no consigue nunca que el reloj vuelva atrás.

—Claro —contestó, aunque todavía tardó un poco en organizar sus ideas—. En fin. Es que… quiero saber qué piensas de que haya escrito la historia de todo lo que pasó aquel diciembre de hace diez años, cuando nos conocimos.

—¿Quieres decir que ya lo hiciste, ya escribiste la historia?

—Más o menos. Bueno… sí. Una novela. Sólo me falta el capítulo final.

—Y quieres saber qué pienso.

—Sí. Es que… bueno, por supuesto… me gustaría publicarla. Y me da la impresión de que no debería. No sé si es como una forma muy fea de mostrar que todos éramos horribles. Que la abuela era horrible y le pegaba a sus hijos de niños. Nosotros, horribles al intentar robarle tres millones de dólares a una anciana. Mis hermanas horribles peleando a muerte todos los días. En fin. Todos horribles. Además…

En ese momento volvió de la calle la *roomie* de Leslie, quien comenzó a prepararse un sándwich frente a ella, como si nada. Y Leslie se sintió avergonzada. Tuvo que bajar la voz. Prefirió salirse al balcón del pequeño departamento. Mejor forma de probar su punto no tendría.

—Además… —continuó— de que me parece que todo lo que ocurrió no fue más que un muy bien hilvanado compendio de tonterías. No sé por qué alguien querría leer algo así.

Lo había soltado y se sintió liberada pero, a la vez, totalmente mortificada. Tal vez su trabajo de todos esos años sólo servía para el bote de la basura. Se recargó en el barandal segura de que no sería comunicóloga pero tampoco escritora. Que también era horrible no hallarse en el mundo. Y que con gusto se cambiaría en ese momento por cualquier otra persona. Esperó un buen rato a que Pancho hablara.

—¿Quieres saber si me molesta que lo cuentes o algo así?

—No sólo eso. Quiero saber tu opinión. ¿Cuál crees tú que es el caso de escribir algo como eso?

Ella no podía verlo. Ni siquiera imaginarlo. Pero Pancho sonrió en ese momento.

—Alguna razón interior, muy poderosa, te llevó a escribirlo, chamaca. Y tal vez ya no te acuerdas. Pero seguro que es muy válida dicha razón.

—A lo mejor sólo quería sacármelo de encima.

—¿Te digo lo que pienso? Éramos horribles. Seguro lo seguimos siendo.

—Tú no. Tengo una grabación donde dice mi abuela que eres una buena persona.

—Exacto. Pero también soy horrible. Como tú y como cualquiera. Como el señor que se acaba de morir. Nadie es perfecto. Ni siquiera él por mucha tiara y mucho báculo y mucha investidura. Todos somos espantosos. Y, por muy breves momentos… también maravillosos.

—¿Leslie? —dijo Laura, la *roomie*, desde el interior—. ¿Me prestas tu blusa azul para la fiesta de al rato?

—Sí, agárrala —gritó Leslie. Y se recargó de nuevo contra el barandal, sosteniendo el celular, mirando hacia el suelo, cinco pisos de distancia abajo, como si ahí estuviera la solución. Tan sólo para darse cuenta, unos cuantos segundos después, de que Pancho tenía razón, no había solución. Era una cuestión irresoluble. Y ni para dónde hacerse.

—La gran cagada —soltó.

—Exacto —confirmó él—. Te diré lo que sugiero. Cambia todos los nombres de los lugares y de las personas. Sólo deja el mío. Y ya con eso tienes mi venia para publicarla.

—¿Y por qué no quieres que cambie tu nombre?

—Por dos razones. La primera… para que veas que, no sólo me importa un bledo que cuentes la historia, sino que hasta me parece bien que lo hagas y que me involucres. Nadie debe tomarse tanto en serio. Y la segunda: porque creo que algún día va a haber un papa que se llame Francisco. Y quiero que conste en tu texto.

—¿De verdad?

—No. Es un chiste.

—Ya que lo dices… siempre me gustó el nombre de Leslie. Tal vez lo use para mí.

—¿Lo ves?

Pancho, en la finca, se sintió complacido. Eran las cuatro de la tarde. En breve seguiría leyendo *Guerra y paz*, lectura que había prometido a Oralia continuarían después de la comida. Pero ese simple pensamiento le bastó para levantar la vista y sonreír ampliamente porque…

José Ernesto, José Guadalupe, María Candelaria y José Jorge recién llegan de jugar en los lindes de la finca y llaman a la puerta. Los cuatro, tan dispares y tan idénticos, tienen las ropas hechas una verdadera porquería pues se revolcaron en el lodo desde los zapatos hasta la cabeza. Tienen esa edad imprecisa en que se acota la infancia cuando se habla de ella en una novela. Se puede decir, nada más, "los cuatro niños" y el lector los imagina exactamente así. Llegando a su casa, monocromáticos y brillantes, en pie frente a la puerta de entrada, los cuatro niños esperan el regaño seguro. Mamá Oralia les abre y los confronta. Pero a los pocos segundos no puede evitar soltar una carcajada. Una que sigue a otra y a otra, hasta que contagia a sus hijos y éstos también ríen a mandíbula batiente. Y Francisco Kurtz, a sus espaldas, participa también. Porque él también tiene treinta años menos y puede aproximarse y tomar de la mano a Oralia y poblar su cabeza de esos recuerdos que, aunque no ocurrieron, se los merece únicamente por ser uno de los protagonistas principales de una ficción literaria.

—Una última pregunta, Pancho.

—Dime.

—¿Qué título te gusta más? ¿"Operación Sopa de papa" o "Imagina que no hay cielo"?

—El primero. Pero ponle el que creas que más le hubiera gustado a tu abuela.

—Bueno.

—Nos vemos en Navidad. Y por cierto… ¿Ese capítulo último que te falta?

—¿Qué con él?

—Está ocurriendo ahora.

—No lo había pensado. Es una buena idea, ahora que lo dices. Y tal vez termine contigo diciendo…

—"Podéis ir en paz, la estafa ha terminado." O tal vez contigo diciendo…

—Amén.

Esta obra se imprimió y encuadernó
en el mes de septiembre de 2019, en los talleres
de Impregráfica Digital, S.A. de C.V.
Av. Coyoacán 100-D, Col. Del Valle Norte,
C.P. 03103, Benito Juárez,Ciudad de México.